Emily Stone lebt und arbeitet in Chepstow, Wales. Ihr gefühlvoller Debütroman *Für immer im Dezember* eroberte nicht nur die Herzen ihrer Leser*innen, sondern ebenfalls die SPIEGEL-Bestsellerliste. Auch ihr Roman *Mein Dezember mit dir* ist eine hochemotionale Lektüre über die große Liebe.

Außerdem von Emily Stone lieferbar:
Für immer im Dezember
Jedes Jahr im Winter
Kein Winter ohne dich

www.penguin-verlag.de

EMILY STONE

Mein Dezember mit dir

Roman

Aus dem Englischen von
Juliane Zaubitzer

PENGUIN VERLAG

Die Originalausgabe erschien
unter dem Titel Home again for Christmas
bei Headline Review, London 2024.

FSC
www.fsc.org
MIX
Papier | Fördert
gute Waldnutzung
FSC® C014496

Penguin Random House Verlagsgruppe FSC® N001967

1. Auflage

in der Penguin Random House Verlagsgruppe GmbH,
Neumarkter Straße 28, 81673 München
produktsicherheit@penguinrandomhouse.de
(Vorstehende Angaben sind zugleich Pflichtinformationen nach GPSR.)

Redaktion: Lisa Wolf
Umschlaggestaltung: Favoritbuero
Umschlagabbildungen: © LL_studio, IanRedding, AKaiser,
Woskresenskiy, Sven Hansche, Delbars, Gudrun Muenz / Shutterstock.com
Satz: GGP Media GmbH, Pößneck
Druck und Bindung: GGP Media GmbH, Pößneck
Printed in Germany 2025
ISBN 978-3-328-11237-2
www.penguin-verlag.de

1. KAPITEL

Lexie stand zwischen den beiden Mädchen und hielt den großen goldenen Stern über ihre Köpfe – keine leichte Aufgabe, denn Bella war mit ihren dreizehn Jahren fast so groß wie sie.

»*Ich* will den Stern auf den Baum stecken!«, rief Bree.

»Tja, Pech gehabt, Zwerg, du kommst da gar nicht ran.«

Über dem grünen Glitzerkleid, offenbar ihr Weihnachtsoutfit, stemmte Bree die Hände in die Hüften. »Ich bin kein Zwerg, ich bin sechs.«

Bella verdrehte die Augen und warf melodramatisch ihr langes blondes Haar zurück. »Wo ist der Unterschied?«

»Okay!« Lexie klatschte in die Hände und zwang sich, ein strahlendes Lächeln aufzusetzen, während sie sich fragte, was um alles in der Welt sie geritten hatte, einen Job als Nanny anzunehmen – auch wenn es nur für einen Winter war. »Lasst uns doch erst die restlichen Kugeln aufhängen, und dann kümmern wir uns um den Stern.«

»Ich denke, es sind genug Kugeln«, sagte Bella naserümpfend, als sollte auch für Lexie offensichtlich sein, dass die anderen drei Kisten Weihnachtsschmuck auf dem gläsernen Couchtisch hinter ihnen völlig überflüssig waren.

Bree warf Lexie einen flehenden Blick zu. »Ich will aber so gern«, sagte sie und zog einen Schmollmund.

»Na gut.« Bella warf sich aufs Sofa und verschränkte die Arme. »Ist sowieso blöd.«

»Wie wäre es, wenn ich den Stern anbringe?«, fragte Lexie und stellte sich auf die Zehenspitzen, um genau das zu tun.

Beide Mädchen starrten sie an, und Lexie wurde heiß. Das war eindeutig die falsche Entscheidung. Da sie selbst nicht mit Geschwistern aufgewachsen war, kannte sie sich mit den Feinheiten von Geschwisterstreit nicht aus. Gott, vielleicht hätte sie doch den Job am Skilift annehmen sollen, wie bei ihrer letzten Skisaison vor ein paar Jahren.

»Äh, sollen wir deine restlichen Schneeflocken aufhängen, Bree?«

Langsam, als würde sie die schreckliche Tat, die Lexie gerade begangen hatte, noch verarbeiten, nickte Bree und wandte sich den Papierschneeflocken zu, die sie zuvor gebastelt hatten. Bella seufzte, zückte ihr Handy, ließ sich auf dem Sofa nieder und zog eines der flauschigen weißen Kissen zu sich heran.

Nachdem Bree fast jede freie Stelle an der Wand samt Holzbalken mit Schneeflocken geschmückt hatte, betrachtete sie die übrig gebliebenen in ihren Händen. Dann lächelte sie Lexie an, das vorangegangene Drama um den Stern längst vergessen. »Jetzt *dein* Zimmer«, schlug sie vor.

»Nein, ich glaube …«

Ohne Lexies Protest zu beachten, marschierte Bree durchs Chalet schnurstracks auf Lexies Zimmer zu. Es war das kleinste – ein Einzelbett, ein Kleiderschrank, eine Kommode –, aber hübsch eingerichtet, und die Aussicht durch das große Fenster auf die schneebedeckten Tannen war atemberaubend.

Bree begann unaufgefordert, Schneeflocken an die Wände zu kleben, während Lexie sich flüchtig umsah. Zugegeben, ihr Zimmer war eher spärlich eingerichtet, fast schon deprimierend kahl – nur ein Stapel gebrauchter Bücher auf dem Nachttisch, ein paar Fotos von ihr und ihrer Mutter auf der Kommode. Doch Lexie war stolz darauf, dass sie ihr ganzes Leben in zwei Koffern verstauen konnte. Es machte das Reisen so viel einfacher, und sie blieb nicht gern länger am selben Ort.

»Was ist das?«, fragte Bree und zeigte auf das Glasgefäß neben dem Spiegel auf Lexies Kommode. Es war einer der wenigen Gegenstände, den sie von einem Ort zum anderen mitnahm. Auch wenn sie ansonsten keinen großen Wert darauf legte, das Zimmer, in dem sie schlief, weihnachtlich zu schmücken. Bree wollte danach greifen, aber Lexie stellte sich ihr in den Weg.

Bree funkelte sie böse an. »Ich will es mir ansehen«, sagte sie und zog wieder einen Schmollmund.

Lexie betrachtete Bree einen Moment lang. Die falschen Tränen warteten schon darauf zu fließen, falls Lexie nein sagen würde. Eine Sekunde lang wog sie ab. Dann griff sie seufzend hinter sich, nahm das Glas und reichte es Bree zur Begutachtung. Es war nichts Besonderes – ein mit Glitzer verziertes hohes, schmales Glas mit goldener und silberner Schrift. Lexie hatte es gebastelt, als sie etwas jünger gewesen war als Bree jetzt.

Bree las die Worte langsam und stolperte über Lexies unsaubere Handschrift. Eine Handschrift, die, wenn man es genau bedachte, nie viel besser geworden war. *Lexies Wunschglas*.

Von der Tür des Zimmers, an der Bella jetzt lehnte, weil sie wohl doch die Neugier getrieben hatte, ertönte ein Schnauben. »Ein Wunschglas? Ernsthaft?«

»Was ist ein Wunschglas?«, fragte Bree.

Lexie wurde heiß. Es fühlte sich komisch an, darüber zu sprechen, und sie wollte nicht, dass irgendjemand sich darüber lustig machte, schon gar nicht Bella. Nur ihre Mutter wusste davon, sonst niemand. »Es ist ein Weihnachtsbrauch«, sagte sie abweisend und hoffte, das Thema sei damit erledigt.

»Aber was *ist* ein Wunschglas?«, wiederholte Bree, und Lexie wurde klar, dass sie nicht locker lassen würde.

Also gab sie nach. Offenbar war sie so konfliktscheu, dass sie sogar dem Streit mit einer Sechsjährigen aus dem Weg ging. »Jedes Jahr zu Weihnachten wünsche ich mir etwas, schreibe es auf einen kleinen Zettel, falte ihn zusammen und lege ihn in das Glas. Siehst du?« Sie zeigte auf die Zettel im Glas.

»Und sie gehen in Erfüllung?«, fragte Bree aufgeregt.

»Äh …«

»Natürlich nicht«, spottete Bella von der Tür aus. »Nichts geht einfach in Erfüllung, nur weil man es sich wünscht.«

Tja, da hatte sie wohl recht. Lexie musste an den einen großen Wunsch denken, als sie sieben war, den sie mit so viel Hoffnung in das Glas gesteckt hatte. Und der sich nicht erfüllt hatte.

Das Wunschglas gab es, seit sie vier war, und es war eine ihrer frühesten Erinnerungen. Die Idee stammte ursprünglich von ihrer Mutter, und jedes Jahr kurz vor Weihnachten holte Lexie das Glas wieder hervor und wählte sorgfältig ihren Wunsch. Die ersten Wünsche waren, im Nachhinein betrachtet, belanglos, auch wenn sie ihr damals bedeutend vorgekommen waren – ein neues Fahrrad, ein Hamster als Haustier. Und sie waren tatsächlich in Erfüllung gegangen. Obwohl sie mit zunehmendem Alter begriff, dass nicht wirklich Magie im Spiel war, hatte sie dennoch das Gefühl, dass ihrem Wunschglas vielleicht ein wenig Weihnachtszauber innewohnte, so wie ihre Mutter immer behauptet hatte. Bis zu dem Jahr, als diese Illusion zerbrach und sie auf die harte Tour lernte, dass es zwecklos war, sich etwas zu wünschen.

Doch das hielt sie nicht davon ab, die Tradition fortzusetzen. Es hatte etwas Kathartisches, einen Wunsch aufzuschreiben und ins Glas zu legen – als würde sie ihn loslassen.

»Das weißt du nicht«, sagte Bree und klang verletzt. Immerhin wirkte Bella ein wenig schuldbewusst und trat von einem Fuß auf den anderen. Vielleicht, weil sie Anfang der Woche beinahe ausgeplaudert hätte, dass es den Weihnachtsmann gar nicht gab, und dafür einen strengen Blick von ihrer Mutter kassiert hatte.

»Ich will auch«, verkündete Bree und sah sich schon nach einem Zettel um. »Ich will einen Wunsch in das Wunschglas stecken. Ich glaube, ich wünsche mir einen Hund. Julie hat einen, und der ist *so* süß.«

Bella schnaubte verächtlich. »Du darfst uns nicht sagen, was du dir wünschst, sonst geht es nicht in Erfüllung.«

»Dann glaubst du also doch dran«, sagte Bree listig.

Bella verdrehte nur die Augen. Augenrollen war eine Kunst, die Bella perfekt beherrschte.

»Wo sind die Zettel?«, fragte Bree.

Lexie spürte Panik in sich aufsteigen. Sie wusste, es war albern, aber sie wollte nicht, dass jemand anderes einen Wunsch in ihr Glas steckte – nicht einmal die kleine Bree. Also stellte sie es weg und klatschte in die Hände. »Hey, ich habe eine Idee!«

Bree sah sie mit ihren großen blauen Augen an.

»Wie wäre es, wenn wir dir ein eigenes Wunschglas basteln?«

Bree war sofort Feuer und Flamme, und obwohl Bella partout kein eigenes wollte, half sie Bree, das Marmeladenglas zu verzieren, das sie gefunden hatten, und das reichte aus, um sie zu beschäftigen, bis Nicole und David nach Hause kamen.

Lexie war gerade in ihrem Zimmer, nachdem sie den Mädchen gute Nacht gesagt hatte, als eine Nachricht auf ihrem Handy einging.

Lust auf einen Absacker?

Mikkel. Sie lächelte bei dem Gedanken daran, wie sie ihn heute Morgen im Bett zurückgelassen hatte. Wie einfach es wäre, heute wieder mit ihm nach Hause zu gehen – ohne Verpflichtungen.

Sie zögerte kurz, zog sich dann aber schnell um und griff zu irgendeinem Oberteil, das nicht voller Glitzer war, ohne sich groß Gedanken darüber zu machen. Viele Leute kamen direkt von der Piste, also war es nicht nötig, sich aufzubrezeln. Sie trug einen dezenten Lippenstift auf und etwas Wimperntusche, damit ihre braunen Augen nicht so müde wirkten. Nach kurzer Überlegung griff sie nach ihren Sternenohrringen, eine kleine Referenz an Weihnachten. Dann fuhr sie sich mit der Hand durch die dunklen Locken und antwortete Mikkel.

Bin in zehn Minuten da.

★

Mikkel fing Lexies Blick auf, als sie die Bar betrat und sich die Pudelmütze vom Kopf zog. Er grinste und winkte sie zu einer Ecke mit Bänken vor Holzwänden, die mit waldgrünem Lametta geschmückt waren. Lexie bahnte sich den Weg durch die Menge, vorbei an einem Weihnachtsbaum, so riesig, dass sie sich nicht erklären konnte, wie man ihn hier reingeschafft hatte, und atmete den Kieferduft ein, der sich mit Bier und

Schweiß vermischte. Mikkel rückte auf der Bank ein Stück zur Seite, um ihr Platz zu machen, und schob ihr ein Bier hin, als sie sich setzte.

»Guter Tag?«, fragte er.

»Ach, du weißt schon, das Übliche. Viel Glitzer mit einer Prise Sarkasmus.«

»Du musst morgen unbedingt mit auf die Piste.«

»Mach ich«, sagte sie kurzentschlossen. »Die Mädchen sind vormittags in der Skischule, da habe ich ein paar Stunden für mich.«

»Gut. Um elf habe ich eine Pause, da können wir ein paar Abfahrten zusammen machen.« Er lächelte und legte unter dem Tisch eine Hand auf ihr Knie.

»Was ist mit dir, Lexie?« Amelie, eine der regelmäßigen Saisonarbeiterinnen, schaute herüber, und Lexie trank stirnrunzelnd einen Schluck von ihrem Bier, während sie versuchte, dem Gespräch zu folgen. »Nächste Woche ist Weihnachten, was hast du vor?«

»Oh, ich schätze, die Familie erwartet, dass ich arbeite.«

»Das solltest du sie fragen«, sagte Amelie. »Bei Mikkel findet ein Truthahnessen statt. Wenn du Zeit hast, musst du auch kommen.«

»Ja, unbedingt«, sagte Mikkel. Er hatte tolle Augen – graublau, passend zu den hellen Haaren und dem blassen Teint, klassisch skandinavisch. Außerdem führte er ein typisches Nomadenleben und wirkte dabei vollkommen selbstbewusst und zufrieden, obwohl er nie länger als sechs Monate an einem Ort verbrachte, im Winter als Skilehrer und im Sommer als Surflehrer. Er war schon Anfang dreißig und schien trotzdem nie genug davon zu bekommen. Lexie hätte ihn zu gern ihren Freundinnen zu Hause präsentiert, die sich oft fragten, wann sie sich endlich einen »richtigen Job« suchen und »sesshaft« werden würde wie alle anderen.

Eingeklemmt am Ende der Bank, schälte Lexie sich mühsam aus ihrem Mantel und zog ihr Handy aus der Tasche. Ein verpasster Anruf. Sie biss sich auf die Lippe, als sie sah, von wem.

»Alles in Ordnung?«, fragte Mikkel.

»Ja. Es ist nur …« Wieder warf sie einen Blick auf ihr Handy. »Bin gleich wieder da, okay? Ich muss nur kurz telefonieren.«

»Okay. Beeil dich, wir trinken Shots.«

Lexie lachte. »Ich definitiv nicht … Muss morgen früh raus.«

Mikkel grinste. »Einer kann nicht schaden.«

Sie winkte ab, zog ihren Mantel wieder an und stapfte hinaus in den Schnee. Normalerweise hätte sie einem Anruf von ihrer Mutter keine große Beachtung geschenkt, doch sie hatte schon den letzten vor ein paar Tagen verpasst und wusste, dass sie sich Sorgen machen würde, wenn sie nicht bald von ihr hörte. Lexie suchte sich eine ruhige Ecke, doch auch hier dudelte die Weihnachtsmusik, die seit Wochen in Endlosschleife lief.

Das Telefon klingelte keine zweimal, bevor sich jemand meldete. »Hallo, Lexie, meine Süße.« Ihre sonst so fröhliche Stimme klang seltsam angespannt.

»Hi, Mum. Alles okay?«

»Ehrlich gesagt, nein.«

Lexies Herz setzte einen Schlag aus. »Was ist los?« Die kalte Luft vor ihr dampfte schlagartig. »Was ist passiert?«

»Es … Es geht um deinen Vater.«

Ihr Magen zog sich zu einer bleiernen Last zusammen. »Ich will es nicht wissen«, sagte sie knapp.

»Doch, das willst du«, sagte ihre Mutter, ihr sanfte Stimme ein Warnsignal. »Er ist … Er ist tot, Lexie.«

2. KAPITEL

Die Beerdigung war ein Albtraum. Knapp dreißig Leute standen schweigend beieinander, und Lexie hätte sich am liebsten in Luft aufgelöst. Ihr Vater war nicht religiös gewesen, deshalb gab es keinen Pfarrer, und die Zeremonie fand auf einem Waldfriedhof statt, wo man das Rascheln der Tiere hören konnte, die mutig genug waren, sich in die Kälte hinauszuwagen. Obwohl sie im Schutz der Bäume standen, biss der eisige Wind in die Fingerspitzen und machte sie taub. Zwar regnete es nicht, aber die Luft war so feucht, dass sie sich drückend anfühlte. Und es war eine dumme Idee gewesen, hohe Absätze zu tragen. Sie hatte die schwarzen Schuhe im Haus ihrer Mutter ganz hinten im Schrank gefunden, doch jetzt bohrten sich die Absätze in den weichen Boden, sodass sie alle paar Minuten die Position ändern musste. Dann dachte sie, dass etwas mit ihr nicht stimmte, denn der Matsch auf ihren Schuhen beschäftigte sie mehr als der Tod ihres Vaters.

Ihr Vater war tot. Er war an Krebs gestorben, und sie hatte nichts davon geahnt. Sechs Monate hatte er versucht, dagegen anzukämpfen. Leberkrebs. Sie konnte es immer noch nicht ganz begreifen, es fühlte sich unwirklich an. Oder jedenfalls irgendwie von ihr losgelöst. Sie konzentrierte sich wieder auf die Worte der Trauerrednerin, die von einem großen Verlust sprach, dass Richard eine Naturgewalt gewesen sei, dass er die Menschen mitgerissen habe und sie ihn sehr vermissen würden. Lexie konnte den Mann, den sie gekannt hatte, nicht mit der Person in Einklang bringen, die beschrieben wurde. Wer hatte der Trauerrednerin diese Worte in den Mund gelegt?

Sie fragte sich, ob es Rachel gewesen war. Rachel, die inzwischen erwachsen war. Wie alt mochte sie sein, zweiundzwanzig? Als Lexie sie das letzte Mal gesehen hatte, war sie noch ein Teenager gewesen. Sie hatte die gleichen dunklen Locken wie Lexie und ihr Vater. Sonst hätte Lexie ihre Halbschwester vielleicht gar nicht wiedererkannt, die jetzt nach vorn ging, um davon zu sprechen, was für ein wunderbarer Vater er gewesen war. Sie erzählte, wie Richard sie an ihrem einundzwanzigsten Geburtstag mit einer Dinnerparty überrascht hatte. Mittendrin musste Rachel abbrechen, und der Zettel, von dem sie ablas, zitterte in ihren Händen, bis die Trauerrednerin ihr tröstend die Hand auf die Schulter legte.

Wo war Rachels Mutter?, fragte Lexie sich, während ihre eigene Mutter tröstend ihre Hand nahm. Sie hatte erwartet, dass ihre Stiefmutter – wenn man die Frau so nennen konnte, denn Lexie hatte sie kaum gekannt – an Rachels Seite eilen würde. Stattdessen war es eine Freundin von Rachel, etwa in ihrem Alter – ein großes Mädchen mit fast schwarzen Haaren. Währenddessen versuchte Lexie das, was Rachel über ihren Vater gesagt hatte, mit dem Mann zu vereinbaren, den sie selbst gekannt hatte. Sie dachte an ihren eigenen einundzwanzigsten Geburtstag, der das Fass zum Überlaufen gebracht hatte – der Moment, in dem sie beschlossen hatte, ihren Vater komplett aus ihrem Leben zu streichen.

Ja, die Beerdigung war ein Albtraum. Aber der Leichenschmaus war noch schlimmer. Er fand in Bath statt, im tristen Festsaal eines Mittelklassehotels, in dem bis auf den beigen Teppich alles weiß war, dazu dezente Weihnachtsdeko. Lexie hasste diese austauschbaren Hotelketten, deren Farblosigkeit man sich nicht entziehen konnte. Sie hatte kein Geld, um in teuren Hotels zu übernachten, aber wenn sie die Wahl hatte, versuchte sie, in unabhängigen Hotels unterzukommen, die von Einheimischen betrieben wurden. Natürlich war das nicht immer möglich, aber sie fand, dass man so einen besseren Eindruck von dem Ort bekam, an dem man sich aufhielt. Außerdem unterstützte sie gern kleine Betriebe.

Lexies Mutter drückte ihre Schulter. »Geht es dir gut, Süße?«

Lexie nickte. Gott sei Dank war sie hier. Sie wusste nicht, wie sie es ohne ihre Mutter geschafft hätte, einem Mann Respekt zu zollen, den sie kaum kannte, ihre Erinnerungen an ihn von Enttäuschung getrübt. Ihre Mutter hätte nicht mitkommen müssen – schließlich waren sie seit über zwanzig Jahren geschieden –, und vermutlich tat sie es nur für Lexie. Wie mochte es ihrer Mutter dabei gehen? Sie musste ihn geliebt haben. Genug, um ihn zu heiraten. Genug, um in ihrem Zimmer zu weinen, nachdem er sie verlassen hatte, in dem Glauben, Lexie könnte sie nicht hören.

»Und dir?«, fragte Lexie, und ihre Mutter lächelte sie beruhigend an. Ihr Lächeln war so schön, so warm. Es erschien Lexie ungerecht, dass sie mehr von ihrem Vater als von ihrer Mutter hatte – die dunklen Locken, die trüben braunen Augen. Der Körperbau ihrer Mutter ähnelte ihrem, aber ihre Gesichtszüge waren weicher, ihr Haar war honigblond, inzwischen gefärbt, und sie hatte ein weiches, herzförmiges Gesicht, das sofort freundlich wirkte – während Lexies markant war, mit einer zu großen Stirn.

»Ich muss auf Toilette«, sagte ihre Mutter. »Kann ich dich eine Minute allein lassen?«

»Natürlich.« Denn was hätte sie sagen sollen? *Nein, Mum, bitte bleib?* Noch während sie ihrer Mutter nachsah, wurde ihr heiß unter dem hochgeschlossenen schwarzen Kleid. Es war eines der wenigen schwarzen Kleider, die sie besaß, und stammte noch von ihrem kurzen Abstecher in die Londoner Bürowelt, wo sie es gerade mal acht Monate ausgehalten hatte. Sie nahm sich ein Würstchen im Blätterteig, Futter für die Seele, und bestellte sich an der Bar ein Glas Rotwein.

Hatten Rachel und Jody, Rachels Mutter, die Trauerfeier organisiert? Sie riskierte einen Blick in die Runde. Rachel saß mit ihrer dunkelhaarigen Freundin in einer Ecke, umringt von Menschen, die ihr Beileid aussprachen, aber Jody konnte Lexie nirgends entdecken. Sie wusste, dass Richard auch sie vor ein paar Jahren verlassen hatte – vielleicht war Jody nicht so nachsichtig wie Lexies Mutter, obwohl sie länger mit Richard verheiratet gewesen war. Was hatte Richard wohl dazu bewogen, sie zu verlassen? Schlichtweg Langeweile, wie bei seiner ersten Familie?

Sie sollte rübergehen und mit Rachel reden. Vorhin hatten sie sich kurz mit einer verlegenen Umarmung begrüßt, aber nicht wirklich miteinander gesprochen. Es wäre nur höflich zu fragen, wie es ihr ging. Lebte sie noch in Wales? Lexie hatte keine Ahnung. Und es war ja nicht Rachels Schuld, dass ihr Vater beschlossen hatte, eine neue Familie zu gründen – Rachel war zwischen die Fronten geraten. Aber das machte es nicht leichter, und sie war sich nicht sicher, ob sie emotional bereit war, die Art von Gespräch zu führen, die von ihr erwartet wurde. Außerdem hatte Rachel jeden Blickkontakt vermieden. Zwischen ihnen lag ein Altersunterschied von sieben Jahren – was bedeutete, dass Richard Lexies Mutter schon vor der Trennung betrogen hatte – und bei ihren seltenen Begegnungen hatten sie kaum etwas miteinander anfangen können, weil ihnen der Altersunterschied als Kinder gigantisch vorgekommen war. Inzwischen waren sie beide erwachsen, aber was sollte man zu einer Schwester sagen, die man kaum kannte? Was sollte man auf der Beerdigung des Mannes sagen, der auf dem Papier ihrer beider Vater war?

Lexie umklammerte ihr Weinglas fester und versuchte, die Wut zu unterdrücken, die aus dem Nichts aufzusteigen schien. Und dann war da noch die Schuld, die auf ihr Gewissen drückte. Weil sie kein guter Mensch war, weil kein Tag verging, an dem sie nicht wütend auf ihren Vater war, weil sie es nicht schaffte, Rachel eine echte Schwester zu sein. Sie spürte, wie Tränen in ihren Augen brannten, und versuchte, sie wegzublinzeln. In Wahrheit hatte sie ihren Vater schon vor vielen Jahren verloren, es gab keinen Grund, jetzt zu weinen. Sie sollte gar nicht hier sein. Sie hätte in Österreich bleiben sollen, bei den Mädchen und ihren Freunden.

Sie spürte, wie das Handy in ihrer Handtasche vibrierte. Es war eine Nachricht von Fran, einer der wenigen Menschen aus ihrer Heimat, mit denen sie befreundet geblieben war, als sie mit achtzehn an die Uni gegangen war. Seitdem hatte sie es sich zur Aufgabe gemacht, nie lange an einem Ort zu bleiben.

Ich hoffe, dir geht's gut. Ruf mich nachher an, wenn du reden möchtest.

Lexie atmete flatternd aus. Aus irgendeinem Grund rührte sie die Nachricht noch mehr zu Tränen. Sie und Fran waren in Frome, in der Nähe von Bath, auf dieselbe Schule gegangen. Fran lebte jetzt in Bath und hatte angeboten, heute mitzukommen. Sie erinnerte sich, Richard ein paarmal getroffen zu haben, als sie Teenager waren. Aber es hatte sich unpassend angefühlt, eine Freundin zur Beerdigung ihres Vaters mitzubringen. Trotzdem sollte sie sich Zeit für einen Kaffee mit Fran nehmen, bevor sie nach Österreich zurückflog.

Lexie sah sich nach ihrer Mutter um, während sie an ihrem Wein nippte. Ernsthaft, wie lange konnte man brauchen, um auf Toilette zu gehen? Ihr Blick fiel auf eine Frau mit einem gepflegten grauen Bob. Sie bemerkte, dass Lexie sie anstarrte, obwohl sie schnell den Blick abwandte. Daraufhin drückte die Frau dem großen dunkelhaarigen Mann, mit dem sie sich unterhielt, ihr leeres Glas in die Hand und kam schnurstracks auf Lexie zu.

Lexie spürte, wie Panik in ihr aufstieg. Bisher war es ihr gelungen, Beileidsbekundungen aus dem Weg zu gehen und alles zu vermeiden, was sie als Familienmitglied entlarvt hätte. Als sie jemanden sagen hörte: »Hatte er nicht zwei Töchter?«, war sie schnell in die andere Richtung gegangen. Aber jetzt war da diese Frau, die sehr zielstrebig auf sie zusteuerte. Der Raum war zu klein, um in der Menge unterzutauchen, und es gab niemanden in ihrer Nähe, den sie in ein Gespräch verwickeln konnte, sodass Lexie sich zwar hektisch umsah, aber regungslos stehen blieb, bis die Frau vor ihr stand. Sie hatte sehr auffällige blassgrüne Augen, die Lexie abschätzig musterten. Die Frau trug ein schwarzes Kleid und hochhackige Stiefel, die auf wundersame Weise vom Matsch verschont geblieben waren. Ihre Lippen waren knallrot geschminkt, die Augenbrauen zu einem perfekten Bogen gezupft.

»Du kennst mich wahrscheinlich nicht«, sagte sie zur Begrüßung.

»Äh …« Lexie versuchte, sie einzuordnen.

»Aber du bist Lexie.« Die Frau lächelte, irgendwie effizient und herzlich zugleich.

Sie wusste nicht, was sie darauf sagen sollte, außer »Ja«.

»Ich habe für deinen Vater gearbeitet.«

»Oh. Okay.« Sie trug Segelboot-Ohrringe, fiel Lexie auf. Mitten in all dem Schwarz trug diese Frau große, bunte Segelboot-Ohrringe.

»Du bist etwas älter als auf den Fotos, die er von dir hat, aber ich würde dich überall wiedererkennen.« Sie musterte Lexie erneut von oben bis unten, als wollte sie sich vergewissern, und die Segelboote schaukelten. »Du alterst gut.«

»Ähm … Danke.« Ihr Vater hatte Fotos von ihr? Irgendwie bezweifelte sie das, und mit dem Zweifel kam sofort das Misstrauen gegenüber dieser Frau.

»Das ist kein Kompliment, sondern eine Tatsache. Ich war Richards persönliche Assistentin, seit er die Firma gegründet hat.«

Lexie nickte langsam, unsicher, worauf das Gespräch hinauslief. Hoffentlich ging es nicht um die Firma ihres Vaters. Sie wusste kaum etwas darüber – außer, dass es die Firma *gab* und ihr Vater sie vor etwa fünf Jahren gegründet hatte, als er seine zweite Familie verlassen hatte und nach Bath gezogen war. Es hatte etwas mit Reisen zu tun, aber das war auch schon alles, was sie wusste.

»Du fragst dich sicher, was denkt sich diese fremde Frau dabei, mich auf der Beerdigung meines Vaters zu belästigen«, fuhr sie fort. »Aber ich sehe keine andere Möglichkeit.«

»Tut mir leid, ich weiß wirklich nicht …«

»Du musst übermorgen ins Büro deines Vaters kommen. Es findet eine Besprechung statt, und du musst dabei sein.«

Lexie starrte die Frau an und wartete darauf, dass sie noch etwas sagte. Als sie das nicht tat, ergriff Lexie das Wort. »Was um alles in der Welt hätte ich dort zu suchen?«

»Das kann ich jetzt nicht erklären. Es würde zu lange dauern, und es ist weder der richtige Ort noch der richtige Zeitpunkt. Aber es betrifft dich und noch ein paar andere, also ist es am besten, wenn alle dabei sind.«

Lexie wartete auf weitere Erklärungen, aber es kam nichts mehr. »Tut mir leid«, sagte sie bemüht höflich, »aber ich habe absolut keine Ahnung, wovon Sie reden.«

»Nein. Kann ich mir vorstellen.« Das Gesicht der Frau wurde weicher, und ihre grünen Augen füllten sich mit so viel Mitgefühl, dass sich Lexie die Kehle zuschnürte. »*Mir* tut es leid. Wirklich. Aber du wirst es verstehen, wenn du ins Büro kommst. Weißt du, wo das ist?«

»Äh …«

»Egal, ich gebe dir die Adresse.« Sie kramte in ihrer knallroten Handtasche, die wie ihre Ohrringe aus dem Schwarz hervorstachen, und überreichte Lexie eine Karte.

Angela Wilson. Persönliche Assistentin. R&L Travel. *Die Welt ist ein Fest.*

So also hieß die Firma ihres Vaters. Sie runzelte die Stirn. Ein nichtssagender Name, fand sie. Und der Slogan ergab überhaupt keinen Sinn. Dann fiel ihr Blick auf die erste Zeile. Angela. Erst jetzt wurde Lexie bewusst, dass die Frau sich nicht mit ihrem Namen vorgestellt hatte.

»Wirst du da sein?«, fragte Angela. »Übermorgen, um elf Uhr vormittags.«

»Ich weiß wirklich nicht …«

»Es wird sich alles klären, versprochen.« Angela bedachte sie erneut mit einem warmen Lächeln, das kleine Fältchen um ihre Augen warf. »Auf Wiedersehen. Und es war schön, dich endlich kennenzulernen, Lexie.«

Lexie fragte sich, wie sie einer Sache zustimmen konnte,

ohne zuzustimmen. Sie würde sich einfach eine Ausrede einfallen lassen müssen. Eine ansteckende Krankheit vortäuschen oder so etwas. Sie trank ihren Wein aus, stellte das Glas auf den Tresen und sah endlich ihre Mutter auf sich zukommen.

Lexie blickte wieder auf die Karte in ihrer Hand. »Kennst du jemanden namens Angela Wilson?«, fragte sie, als ihre Mutter näher kam.

»Ange? Ich glaube, sie ist die persönliche Assistentin deines Vaters. Oder war«, fügte sie nach einer Pause hinzu und tätschelte Lexies Arm. »Wie geht es dir, Lex?«

»Ich bin … Gott, ich weiß nicht.« Aus den Augenwinkeln sah sie, dass Rachel immer näher kam. Bald würden sie nebeneinanderstehen. Doch Rachel sah nicht in ihre Richtung – vermutlich wollte sie einem Gespräch genauso sehr aus dem Weg gehen wie Lexie.

»Mum, ich glaube, ich will lieber gehen. Ich hab ein bisschen Kopfschmerzen.« Das war nicht gelogen. Sie spürte den Druck wie ein enges Band um den Kopf.

»Okay, Süße, ich fahre dich.«

»Nein, du …«

Ihre Mutter bedachte sie mit einem strengen Blick. »Lexie, du schläfst bei mir. Wie willst du sonst nach Frome zurückkommen? Außerdem will ich auch nach Hause, glaube ich.« Sie sah sich um, und Lexie fragte sich wieder einmal, woher ihre Mutter die Kraft nahm, das alles mit Anmut und Würde durchzustehen. »Ich muss mich nur schnell von ein oder zwei Leuten verabschieden, wir treffen uns draußen, okay?«

Lexie gehorchte, froh über klare Anweisungen. Sie zog ihren Mantel an und konzentrierte sich ganz auf ihre Füße, um niemandem in die Augen sehen zu müssen, als sie mit einem harten Körper zusammenstieß. Sie schwankte ein wenig und spürte, wie eine Hand ihren Arm ergriff, um sie zu stützen.

Sie blickte auf. Es war der Mann, den sie vorhin mit Angela hatte reden sehen – dunkles Haar, markantes Kinn mit Bartschatten und eine schwache Narbe unter einer Augenbraue.

»Tut mir leid.« Seine Stimme war tief, und ein bisschen rau. »Ich habe nicht aufgepasst, wo ich …«

Ihre Blicke trafen sich. Sie Augen waren dunkler als ihre eigenen, mit einem bernsteinfarbenen Schimmer in der Mitte, der sie an glühende Kohlen erinnerte.

Seine Hand glitt von ihrem Arm, und er sah sie stirnrunzelnd an. »Du gehst schon?«, fragte er, und sie war sicher, Missbilligung in seiner Stimme zu hören. Vielleicht wusste er, wer sie war – eine von Richards Töchtern, die sich vor der Beerdigung drückte.

»Ich …« Sie räusperte sich und riss sich zusammen. Dieser Fremde hatte kein Recht, über sie zu urteilen. »Ja. Wenn es Ihnen also nichts ausmacht …« Lexie deutete auf die Tür und gab ihm zu verstehen, dass er ihr im Weg stand.

Er nickte ihr kurz zu und machte dann einen Schritt zur Seite, damit sie vorbeikonnte.

Sie eilte davon und zog den Mantel enger. Bevor sie um die Ecke in die Hotellobby bog, warf sie noch einen kurzen Blick über die Schulter. Der Fremde wandte sich gerade ab, aber sie sah noch den finsteren Blick in ihre Richtung. Ernsthaft? Was hatte der Typ für ein Problem? Sie versuchte, nicht weiter darüber nachzudenken, als sie aus dem Hotel in die kalte, feuchte Luft trat, um auf ihre Mutter zu warten. Sagte sich, dass sie sich die Missbilligung in seiner Stimme nur eingebildet hatte. Sie machte sich immer viel zu viele Gedanken.

3. KAPITEL

Lexie stand auf der Straße vor R&L Travel. Das Büro lag oberhalb vom Stadtzentrum, zwischen wunderschönen, goldenen Altbauten mit großen, einladenden Schaufenstern im Erdgeschoss und herrschaftlichen Wohnungen über den Geschäften. Der Himmel war heute strahlend blau, die Luft frisch und kalt und die Straßen voller Leute, die ihre Weihnachtseinkäufe erledigten. Lexie stellte sich vor, wie schön die Stadt bei Einbruch der Dunkelheit sein musste, wenn die Weihnachtsbeleuchtung anging.

Sie war an einigen Weihnachtsständen vorbeigekommen, und der Duft von gebrannten Mandeln lag in der Luft. Es erinnerte sie an den Weihnachtsmarkt in Deutschland, auf dem sie als Kind gewesen war. Viel wusste sie nicht mehr, aber sie erinnerte sich vage, wie sie sich an der Hand ihres Vaters festgehalten hatte, der eine Tüte Mandeln hielt, und an das warme Lachen ihrer Mutter. Kopfschüttelnd verscheuchte sie die Erinnerung. Sie war erst sieben, als ihr Vater sie verließ, und sie dachte nicht gern daran zurück. Doch davor, als sie noch eine dreiköpfige Familie gewesen waren, verreisten sie jedes Jahr zu Weihnachten, ohne Ausnahme. Nicht immer ins Ausland, aber jedes Mal woanders hin. Ihre Eltern sparten das ganze Jahr dafür. Sie hatte nie gefragt, warum. In Anbetracht der Firma, die ihr Vater gegründet hatte, war es vielleicht seine Idee gewesen. Nachdem er fort war, blieben sie zu Hause, wahrscheinlich weil ihre Mutter es sich nicht leisten konnte. Lexie erinnerte sich an ihr erstes Weihnachten allein, als ihre Mutter ihr mit rotgeweinten Augen eine heiße Schokolade reichte und sich dafür entschuldigte, dass ihr Vater nicht gekommen war. Der ganze Tag war verdorben, jede Hoffnung zerschlagen. Alles, was sie in diesem Jahr bekommen hatte, war eine Weihnachtskarte mit einem Zehn-Pfund-Schein darin. Und diese Tradition einer Karte mit Geld hatte er Jahr für Jahr fortgesetzt.

Reiß dich zusammen, Lexie.

Sie straffte die Schultern, als sie das Gebäude betrat. Der Laden war kundenfreundlich eingerichtet, überall Urlaubsprospekte, damit man stöbern konnte. Eine Wand war vollständig mit Fotos von glücklichen Menschen im Urlaub bedeckt, vermutlich hatten sie hier gebucht und störten sich nicht daran, dass ihre Schnappschüsse öffentlich ausgestellt wurden. An den anderen drei Wänden hingen diverse Kunstwerke, die keine offensichtliche Verbindung zueinander hatten. Aber irgendwie funktionierte es. Trotz ihres Unbehagens musste Lexie zugeben, dass ihr der Laden gefiel. In einer Ecke stand ein Weihnachtsbaum mit Geschenken darunter – vermutlich Attrappen – und auf dem Empfangstresen eine Schale mit Schokotalern. Im Hintergrund lief *Last Christmas*.

Ein Mann, der gerade mal Anfang zwanzig sein konnte, mit schlaffen blonden Haaren und Brille, blickte auf. Er lächelte beängstigend enthusiastisch und zeigte ihr die Zähne, während er aufsprang und auf sie zueilte. Er trug eine Weihnachtskrawatte, knallrot mit weißen Schneeflocken. »Hallo, kommen Sie doch rein. Möchten Sie nur schauen, oder kann ich …?«

Lexie zuckte unwillkürlich zurück, doch eine keifende Stimme zu ihrer Linken ersparte ihr die Antwort. »Nein,

Harry, sie ist nicht hier, um einen Urlaub zu buchen. Und versuche bitte, ein bisschen weniger so auszusehen, als würdest du sie die Straße runterjagen und ihr einen Prospekt über den Schädel ziehen, wenn sie den Laden verlässt. Aber gut gemacht, das war schon besser.«

Lexie fragte sich, was die übliche Begrüßung war, wenn das schon besser war. Angela trug ein gepunktetes Kleid über schwarzen Strumpfhosen, die Lippen dasselbe Rot wie bei der Beerdigung. Ihre Ohrringe hatten heute die Form von Weihnachtsbäumen.

»Komm rein, Lexie.« Sie lächelte. »Die anderen sind alle schon oben und warten auf dich.«

Lexie folgte Angela durch den Laden und spürte Harrys neugierigen Blick im Rücken. Sie trug einen roten Rollkragenpullover und Jeans und fragte sich plötzlich, ob sie sich formeller hätte kleiden sollen. Gott, sie sollte gar nicht hier sein. Hätte sich nicht von ihrer Mutter überreden lassen dürfen. Ihr Magen krampfte sich zusammen, als sie durch die Hintertür trat und Angela die Treppe hinauf folgte.

Oben angekommen, führte Angela sie durch eine Tür mit einer goldenen Nummer Zwei in den Eingangsbereich einer Wohnung.

»Ähm …«, begann Lexie.

Angela lächelte ihr über die Schulter zu. »Komm nur, sie sind gleich hier.« Sie führte Lexie in eine offene Wohnküche und trat hinter die Kochinsel auf den gefliesten Küchenboden. »Wir dachten, wir machen die Besprechung hier oben, das ist etwas zwangloser, und außerdem unterbricht uns Harry hier nicht alle fünf Minuten mit irgendeiner Frage. Möchtest du eine Tasse Tee? Oder Kaffee? Wasser?«

»Ähm, nur Wasser, danke.«

Sie sah sich um und entdeckte zwei Männer im angrenzenden Wohnzimmer. Einer, mit schütterem Haar und Lesebrille, leckte sich die Finger, während er durch einen Stapel Papiere blätterte, der andere hatte dunkles Haar und steckte sich gerade einen Zettel in die Jeanstasche. Er starrte aus dem großen Sprossenfenster zu seiner Linken, sodass sie sein Gesicht nicht sehen konnte. Keiner von beiden schien zu bemerken, dass sie reingekommen waren.

Lexie senkte die Stimme. »Was mache ich hier, Angela?«

»Nenn mich Ange, das tun alle.« Sie reichte Lexie ihr Wasser und deutete auf die beiden Männer, die um einen Glastisch saßen.

»Gehört das zum Büro?«, fragte Lexie. Der Mann mit dem schütteren Haar schien sie zu bemerken, blickte von seinen Unterlagen auf, nahm seine Lesebrille ab und lächelte sie höflich an. Lexie nickte ihm zu, ging weiter ins Wohnzimmer – und blieb wie angewurzelt stehen. Denn jetzt konnte sie das Gesicht des dunkelhaarigen Mannes sehen. Des Mannes, der, wie sie wusste, obwohl er unverwandt aus dem Fenster blickte, dunkelbraune Augen mit einem bernsteinfarbenen Schimmer in der Mitte hatte. Es war der Mann von der Beerdigung, der sie so missbilligend angesehen hatte, als sie gegangen war. Dessen vernichtender Blick sie noch immer verfolgte.

»Was zum Teufel macht er hier?«

Sie platzte unbedacht damit heraus, obwohl sie gar nicht vorgehabt hatte, es laut auszusprechen, und spürte, wie ihr die Hitze ins Gesicht schoss, als er sich zu ihr umdrehte und eine Augenbraue hochzog – die mit der Narbe.

Wer war dieser Typ? Warum war er hier, in dieser Wohnung über dem Büro ihres Vaters? Was ging hier vor?

»Setz dich, Lexie«, sagte Angela – Ange. Sie hatte den anderen Sessel gegenüber von dem Mann mit der Halbglatze eingenommen, sodass nur noch ein Platz neben dem Mann auf dem Sofa frei war. Sie zögerte, sah aber keine andere Möglichkeit, also setzte sie sich ans andere Ende des Sofas und schlug ein Bein über das andere, um möglichst wenig Raum zu beanspruchen.

»Also, Lexie«, sagte Ange, offenbar ohne ihr Unbehagen zu bemerken, »das ist Howard, der Anwalt deines Vaters.«

Howard lächelte wieder höflich. »Schön, dich kennenzulernen, Lexie. Obwohl ich wünschte, die Umstände wären erfreulicher.«

»Der Anwalt?« Lexie setzte sich etwas aufrechter hin. »Moment, Sie sind doch nicht … Geht es um das Testament meines Vaters …?«

»Es geht um seinen letzten Willen, ja«, sagte Howard leise.

Lexie sah zu Ange. Dass sie als persönliche Assistentin ihres Vaters hier war, machte Sinn. Aber wer war dieser finster blickende Mann? Und warum stand sie überhaupt im Testament? Sie spürte, wie sich Kopfschmerzen in ihren Schläfen ausbreiteten.

»Tut mir leid, dass ich so begriffsstutzig bin …«

Sie unterbrach sich, als der Mann neben ihr leise schnaubte, so leise, dass sie nicht sicher war, ob sie es sich nur eingebildet hatte. Als weder Ange noch Howard reagierten, fuhr sie fort.

»Aber könnte mir bitte jemand erklären, worum es hier geht? Hat mir mein Vater etwas hinterlassen? Oder brauchen Sie eine Unterschrift?« Sie und Rachel waren vermutlich die nächsten Angehörigen – sollte sie etwas absegnen? Sie warf einen Blick zur Eingangstür und fragte sich, ob Rachel auch noch kommen würde. War Rachel jemand, der immer zu spät kam? Sie hatte keine Ahnung.

Der Anwalt legte seine Unterlagen auf den Glastisch und verschränkte die Hände im Schoß. »Ich komme gleich zur Sache. Nach dem letzten Willen deines Vaters sollst du die Hälfte von R&L Travel erben.«

Sie blinzelte ihn an, denn die Worte ergaben für sie überhaupt keinen Sinn. »Tut mir leid. Ich verstehe nicht.«

»R&L Travel. Die Firma, die dein Vater gegründet hat.« Er deutete auf die Reiseprospekte, die überall verstreut lagen. »Die Hälfte davon gehört jetzt dir.«

Der Mann neben ihr biss die Zähne so fest zusammen, dass die Muskeln in seinem Kiefer zuckten. Lexie schluckte und wischte sich die Hände an der Jeans ab. Warum war es hier so heiß? Und was hatte es zu bedeuten, dass er ihr seine Firma vermacht hatte?

Ange nahm den Gesprächsfaden auf. »Lexie, ich weiß, das ist vielleicht ein kleiner Schock, vor allem, weil dein Vater vor seinem Tod keine Gelegenheit mehr hatte, es dir zu sagen, aber …«

»Ich will sie nicht«, platzte sie heraus.

Der Anwalt und Ange sahen sie an – und der Mann neben ihr jetzt auch. Sie Blick brannte auf ihrer Haut, und am liebsten hätte sie zurückgestarrt. Wer war er überhaupt, eine Art Anwaltsgehilfe?

»Das ist …« Lexie schluckte. »Hören Sie, das muss ein Irrtum sein. Ich habe kein Interesse an dieser Firma. Ich weiß nicht mal, um was es dabei geht.«

»Das ist kein Irrtum«, sagte Howard sanft, »die Hälfte der Firma gehört jetzt dir – und die andere Theo.« Er deutete auf den Mann neben ihr.

Sie stieß einen ungläubigen Laut aus. »Was?« Sie drehte sich zu Theo um. »Wer *sind* Sie überhaupt?«

»Ich bin Theo«, sagte er ausdruckslos.

»Das habe ich schon kapiert, danke, aber was …?«

»Theo hat mit deinem Vater zusammengearbeitet«, warf Ange ein, »fast seit der Gründung der Firma.«

Das Pochen in ihren Schläfen wurde stärker, und Lexie legte die Hände an den Kopf. »Und was …?« Sie deutete auf Theo. »Sollen wir die Firma aufteilen? Verkaufen wir und teilen den Gewinn oder so?«

Howard räusperte sich. »Na ja, da gibt es ein paar Bedingungen.«

»Natürlich gibt es die.«

Lexie spürte, wie Theo erneut die Augenbrauen hochzog, aber sie weigerte sich, ihn anzusehen. Sie konnte auch cool und distanziert sein, wenn er es darauf anlegte.

»Wenn ihr die Firma verkaufen und den Gewinn teilen wollt, seid ihr zunächst verpflichtet, die Firma ein Jahr lang gemeinsam zu leiten.«

Lexie starrte ihn an. »Die Firma leiten?«

»Genau. Und wenn ihr am Ende des Jahres Gewinn erwirtschaftet habt, dürft ihr die Firma verkaufen, falls ihr das beide dann noch wollt. Aber wenn ihr keinen Gewinn macht, seid ihr für weitere fünf Jahre an das Unternehmen gebunden. Danach entscheidet ihr, wie es weitergehen soll.«

Alles um sie herum drehte sich. Konnte denn niemand ein Fenster öffnen, oder waren das nur Attrappen? Sie fühlte sich gefangen wie in einem Käfig – sie konnte bis zu *sechs Jahre* an einen Job gebunden sein, den sie gar nicht wollte. Dabei hielt sie es nicht mal sechs *Monate* am selben Ort aus. »Und wenn ich das nicht will? Wenn ich nur meine Hälfte verkaufen will?«

Etwas gequält sah Howard zwischen Theo und Lexie hin und her. »Es ist wichtig, dass ihr eine gemeinsame Entscheidung trefft, aber wenn ihr euch jetzt für den Verkauf entscheidet, würdet ihr laut Testament mit nichts dastehen – der Gewinn würde in die Firma fließen, also an den, der sie übernimmt.«

»Unglaublich«, murmelte Theo.

»Theo«, schimpfte Ange. Er warf ihr einen finsteren Blick zu, aber sie schüttelte den Kopf. »Sieh mich nicht so an, du solltest es besser wissen.«

Er hielt den Blick weiter auf sie gerichtet, und Ange zog die Augenbrauen hoch, fast als wollte sie ihn herausfordern. Sein Gesicht entspannte sich etwas, als er sich mit verschränkten Armen auf dem Sofa zurücklehnte. Eins zu null für Ange.

»Du musst doch zugeben, dass das völlig lächerlich ist«, fuhr er fort, sichtlich bemüht, ruhig zu bleiben. Jetzt, da er es geschafft hatte, mehr als zwei Worte aneinanderzureihen, konnte sie den Hauch eines irischen Akzents heraushören. »Sie hat sich nie dafür interessiert, was Richard aufgebaut hat, oder? Sie hat selbst gesagt, dass sie keine Ahnung hat, was wir hier machen. Sie war noch nie hier. Ich bin überrascht, dass sie überhaupt hergefunden hat.« Dann sah er Lexie kopfschüttelnd an. »Nichts für ungut, aber hast du überhaupt eine Ahnung, wie man ein Geschäft führt?«

Lexie spürte, wie ihr heiß wurde, aber diesmal nicht vor Verlegenheit. »Und du, bist du der Unternehmer des Jahres?« Er sah sie nur an, offenbar unbeeindruckt von ihrem Versuch, ihn zu beleidigen. Klar war er genervt, aber er schien nicht überrascht. Sie fragte sich, ob er es schon bei der Beerdigung ihres Vaters gewusst hatte. Vielleicht hatte es ihn gar nicht gestört, dass sie früher gegangen war. Er hatte einfach generell etwas gegen sie.

Lexie wandte ihre Aufmerksamkeit wieder dem Anwalt zu. »Gibt es eine Möglichkeit, wie ich aus der Sache rauskomme?«

Howard lächelte mitfühlend. »Ich fürchte nicht.«

Lexie sah zwischen Howard und Ange hin und her und hoffte, dass einer von beiden sagen würde: *Haha, reingefallen.* »Ich soll also die Firma meines Vaters führen, zusammen mit jemandem, von dem ich noch nie gehört habe?«

Theo fühlte sich zu einer Antwort bemüßigt: »Warum solltest du auch von mir gehört haben? Du hast dir nie die Mühe gemacht, die Anrufe deines Vaters entgegenzunehmen oder dich nach seinem Leben zu erkundigen. Außerdem bist du immer unterwegs.«

Lexie fühlte sich getroffen, obwohl sie wusste, dass es dumm war. »Du kennst mich doch gar nicht«, fuhr sie ihn an. »Du hast *keine* Ahnung, was ich …«

Ange hob beschwichtigend die Hände. »Okay. Ganz ruhig. Howard ist ein vielbeschäftigter Mann, und ich bin sicher, er würde gern zum Schluss kommen.«

Lexie atmete tief durch und versuchte, sich zu beherrschen. Normalerweise war sie die Ruhe selbst, aber wer konnte angesichts solcher Umstände ruhig bleiben. »Was ist mit Rachel?«

Es gab eine Pause, dann sagte Howard: »Dein Vater hat ihr das Haus vermacht.«

»Das *Haus*?«

»Es liegt etwas außerhalb von Bath, eigentlich nur ein kleines Cottage.«

Lexie fragte sich kurz, ob er das nur sagte, um den Schock zu mildern. Tja, das brachte es auf den Punkt. Rachel, die Lieblingstochter, erbte ein *Haus*, während man ihr einen Job aufdrückte, den sie gar nicht haben wollte. Nicht nur das, sie wurde auch noch gezwungen, mit einem Typen zusammenzuarbeiten, der sie ganz offensichtlich zutiefst verachtete. Rachel dagegen musste keinerlei Verpflichtungen eingehen und konnte das Cottage vermutlich einfach verkaufen. Ganz toll, Richard.

»Nein. Ich kann das nicht«, sagte Lexie kopfschüttelnd.

»Welch Überraschung«, murmelte Theo.

»Theo!«, schimpfte Ange.

Er hob kapitulierend die Hände.

»Warum lässt du das alles nicht erst mal sacken, Lexie?«, sagte Ange. »Howard, du stehst doch zur Verfügung, falls Lexie noch Fragen hat, oder?«

»Natürlich. Ich lasse dir meine Karte da, du kannst mich jederzeit anrufen.«

Howard stand auf und sammelte seine Unterlagen ein. Waren sie fertig, einfach so?

»Möchtest du noch einen Augenblick hier oben sitzen bleiben? Ich mache dir eine Tasse von meinem ausgezeichneten Tee.«

Lexie schaute sich in der Wohnung um. Die Wände waren hellblau, ein bisschen kahl, keinerlei Weihnachtsdeko. »Gehört das zum Büro?«

»Nein, das ist meine Wohnung«, sagte Theo ohne Umschweife.

Ange bedachte ihn mit einem strengen Blick. »Zügele dein Temperament, junger Mann, sonst müssen wir uns unterhalten. Du weißt ganz genau, dass Lexie nichts dafür kann. Außerdem ist es nicht *deine* Wohnung.« Sie lächelte Lexie an. »Sie gehört der Firma, aber zurzeit hat Theo sie gemietet. Wir nutzen sie für Meetings und gelegentlich für Drinks mit den Mitarbeitern.«

»Wenn wir damit fertig sind, Richards Vermögen aufzuteilen, als hätte der Mann nie existiert, gehe ich jetzt nach unten und kümmere mich um die Firma, die ich die letzten Jahre zusammen mit ihm geleitet habe.«

Theo stand vom Sofa auf, ohne Lexie noch eines Blickes zu würdigen.

Ange sah ihm stirnrunzelnd nach. »Du musst Theo verzeihen.« Sie seufzte. »Na ja, du *musst* ihm nicht verzeihen, ich weiß nicht, ob ich das könnte, so wie er sich gerade benimmt, aber glaub mir, wenn ich dir sage, dass er nicht immer so ist. Ich schätze, er fühlt sich ein bisschen verloren ohne Richard.«

Lexie wusste nicht, was sie darauf antworten sollte. Weder auf die Behauptung, dass er *nicht immer so* war, noch auf die Implikation, dass dieser Theo eine Beziehung zu ihrem Vater hatte, die über die Arbeit hinausging. Schwer vorstellbar. Sie vermutete, dass Theos Verhalten eher dem potenziellen Verlust einer großen Geldsumme geschuldet war, und obwohl sie seinen Groll verstand, gab ihm das noch lange nicht das Recht, sich wie ein Arschloch aufzuführen, egal, was Ange sagte.

»Ich glaub, ich geh lieber«, sagte Lexie und stand auf. Absurd. Die ganze Sache war total absurd. »Ich bin sowieso mit einer Freundin zum Kaffeetrinken verabredet.« *Fran!* Fran, die Anwältin war. Tja, mal sehen, was Fran dazu zu sagen hatte. Es musste doch einen Ausweg geben.

»Okay, mach das. Sprich es durch, ja? Wir sehen uns dann morgen.«

»Morgen?«, wiederholte Lexie verständnislos.

»Ich dachte, es wäre gut, dir alles zu zeigen, damit du weißt, worauf du dich einlässt.« So wie sie es sagte, klang es, als hätte Lexie ein Mitspracherecht. »Über Weihnachten haben wir ein paar Tage geschlossen«, fuhr Ange fort, »also sollten wir das vorher erledigen. Morgen kannst du erst mal ausschlafen und dann nachmittags vorbeikommen, okay?« Und während Ange sie die Treppe hinunterführte, fühlte Lexie sich schon wieder überrumpelt, und als hätte sie im Grunde keine Wahl.

4. KAPITEL

Lexie saß bei ihrer Mutter auf dem Sofa, eine Decke um die Knie gewickelt, und nippte an dem Glühwein, den ihre Mutter gemacht hatte. »Gemacht« war ein Euphemismus für aufgewärmt – es handelte sich um Fertig-Glühwein von Tesco. Aber er schmeckte trotzdem, und sie hatte ein paar Orangenscheiben und eine Zimtstange dazugegeben. In der Ecke stand ein rot-gold geschmückter Weihnachtsbaum, und im Kamin knisterte ein Feuer.

Alles fühlte sich so schön vertraut an. Lexie war in diesem Haus aufgewachsen. Damals, nachdem ihr Vater sie verlassen hatte, dachte Lexie, dass sie es vielleicht räumen müssten. Sie hatte erwartet, dass ihre Mutter vielleicht einen Neuanfang wollte, wenn sie sie in ihrem Schlafzimmer schluchzen hörte oder sie in Tränen ausbrechen sah, weil sie irgendwo eine alte Herrensocke gefunden hatte. Doch Lexie hatte den Gedanken gefürchtet und das auch deutlich gemacht – einmal hatte sie die ganze Nacht geweint, als die Sprache darauf kam. Denn es war ihr Zuhause, und sie wollte nicht weg. Und insgeheim hatte sie Angst, dass ihr Vater nie zurückkommen würde, wenn sie umzogen. Sie wusste nicht genau, wie es dazu gekommen war, aber irgendwann stand fest, dass sie bleiben würden. Doch obwohl ihre Mutter darüber hinwegkam und mit Lexies Hilfe ihr Zimmer neu strich und obwohl es Lexie gewesen war, die unbedingt bleiben wollte, hatte sie mit der Zeit einen gewissen

Groll gegen das Haus entwickelt. Denn es war das Haus, das ihr Vater verlassen hatte, das Haus, in das er nicht zurückgekehrt war.

Sie hatte so viele schöne Erinnerungen daran. Übernachtungspartys mit Freundinnen, Filmabende mit ihrer Mutter. Doch sie wurden von den schlechten überlagert.

Ihre Mutter stand nebenan in der Küche und rührte in einer selbstgemachten Nudelsauce. Pasta konnte sie gut, jede Art von Pasta. Aber alles andere ging tendenziell daneben.

»Das ergibt keinen Sinn«, schnaubte Lexie und nippte an ihrem Glühwein. »Wusstest du davon? Hat er es dir erzählt?«

Sie hatte keine Ahnung, wie viel Kontakt ihre Mutter und ihr Vater am Ende gehabt hatten. Als Lexie klein war, hatten sie die Besuchszeiten abgesprochen, und sie wusste, dass ihr Vater manchmal versucht hatte, über ihre Mutter an sie heranzukommen, als sie älter war und ihn ignorierte, aber vermutlich hielt sich die Kommunikation in Grenzen.

Ihre Mutter zögerte den Bruchteil einer Sekunde. »Nein.«

»Mum!«

»Hat er nicht, Lex. Er hat nur ... Wir haben letztes Jahr ein paarmal miteinander gesprochen. Ich wusste es nicht, aber er war krank und wollte Kontakt zu dir aufnehmen, und ich hatte irgendwie das Gefühl, dass er ...«

»Vergiss es. Ich will es nicht hören.«

Ihre Worte schmerzten sie. Auch weil ihre Mutter anzudeuten schien, dass sie die Anrufe ihres Vaters hätte annehmen und ihm vergeben sollen, nachdem er sie immer wieder im Stich gelassen hatte. Ihre Mutter war an ihrem einundzwanzigsten Geburtstag dabei gewesen. Sie wusste genau, warum Lexie beschlossen hatte, dass es genug war. Sollte sie sich jetzt schuldig fühlen? Weil er ihr im letzten Jahr seines Lebens plötzlich wieder ein Vater sein wollte? So funktionierte das nicht.

»Ich wusste es nicht, Lexie«, sagte ihre Mutter wieder. »Wir haben nicht viel miteinander geredet. Und er hat mir nichts von dem Krebs erzählt, ich glaube, weil er nicht wollte, dass du es von mir erfährst, aber …«

»Aber was?«, keifte sie und holte dann tief Luft. Sie klang wie ein Teenager – vielleicht lag es an diesem Haus. Sie durfte ihren Frust nicht an ihrer Mutter auslassen. »Tut mir leid. Ich weiß einfach nicht, wie ich damit umgehen soll. Ich will seine blöde Firma nicht leiten. Ich lebe nicht mal in Großbritannien. Soll ich dafür wirklich mein ganzes Leben umkrempeln?«

»Du könntest wieder herziehen, wenn du willst.«

»Ich habe einen Job in Österreich, Mum. Ich durfte für die Beerdigung nach Hause fliegen, aber am zweiten Weihnachtstag muss ich zurück sein.«

Ihre Mutter reagierte nicht. Lexie wusste, dass sie keinen ihrer Jobs ernst nahm, wahrscheinlich, weil sie nie lange dabei blieb. Aber Lexie würde die Familie, für die sie arbeitete, im Stich lassen, wenn sie kündigte, und auch wenn es nur Saisonarbeit war, bedeutete das nicht, dass es ihr egal war.

»Denk an das Geld am Ende. Wenn du die Firma verkaufst, hast du vielleicht genug für die Anzahlung auf ein Haus.«

»*Falls* sie Gewinn macht. Falls nicht, bin ich weitere fünf Jahre gebunden. Außerdem hat Theo leider recht. Ich habe keine Ahnung, wie man ein Unternehmen führt.«

»Ist Theo der Mann, mit dem du zusammenarbeiten musst?«

»Ja, der Mann, der mich hasst. Ein vollkommen Fremder, dem Richard die Hälfte seiner Firma vermacht hat.«

Lexie blickte zum Küchenherd und sah, wie ihre Mutter die Augenbrauen hochzog, weil sie ihn statt Dad, Richard genannt hatte, aber sie verkniff sich einen Kommentar. Stattdessen sagte sie: »Ich bin sicher, er *hasst* dich nicht.«

Lexie entgegnete nichts, sie wollte nicht zickig sein.

»Und ich bin sicher, dein Vater hatte einen guten Grund dafür, Lexie.«

»Natürlich, weil alles, was er in der Vergangenheit getan hat, ja so nachvollziehbar war.«

Ihre Mutter warf ihr einen abschätzenden Blick zu. »Ich denke, man sollte nicht vergessen, dass die Dinge immer etwas komplizierter sind, als sie scheinen.«

Lexie schnaubte, dann stöhnte sie. »Tut mir leid. Tut mir leid, ich habe schlechte Laune. Es ist nur … Es war ein langer Tag.« Sie wusste nicht, ob sie ansprechen sollte, dass er Rachel ein Haus vermacht hatte, oder ob das die Kluft zwischen den beiden Familien nur noch vergrößern würde. Ihre Mutter war immer so großmütig gewesen und hatte versucht, die Beziehung zu ihrer Schwester zu fördern, egal, wie schmerzhaft es für sie selbst war. Das war einer der Gründe, warum Lexie sich davor gescheut hatte, sich mit Rachel anzufreunden. Sie hatte gesehen, wie sehr es ihre Mutter verletzte, dass ihr Vater eine neue Familie hatte, und wie sie versuchte, sich selbst zurückzunehmen – für Lexie. Bei diesem Gedanken stand sie auf, stellte ihren Glühwein auf den Couchtisch und ging in die Küche.

Sie schlang die Arme um ihre Mutter und atmete den blumigen Duft des Parfüms ein, das sie trug, seit Lexie ein Kind war. »Tut mir leid, dass ich rumjammere.«

Ihre Mutter drückte ihren Arm. »Es ist viel auf einmal. Aber ein Schritt nach dem anderen, Schatz. Geh morgen hin und verschaff dir einen Überblick. Versuch zu verstehen, was man von dir erwartet. Und dann siehst du weiter.«

Ein Schritt nach dem anderen. Das würde sie schon schaffen, oder?

★

Nach einer Stunde mit Theo im Büro war sie fest davon überzeugt, dass sie es *nicht* schaffen würde, obwohl sie still *ein Schritt nach dem anderen* vor sich hin betete. Er hatte sie herumgeführt, aber nur widerwillig – und auch nur, weil Ange sie aus dem Augenwinkel beobachtet hatte. Auch wenn Theo sich eher kurz hielt, war Lexie überrascht, als sie hörte, dass die Kunstwerke an den Wänden alle aus verschiedenen Ländern stammten – alles Länder, in die R&L Travel Reisen anbot.

Wenigstens hatte Lexie etwas mehr über das Unternehmen erfahren. Sie hatte gestern Abend recherchiert, es sich aber noch mal von Theo – auf unverschämt herablassende Art – erklären lassen für den Fall, dass sie etwas falsch verstanden hatte. Es ging um kulturelle Traditionen, um Feiertage auf der ganzen Welt und dadurch das Land und die Einheimischen besser kennenzulernen. *Die Welt ist ein Fest*. Es gab Reisen zu Weihnachten oder Ostern, aber auch zu regionalen Festivitäten, wie das Tomatenfest in Spanien oder St. Patrick's Day in Irland. Ein Reisebüro, das ganz darauf ausgerichtet war, die unterschiedlichsten Kulturen zu zelebrieren.

Obwohl sie sich gestern Abend vorbereitet hatte, musste Lexie sich anstrengen, nicht verbittert zu reagieren, als Theo ihr alles erklärte. Denn je länger sie darüber nachdachte, desto mehr schien es, als hätte ihr Vater die Familientradition ihrer Kindheit – Weihnachten jedes Jahr an einem anderen Ort – zu Geld gemacht. Eigentlich sollte es ihr egal sein, aber irgendwie hatte es einen faden Beigeschmack.

Im Laden standen zwei Schreibtische, und Theo und Lexie beugten sich über den einen, während Harry – blondes Haar und Schildpattbrille – am anderen Schreibtisch saß und Theo und Lexie beobachtete oder aufsprang, um sich um die Kunden zu kümmern. Lexie verstand nicht, warum Harry auf die Kunden losgelassen wurde, denn er schien keine Ahnung zu haben, erklärte jeden Urlaub im Katalog für »fantastisch« und beantwortete alle Fragen mit: »Wissen Sie, das ist eine gute Frage«.

Als Harry mal wieder keine Antwort hatte, drückte Theo Lexie den Prospekt in die Hand, den er gerade durchblätterte, ging zu Harry, der lächelnd nickte, während ein Paar erklärte, dass es sich nicht sicher sei, wohin es in Deutschland reisen wolle, und zog ihn beiseite. Lexie lächelte dem Paar zu, als es zu ihr herüberblickte. Die Frau zog die Augenbrauen hoch, während sie mit den Fingern über die Broschüre strich, der Verlobungsring deutlich sichtbar.

»Harry«, sagte Theo leise, »du weißt schon, dass du die Antworten auf einige Fragen lernen musst?«

»Klar doch.« Harry nickte gleichmütig, während er mit seiner Krawatte spielte – wieder eine Weihnachtskrawatte, diesmal mit kleinen Rentieren, die Lexie anstarrten. »Ich kann mir nicht so viel merken, Alter.«

Lexie unterdrückte ein Lächeln und räusperte sich. Beide sahen sie an. »Harry, wenn es hilft, die Reise zu deutschen Weihnachtsmärkten wird nach München und Aachen angeboten, und die Dauer beträgt zwischen drei und acht Tagen, je nachdem was man abhaken möchte …« Als die beiden sie nur weiter anstarrten, zuckte sie die Schultern. »Wir hatten das Thema vor etwa fünfundvierzig Minuten.«

»Siehst du, selbst *sie* kennt die Antwort.«

Theo ließ Harrys Arm los, und Harry eilte mit immer noch breitem Grinsen zu dem Paar zurück.

Lexie verschränkte die Arme und bedachte Theo mit einem strengen Blick. »Ich möchte darauf hinweisen, dass *sie* einen Namen hat. Vielleicht solltest du ihn dir merken, denn wie es aussieht, werden wir im nächsten Jahr zusammenarbeiten müssen.«

Er entgegnete nichts, nur der bernsteinfarbene Schimmer in seinen Augen flammte auf.

»Und ich wusste, was ihr hier macht, bevor du es mir erklärt hast, als wäre ich fünf Jahre alt.«

Er zog eine Augenbraue hoch. Sein Blick war unbeeindruckt, vernichtend. »Ach, tatsächlich?«

»Ja. Und falls es dich interessiert, *ich* würde zum Zitronenfest in Frankreich fahren.« Sie nannte absichtlich eines der Reisepakete, die er noch nicht mit ihr besprochen hatte, und lächelte süß.

Er sah sie lange an, bis sie schließlich verunsichert fragte: »Was?«

»Nichts. Dein Vater mochte es auch, das ist alles.«

Einen Moment lang herrschte Stille, und Lexie überlegte, ob sie etwas sagen sollte, zu ihrem Verhältnis zu dem Mann, der ihr das alles eingebrockt hatte.

Doch dann war der Moment vorbei. »Komm.« Theo deutete zum Hinterzimmer. »Ich zeige dir, wie wir die Buchhaltung machen.«

»Yippee«, murmelte Lexie leise.

Theo führte sie in das Hinterzimmer, in dem sie am Morgen ihren Koffer verstaut hatte. Es gab einen Minikühlschrank, einen alten Sessel und einen Schreibtisch. Offensichtlich war das Zimmer irgendwann einmal hübsch eingerichtet worden –

mit hellgrünen Wänden und einer schicken Kaffeemaschine –, aber es war völlig zugemüllt. Theo setzte sich und schaltete den Monitor ein, dabei war sich Lexie ziemlich sicher, dass dies Anges Schreibtisch sein musste. Es lagen selbstgebastelte Weihnachtskarten darauf, und daneben stand ein Foto von Ange mit zwei kleinen Kindern – vielleicht Enkelkinder?

»Das Passwort ist Mothball23 – Anges Idee.«

Lexie legte theatralisch eine Hand ans Herz. »Wow, du verrätst mir das Passwort? Habe ich mich als würdig erwiesen?«

Theo machte sich nicht die Mühe, ihr zu antworten, und rückte seinen Stuhl demonstrativ einen Zentimeter von ihr weg, als sie sich hinter ihn stellte, um zu sehen, was er tat.

Sie räusperte sich. »Also, hast du …?«

Sie wurde unterbrochen, als die Bürotür aufging und Ange mit zwei dampfenden Tassen hereinkam. »Hier, ich hab euch … Aaah!« Sie wäre fast über Lexies Koffer gestolpert.

Lexie taumelte auf Ange zu und schaffte es gerade noch zu verhindern, dass sie den Inhalt der Tassen verschüttete.

»Tut mir leid«, sagte Lexie. »Ich wusste nicht, wo ich ihn hinstellen soll.«

Ange runzelte die Stirn und sah auf den Koffer hinunter.

»Ich übernachte heute bei einer Freundin«, erklärte Lexie. Fran hatte sie zu einem Mädelsabend eingeladen – Gesichtsmasken, Wein, Popcorn, das volle Programm.

»Verstehe. Und, äh, wie lange hast du vor, dort zu bleiben?«

»Nur eine Nacht. Aber ich hatte bei meiner Mutter noch gar nicht richtig ausgepackt, da schien es mir einfacher, alles mitzunehmen …«

Was Anges Gesichtsausdruck nach offenbar völlig bescheuert klang. Aber sie war es gewohnt. Dass da noch eine grüne

Tasche in der Ecke bei den Mänteln stand, in der sich unter anderem ihr kostbares Wunschglas befand, erwähnte sie wohl besser gar nicht erst.

»Verstehe. So. Ich habe euch beiden Tee gebracht. Dir habe ich extra Zucker reingetan, Lexie. Ich dachte, du könntest ihn brauchen.«

Theo lehnte sich in dem Drehstuhl zurück und verschränkte die Arme, reagierte aber nicht auf den Seitenhieb. Selbst durch das Hemd, das er trug, konnte man sehen, dass es beeindruckende Arme waren. Nur weil man jemanden hasste, hieß das nicht, dass man schöne Arme nicht zu schätzen wusste.

»Und worüber wirst du ihr jetzt einen Vortrag halten, Theo? Oder rezitierst du ihr einfach weiter die Broschüren, die sie sich auch selbst ansehen kann?«

»Er zeigt mir die Bücher«, sagte Lexie mit gespielter Begeisterung.

»Die Bücher? Um Himmels willen, Theo.«

»Wir müssen Gewinn machen, sie muss die Bücher kennen«, sagte Theo mit ausdrucksloser Miene.

»Du meinst, so wie du *die Bücher kennst*?« Ange malte Anführungszeichen in die Luft. Sie schnaufte ungeduldig. »Wir haben eine Buchhalterin, Lexie. Und den Rest mache ich. Keiner von den anderen hätte eine Ahnung, ob wir Gewinn machen oder nicht, wenn ich es nicht in den Quartalsberichten erklären würde.«

»Und wer sind die anderen?« Sie bezweifelte, dass Harry gemeint war.

Ange stemmte die Hände in die Hüften, und Theo rutschte unbehaglich auf seinem Stuhl hin und her. »Du langweilst sie mit den *Büchern*, anstatt ihr zu sagen, mit wem sie arbeiten wird? Ich schwöre bei Gott, T-Rex …«

Lexie lachte auf. »T-Rex?«

Theo sagte nichts, aber Lexie sah, wie ein Muskel in seinem Kiefer zuckte.

»So nenne ich ihn nur, wenn er sich wie ein großspuriger Dinosaurier benimmt. So wie jetzt. Und wenn du schon dabei bist, runter von meinem verdammten Stuhl, Theo.«

Theo tat, wie ihm geheißen, während Lexie sich fragte, ob er sie absichtlich langweilen wollte. Aber was sollte das bringen? Er konnte sich beschweren, so viel er wollte, sie mussten da zusammen durch. Oder vielleicht wollte er sie auch nur quälen. Was für großartige Aussichten auf die nächsten zwölf Monate.

Ange setzte sich, während Lexie einen Schluck von ihrem Tee trank – süß, wie Ange versprochen hatte. »Dein Vater war natürlich der Gründer und Chef, und er hatte den größten Anteil an der Firma, deshalb konnte er sie dir vermachen. Und dann ist da noch Mike. Ich hatte gehofft, dass er hier sein würde, um dich kennenzulernen, aber er verbringt Weihnachten im Ausland. Jedenfalls ist Mike einer der Geschäftsführer, aber die Firma gehört ihm nicht. Sie gehört jetzt dir und Theo.«

Theo saß auf einer Ecke des Schreibtischs und nippte an seinem Tee. »Mike wird begeistert sein.«

Ange sagte nichts, aber sie wechselten einen Blick. Vielleicht gab es noch einen anderen Grund, warum Mike nicht hier war.

»Dann bin da natürlich noch ich«, fuhr Ange fort und strich das graue Haar zurück. »Aber ich arbeite eher hinter den Kulissen und erledige die unwichtigen Dinge.«

»Da muss ich widersprechen«, sagte Theo leise, und sein Ton überraschte Lexie.

Ange lächelte ihn kurz an, bevor sie fortfuhr. »Wir haben ein paar Aushilfen, die in Teilzeit arbeiten, und dann noch Harry. Man kann über den Jungen sagen, was man will, aber wenigstens ist er da, wenn man ihn braucht.« Sie klatschte in die Hände. »Wie wäre es, wenn wir ein bisschen Weihnachtsstimmung verbreiten? Zu uns kommen die Leute, weil sie einen unvergesslichen Urlaub verbringen wollen, und wenn man euch beide vorhin im Laden gesehen hat, könnte man annehmen, bei uns bekäme man eher einen Urlaub mit enttäuschendem, überteuertem Essen und einem mittelmäßigen Hotelzimmer.«

Lexie musste lächeln.

»Warum zeigst du ihr nicht die Islandreise, an der du mit Richard gearbeitet hast, Theo?«

Lexie lief ein Schauer über den Rücken. »Island?«

»Das ist eine Reise, an der dein Vater seit Jahren getüftelt hat. Theo, hast du die Mappe?«

Sie gab ihm einen kleinen Schubs, und er stellte seinen Tee ab und ging in den hinteren Teil des Raumes zu einem halb versteckten Aktenschrank.

»Wir haben Mappen für jede neue Idee«, erklärte Ange. »Am Anfang steht das Brainstorming. Man kann kreativ sein, der Fantasie freien Lauf lassen, einfach alles sammeln, was funktionieren könnte, bevor das Team sich zusammensetzt und die Reise ausarbeitet.« Sie lächelte aufmunternd. »Das ist der beste Teil. Und es gibt so viel, was für Weihnachten in Island spricht. Sie haben dreizehn Weihnachtsmänner, was Familien mit Kindern anlockt. Und heiße Quellen für Pärchen in den Flitterwochen. Theo! Wo ist die Mappe?«

»Ich versuche, sie zu finden, gib mir eine Chance.«

Lexie hatte ihre Tasse auf Anges Schreibtisch abgestellt und war einen Schritt zurückgewichen. Ihr wurde plötzlich schwindelig, und sie atmete tief durch. »Nein, ist schon gut. Ich muss das nicht sehen.« Sie legte eine Hand auf den Griff ihres Koffers. »Ehrlich gesagt, muss ich los. Tut mir leid. Aber es ist Weihnachten, ich habe noch so viel zu erledigen, und ich kann einfach nicht … Wir machen ein anderes Mal weiter, okay?«

Theo runzelte die Stirn und starrte sie an, eine Hand immer noch im Aktenschrank. »Du kannst nicht einfach …«

Doch Ange unterbrach ihn mit einem Blick, bevor sie sich Lexie zuwandte und sie eindringlich ansah. Dann nickte sie. »Okay. Keine Sorge, wir schließen sowieso bald. Ich möchte in den nächsten Tagen auf jeden Fall Zeit mit meiner Familie verbringen, und heute Abend gehe ich mit meinen Enkelinnen ins Weihnachtsmärchen. Du hast recht. Das war sicher alles viel für dich. Wir setzen uns nach Weihnachten zusammen und machen einen Plan, okay?«

»In Ordnung«, murmelte Lexie und warf Ange einen dankbaren Blick zu. Dann schnappte sie sich ihren Koffer und floh, ohne sich noch einmal umzusehen.

Die Tür war kaum ins Schloss gefallen, als Lexie Theos Stimme hörte. »Was habe ich dir gesagt? Ich wusste, sie würde es keinen Tag aushalten. Harry schuldet mir zehn Pfund.«

Unwillkürlich hielt Lexie inne und lauschte.

»Um Himmels willen, Theo! Du benimmst dich wie ein Vollidiot, und das weißt du auch.«

Es herrschte kurz Schweigen, dann: »Du hast recht. Tut mir leid. Ich … Ange, ich will nicht, dass die Firma pleitegeht. Ich will nicht, dass alles, was er aufgebaut hat, umsonst war. Und er würde das auch nicht wollen.« *Er.* Richard?

Anges Stimme klang etwas sanfter, als sie wieder sprach. »Nun, so wie du dich aufführst, würde man nicht darauf kommen.«

»Sie will doch gar nicht, dass es funktioniert. Ihr Vater war ihr offensichtlich egal, warum also sollte sie sich für die Firma interessieren?«

»Gib ihr eine Chance, anstatt für sie zu entscheiden, was ihr wichtig ist und was nicht? Ihr Vater ist gerade gestorben, sie wurde ins kalte Wasser geworfen, und sie kann nicht mehr tun, als ihr Bestes geben, aber du machst es ihr unmöglich. Du solltest es besser wissen.« Der letzte Satz klang, als gäbe es einen Grund, warum er es besser wissen sollte.

Doch Lexie wollte nichts mehr davon hören. Sie zog ihren Koffer durch den Laden, vorbei an den Schreibtischen, an Harry, der sein Handy schnell beiseitelegte und so tat, als sei er beschäftigt. Draußen wurde es gerade dunkel, die Weihnachtsbeleuchtung in der ganzen Stadt war angegangen und tauchte die Stadt in goldenes Licht.

Lexie seufzte. Egal. Es war ihr egal, dass Theo nicht auf sie setzte und ihr *gönnte*, dass sie scheiterte, und es war ihr egal, dass er Anteile an der Firma besaß. Die Firma war ihr scheißegal, so oder so. Vielleicht sollte sie einfach alles hinschmeißen. Wenn sie jetzt ausstieg, gingen sie beide leer aus. Und vielleicht wäre das sogar das Beste.

Island. Sie wusste alles über Island an Weihnachten. Sie wusste von den dreizehn Yule Lads und von den heißen Quellen. Sie wusste es, weil es ihre Reise hätte sein sollen. Die Reise, die sie zu dritt für Lexies achtes Weihnachten geplant hatten. Monatelang hatte sie sich darauf gefreut und ihren Freundinnen davon vorgeschwärmt. Schon im September hatte sie angefangen, die Tage bis Weihnachten zu zählen. Ihr Vater hatte ihr alles über das Essen dort erzählt, und ihre Mutter hatte ihr einen neuen Badeanzug für die Thermalbäder gekauft.

Anfang Oktober war ihr Vater dann ausgezogen. Doch Lexie hatte die Hoffnung in den verbleibenden Wochen bis Weihnachten nicht aufgegeben. Er konnte sie doch nicht einfach so verlassen, sie gehörten zusammen. In der Woche vor Weihnachten hatte sie ihren Wunsch in das Wunschglas gelegt. Sie wünschte sich ihren Vater zurück. Sie wünschte sich Island. Obwohl ihr der Urlaub inzwischen gar nicht mehr wichtig war, solange er nur nach Hause kam. Doch das tat er nicht, und aus der Island-Reise war nie etwas geworden. Stattdessen versuchte er Jahre später, aus dieser Reise, die sie nie gemacht hatten, Kapital zu schlagen. Also zum Teufel mit ihm und seiner Firma. Und zum Teufel mit Theo. Sollten sie doch sehen, wie sie ohne Lexie klarkamen.

5. KAPITEL

Lexie nahm den Kaffee, den ihre Mutter ihr anbot, und zog die Decke über ihre nackten Füße. Das Feuer brannte, aber das Wohnzimmer wurde gerade erst warm. Lexie genoss die Stille des Weihnachtsmorgens, dem immer noch ein ganz besonderer Zauber innewohnte – auch als Erwachsene, auch wenn sie jedes Jahr woanders war. Der perlgraue Himmel draußen erwachte langsam, die Lichter am Weihnachtsbaum blinkten beruhigend.

»Frohe Weihnachten, Süße«, sagte ihre Mutter und setzte sich neben sie aufs Sofa.

Lexie lächelte. »Frohe Weihnachten.«

Sie konnte sich nicht erinnern, wann sie das letzte Mal Weihnachten zu Hause verbracht hatte. Es musste acht Jahre her sein, damals hatte sie noch studiert. Sie hatte ein schlechtes Gewissen, obwohl sie wusste, dass ihre Mutter Weihnachten nie allein war. Außerdem telefonierten sie immer. Im Laufe der Jahre hatten sie auch eine eigene Tradition eingeführt: Anstatt sich gegenseitig etwas zu kaufen (einmal ging ein Paket ihrer Mutter irgendwo im Zoll verloren), schenkten sie sich gegenseitig eine gemeinsame Unternehmung. Letztes Jahr war es ein Kochkurs, das Jahr davor ein Wellnesstag. Dieses Jahr hatten sie ursprünglich geplant, im Wildtierpark Erdmännchen zu füttern, bevor Lexie vom Tod ihres Vaters erfahren hatte. Aber manchmal fragte sich Lexie trotzdem, ob sie eine schlechte Tochter war, weil sie Weihnachten nie da war.

»Mit wem wolltest du dieses Jahr Weihnachten verbringen, Mum?«, fragte Lexie.

»Hm? Ach, wie immer.«

Lexie runzelte die Stirn über diese vage Antwort, aber ihre Mutter hielt sich nicht weiter damit auf.

»Ich dachte, wir könnten Blinis zum Frühstück essen. Helen, also Frans Mutter, hat sie letztes Jahr zu Weihnachten gemacht, und sie schmecken wirklich hervorragend mit Räucherlachs.«

»Klingt gut.« Oder würde gut klingen, wenn sie Vertrauen in die Kochkünste ihrer Mutter hätte.

Lexies Handy summte auf dem Couchtisch, und sie beugte sich vor, um die Nachricht zu lesen. Es war ein Gruppenfoto von ihren Freunden in Österreich, alle draußen im Schnee. Es brachte sie zum Lächeln und gab ihr das Gefühl, dass es die richtige Entscheidung war, morgen zurückzufliegen. Alles war gepackt. Na ja, fast alles. Sie verzog das Gesicht, als sie an die grüne Tasche dachte, die noch bei R&L Travel stand.

»Mum, tut mir wirklich leid, aber ich muss kurz weg. In spätestens zwei Stunden bin ich zurück.«

»Was um alles in der Welt musst du am ersten Weihnachtstag erledigen?«

»Ich weiß, es ist nervig. Aber ich habe etwas im Büro vergessen, und morgen vor meinem Flug ist die Zeit zu knapp, um es zu holen.«

»Du fliegst also wirklich zurück?«

»Ja«, sagte Lexie. Ihr Entschluss stand fest, und nichts, was ihre Mutter sagen konnte, würde daran etwas ändern. Ihre Mutter schien das zu verstehen, denn sie beließ es dabei.

»Na gut. Aber bleib nicht zu lange weg, sonst ist der ganze Sherry ausgetrunken, wenn du zurückkommst.«

Lexie lachte und küsste sie auf die Wange. »Bin gleich wieder da.«

*

Als sie im Büro ankam, öffnete sie die Tür mit dem Code, den Ange ihr verraten hatte. Die Stadt war unheimlich still, nur wenige Menschen waren unterwegs, und im Büro herrschte die gleiche gespenstische Atmosphäre. Es war dunkel, aber Lexie machte kein Licht – es fühlte sich verboten an, hier zu sein.

Auf Zehenspitzen schlich sie ins Hinterzimmer und leuchtete mit dem Handy, um ihre Tasche zu finden. Sie tastete nach dem Wunschglas und stellte es auf den Schreibtisch neben die Fotos von Ange, nur um sich zu vergewissern, dass es nicht beschädigt war. Dieses Weihnachten hatte sie noch keinen Wunsch hineingetan. Das wurde ihr erst jetzt bewusst. Sie hatte Österreich überstürzt verlassen und seitdem nicht mal daran gedacht. Wehmütig betrachtet sie die vielen gefalteten Zettel. Es war das erste Jahr, in dem sie es vergessen hatte. Was sollte sie sich wünschen? Sie schloss die Augen und atmete tief durch. Doch ihr fiel einfach nichts ein.

Als sie die Augen wieder öffnete, sah sie eine Mappe auf dem Schreibtisch liegen. Automatisch griff sie danach, schlug sie auf und leuchtete hinein. Sofort wusste sie, um was es sich handelte. Zeitschriftenausschnitte von Menschen in dampfenden Pools und ein Foto von hellblau-grünem Licht, das vor dunklem Himmel aufblitzte.

Wenn wir Glück haben, sehen wir vielleicht sogar Polarlichter, Lexilein.

Lexie klappte die Mappe zu und versuchte, die Stimme ihres Vaters aus ihren Gedanken zu verbannen. Doch sie würde nie vergessen, wie er ihr eröffnet hatte, wo sie in jenem Jahr Weihnachten verbringen würden. Mit Pokerface hatte er Reiseziele aufgezählt und sie raten lassen.

»Island!« Sie war in seine Arme gesprungen, wofür sie eigentlich schon zu groß war, und er hatte sie herumgewirbelt, wie er es getan hatte, seit sie ganz klein war. Sie erinnerte sich, wie er sie angelächelt hatte, an seine Augen, die ihren so ähnlich waren, und die Lachfältchen.

Sie starrte auf die Mappe und bekam einen Kloß im Hals. Sie hatte keine konkrete Erinnerung daran, wie er gegangen war. Er war einfach irgendwann nicht mehr da gewesen. Und sie hatte es nie wirklich verstanden – niemand hatte ihr erklärt, warum. Nur *es hat einfach nicht funktioniert,* und *natürlich hat er dich noch lieb, Lexie.*

Ein Geräusch an der Bürotür ließ Lexie zusammenzucken. Sie leuchtet mit dem Handy, und Theo trat aus dem Lichtkegel, sein Gesicht im Schatten verborgen.

»Gibt es einen Grund, warum du hier im Dunkeln herumtappst?«, fragte er und schaltete das Bürolicht ein. Sie ließ das Handy sinken und strich sich verlegen die Haare aus dem Gesicht.

Sie stutzte, als sich ihre Augen an das Licht gewöhnt hatten. Seine Bartstoppeln waren in den letzten zwei Tagen gewachsen, und er trug Jeans und Pullover. »Was tust du hier?«

Er zog die Augenbrauen hoch und trat näher. »Ich wohne hier, schon vergessen?«

Sie hob das Kinn. »Du wohnst nicht im Büro.« Aber hieß das, er verbrachte Weihnachten allein in seiner Wohnung? Obwohl, vielleicht wartete da oben ja jemand auf ihn.

»Und was machst *du* hier? Bist du gekommen, um die Firma zu sabotieren? Um alles niederzubrennen?«

»Was hätte das für einen Sinn?«

»Nun, du hast sehr deutlich gemacht, dass sie dir nichts bedeutet.«

Sie verschränkte die Arme. »Warum auch?«

»Willst du mir erzählen, du hast was Besseres zu tun? Etwa reiche Kinder im Skiurlaub babysitten?«

Sie spürte, wie sich ihre Wangen röteten, dabei war ihr der Job gar nicht peinlich. Sollte er doch denken, was er wollte, es war schließlich *ihr* Leben. »Du meinst, ich hätte lieber in die Firma eines alten Mannes einsteigen sollen und seine Idee als meine eigene verkaufen?«

Er musterte sie eine Weile. Dann sagte er leise: »Ich würde es nie so darstellen, als wäre es meine Idee gewesen.« Sie runzelte die Stirn und öffnete den Mund, um etwas zu sagen, aber er unterbrach sie. »Und dein Vater war nicht so alt.«

Es war ein Schlag in die Magengrube, und sie ließ die Hände sinken. Aus dem Nichts tauchte eine Erinnerung auf.

Musst du so ein Klischee sein, Richard? Mit jemandem schlafen, der jünger und hübscher ist? Du bist zu alt für diesen Scheiß, werde endlich erwachsen.

Ich bin dreiundvierzig, das ist nicht alt! Und sie ist nur ein paar Jahre jünger. Es ist ja nicht so, dass …

Dann sah ihr Vater sie in der Tür stehen. Es war mitten in der Nacht, und sie war runtergekommen, um sich ein Glas Wasser zu holen. *Hey, Lexilein!* Er lächelte unbeholfen. *Hast du Durst? Warte, ich …*

Ich mach das schon, blaffte ihre Mutter. Ihr Vater seufzte und verließ dann die Küche, wobei er Lexie mit der Hand über die Schulter strich.

Ihre Mutter schwieg, während sie ein Glas nahm und mit Wasser füllte. Aber Lexie konnte sehen, wie ihre Lippen zitterten, und umarmte sie. *Ich finde dich hübsch, Mami.*

Ihre Mutter schlang die Arme um Lexie und drückte sie so fest, dass es wehtat, aber Lexie sagte nichts. *Danke, Süße.*

Diese Erinnerungen hatte sie verdrängt – oder es zumindest versucht. Sie waren der Grund, warum sie auch noch als Erwachsene nicht ertrug, wenn sich die Leute um sie herum stritten. Warum sie versuchte, Konflikten aus dem Weg zu gehen, wann immer sie konnte. Man musste kein Genie sein, um den Zusammenhang zu erkennen. Und doch ließ sie sich von Theo provozieren.

Theo sah sie an und runzelte die Stirn. Er öffnete den Mund, um etwas zu sagen, aber diesmal fiel Lexie ihm ins Wort. »Hör zu, lass uns einfach …«

Sie brachte den Satz nicht zu Ende, weil das Handy in ihrer Hand zu klingeln begann. Sie drehte Theo den Rücken zu und nahm den Anruf entgegen. »Hi, Mum.«

»Wie kommst du voran?«

»Bin gleich zurück.«

»Okay, ich überlege gerade, ob ich schon mit den Blinis anfange.«

»Oh, ich kann dir helfen, wenn ich …«

»Unsinn, ich leg schon mal los.«

»Ich beeile mich.«

Sie drehte sich wieder zu Theo um und sah, dass er ihr Wunschglas in der Hand hielt. »Was ist das?«, fragte er neugierig.

»Das ist meins«, rief sie. Okay, sie wollte nicht streiten, aber man *betatschte* nicht einfach das Privateigentum anderer Leute. Sie griff danach, aber er hielt es außer Reichweite. »Gib es zurück.«

Ein Lächeln umspielte seine Lippen. »Ich gebe es zurück, wenn du mir sagst, was es ist.«

»Im Ernst? Wie alt bist du? Zehn?«

Sein Lächeln wurde breiter, und sie fragte sich, wie sein *echtes* Lächeln aussah und ob seine Augen dabei so funkelten, wie wenn er wütend war.

Ungeduldig strich sie sich das Haar zurück. »Das ist ein Wunschglas, okay?«

»Ein was?«

»Es ist … Egal.« Es klang albern, wenn man es laut aussprach. Und es ging ihn sowieso nichts an.

Er gab es ihr wie versprochen zurück, und sie räusperte sich. »Hör zu. Ich habe nachgedacht.«

Er seufzte. »Jetzt geht das schon wieder los.«

»Du weißt doch gar nicht, was ich sagen will.«

»Du willst die Firma nicht, oder? Das sagst du schon, seit du davon erfahren hast.«

»Du meinst, seit ich vor weniger als einer Woche davon erfahren habe? Gleich nach dem Tod meines Vaters, von dem ich nicht einmal wusste, dass er krank war?« Sie holte tief Luft. *Ganz ruhig, Lexie.* »Aber darum geht es gar nicht. Du hast recht. Ich will sie nicht.« Eine einfache, klare Sprache, das war der Schlüssel.

»Wenn du aussteigst, bekommst du gar nichts.«

»*Wir* bekommen nichts.«

Er legte den Kopf schief. »Du würdest es tun, nur um mir eins auszuwischen, oder?«

»Warum auch nicht? Du warst vom ersten Moment an eklig zu mir.«

»Oder geht es darum, deinem Vater eins auszuwischen?«

»Leck mich.« *Okay, so viel dazu.* »Ich verschwinde. Ich will die Firma nicht. Also sieh zu, wie du ohne mich zurechtkommst, vielleicht findest du eine Lösung.« Obwohl sie durch das Gespräch mit Fran wusste, dass es höchst unwahrscheinlich war.

Sie steckte das Glas ein, hängte sich die Tasche über die Schulter und ging zur Tür.

Er stellte sich ihr in den Weg. »Wir müssen darüber reden. Rausfinden, was zu tun ist.«

»Ich hab dir doch gerade gesagt, dass ich raus bin.«

»Ach ja? Aber das akzeptiere ich nicht.«

»Ob du es akzeptierst oder nicht, ändert nichts.«

Sie versuchte, sich an ihm vorbeizuschieben, aber er spiegelte jede ihrer Bewegungen, als spielten sie ein albernes Spiel.

»Geh mir aus dem Weg, Theo.«

»Und wenn du gar nichts tun müsstest?«

»Was?«

»Du willst offensichtlich nichts mit der Firma zu tun haben. Und okay, vielleicht kann ich es dir nicht verübeln.«

Sie schnaubte verächtlich. »Klingt aber so.«

Er atmete langsam ein, als versuchte er, sich zu beherrschen. »Unabhängig davon, was wäre, wenn du nichts tun müsstest? Würdest du das Jahr dann überstehen? Denn ich bezweifle sehr, dass es eine andere Lösung gibt, dafür hat dein Vater sicher gesorgt. Und ich möchte wirklich nicht, dass seine Firma pleitegeht, nur weil du …«

Sie starrte ihn finster an. »Weil ich was?« Sie standen sich so nah gegenüber, dass sie ihn riechen konnte. Sandelholz und etwas Moschusartiges. Er wich ihrem Blick nicht aus, und sie konnte die verschiedenen Farbnuancen in seinen Augen sehen. Sie sollte auf Abstand gehen. Aber sie wollte nicht diejenige sein, die zurückwich, wollte nicht so wirken, als fühlte sie sich von ihm eingeschüchtert. Stattdessen hob sie eine Hand, um mit ihren Locken zu spielen, eine nervöse Angewohnheit, und er folgte der Bewegung mit seinem Blick. Sie ließ die Hand wieder sinken.

»Schon gut«, sagte er.

Er wich ein Stück zurück, und sie atmete erleichtert auf.

»Hör zu, ich erledige die Arbeit. Ich weiß, wie es geht. Du kannst tun, was du willst, fahr zurück in deine Skihütte, geh auf die Piste. Was immer dich glücklich macht. Sei einfach stiller Teilhaber … Und am Ende des Jahres, wenn wir Gewinn gemacht haben …«

»Verkaufen wir die Firma?«

Er sagte nichts, schob nur die Daumen durch die Gürtelschlaufen seiner Jeans und wartete. Am liebsten hätte sie ihm das Angebot um die Ohren gehauen. Aber sie brauchte das Geld. Sie hatte keine Ersparnisse und ein Studiendarlehen, das sie abbezahlen musste. Sich von einem Job zum nächsten zu hangeln, hatte viele Vorteile, aber ein festes Einkommen gehörte nicht dazu.

»Vielleicht«, sagte sie schließlich.

Seine Schultern entspannten sich ein wenig. »Vielleicht?«

»Ich denk drüber nach, okay? Aber meine Mutter trinkt gerade den ganzen Sherry ohne mich und verhunzt die Blinis.«

Er warf ihr einen prüfenden Blick zu, als wäre er nicht sicher, ob sie es ernst meinte, dann nickte er. »Okay. Danke.«

Lexie zögerte, als er zur Seite trat und ihr den Weg zur Tür freimachte. *Danke.* Sie wusste nicht, was sie damit anfangen sollte. »Bist du …? Ich meine, hast du heute noch was vor?«

Sie errötete, als er sie ansah. Sie wusste selbst nicht genau, worauf sie hinauswollte. Ihr war nur durch den Kopf gegangen, dass er Weihnachten offenbar allein verbrachte. Doch was wollte sie sagen, falls dem so war? *Willst du auf ein Glas Sherry und ein verbranntes Blini mitkommen und darüber reden, wie mein Vater meine Mutter behandelt hat?*

»Ich vertreibe mir schon die Zeit.«

Lexie biss sich auf die Lippe. Das war keine Antwort, und sie war nicht sicher, ob das bedeutete, dass er Weihnachten hier verbringen würde, allein im Büro.

Er zog eine Augenbraue hoch, als wüsste er genau, was sie dachte. »Mach dir keine Sorgen um mich, ich hab genug zu tun und später noch was vor. Musst du nicht irgendwo Pfannkuchen retten oder so?«

Sie verdrehte die Augen. Offensichtlich wollte er ihr Mitgefühl nicht. »Okay.«

»Vergiss nicht, darüber nachzudenken«, fügte er hinzu, als sie sich zum Gehen wandte.

»Werde ich nicht.« Wahrscheinlich würde sie nichts anderes tun. Und okay, ja, vielleicht ging dieser Punkt an Theo.

»Und Lexie?« Sie drehte sich um, und er schenkte ihr ein unerwartetes Lächeln. »Frohe Weihnachten.«

6. KAPITEL

28. Dezember 2023
Lieber Theo,

ich schreibe dir in Bezug auf unser letztes Gespräch, um dir mitzuteilen, dass ich deine Bedingungen akzeptiere. Ich bin damit einverstanden, dass du die Leitung der Firma übernimmst und einen Verkauf Anfang nächsten Jahres anstrebst, sofern ein Gewinn erzielt wird. Laut Vertrag scheint es, dass unser Jahr begonnen hat, als wir beide uns darauf geeinigt haben, gemeinsam die Firmenleitung zu übernehmen, was dann wohl der Tag wäre, an dem ich zum ersten Mal ins Büro gekommen bin. Würdest du mir zustimmen, dass wir den Verkauf für Januar 2025 anpeilen? Ich werde bis April nächsten Jahres in Österreich sein, bin aber über diese E-Mail-Adresse erreichbar. Ich wäre dir dankbar, wenn du mich über alle wichtigen Entwicklungen informierst, falls ich irgendwann Fragen zur Firma beantworten muss. Es wäre auch schön, wenn du mich über die zu erwartenden Gewinne auf dem Laufenden hältst. Wie wäre ein monatliches Update?

Vielen Dank,
Lexie

15. Januar 2024
Lieber Theo,

bezugnehmend auf meine vorangegangene E-Mail möchte ich nur sichergehen, ob du sie bekommen hast und mit allem einverstanden bist. Ich wäre dir dankbar, wenn du den Empfang bestätigst und mir mitteilst, ob alles in deinem Sinne ist. Wie gesagt, würde ich auch gerne auf dem Laufenden gehalten werden, ob das Unternehmen auf dem Weg ist, Gewinn zu erwirtschaften, sowie über alle wichtigen Entwicklungen oder neuen Ideen.

Vielen Dank,
Lexie

3. Februar 2024
Liebe Lexie,

bitte entschuldige die Verzögerung. Da es meine Idee war, das Unternehmen so zu führen, kannst du sicher sein, dass ich die Bedingungen akzeptiere. Aber da das Geschäftsjahr von April bis April geht, werden wir erst im April 2025 alle Informationen darüber haben, ob die Firma in »unserem« Jahr einen Gewinn erzielt hat. Ich werde Ange bitten, dir nach jedem unserer vierteljährlichen Meetings die Quartalsberichte zu schicken. Die einzige Person, die dich zur Geschäftsführung befragen könnte, wäre, so vermute ich, der Anwalt, um sicherzustellen, dass wir die Vertragsbedingungen erfüllen. Aber er hat nicht angedeutet, dass er vorhat, uns in irgendeiner Weise zu kontrollieren, und da du dich bereiterklärt hast, stille Teilhaberin zu sein, sehe ich keinen Grund, warum du ein Mitspracherecht bei neuen Entwicklungen haben solltest – das würde nur Verwirrung stiften, weil du den Kontext nicht kennst. Sei versichert, dass ich weiß, was ich tue, und dass ich hart dafür arbeiten werde, das Vermächtnis deines Vaters zu bewahren. Ich möchte nicht, dass Richards Traum zerbricht.

Falls du weitere Informationen benötigst, wende dich bitte an Ange. Sie wird dir gerne weiterhelfen.

Alles Gute,

Theo

3. Februar 2024

~~*Lieber Vollidiot,*~~

~~*wenn du dir mal die Zeit nehmen würdest, deinen aufgeblasenen Kopf aus deinem aufgeblasenen Arsch zu ziehen, würdest du sehen, dass a) das, worum ich dich bitte, vollkommen vernünftig ist, b) du nicht so schlau bist, wie du anscheinend denkst, und c) ein totales Arschloch.*~~

7. Februar 2024

~~*Lieber Theo,*~~

~~*angesichts der Tatsache, dass der Anwalt, wie du selbst sagst, tatsächlich Fragen stellen könnte, halte ich es für überaus wichtig, dass du mich über die Entwicklungen auf dem Laufenden hältst. Ich verlange nicht viel, ich möchte nicht täglich informiert werden, aber ich möchte nicht riskieren, meinen Anspruch auf das Geld aus dem Verkauf der Firma zu verlieren. Außerdem musst du mich nicht behandeln, als wäre ich blöd – das bin ich nicht. Glaub mir, ich würde jederzeit lieber mit Ange reden als mit dir – wenn Richard ihr die Hälfte der Firma überlassen hätte, wären wir jetzt nicht in dieser Situation. Vielleicht hast du dich deshalb so gut mit meinem Vater verstanden. Weil du genauso ein Schwachkopf bist wie er.*~~

12. Februar 2024

Lieber Theo,

ich weiß es zu schätzen, dass ich im Hintergrund bleiben kann, aber ich denke, es wäre durchaus ratsam, dass du – oder Ange, wenn dir das lieber ist – mich auf dem Laufenden hältst. Der Quartalsbericht wäre toll, aber vielleicht könntest du mir zusätzlich Updates schicken? Ich möchte mich nicht in die Geschäftsführung einmischen, da sind wir uns einig, aber wie du selbst sagst, besteht die – wenn auch geringe – Möglichkeit, dass der Anwalt mir Fragen stellt, um sicherzustellen, dass ich meinen Teil des Vertrags erfülle. Ich möchte nicht all deine Stunden harter Arbeit riskieren, nur weil ich ein paar einfache Fragen nicht beantworten kann … Oder siehst du das anders?

Vielen Dank,

Lexie

13. Februar 2024

Liebe Lexie,

zur Kenntnis genommen.

Theo

Lexie biss die Zähne zusammen, als sie Theos Antwort las. Was bildete der Typ sich ein? Zur Beruhigung atmete sie die kalte Bergluft ein. Der Himmel war heute strahlend blau, das Sonnenlicht glitzerte auf dem Schnee. Es waren Ferien und überall Menschen, aber hier oben überkam sie trotzdem immer eine tiefe innere Ruhe. Es war ja ihr eigener Wunsch gewesen, rief sie sich in Erinnerung. Eigentlich wollte sie gar nicht wissen, was Theo mit der Firma ihres Vaters anstellte, es war ihr egal. Es ging ihr nur ums Geld. Und Fran hatte Theos Idee abgesegnet. Im Testament ihres Vaters gab es aus rechtlicher Sicht nichts, was besagte, dass sie sich die Leitung der Firma fifty-fifty teilen mussten. Fran hatte jedoch auch nahegelegt, dass Lexies Beteiligung in irgendeiner Form sichtbar sein und es dafür auch schriftliche Beweise geben sollte, falls dies zum Zeitpunkt des Verkaufs in Zweifel gezogen würde. Theo stellte sich absichtlich dumm.

Arme in einer dunkelblauen Skijacke schlangen sich um ihre Taille, und warmer Atem kitzelte ihr kaltes Ohr. »Was schaust du auf dein Handy, wenn du all das hier hast?«

Lexie drehte sich um und sah Mikkel schief an. »Meinst du die Berge? Oder dich?«

Er grinste. »Beides.«

Sie lächelte und steckte ihr Handy wieder in die Jacke. Vor ein paar Jahren, vor ihrer ersten Skisaison, hatte sie in einen Skianzug investiert, und obwohl sie ihn cool fand – türkis, weiß und lila –, war er Welten entfernt von Mikkels Wikinger Ski-Chic. »Ich hab nur … etwas nachgesehen.« Sie hatte ihm nicht wirklich erklärt, was los war. Er wusste, dass ihr Vater gestorben war – alle ihre Freunde hier wussten das, weil sie an dem Abend, an dem sie den Anruf erhalten hatte, völlig geschockt in die Bar zurückgekehrt war. Doch sie brachte nicht die emotionale Energie auf, ihm die Einzelheiten zu erzählen. Und er hatte nicht gefragt. Sie sprachen nicht viel über ihre Vergangenheit oder über ihr Leben außerhalb der Alpen – alles ganz unverbindlich. Und so war es Lexie auch lieber.

Mikkel legte sein Kinn auf ihre Schulter. Sie konnte sein Aftershave riechen, ein frischer Zitrusduft, und obwohl sie am liebsten für immer so mit ihm bleiben wollte, seufzte sie. »Ich … Ich muss die Mädchen gleich von der Skischule abholen.«

Die Familie war Anfang Januar nach London zurückgekehrt, wo die Mädchen eine vornehme Privatschule besuchten, was bedeutete, dass Lexie das Chalet bis zu dieser Woche ganz für sich allein gehabt hatte – auch wenn das nicht so befreiend war, wie sie es sich vorgestellt hatte, da sie ständig Angst hatte, etwas zu verschütten oder Spuren zu hinterlassen. Sie hatte viel Zeit und nicht viel zu tun, konnte das aber nicht genießen, weil ihre Gedanken unaufhörlich um die Situation mit der Firma ihres Vaters kreisten. Trotzdem hatte sie viel Zeit fürs Skifahren gehabt – und viel Zeit für Sex mit Mikkel.

Mikkel löste die Umarmung, und sie konnte ihr Spiegelbild in seiner Sonnenbrille sehen. »Wer zuerst unten ist?«

Sie lachte, aber er war schon in Bewegung, stieß sich mit den Stöcken ab und fuhr mit perfektem Parallelschwung den Berg hinunter. Sie folgte ihm, stieß sich ab und spürte das vertraute Kribbeln der Aufregung. Sie gewann nie – und sie ahnte, dass es Mikkel nicht gefallen würde –, aber es spornte sie trotzdem an. Auf halber Strecke traf sie einen Buckel im falschen Winkel und flog kurz durch die Luft, bevor sie mit hoher Geschwindigkeit landete. Fast wäre sie gestürzt, und ihr Herz setzte kurz aus, aber sie fand das Gleichgewicht wieder und legte sich in die Kurve. Als sie unten ankam, atmete sie schwer, voller Adrenalin. Das war es, was sie an diesem Ort liebte – das war es, wofür es sich lohnte, aus dem Koffer zu leben.

Unwillkürlich kam ihr eine Erinnerung in den Sinn. Seit dem Tod ihres Vaters passierte ihr das immer öfter. Erinnerungen, die sie jahrelang versucht hatte zu verdrängen, kämpften sich wieder an die Oberfläche. Gute Erinnerungen, aber auch schlechte. Wie diese – sie und ihr Vater am Anfang einer Skipiste. Sie war sich ziemlich sicher, dass sie damals sechs war, und sie waren direkt am ersten Weihnachtstag in die Alpen geflogen, wohl weil es billiger war – was sie erst Jahre später begriff. Ihr Vater hatte im Flugzeug neben ihr gesessen, und alles war unglaublich aufregend gewesen.

Halt die Augen offen, Lexilein. Vielleicht sehen wir den Weihnachtsmann und seine Rentiere vorbeifliegen.

Sie hatten eine Woche in einem winzigen Chalet mit nur einem Schlafzimmer verbracht – zu dritt im selben Bett. Und Lexie hatte Skifahren gelernt. Ihre Mutter hatte es gehasst und erklärt, Skifahren sei »nicht ihr Ding«, was bedeutete, dass Lexie viel Zeit mit ihrem Vater verbrachte, der versuchte, es ihr beizubringen. Nicht, dass er ein Experte gewesen wäre, aber er war immer für alles zu haben. Das war eines der Dinge, die sie am meisten vermisste, nachdem er fort war – das Gefühl von Abenteuer, das Kribbeln, das sie verspürte, wenn sie das Funkeln in seinen Augen sah.

Komm, wir fahren den Berg runter, Lexilein. Es konnte nur ein winziger Abhang gewesen sein, aber damals war er ihr riesig vorgekommen. Sie wollte ihm nicht zeigen, dass sie Angst hatte, und außerdem hatte sie sich mutig gefühlt, weil er bei ihr war, und er war immer mutig. Sie konnte das leise Echo der Stimme ihrer Mutter im Hintergrund hören, die in ihrer Erinnerung seltsam gesichtslos blieb. *O Richard, bitte sei vorsichtig.* Aber sie hatten sich schon in Bewegung gesetzt und waren in kürzester Zeit unten.

Du hast mich geschlagen!, ertönte Richards Stimme direkt hinter ihr. *Wenn wir nur in den Bergen wohnen würden, wärst du im Handumdrehen ein Profi.*

Seltsam, dass sie sich jetzt daran erinnerte. Vielleicht lag es an diesem Urlaub, dass es sie so oft in die Alpen gezogen hatte.

Sie steckte ihre Skistöcke in den Schnee, sah sich suchend nach Mikkel um und entdeckte ihn in der Schlange vor dem Sessellift, wo er sich mit einer Frau mit langen roten Haaren unterhielt. Waren die offenen wallenden Haare nicht beim Skifahren störend? Ihr Skianzug war leuchtend türkis, und irgendwie schaffte sie es, darin nicht wie ein zerquetschter Marshmallow auszusehen. Als Lexie näher kam, hörte sie die Frau über etwas lachen, das Mikkel gesagt hatte. Dann strich sie ihm über den Arm und bestieg den Sessellift.

Lexie verdrehte die Augen, während sie ihre Skier abschnallte und sich über die Schulter legte, um zur Skischule zu gehen. Mikkel hatte sie noch nicht bemerkt, und es wäre ihr peinlich gewesen, auf sich aufmerksam zu machen. Sie wusste, dass er auch mit anderen Frauen flirtete, und sie waren ja auch kein Paar. Aber es fühlte sich trotzdem nicht gut an.

Sie winkte Bree und Bella zu, die auf sie zugelaufen kamen, und zog ihr Handy aus der Tasche, als es vibrierte. Ihr Herz zog sich zusammen, als sie sah, wer es war.

Rachel. Es war nicht das erste Mal, dass sie anrief. Lexie wartete, bis es aufhörte zu klingeln, dann steckte sie ihr Handy wieder ein.

Sie musste Rachel zurückrufen, das wusste sie. Oder nächstes Mal rangehen. Sie wollte nicht unhöflich sein, aber sie wusste nicht, was sie sagen sollte. Wahrscheinlich wollte Rachel über Richards Haus reden, reinen Tisch machen oder so. Das Problem war, Lexie *wollte* nicht darüber reden. Sie versuchte, Rachel keine Vorwürfe zu machen. Es war ja nicht ihre Schuld, dass sie die Lieblingstochter gewesen war, die im Testament bevorzugt wurde. Aber sie hatte Angst, aus Versehen das Falsche zu sagen, und sie wollte wirklich nicht in einen Streit geraten. Es war erbärmlich, dass sie Rachel nicht gut genug kannte, um vorhersagen zu können, wie das Gespräch verlaufen würde.

Nächstes Mal, sagte sie sich. Nächstes Mal würde sie rangehen und sich vorher überlegen, was sie sagen sollte.

7. KAPITEL

Lexie rührte gerade eine Dose Tomaten in das angebratene Hackfleisch, als ihr Handy klingelte. Sie griff danach und spritzte dabei Bolognesesoße auf den Herd. Sie fluchte leise und warf dann einen Blick ins Wohnzimmer, um zu sehen, ob die Mädchen sie gehört hatten. Keine von ihnen schenkte ihr auch nur die geringste Aufmerksamkeit. Bree sah sich zum hundertsten Mal *Encanto* an, und Bella war mit ihrem iPad beschäftigt. Aber es war schön, jemanden zu haben, für den man kochen konnte. Obwohl sie Angst hatte, etwas falsch zu machen, war es ihr definitiv lieber, dass die Mädchen hier waren. Allerdings würden sie schon in fünf Tagen nach London zurückkehren.

Sie blickte auf ihr Handy, während sie mit einer Hand weiterrührte. Es war eine unbekannte Nummer, aber sie erkannte die Vorwahl von Bath. Theo vielleicht? Ihr Magen krampfte sich zusammen, und sie ließ es klingeln. Er konnte ihr ja eine E-Mail schicken. Doch Sekunden nachdem es aufgehört hatte, fing es wieder an – dieselbe Nummer. Sie biss sich auf die Lippe. Vielleicht war es ja gar nicht Theo. Und es schien wichtig zu sein.

»Hallo, hier ist Lexie.« Sie versuchte, nüchtern und sachlich zu klingen.

»Lexie, Liebes, hier ist Ange. Ich rufe aus dem Büro deines Vaters an. Aus deinem Büro, sollte ich wohl sagen«, fügte sie spitz hinzu.

»Ange!« Lexie hätte fast den Kochlöffel in die Soße fallen lassen. »Hallo! Wie geht es dir?« Obwohl sie erleichtert war, dass es nicht Theo war, klang ihre Stimme zu schrill. Sie hätte sich längst bei Ange melden sollen, wenigstens um sich zu bedanken. Ange war so nett zu ihr gewesen, hatte sie in Schutz genommen, und sie war einfach ohne ein Wort verschwunden.

»Mir geht es gut, auch wenn das Wetter hier besser sein könnte. Ich habe gehört, du bist in den Alpen?«

»Äh … ja.«

»Gut.«

»Gut?«

»Ja. Du bist also nicht allzu weit weg von Frankreich?«

Lexie runzelte die Stirn. Sie hatte nicht damit gerechnet, dass das Gespräch diese Richtung nehmen würde. Rief Ange nicht an, um sie auf den neuesten Stand zu bringen? Oder vielleicht sogar, um sie zu ermahnen, ihren Teil der Abmachung einzuhalten? »Nein«, sagte Lexie langsam. »Eigentlich nicht.«

»Ausgezeichnet. Ende der Woche beginnt das *Fête du Citron*. In Menton. Das ist in Frankreich.«

»Hm, schön …« Lexie fischte nach einer Nudel – Schleifennudeln, weil Bree nur die mochte –, um zu prüfen, ob sie gar waren. »Das ist eines der Feste, zu denen ihr Reisen organisiert, oder?«

»Wir, meinst du.«

»Richtig. Gibt es etwas, das ich wissen sollte?«

»Du hast gesagt, du würdest gern hinfahren, erinnerst du dich?«, fuhr Ange fort. »Als Theo dir das Büro gezeigt hat.«

»Ich … ja, das stimmt.« Obwohl sie das vor allem gesagt hatte, um zu beweisen, dass sie ihre Hausaufgaben gemacht hatte. Ange musste das mitbekommen haben – oder hatte Theo es ihr erzählt?

»Gut. Ich habe dir ein Flugticket von Zürich nach Nizza gekauft. Nach Zürich kommst du so, oder?«

»Ich …«

»Und von Nizza ist es nur eine gute Stunde mit dem Bus. Wenn du die Quittung für das Ticket aufhebst, kann dir die Firma das Geld zurückerstatten.«

»Ange.« Lexie versuchte, ganz ruhig zu klingen, während sie in der Bolognesesoße rührte. »Was meinst du damit, du hast mir ein Flugticket gekauft? Warum?«

»Du hast doch gesagt, dass du da mal hin willst, oder? Und die Firma kann es bezahlen. Also betrachte es als einen netten kleinen Urlaub.«

Lexie lachte ungläubig. Sie konnte sich vorstellen, dass Ange immer bekam, was sie wollte. »Ich kann nicht einfach so nächste Woche nach Frankreich fahren!« Was gelogen war. Die Mädchen waren nicht da, und das Chalet konnte ruhig eine Weile unbeaufsichtigt bleiben. Aber darum ging es nicht.

»Es sind doch nur ein paar Tage. Ich dachte, du würdest gerne sehen, was die Firma macht. Und wer freut sich nicht über einen kostenlosen Urlaub? Mike, der andere Geschäftsführer, wird auch da sein. Er will dir alles zeigen, sodass du dich fühlen wirst wie ein VIP.«

»Ich weiß nicht, Ange. Hat Theo dir gesagt … Ich meine, wir haben uns irgendwie darauf geeinigt, dass ich mich dieses Jahr zurückhalte, und er könnte das Gefühl haben, dass ich ihm auf die Füße trete. Ich weiß das Angebot wirklich zu schätzen, aber …«

»Dein Vater hat euch beiden die Firma vererbt, Lexie.« Ange konnte ganz schön streng klingen, das musste man ihr lassen. Es reichte, um Lexie zum Schweigen zu bringen. »Ich weiß, dass du ein Leben und Verpflichtungen in Österreich hast, aber das Mindeste, was du als *Eigentümerin der Firma* tun könntest, wäre, dir einen Eindruck von unserer Arbeit zu verschaffen. Ich habe dir ein Hotelzimmer reserviert, und Mike hat alles für dich vorbereitet.«

»Ich …«

»Richards Anweisungen sind klar, soweit ich weiß. Ihr müsst beide an der Leitung der Firma beteiligt sein, solange sie euch gehört.«

Lexie schwieg. Wollte Ange ihr *drohen*? Wollte sie andeuten, dass sie Lexie verpetzen würde? Das würde sie niemals durchziehen, da war Lexie sicher. Fast sicher.

Das Nudelwasser kochte über, und Lexie drehte die Hitze runter. »Hör zu, Ange, ich bin gerade beschäftigt. Ich rufe dich zurück, okay?« Im Zweifel Zeit schinden.

»Wunderbar. Theo hat mir deine Mailadresse gegeben. Ich schicke dir alles.«

»Das heißt nicht, dass ich …« Aber Ange hatte schon aufgelegt.

*

Später, als die Mädchen im Bett waren, rief Lexie Fran an.

»Sie will, dass ich alles stehen und liegen lasse und mir nichts, dir nichts nach Frankreich fliege. Ich meine, ist das zu fassen?«

»Na ja«, sagte Fran und zog das Wort in die Länge, »du hast doch selbst gesagt, dass es langweilig ist, wenn die Mädchen nicht da sind.«

»Ja, aber …« Lexie seufzte ungeduldig. »Darum geht es doch gar nicht, oder?« Sie lehnte sich an die Terrassentür. Draußen war es dunkel, aber die Berge konnte sie im Schein der Leuchtreklamen gerade noch so erkennen.

»So wie ich es sehe, bietet sie dir einen Gratisurlaub an. Warum solltest du ihn nicht annehmen?«

»Weil ich bezweifle, dass er wirklich umsonst ist. Sie will mich in irgendwas reinziehen, da bin ich mir sicher. Ich würde sie ja für ihre Raffinesse bewundern, wenn nicht ausgerechnet ich das Opfer wäre.«

»Ich weiß, dass du nichts mit der Firma zu tun haben willst, aber sie hat recht. Solltest du nicht wenigstens ein bisschen darüber wissen, bevor du sie verkaufst? Je besser du informiert bist, desto eher kannst du sicher sein, dass du bei einem Verkauf bekommst, was dir zusteht. Und war es nicht dieser Typ …«

»Theo«, knurrte sie.

»Richtig, Theo. War er es nicht, der dich vergrault hat?«

»Es ist nicht nur seinetwegen.« Richards Name hing unausgesprochen in der Luft, aber Fran vermied es taktvoll, ihn zu erwähnen, und wartete zweifellos darauf, dass Lexie das Thema von sich aus ansprach. Was Lexie zu schätzen wusste.

»Trotzdem. Er wird nicht dort sein, oder?«

»Nein«, sagte Lexie langsam. »Ange meinte, Mike würde mir alles zeigen. Er ist der andere Geschäftsführer, aber den habe ich noch nicht kennengelernt.«

Lexie zog die Vorhänge zu. Im Kamin knisterte ein Feuer, und es war warm genug, um barfuß über den Holzboden zu laufen. Aus irgendeinem Grund war sie so nervös, dass sie nicht stillstehen konnte.

»Ich sage ja nur, es ist eine Gratisreise nach Frankreich. Ich würde sie annehmen.«

Lexie ging in die Küche und machte den Kühlschrank auf. Dort stand noch eine halbe Flasche von dem teuren Weißwein, den Nicole so gerne trank. Ihre Arbeitgeberin hatte ihr gestern

Abend ein Glas angeboten – ob sie etwas dagegen hatte, wenn Lexie sich jetzt selbst bediente?

Scheiß drauf. Sie nahm sich ein Glas und öffnete den Wein. Zur Not würde sie ihn ersetzen. Er kostete ja nur einen Wochenlohn.

Es war die Vorstellung, eine der Reisen ihres Vaters zu machen, wurde ihr klar. Deshalb war sie nervös. Die ganze Zeit hatten sich ihre Gedanken darum gedreht, dass sie mit der Führung der Firma überfordert und von vornherein zum Scheitern verurteilt war, darum, wie sauer sie auf Theo war. Dass es dabei um ihren Vater ging, um das, was er aufgebaut hatte, dass sein Firmenkonzept auf einer Tradition beruhte, die aus ihrer eigenen Kindheit stammte, versuchte sie zu verdrängen. Und bisher war ihr das ganz gut gelungen. Deshalb scheute sie davor zurück. Sie war noch nicht bereit, ihrem Vater zu verzeihen.

»Vielleicht solltest du eine Liste mit Pros und Kontras machen«, schlug Fran vor. »Für die Reise nach Frankreich, meine ich.«

»Gute Idee.« Lexie schenkte sich ein Glas Wein ein und trank einen Schluck. Und ja, er war gut – aber sie konnte ehrlich gesagt keinen Unterschied zwischen diesem und einem guten Supermarkt-Sauvignon schmecken. »Aber erzähl mal, wie geht es dir? Wie läuft die Arbeit?«

»Ach, Arbeit ist Arbeit, lass uns nicht darüber reden. Ich glaube, mir war nicht klar, wie langweilig es eigentlich ist, Anwältin zu sein. Ich habe mir eingeredet, dass es besser wird, wenn ich ein paar Karrierestufen aufsteige, aber es ist immer noch genauso öde.«

»Ja, es muss furchtbar sein, so viel Geld zu verdienen.«

»Neulich war eine Frau hier und hat geweint, weil ihre Ehe in die Brüche gegangen ist und sie nicht wusste, was sie tun soll. Ich musste mit ihr über die rechtlichen Möglichkeiten sprechen, und ich kam mir so fies vor. So richtig fies, Lexie. Ich bin jetzt eine dieser fiesen Anwältinnen – wie konnte das passieren?«

»Du bist nicht fies. Außerdem hast du jahrelang darauf hingearbeitet.« Lexie erinnerte sich, dass Fran schon mit sechzehn erklärt hatte, dass sie Anwältin werden wollte, und seitdem war sie nicht davon abgewichen – bis vor etwa sechs Monaten.

»Darauf, Paaren beim Streiten zuzuhören? Bei Sorgerechtsstreitigkeiten machtlos zu sein? Oder darauf, dass Leute an meinem Schreibtisch weinen, weil sie sich fragen, wie es so weit kommen konnte, um ihnen dann zu sagen, wie viel schlimmer es noch werden kann, bevor ich ihnen die Kosten dafür in Rechnung stelle, es nicht so weit kommen zu lassen?«

Lexie zog sich der Magen zusammen. Fran sprach nicht über konkrete Fälle – aus Gründen der Vertraulichkeit oder was auch immer –, aber manchmal sagte sie etwas, das Lexie an die Scheidung ihrer Eltern erinnerte. Sie mussten einen Anwalt gehabt haben, zumindest für den Papierkram, aber es gab keine Kämpfe vor Gericht, keinen Streit darüber, wer was bekam. Das war gut, hatte Fran einmal bei einem Glas Wein gesagt, und das war Lexie bewusst – sie hätte nicht gewollt, dass ihre Mutter durchmachen musste, was Frans Klienten durchmachten. Aber dass ihr Vater einfach so gegangen war, ließ Lexie manchmal stutzig werden.

Sie trank noch einen Schluck Wein. »Warum wechselst du nicht die Fachrichtung. Geht das nicht?«

»Soll ich etwa Immobilienrecht oder so was Langweiliges machen? Nein, danke. Ich glaube, als ich davon geträumt habe, Anwältin zu werden, habe ich mir vorgestellt, wie ich im

Gerichtssaal für Gerechtigkeit kämpfe, aber irgendwie bin ich vom Weg abgekommen. Das amerikanische Fernsehen ist schuld.«

Lexie lachte. Sie vermisste Fran. Ja, sie hatte einen Freundeskreis hier, aber niemanden, der sie so in- und auswendig kannte. »Okay, die Arbeit ist also scheiße.«

Auch Fran lachte. »Ja. Die Arbeit ist scheiße. Aber …«

»Aber was?«

»Es gibt da vielleicht jemanden…«

»Na los, erzähl.« Fran fing sofort an, von einem Mann zu schwärmen, den sie über eine Dating-App kennengelernt hatte. Aber so sehr Lexie es auch hasste, skeptisch zu sein, das passierte Fran ziemlich oft. Es verblüffte Lexie immer wieder, wie viel Hoffnung Fran in ihre Beziehungen setzte, wenn man bedachte, dass sie Scheidungsanwältin war. Sie neigte dazu, sich Hals über Kopf in jemanden zu verlieben, der dann unweigerlich Schluss machte und sie mit einem gebrochenen Herzen zurückließ. Dass sie sich immer wieder berappelte und die Hoffnung nie aufgab, beeindruckte Lexie.

»Und du?«, fragte Fran. »Wie geht es deinem Typ?«

»Mikkel? Er ist nicht *mein* Typ.«

»Nein, natürlich nicht.«

»Was soll das heißen?«

»Nichts, nichts.«

»Frei und Single sein, ist genau das, was ich jetzt brauche«, sagte Lexie im Brustton der Überzeugung.

»Genau, nach deinen ganzen ernsten, festgefahrenen Beziehungen.«

Lexie schnaubte. »Das ist besser, als zu sehr an jemandem zu hängen. Erinnerst du dich an Ben?«

»Ich fand Ben süß.«

»Ben hat geweint, als ich mit ihm Schluss gemacht habe«, sagte Lexie ausdruckslos. »Nach nur sechs Dates.«

»Na ja, vielleicht hat er dich einfach sehr gern gehabt. Jedenfalls war er nicht so schlimm wie Toby. Weißt du noch? Er hat mit mir Schluss gemacht hat, weil ich mies in Rollenspielen bin – auch ungefähr nach dem sechsten Date.«

»Und da fragen mich die Leute, warum ich immer noch Single bin, wo es doch so viele tolle Männer da draußen gibt.« Dann seufzte sie und dachte an ihre Telefonrechnung. »Ich muss jetzt auflegen. Kommst du mich bald besuchen?«

»Ja, wenn ich jemals Zeit dafür finde, bei all den Ehen, die ich zerstöre.«

Lexie verdrehte die Augen. »Bis bald, Fran.« Sie legte auf, schlich ins Wohnzimmer und beugte sich zu Bella hinunter.

Nachdem sie sich vergewissert hatte, dass die beiden wenigstens versuchten einzuschlafen, rief Lexie ihre E-Mails ab. Ange hatte ein Flugticket, Hotelinformationen und eine Wegbeschreibung von Nizza nach Menton geschickt. Demnach sollte Lexie am kommenden Freitag fliegen.

Sie trommelte mit den Fingern auf die Granitarbeitsplatte in der Küche und trank ihren Wein. Vielleicht hatte Fran recht, und sie machte sich zu viele Sorgen. Selbst wenn Ange irgendetwas ausheckte, sie konnte immer noch nein sagen, egal, was es war.

Also antwortete sie Ange.

Danke, Ange. Ich werde da sein.

8. KAPITEL

Lexie stand der Schweiß auf der Stirn, als sie ihren Rucksack die letzten Meter von der Bushaltestelle zu dem schicken Boutique-Hotel schleppte, in dem sie übernachten sollte. Es war wärmer, als sie es um diese Jahreszeit gewohnt war – milde zwölf Grad –, und das langärmelige T-Shirt, der dicke Pullover und der Wintermantel waren zu viel für diesen sonnigen Tag, obwohl eine kühle Brise den Geruch des Meeres herüberwehte. Den Strand konnte sie von hier aus nicht sehen, aber sie hörte das Krächzen der Möwen.

Sie ging am leuchtend blauen Schild des Hotels vorbei, unter dem gewölbten Eingang hindurch und betrat die Lobby. Es war ganz nach Lexies Geschmack, ausgesprochen modern, stilvoll und dezent. Elegante Holzböden, die Beleuchtung weder zu hell noch zu dunkel, und zu ihrer Linken führte eine Treppe zu einem Barbereich mit großen weißen Säulen, bequemen Sesseln und hohen Hockern am Tresen. Es war schon eine Weile her, dass sie in einem so schicken Hotel übernachtet hatte, und sie fühlte sich fehl am Platz in ihren Leggings und Turnschuhen. Zwar war der Flug selbst nicht lang gewesen, aber nachdem sie mit dem Bus zum Bahnhof gefahren war, um den Zug nach Zürich zu nehmen, und vom Flughafen in Nizza noch zweimal mit dem Bus umsteigen musste, war sie erschöpft und wollte nur noch duschen und sich die Zähne putzen.

Sie ging zur Rezeption, auf der eine Orchidee stand. Die Frau, die dort saß, war sehr elegant – der Typ blauer Blazer und Halstuch. Sie hatte makellose Haut, pfirsichfarbenen Lippenstift, einen perfekten Lidstrich und ihr Haar am Hinterkopf zu einem kunstvollen Knoten hochgesteckt. Lexie fühlte sich durch ihr Erscheinungsbild noch ungepflegter, als sie den Rucksack zu ihren Füßen abstellte und sich durch die Locken fuhr.

»Bonjour, Mademoiselle. Puis-je vous aider?«

»Oui, bonjour. Je …« Sie biss sich auf die Lippe, ihr begrenztes Französisch ließ sie völlig im Stich. Doch sie versuchte es erneut. »Je m'appelle Lexie Greenwood. Je, äh …«

Die Frau lächelte sie freundlich an. »Ah, oui, Sie gehören zu R&L-Travel, ja?«

Lexie nickte, geradezu lächerlich erleichtert. »Ja.«

»Ich erinnere mich. Die anderen sind gestern schon angekommen.« Sie begann, mit perfekt manikürten Fingernägeln auf ihre Tastatur einzutippen. »Sie sind in Zimmer 202, und ich glaube – ach ja, da ist er.« Die Frau deutete hinter Lexies Schulter, und als Lexie sich umdrehte, sah sie einen älteren Mann mit grau meliertem Haar auf sich zukommen, in schicker Hose, Hemd und teurem Jackett und mit einem breiten Lächeln.

Er streckte ihr die Hand entgegen. Lexie fiel auf, dass seine schwarzen Schuhe extrem glänzten. »Sie müssen Lexie sein. Sie sind Ihrem Vater wie aus dem Gesicht geschnitten.«

Lexie schüttelte die ihr angebotene Hand, und er drückte sie fest, bevor er sie wieder losließ. »Ich bin Mike. Ange hat mir gesagt, dass Sie kommen. Sehr erfreut, Sie kennenzulernen. Ich habe natürlich schon viel von Ihnen gehört. Haben Sie Lexie ihren Schlüssel gegeben, Simone?«

Die Empfangsdame – die offenbar Simone hieß – reichte Lexie eine Schlüsselkarte. »Voici.«

Er zwinkerte ihr zu. »Sie sind ein Engel.« Er sah auf seine goldene Uhr. »Also, Lexie, wir sind gerade auf dem Sprung. Wir wollen uns die Basilika ansehen – streng genommen hat das nichts mit Zitronen zu tun, ich weiß, aber immerhin ist das Gebäude zitronengelb. Und dann essen wir in einem zauberhaften Restaurant zu Mittag. Es ist nur für uns reserviert: Wir arbeiten jedes Jahr mit ihnen zusammen, und ihre *Tarte au Citron* ist ein Gedicht. Ehrlich gesagt, habe ich noch nie etwas Vergleichbares gekostet. Sie wollen sich sicher frisch machen …« Er musterte sie kurz von oben bis unten. »Aber Sie essen doch mit uns zu Mittag, oder? Ange hat gesagt, ich soll Ihnen alles zeigen, und ich möchte, dass Sie unser Ehrengast sind.«

Lexie fiel nicht ein, was sie darauf erwidern sollte. »Oh, vielen Dank. Das ist sehr nett.« Sie lächelte. »Und ja, Mittagessen hört sich gut an. Großartig sogar.« Abgesehen von einem enttäuschenden Croissant im Flugzeug hatte sie heute noch nichts gegessen. »Aber woher weiß ich, wo ich Sie finde? Haben Sie den Namen des Restaurants oder …?«

»Keine Sorge, Lexie, keine Sorge. Theo bleibt im Hotel. Er wird auf Sie warten und Sie hinbringen, wenn Sie so weit sind.«

Lexie wurde sich bewusst, dass es unhöflich war, ihn so anzustarren, und versuchte, ihren entgleisten Gesichtsausdruck unter Kontrolle zu bringen. »Entschuldigung, sagten Sie …?«

»Ah, da ist er ja!«, rief Mike so laut, dass Lexie zusammenzuckte. Sie drehte sich um, während sich ein flaues Gefühl in ihrem Magen ausbreitete, und sah Theo um die Ecke der Rezeption kommen. Theo blieb abrupt stehen und starrte sie an.

Es war offensichtlich, dass er nicht mit ihr gerechnet hatte. Es gelang ihm, seine Überraschung zu überspielen, als er den Blick von ihr abwandte.

»Sie warten draußen, Mike.«

»Wunderbar. Lexie kennst du doch, oder?«

»Ja. Obwohl ich nicht wusste, dass sie sich uns anschließen würde.« So wie er sie ansah, schien er zu glauben, es sei *ihre* Schuld – als hätte sie ihn irgendwie hintergangen.

»Nein«, sagte sie knapp. »Ich wusste auch nicht, dass du hier sein würdest.«

»Wirklich?«, sagte Mike und runzelte die grauen Augenbrauen, während er zwischen ihnen hin und her sah. »Es passt gar nicht zu Ange, dass sie vergisst, so etwas zu erwähnen. Und ich dachte, du wüsstest, dass es einen Grund gibt, warum wir beide hier sind, Theo.« Mikes Ton war irgendwie sanft und herablassend zugleich, aber er fuhr fort, bevor Theo etwas sagen konnte. »Wie auch immer, jetzt seid ihr beide hier. Theo, ich habe Lexie gesagt, dass du auf sie wartest und ihr den Weg zum Restaurant zeigst. Das ist doch kein Problem, oder?«

»Ich kann doch …«, begann Lexie, aber Theo unterbrach sie.

»Nein, das ist kein Problem.«

Und Lexie konnte sich schlecht weigern, oder? Sie fragte sich, warum Theo Befehle von Mike entgegennahm. Sollten sie und Theo in der Hierarchie nicht eigentlich über ihm stehen?

»Ausgezeichnet. Tja, ich mache mich besser auf den Weg. Wir sehen uns beim Mittagessen!«

Nachdem Mike die Lobby verlassen hatte, starrten Theo und Lexie sich zunächst nur an. Warum – *warum?* – musste er so … gepflegt aussehen, mit dem dunklen, vom Wind zerzausten Haar, dem Mantel, der seine Schultern betonte. Sie hasste es, dass er so attraktiv war, hasste es, dass sie ihn attraktiv *fand*, obwohl er der Letzte war, den sie jetzt sehen wollte. Sie spürte, wie der Schweiß in ihrem Nacken kalt wurde.

»Du bist also hier«, sagte Lexie.

Er schob die Daumen in die Gürtelschlaufe seiner Jeans. »Sieht so aus.«

Genervt von seinem sarkastischen Tonfall, bückte sie sich nach ihrem Rucksack.

»Ich freue mich auch, dich zu sehen«, sagte er mit süßlicher Stimme.

Lexie biss die Zähne zusammen. Sie steckte in einer Sackgasse – man hatte sie reingelegt. Sie musste unbedingt ein ernstes Wort mit Ange reden. Wenn sie geahnt hätte, dass Theo hier war, wäre sie nie hergekommen, und Ange wusste das ganz genau. Es war, als hätte Ange sie wie zankende Kinder in ein Zimmer gesperrt, damit sie sich vertrugen. Andererseits hatte Ange nie behauptet, dass Theo *nicht* hier wäre. Lexie hatte nur nicht gefragt.

»Wann gibt es Mittagessen?«, fragte Lexie.

»In etwa anderthalb Stunden.«

»Okay. Dann gehe ich nach oben und ziehe mich um.«

»Ich warte hier unten.«

Sie runzelte die Stirn. »Ich muss noch duschen.«

Er deutete zum Aufzug. »Lass dir Zeit.«

Sie zögerte, dann ging sie an ihm vorbei, den Rucksack über der Schulter, die Schlüsselkarte in der Hand, und drückte den Fahrstuhlknopf. Aus den Augenwinkeln sah sie, wie er den Barbereich betrat, das Telefon ans Ohr gepresst. »Hallo, Ange. Ich glaube, du hast vergessen, mir etwas zu sagen.«

★

Ihr Hotelzimmer im ersten Stock war wunderschön, die Wand hinter dem riesigen Kingsize-Bett ein dunkles Meerblau, blütenweiße Bettwäsche und glänzende Holzböden wie in der Lobby. Aber das Beste war die Aussicht – und dass sie einen eigenen Balkon hatte, mit Blick auf den Strand der französischen Riviera. Das Wasser glitzerte im Sonnenlicht, und hinter den Hotels erstreckten sich grüne Berge. Am liebsten wäre sie hier draußen geblieben und hätte alles in sich aufgesogen, aber es war wohl das Beste, Theo nicht länger warten zu lassen als nötig.

Sie duschte und zog sich um, entschied sich für Jeans, High Heels und ihren roten Lieblingspullover und betrachtete sich im Spiegel. Das schummrige Licht im Badezimmer schmeichelte ihr, und sie war zufrieden. Trotzdem tuschte sie sich fürs Selbstbewusstsein noch die Wimpern, knetete ihre feuchten Locken in Form und atmete tief ein, die Hände auf das Porzellanwaschbecken gestützt. Es war nur für ein paar Tage. Da sie nun schon mal hier war, konnte sie genauso gut versuchen, es zu genießen, zumal sie noch nie in diesem Teil Frankreichs gewesen war, geschweige denn auf einem *Zitronenfest*. Sie würde sich von Theo nicht den Spaß verderben lassen.

Ihr Vorsatz, das Beste aus der Situation zu machen, wurde jedoch auf die Probe gestellt, als sie in die Lobby kam und Theo nirgends zu sehen war. Er saß auch nicht an der Bar und nippte mürrisch an einem Whisky. Sie spürte, wie ihre Handflächen kribbelten, während sie sich umsah. Warum hatte sie nicht darauf bestanden, dass Mike ihr den Namen des Restaurants nannte? Warum hatte sie ihn nicht nach seiner Telefonnummer gefragt? Sie zückte ihr Handy, um zu sehen, ob Theo ihr geschrieben hatte, wohin er gegangen war, aber nichts.

»Excusez-moi?« Lexie blickte auf und sah, dass Simone sie anlächelte. »Suchen Sie Ihren Freund?«

Lexie nickte – dies war nicht der richtige Zeitpunkt, um klarzustellen, dass er nicht ihr *Freund* war.

»Er ist im Garten.« Simone zeigte auf die Rückseite des Hotels, hinter dem Barbereich.

Lexie folgte ihrer Wegbeschreibung in einen Garten, der eigentlich eher ein Innenhof war, mit Kopfsteinpflaster, kleinen Holztischen und hohen Grünpflanzen, die ihm ein mediterranes Flair verliehen. Theo saß in einer Ecke, sein Gesicht teilweise vom Schatten eines Baumes verdeckt. Vor ihm stand eine Espressotasse, und er tippte stirnrunzelnd etwas in sein Handy.

»Du hast gesagt, du wartest in der Lobby auf mich«, sagte sie, während sie auf ihn zuging.

Er sah nicht einmal auf und tippte weiter. »Ich habe darauf vertraut, dass du mich findest.«

Sie zog ihren Mantel über den Pullover. *Lass dich gar nicht darauf ein, Lexie.* »Okay. Wollen wir los?«

Er tippte noch kurz weiter, steckte dann sein Handy in die Manteltasche und stand auf, ohne sie eines Blickes zu würdigen.

Er führte sie durch die Stadt, und obwohl sie nur einen flüchtigen Blick auf die riesigen Zitronenskulpturen erhaschte, fiel ihr auf, wie gut sie zu dem Ort passten, der für seine *citrons* berühmt war. Die Gebäude waren in Orange- und Gelbtönen gehalten, ab und zu eins auch in einem zarten Rosa, und in den engen Straßen drängten sich Touristen.

Nachdem sie fünf Minuten schweigend nebeneinanderher gelaufen waren, begann Lexie, sich unwohl zu fühlen. Normalerweise war sie gut in Small Talk. So oft, wie sie umzog, blieb ihr gar nichts anderes übrig, um neue Leute kennenzulernen. Aber im Moment fiel ihr partout nichts ein. Am liebsten hätte sie Fragen zur Firma gestellt, wie es lief, ob er irgendwelche Veränderungen plante. Ob die Reise nach Island noch in diesem Jahr ins Programm aufgenommen würde. Sie öffnete ein paarmal den Mund, um das Thema anzusprechen, machte aber jedes Mal einen Rückzieher.

Als sie zum vierten Mal ansetzte, richtete Theo den Blick auf sie. »Ich kann *hören*, wie dein Gehirn arbeitet, auch wenn du nichts sagst.«

Sie biss sich auf die Lippe. »Ich wollte mich nach der Firma erkundigen. Ob es irgendetwas gibt, das ich wissen sollte, irgendwelche Veränderungen oder neue Reisen oder … irgendetwas«, beendete sie hilflos ihren Satz. »Aber du hast deutlich gemacht, dass du nicht mit mir darüber reden willst, also *verkneife* ich mir die Fragen.«

Er zog genervt die Augenbrauen hoch.

Woher hatte er diese Narbe, fragte sie sich. Nein, sie interessierte sich gar nicht dafür, es war ihr egal.

»Da *du* von Anfang an deutlich gemacht hast, dass dich nichts von dem, was dein Vater aufgebaut hat, interessiert, und du förmlich die Tage zählst, bis du die Firma loswirst, verstehst du sicher, warum ich ungern darüber reden möchte.«

»Es ist nicht …« Sie schüttelte den Kopf. »Darum geht es nicht. Ich muss es wissen«, erklärte sie. »Ich brauche das Geld aus dem Firmenverkauf.«

»Haben wir uns denn ausdrücklich darauf geeinigt, die Firma zu verkaufen?«, fragte er mit sanfter Stimme. »Ich kann mich nicht an ein solches Gespräch erinnern.«

»Was?!«, stotterte sie. »Willst du mich auf den Arm nehmen? Das ist der einzige Grund, warum ich …«

»Da sind wir.« Er blieb vor einem ziemlich heruntergekommenen Gebäude stehen, das sich durch nichts von den sattgelben Nachbarhäusern unterschied. Aber Theo öffnete zielstrebig eine Tür und schob Lexie hinein. Es war ein kleines Lokal – hinter der Bar schien es nur einen einzigen Raum zu geben, der fast vollständig von einem langen Tisch mit einem weißen Tischtuch und Weingläsern eingenommen wurde, die im Sonnenlicht funkelten, das durch die hohen Fenster hereinfiel. Es war ganz nett, und der Kellner begrüßte sie freundlich, aber nichts daran schien besonders – keine schöne Aussicht, keine stilvolle Einrichtung, wie sie erwartet hätte.

»Was ist das?«, sagte Lexie, eher zu sich selbst.

»Manche würden es ein Restaurant nennen.«

Lexie verdrehte die Augen. »Okay, verstanden, danke.«

Theo ging weiter hinein, und Lexie sah, dass alle anderen schon da waren – Mike reichte gerade eine Flasche Weißwein herum. Insgesamt zehn Personen, die sich angeregt miteinander unterhielten.

»Wir arbeiten mit der Familie, die dieses Lokal betreibt, praktisch von Anfang an zusammen«, sagte Theo, und Lexie sah ihn interessiert an. »Als Richard es entdeckt hat, lief es nicht besonders gut. Es ist ein kleiner Familienbetrieb, und die Konkurrenz ist hart. Aber ehrlich gesagt, gibt es hier das beste Essen.« Er zuckte die Schultern. »Das ist Teil der Firmenphilosophie – mit kleinen, lokalen Betrieben zusammenzuarbeiten und diese Leute zu unterstützen. Den Ort hinter den touristischen Attraktionen zu entdecken.« Er machte eine Pause und fügte dann hinzu: »Das ist einer der Gründe, warum ich die Firma so schätze. Ich fürchte, ich habe Richard das nicht oft genug gesagt, aber …« Er verstummte, und Lexie wandte den Blick ab, unsicher, was sie von diesem kleinen Gefühlsausbruch halten sollte. War es möglich, dass er ihren Vater wirklich vermisste? Mehr als sie selbst? Sie wusste die Antwort darauf nicht.

Stattdessen sah sie sich noch einmal im Restaurant um. Sie liebte es, Orte abseits ausgetretener Touristenpfade zu entdecken, und ihr gefiel der Gedanke, in das Leben der Einheimischen einzutauchen. Ihr war nicht klar gewesen, dass die Firma genau das zum Ziel hatte. Hatte ihr Vater darauf wirklich Wert gelegt? Oder war er nur einem Trend gefolgt? Sie hasste es, dass Theo die Antwort auf diese Frage vermutlich kannte und sie nicht.

Lexie fasste Theo am Arm, als er sich dem Tisch nähern wollte. »Hör zu, Theo«, begann sie, wurde jedoch von Mikes dröhnender Stimme unterbrochen.

»Lexie! Theo! Kommt her, wir richten uns gerade ein. Lexie, ich habe Ihnen den Platz gegenüber von mir freigehalten. Kommen Sie, kommen Sie. Leute, das ist Lexie.« Die anderen lächelten freundlich, und jemand winkte verlegen.

Theo schaute demonstrativ auf ihre Hand auf seinem Arm, und sie ließ ihn los. Lächelnd setzte sie sich auf ihren Platz gegenüber von Mike, zwischen eine rothaarige Frau um die dreißig – sie war es, die gewunken hatte – und einen Mann um die vierzig, der sich leise mit einem anderen Mann unterhielt.

»Geht es Ihnen besser, Lexie?«, fragte Mike und füllte ihr Glas sofort mit Wein. Sie trank einen Schluck (warum auch nicht?) und war überrascht, wie gut er schmeckte, kühl und frisch, gefährlich trinkbar und viel besser als der teure Wein aus dem Chalet. Selbst sie, mit ihrer begrenzten Weinkenntnis, konnte die Zitrusnoten herausschmecken.

»Viel besser. Danke.« Sie sah sich um. Theo hatte am anderen Ende des Tisches Platz genommen, und eine Frau in einer hellblauen Bluse, vielleicht Mitte dreißig, mit kurzen, braunen Haaren, nickte zu allem, was Theo sagte, während der Mann ihr gegenüber (ihr Ehemann?) ein wenig gelangweilt wirkte. Aber sie schien ganz hingerissen, als Theo lächelte und irgendeine Geschichte erzählte. Also verhielt er sich nur ihr gegenüber wie ein Arschloch.

»Ihr kommt genau richtig für die Vorspeisen«, sagte Mike und lächelte den beiden Kellnern zu, die das Essen servierten. »Stellt sie in die Mitte, Jungs, die sind für alle da.« Entweder sprachen die Kellner Englisch oder sie wussten, was zu tun war. Es gab Bruschetta mit Ricotta und Zitrone, Krabbenküchlein mit Zitrone, Mini-Lachsfrikadellen mit Zitrone und einen raffinierten Zitronen-Dip mit weißen Bohnen.

»In jedem Gericht ist Zitrone«, erklärte Mike unnötigerweise.

»Und wenn jemand keine Zitronen mag?«, scherzte Lexie, ehe sie sich auf die Zunge beißen konnte.

Am Ende des Tisches sah Theo auf. Ihre Blicke trafen sich, und seine Lippen zuckten, als müsste er sich ein Lächeln verkneifen. Mike schien den Witz nicht zu verstehen.

Er biss in ein Krabbenküchlein und lehnte sich dann verschwörerisch zu Lexie, während ihre Sitznachbarn ins Gespräch vertieft waren. »Jetzt erzählen Sie mal, Lexie. Wie geht es Ihnen wirklich?«

Lexie hielt sich die Hand vor den Mund, während sie ihren ersten Bissen Bruschetta kaute. Und verstand sofort, warum Richard diesen Ort ausgesucht hatte. Es war fantastisch. Wie schafften sie es, dass eine einfache Bruschetta so gut schmeckte? Der Ricotta schmolz auf der Zunge, mit gerade genug Zitrone, um sowohl süß als auch sauer zu sein. Sie schluckte hastig, bevor sie Mikes Frage beantwortete. »Mir geht es gut, danke. Wie war …?«

»Ich weiß, es muss hart sein. Ich habe Ihren Vater natürlich gern gehabt, sehr gern sogar. Aber ich weiß auch, dass er zu seiner Zeit ein echter Draufgänger war.«

Lexie gab sich große Mühe, Mike zu mögen, aber als er ihren Vater einen Draufgänger nannte, musste sie die Zähne zusammenbeißen. Statt einer Antwort trank sie einen Schluck Wein.

»Ich weiß, es muss hart sein, in all das hineingeworfen zu werden. Haben Sie mit dem Anwalt gesprochen, ob es eine Möglichkeit gibt, aus der Sache rauszukommen?«

Lexie löffelte etwas von dem Bohnendip auf ihren Teller. Wahrscheinlich hatten Theo und Ange ihm gesagt, dass sie sich sträubte, die Verantwortung für die Firma zu übernehmen. »Das habe ich, und ich habe auch eine befreundete Anwältin gebeten, einen Blick darauf zu werfen, aber beide waren sich einig, dass es keinen Spielraum gibt.« Und sie wollte auch nicht mit ihm darüber reden. »Ist immer einer von Ihnen auf den Reisen dabei? Von R&L, meine ich?«

»Nein, nicht immer. Wir arbeiten hauptsächlich mit einheimischen Reiseleitern zusammen, und es gehört zu unserem Job, diese Leute sorgfältig auszuwählen, um den Gästen das bestmögliche Urlaubserlebnis zu bieten. Und die Menschen vor Ort zu unterstützen natürlich.« Er sagte es mit einer wegwerfenden Handbewegung, als wäre es ihm egal, doch Lexie wusste, dass es *nicht* egal war. »Aber es ist immer gut, persönlich vor Ort zu sein, wenn wir die Möglichkeit dazu haben. Die Kunden fühlen sich dann gewürdigt, und das ist der Grund, warum sie wiederkommen. Die persönliche Note eben. Und für uns ist es ein Gratisurlaub – ein Vorteil des Jobs.«

Er lachte, und Lexie versuchte mitzulachen. »Nun«, Mike senkte die Stimme und wurde wieder ernst, »kann ich irgendetwas tun, um es Ihnen leichter zu machen? Soweit ich weiß, haben Sie beschlossen, sich aus der Firmenführung rauszuhalten. Eine weise Entscheidung, möchte ich hinzufügen.«

»Tatsächlich?« Irgendetwas an der Art, wie er es sagte, machte sie stutzig. Sie wusste nicht warum – es war schließlich *ihre* Entscheidung. Aber bei ihm klang es, als wäre sie überfordert. Und das, so wurde ihr klar, war es auch, was sie an Theos Verhalten so störte. Sie taten, als *könnte* sie es nicht, anstatt es einfach nur nicht zu wollen.

»Auf jeden Fall. Wenn Sie nicht vorhaben, die Firma langfristig zu übernehmen, halte ich es für absolut sinnvoll, die Leitung Theo zu überlassen. Und ich bin ja auch noch da. Mir liegt das Unternehmen am Herzen, auch wenn ich keine Anteile besitze. Ich bin sogar schon länger dabei als Theo. Hat Ihr Vater erwähnt, dass wir schon vorher befreundet waren?«

»Äh, nein.« Lexie räusperte sich. »Mein Vater und ich … Ich weiß nicht viel über sein Leben, um ehrlich zu sein.« Anfangs hatte sie alles über sein neues Leben erfahren wollen. Um zu begreifen, was daran besser sein sollte. Aber mit den Jahren hatte sie es immer weniger interessiert.

»Nein, nein. Verständlich. Vielleicht sollten wir mal über den Schlamassel nachdenken, in dem Sie da stecken.«

»Da gibt es nichts nachzudenken.« Sie hob ihre Stimme, für den Fall, dass Theo zuhörte. »Sobald die Firma verkauft ist, *ist* es nicht mehr mein Schlamassel.«

»Ja«, sagte Mike langsam und ließ seinen Blick schweifen.

Lexie errötete. Sie hätte nicht so kaltschnäuzig reagieren sollen – und so laut. Zum Glück schien sie niemand gehört zu haben. Zum ersten Mal wurde ihr bewusst, dass andere

Menschen davon betroffen waren. Nicht die Kunden – die würden einen anderen Reiseveranstalter finden. Aber Mike und Ange und all die Leute, die sonst noch dort arbeiteten. Sie könnten ihren Job verlieren, je nachdem, wer die Firma übernahm. Verständlich, wenn es ihnen übel aufstieß, dass Lexie scheinbar nur daran interessiert war, sich zu bereichern. Ihr schlechtes Gewissen meldete sich, auch wenn sie versuchte, es zu verdrängen. Es war nicht ihre Schuld. Ihr Vater hatte sie in diese Situation gebracht.

»Tut mir leid, Mike«, sagte Lexie und meinte es ernst. »Ich weiß, es ist nicht ideal, dass ich einfach so aus dem Nichts auftauche und …« Sie griff nach ihrem Weinglas.

»Schon gut. Ist ja nicht Ihre Schuld, oder?«

Lexie sah unwillkürlich zum Ende des Tisches, wo Theo saß. Für eine Sekunde trafen sich ihre Blicke. Hitze schoss durch ihren Körper, und sie hielt ihr Weinglas fest umklammert. Doch selbst wenn er zugehört hatte, was machte das schon? Sie hob das Kinn, als wollte sie ihn herausfordern. Dann wanderte sein Blick zurück zu der Frau in der blauen Bluse, und Lexie atmete langsam aus, während sie die Finger um den Stiel ihres Glases lockerte. War dieser Punkt an sie gegangen? Jedenfalls achtete sie darauf, während des restlichen Essens nicht mehr in seine Richtung zu sehen.

9. KAPITEL

Lexie ging ein paar Schritte hinter Mike her, der die Gruppe durch die Jardins Biovès führte, die Hauptattraktion des Zitronenfestes, wo riesige Skulpturen aus Zitronen und Orangen aufgestellt waren. Darunter eine Frau, die einen Speer warf, ein Mann mit einer Fackel und ein wunderschönes Pferd. Manche waren *riesig*. Mindestens zehn Meter hoch. Die Leute standen Schlange, um vor den Skulpturen für Fotos zu posieren.

Würzig-süßer Zitrusduft erfüllte die Luft. Die Sonne ging schon unter, aber es war noch hell. Trotzdem wurde es langsam kalt, und Lexie war froh über ihren Wintermantel, als ihr der Wind ins Haar fuhr. Mike unterhielt sich mit den beiden Männern, die beim Essen rechts von Lexie gesessen hatten, während Theo immer noch von der Frau in der blauen Bluse mit dem gelangweilten Ehemann in Beschlag genommen wurde.

Theo bemerkte, dass sie in seine Richtung sah, und als sie sich hastig abwandte, fiel ihr Blick auf die nervös wirkende Rothaarige, neben der sie beim Mittagessen gesessen hatte. Sie ging ein Stück auf sie zu.

»Hey. Lucy, richtig?«

»Oh, äh, ja, stimmt.« Lucy ließ vor Schreck beinahe ihr Handy fallen, bevor sie es in ihre Manteltasche steckte. »Hi. Mike hat uns einander vorgestellt, aber tut mir leid, ich habe deinen Namen vergessen …«

Lexie lächelte. »Lexie.«

»Lexie, natürlich. Tut mir leid, aber wenn wir erst anfangen, uns zu unterhalten, wird es immer peinlicher, danach zu fragen, deshalb dachte ich, ich bringe es lieber gleich hinter mich.« Sie lachte etwas zu schrill. »Bist du auch allein hier? Ach nein, Entschuldigung, du bist mit deinem Freund gekommen, oder?«

»Mit meinem ... du meinst Theo?« Lexie schüttelte den Kopf. »Er ist nicht mein Freund.«

»Oh. Ich dachte nur, weil ihr zusammen aufgetaucht seid ... zum Mittagessen, meine ich. Das ist alles.«

»Das stimmt. Aber er arbeitet ... Ich meine, wir arbeiten beide in der Firma. Wir sind sozusagen ... Na ja, es war die Firma meines Vaters und jetzt ...« Lexie seufzte genervt, weil sie ins Stocken geriet. »Nun, jedenfalls gehören wir zur Firma.«

»Oh, wie schön. Ich bewundere jeden, der ein Unternehmen gründet, das muss so schwer sein.«

Und man brauchte Entschlossenheit, oder? Entschlossenheit, etwas zu beginnen und es durchzuziehen. Wieso besaß Richard genug Beharrlichkeit, um ein erfolgreiches Unternehmen aufzubauen, aber nicht um bei einer seiner beiden Familien zu bleiben?

»Und du?«, fragte Lexie, die das Thema wechseln wollte. »Was führt dich hierher?«

»Tja, ich bin allein hier.« Sie verzog das Gesicht. »Frisch getrennt.« Dann seufzte sie. »Na ja, nicht ganz so frisch. Aber ich war noch nie irgendwo allein – ich weiß, lach nicht – und ich dachte, Frankreich kann doch nicht so schwer sein, oder? Außerdem ist es schön, in einer Gruppe unterwegs zu sein. Wenn du für den Veranstalter arbeitest, weißt du dann alles über das Festival?« Lucys Augen leuchteten auf, und Lexie wollte sie nicht enttäuschen.

Sie räusperte sich. »Nun, der Ursprung des Festivals geht auf das Jahr 1928 zurück. Um das Wintergeschäft anzukurbeln, kam einer der Hotelbesitzer auf die Idee einer Ausstellung mit Blumen und Zitrusfrüchten in einem der Hotelgärten. Die Aktion war so erfolgreich, dass sie es im nächsten Jahr in großem Stil wiederholten.«

»Cool«, sagte Lucy und sah sich zwischen den Skulpturen um.

»Ja. Aber das erste offizielle *Fête du Citron* fand erst 1933 statt.«

All das stand auch in den Broschüren oder im Internet, aber Lucy nickte zufrieden.

»Äh … Jedes Jahr steht das Fest unter einem anderen Motto. Letztes Jahr war es Rock und Oper, dieses Jahr sind es die Olympischen Spiele.«

Lucy bedachte sie mit einem Seitenblick und deutete auf eine der Skulpturen. »Deshalb die riesigen Ringe.«

»Das würde es wohl erklären, ja.« Beide lachten, und danach entspann sich ein lockeres Gespräch.

»Was machst du morgen?«, fragte Lexie.

»Na ja, wir haben doch diese Crêpe-Sache, oder? Wahrscheinlich bereiten wir sie mit Zitrone zu. Irgendwie bringen sie schon Zitronen unter, da bin ich mir sicher.«

»Ach ja, richtig.« Lexie nickte und versuchte so zu tun, als wüsste sie über das Programm Bescheid.

»Du kommst doch, oder?«

»Ja, natürlich.« Würde sie? Sie hatte keine Ahnung.

»Schön. Ich hatte ein bisschen Bedenken, allein zu verreisen. Ich muss mich erst daran gewöhnen, aber es war wirklich nett, mit dir zu reden.«

»Lucy, Schatz!«, rief die Frau in der blauen Bluse, die Theo etwas *zu* interessant fand, und sowohl Lexie als auch Lucy sahen in ihre Richtung. Sie stand an einem der Stände am Rande des Parks, die an einen Weihnachtsmarkt erinnerten. »Das sind die Kerzen, von denen ich dir erzählt habe! Die musst du dir ansehen!«

Das Lächeln, das Lucy ihr als Antwort schenkte, wirkte angestrengt, und Lexie verstand sie nur zu gut. Diese Frau schaffte es, das Wort »Schatz« wie eine Beleidigung klingen zu lassen. Auch wenn sie das nicht laut sagen durfte, denn die Frau war eine Kundin.

»Ich gehe besser«, sagte Lucy. »Ich habe mir vorgenommen, jedem eine Chance zu geben und aus allem das Beste zu machen, also …«

»Verstehe.«

Lucy lachte, und Lexie war ein wenig stolz darauf, dass sie entspannter klang als zu Beginn des Gesprächs.

»Du bist ein Naturtalent!« Mikes dröhnende Stimme ließ sie zusammenzucken. »Wie der Vater, so die Tochter, was?« Ihr stockte ein wenig der Atem. Denn sie wusste nicht, worauf er anspielte. Fast wollte sie Mike fragen, was er damit meinte – inwiefern sie ihrem Vater ähnelte. Aber sie konnte sich nicht überwinden. Fürchtete sich vor der Antwort. Sie wollte nicht so sein wie er, wollte nicht zu den Menschen gehören, die ihre Familie einfach so im Stich ließen, Geburtstage vergaßen und Versprechen brachen. Aber jetzt war er tot. Manchmal blitzte diese Gewissheit plötzlich auf. Er war tot, und sie würde ihn nie wiedersehen. Wollte sie vielleicht doch ein bisschen so sein wie er? Ehrlich gesagt, wusste sie es nicht.

Mike ersparte ihr die Antwort, indem er weiterging und sich an die Gruppe wandte. »Wer möchte sich den Wunschbrunnen ansehen? Ein Wunsch, der während der *Fête du Citron*« – sein aufgesetzter französischer Akzent war zum Gruseln – »geäußert wird, geht mit doppelter Wahrscheinlichkeit in Erfüllung, heißt es.«

»Da solltest du Lexie fragen – mit Wünschen kennt sie sich aus.«

Lexie warf Theo einen Blick zu, als er sich neben sie stellte, die Hände lässig in den Jeanstaschen. Er hatte das Wunschglas also nicht vergessen.

Statt ihn zu ignorieren, legte sie den Kopf schief und drehte sich zu ihm um. »Nur zu, ich habe auch ein paar Wünsche für dich.«

Er zog eine Augenbraue hoch. »Was wünschst du dir denn so?«

»O Theo.« Sie klimperte mit den Wimpern. »Ich glaube nicht, dass du damit umgehen könntest zu wissen, was ich mir wünsche.«

Das entlockte ihm ein überraschtes Lachen. Punkt für Lexie?

Während Mike die Gruppe zum Wunschbrunnen führte, ging Lexie zu den Ständen, durchstöberte die Zitronenseifen und kaufte sich ein paar Zitronenbonbons.

»Ich habe dich mit Lucy Caraway reden sehen.«

Lexie zuckte zusammen. Sie hatte nicht bemerkt, dass Theo ihr gefolgt war. »Was?«

»Lucy. Die nervöse Rothaarige. Dreiunddreißig, reist zum ersten Mal allein. Normalerweise macht sie Pauschalurlaub am Strand.«

»Das hast du dir gemerkt?«

Er wartete einfach ab.

»Ja. Ich habe mit ihr gesprochen. Willst du mir deshalb jetzt auch ein schlechtes Gewissen machen?«

»Nein, ich wollte nur …« Er fuhr sich mit der Hand durch die dunklen Haare. »Ich habe gestern versucht, mit ihr ins Gespräch zu kommen, um sie ein bisschen aufzulockern, aber sie war total verkrampft. Du hast sie zum Lachen gebracht, und es scheint, als würde sie endlich anfangen, den Urlaub zu genießen.«

Lexie bedachte Theo mit einem vielsagenden Blick. »Nun, vielleicht solltest du nicht so ein böses Gesicht machen, wenn du willst, dass sich die Leute in deiner Gegenwart entspannen.«

»Oh, das Gesicht hebe ich mir für dich auf, keine Sorge.«

»Ich fühle mich geschmeichelt.«

Theo seufzte ungeduldig. »Ich versuche, dir ein Kompliment zu machen.«

Lexie zog die Augenbrauen hoch. »Wirklich?«

Sie war sich nicht sicher, ob er sie gehört hatte, denn er sah über ihre Schulter, wo Mike und die anderen sich um den Brunnen versammelt hatten. »Mike hat recht. Dein Vater war auch gut darin, sich mit den Leuten zu unterhalten, ihnen sofort das Gefühl zu geben, willkommen zu sein, dazuzugehören. Es lag ihm im Blut.«

Lexie sah ihm ins Gesicht. Sein Blick war verschwommen, als würde er in die Ferne sehen. Oder in Erinnerungen schwelgen. Es versetzte ihr erneut einen Stich, dass er Richard so viel besser gekannt hatte als sie. Er hatte ihren Vater zwar erst vor ein paar Jahren zum ersten Mal getroffen, aber er wusste so viel mehr über ihn, während ihr nur verschwommene Erinnerungen blieben und ein dumpfes Gefühl der Enttäuschung von den letzten Begegnungen. Um sich auf andere Gedanken zu bringen, wandte sie sich wieder den Ständen zu.

»Wie auch immer.« Theos Stimme klang nüchtern, als er wieder sprach. »Es klang, als wüsstest du viel über das Festival. Warst du schon mal hier?«

»Nein. Ich habe nur recherchiert. Es mag dich schockieren, da du anscheinend denkst, dass ich die Intelligenz einer Achtjährigen besitze, aber dazu bin ich tatsächlich in der Lage«, scherzte sie.

Er schnappte nach Luft. »Nein. Ist nicht wahr.«

»Ich weiß.« Lexie nickte. »Es ist beeindruckend, eine Fähigkeit, die ich versucht habe geheim zu halten, um nicht als Freak dazustehen.«

»Sehr weise«, sagte Theo ernst. »Niemand wird dich mehr mit den gleichen Augen sehen, wenn das bekannt wird.«

Lexie spürte, wie ihre Lippen zuckten, aber sie verkniff sich ein Lächeln. In diesem Moment kam ein Blumenverkäufer auf sie zu und versuchte, Theo zum Kauf einer (selbstverständlich gelben) Blume zu überreden. Lexie überließ ihm das Feld und bummelte weiter über den Markt. Wenn sie nur einen Garten hätte, könnte sie ein paar Zitronenbäumchen kaufen. Aber durfte man Pflanzen überhaupt mit ins Flugzeug nehmen? Sie konnte hören, wie Theo versuchte, den Blumenverkäufer abzuwimmeln, und dann doch nachgab.

Sie schüttelte den Kopf, als sich der Händler schließlich entfernte. »Man sollte meinen, dass du als Reiseveranstalter besser darin wärst, Touristenfallen zu meiden.«

»Tja, dein Vater hat mir eingetrichtert, die Einheimischen zu unterstützen, wo es nur geht. Dadurch wirke ich jetzt offenbar wie ein leichtes Opfer.« Stirnrunzelnd betrachtete er die Blume, dann hielt er sie ihr hin. »Hier.«

»Oh. Danke.« Lexie nahm sie, drehte den langen Stiel zwischen ihren Fingern und versuchte, das dumme kleine Kribbeln im Bauch zu ignorieren. Dann sah sie ihn wieder an. »Hör mal, ich wollte mit dir reden.«

Er bedeutete ihr fortzufahren.

»Über das, was du vor dem Mittagessen gesagt hast.«

»Was genau?« Seine Stimme klang verstörend sanft.

»Du hast gesagt, dass du die Firma nicht verkaufen willst.«

»Habe ich das? Ich dachte, ich hätte nur gesagt, dass wir noch nicht darüber gesprochen haben. Dass wir uns streng genommen auf nichts geeinigt haben.«

Sie schüttelte ungläubig den Kopf, das freudige Kribbeln war mit einem Schlag verschwunden. »Ich will verkaufen. Das weißt du doch.«

»Okay. Zur Kenntnis genommen.«

»Zur Kenntnis genommen? *Zur Kenntnis genommen?*« Seine Worte erinnerten sie an ihren kleinen Mailwechsel, und sie spürte, wie ihr Blut in Wallung geriet. »Was soll das heißen?« Aus den Augenwinkeln sah sie, wie Lucy zu ihnen herüberblickte.

Auch Theo schaute in die Richtung und kam dann ganz nah. So nah, dass sie den Kopf zurückneigen musste, um das Bernsteingelb in seinen sonst so dunklen Augen aufblitzen zu sehen. Ein Hauch von Sandelholz umhüllte sie und vermischte sich mit dem Zitrusduft, der in der Luft lag.

»Darf ich dich daran erinnern«, murmelte er mit rauer Stimme, »dass wir hier sind, um dafür zu sorgen, dass die Gäste sich amüsieren? Statt vor ihnen zu streiten.«

»Das ist echt nicht zu fassen«, zischte sie zurück. Und dabei hatte sie gerade gedacht, dass sie dabei waren, aufeinander zuzugehen.

Er zog seine bescheuerte Augenbraue hoch.

»Na schön«, fauchte sie mit gedämpfter Stimme. »Wir reden später darüber.«

»Wie du willst.«

Sie funkelte ihn an, dann drückte sie ihm die Blume, die er ihr geschenkt hatte, in die Hand und machte auf dem Absatz kehrt.

10. KAPITEL

Lexie sah Theo erst am nächsten Abend wieder. Am Abend zuvor war sie früh zu Bett gegangen, müde von einem Drink mit Lucy in der Bar. Zwar hatte er auch am Crêpes-Kurs teilgenommen, doch sie war von der eigentlichen Tätigkeit, dem Backen besagter Crêpes, abgelenkt gewesen. Und obwohl er ein paarmal in ihre Richtung geschaut hatte, waren sie nicht ins Gespräch gekommen. Vielleicht war das auch besser so. Sie musste sich genau überlegen, was sie sagen sollte. Es hatte keinen Sinn, sich in eine Sackgasse zu manövrieren – und konnte er sich wirklich weigern, die Firma zu verkaufen? Es musste doch eine gemeinsame Entscheidung sein, so sah es der Vertrag vor. Wie ein Mantra betete sie das vor sich hin, während sie die Treppe zur Hotelhalle hinunterging, wo sich die Reisegruppe zum Karnevalsumzug traf.

Fast alle waren schon unten an der Rezeption, in Hut und Mantel, und warteten auf die letzten Nachzügler. Mike und Theo standen etwas abseits und unterhielten sich leise, Theos Mund zu einem ernsten, nachdenklichen Strich zusammengepresst. Lexie biss sich auf die Lippe und überlegte, ob sie sich zu ihnen stellen oder mit den Gästen Small Talk machen sollte, aber als Mike sie entdeckte, unterbrach er das Gespräch und winkte sie lächelnd zu sich.

»Wie waren die Pfannkuchen?«, fragte er, als sie näher kam.

»Sehr lecker.« Lexie lächelte ihn an.

»Du hast die Parade verpasst«, sagte Mike. »Die war am Tag vor deiner Ankunft, mit Akrobaten und allem. Aber der Nachtkorso ist der Höhepunkt, meinst du nicht auch, Theo?«

»Absolut.«

»Ein bisschen mehr Begeisterung, bitte. Meinetwegen brauchst du dich nicht zurückhalten.«

Er begegnete ihrem Blick. »Glaub mir, es ist nicht meine Begeisterung, die ich dir gegenüber kaum zurückhalten kann.«

Sie spürte die Herausforderung in seinem Blick und wandte ihren erst ab, als Mike wieder das Wort ergriff.

»Tut mir leid, Lexie, aber ich kann heute Abend nicht mitkommen. Ich hätte gern mehr Zeit mit dir verbracht, aber es ist etwas dazwischengekommen.«

»Oh, okay.« Sie fragte sich, ob Ange irgendwie dahintersteckte.

»Ich bin sicher, Theo wird mich würdig vertreten. Ah, da sind ja die letzten beiden Nachzügler«, fuhr Mike fort, und als Lexie sich umdrehte, sah sie Cynthia, die Frau, die gestern mit Theo geflirtet hatte, und ihren Mann in die Lobby kommen. »Dann lasse ich euch mal allein. Und ihr zwei kabbelt euch nicht den ganzen Abend – wir repräsentieren hier immer noch die Firma.« Er zwinkerte Lexie zu, aber sein herablassender Ton stieß ihr erneut übel auf. Neben ihr presste Theo die Zähne zusammen, aber ansonsten ließ er sich seinen Ärger nicht anmerken und versprach, sich um alles zu kümmern.

Theo führte die Gruppe aus dem Hotel hinaus in die Stadt. Das Licht wurde schwächer, der Himmel über ihnen färbte sich rosa und tauchte die ganze Stadt in ein schummriges Orange. Irgendwo in der Ferne hörte Lexie Trommeln, und obwohl die Stadt sonst eher verträumt wirkte, lag jetzt Spannung in der Luft, da alle Touristen zur Strandpromenade strömten. Gegen ihren Willen verspürte Lexie ein Kribbeln, und die Trommeln ließen ihr Herz schneller schlagen.

Sie blieb mit Theo an der Spitze der Gruppe. Sie hätte sich gern zu Lucy gesellt, aber da sie zu R&L gehörte, wurde wahrscheinlich erwartet, dass sie zusammen mit Theo die Führung übernahm. Oder sollte sie sich unter die Leute mischen? Sie war nicht ganz sicher.

Sie kamen an den Jardins Biovès vorbei, die jetzt durch die angestrahlten Zitronenskulpturen eine ganz andere Atmosphäre hatten. »Weißt du«, dachte Lexie laut, »ich hatte irgendwie erwartet, dass wir eine eigene Skulptur bauen.«

Sie sagte es mehr zu sich selbst, aber Theo antwortete trotzdem. »Was, so eine alberne Teambuilding-Übung?«

»Nein, keine Ahnung, eher eine eigene Mini-Zitronenskulptur als Souvenir oder so.«

»Wo willst du die Zitronen hernehmen?«

Sie seufzte ungeduldig. »Keine Ahnung, Theo. Aus dem Zitronenladen? Ich meine …« Sie zeigte auf die riesigen Zitronenskulpturen. »Irgendwo lassen sich sicher Zitronen auftreiben.«

Theo runzelte die Stirn. »Würdest du jemanden bitten, allen zu zeigen, wie es geht, oder einfach nur die Zitronen verteilen?«

»Meine Güte, du machst es einem aber auch nicht leicht. Das war nur so ein Gedanke. Erinnere mich daran, mich zu zensieren, wenn ich in deiner Nähe bin.«

Er warf ihr einen Seitenblick zu. »Die Idee ist gar nicht schlecht.«

»Du brauchst nicht so überrascht zu klingen.«

Er zog die Augenbrauen hoch. »Keine Zickereien, schon vergessen?«

»Ich bin nicht zickig. Das nennt man *reden*. Eine Person sagt etwas, die andere erwidert etwas.«

»Ach, so nennt man das also? Das ist deine Version von reden?«

Lexie legte den Kopf schief. »Warum, was ist deine Version? Denn wenn du eine andere Art zu reden gefunden hast, bist *du* der Freak und nicht ich.«

Er lachte leise, und sie spürte, wie ihre Mundwinkel zuckten. *Reiß dich zusammen, Lexie.*

Sie hatten die Promenade du Soleil erreicht, wo die Parade stattfinden sollte, und der Rest der Gruppe reckte die Hälse, um an den anderen Touristen und Einheimischen vorbeizusehen und einen ersten Blick auf die riesigen Zitronenwagen zu erhaschen.

»Keine schlechte Idee«, wiederholte Theo leise. »Die Zitronenskulptur. Ich meine, vielleicht nicht als Souvenir oder so zum Mitnehmen, aber als Aktivität für diejenigen, die Lust haben. Vielleicht gibt es einen einheimischen Künstler, mit dem wir zusammenarbeiten könnten.«

Sein Ton wurde nachdenklich, und Lexie wusste nicht, was sie davon halten sollte. Es war nur eine beiläufige Bemerkung gewesen, und er biss sich darin fest.

Zum Glück kam in diesem Moment Lucy hinzu. »Ist es komisch, dass ich aufgeregt bin?«, fragte sie. »Wie ein Kind an Weihnachten.«

Lexie lachte. »Ich glaube, das liegt an den Trommeln.«

»Ja. Es ist unmöglich, nicht aufgeregt zu sein, wenn Trommeln im Spiel sind.«

Lexie spürte es auch, hörte das Lachen in der Luft, sah Kinder auf den Schultern ihrer Eltern, Leute, die sich angeregt unterhielten und die Köpfe reckten. Trotz der vielen Menschen wirkte es nicht überfüllt, sondern intim, Einheimische und Touristen vereint durch ein gemeinsames Erlebnis. *Die Welt ist ein Fest*. Zum ersten Mal glaubte Lexie, den Slogan zu verstehen.

Inzwischen war die Nacht hereingebrochen, der rosafarbene Himmel tiefschwarz. Vielleicht trug auch das zu dem Eindruck bei, an einem nächtlichen Mysterium teilzuhaben. Und dann erblickte sie die Umzugswagen. Zuerst kam ein riesiges Pferd, das sich aufbäumte, auf seinem Rücken ein Reiter aus Zitronen. Die Wagen waren beleuchtet und wechselten die Farbe von Orange und Zitronengelb zu einer bunten Mischung über das gesamte Spektrum. Von den Wagen wurde Konfetti geworfen, und Lexie winkte und lachte, als etwas davon in ihrem Haar landete.

Dann kamen ein riesiger Tiger, ein Ruderboot, eine gigantische Schnecke. Lexie war sich nicht ganz sicher, was das alles mit Olympia zu tun hatte, aber sie waren magisch, jede Figur ein Kunstwerk für sich. Zwischen den Wagen tummelten sich Straßenkünstler, Jongleure, die brennende Kegel in die Luft warfen, Akrobaten in aufwendigen Kostümen, deren Pailletten das Licht einfingen und bei jeder Bewegung glitzerten. Sogar die Trommeln waren beleuchtet, und man konnte sich dem pulsierenden Rhythmus nicht entziehen. Für den Moment war Lexie glücklich, einfach nur zuzuschauen und die Atmosphäre aufzusaugen. Über diese Huldigung einer Frucht zu staunen.

Die Parade machte zweimal die Runde, bevor die Lichter unter Jubel und Gejohle erloschen. Dann wurde es hektisch, als die Menge weiterzog. »Jetzt gibt es ein Feuerwerk«, erklärte Theo. Wie sich herausstellte, hatte er für alle Plätze auf der Tribüne reserviert. Sie saßen kaum, da wurden schon die ersten Feuerwerkskörper gezündet. In der Eile landete Lexie zwischen Theo und Lucy. Ihr Bein berührte seines, als sie sich setzten, und obwohl er Jeans trug und sie Leggings, spürte sie für einen kurzen Moment die Wärme seines Oberschenkels. Während das Feuerwerk immer extravaganter wurde, Lila-, Rot- und Blautöne den Nachthimmel erhellten, schnitt Lexie die kühle Luft ins Gesicht, und sie schob die Hände in die Manteltaschen.

Sie erinnerte sich an ein Feuerwerk in Frome, wo sie aufgewachsen war. Sie, ihr Vater und ihre Mutter waren zusammen dort gewesen. Sie wusste nicht, wie alt sie gewesen war, aber es war, bevor er sie verlassen hatte. Lexie hielt einen kandierten Apfel in der Hand und knabberte die Glasur rund um die gesunde Frucht. Eben waren ihre Mutter und ihr Vater noch da, und dann passte sie kurz nicht auf und konnte sie nirgendwo mehr sehen. Lexie geriet in Panik und ließ ihren kandierten Apfel fallen. Sie hatte das Gefühl, dass überall Fremde waren, dass sie verloren war, dass ihre Eltern sie vielleicht nie wieder finden würden. Es waren nur ein, zwei Minuten, hatte ihre Mutter hinterher gesagt. Ein, zwei Minuten, bis sie sie wiedergefunden hatten, schluchzend. Ihr Vater hatte sie hochgehoben und den Rest des Abends getragen. Er hatte es geschafft, sie aufzumuntern, hatte ihr noch einen kandierten Apfel gekauft, und am Ende hatten sie darüber gelacht. Es war eine unbedeutende Erinnerung – was war schon ein kandierter Apfel im Vergleich zu allem, was vorgefallen war? –, aber sie hatte sich in ihr Gedächtnis gebrannt.

Genauso wie eine andere Erinnerung, ein paar Jahre später. Damals hatte er versprochen, mit Lexie zum Feuerwerk zu gehen, nur sie beide, aber er war nie aufgetaucht. Stattdessen war ihre Mutter mit ihr gegangen, und Lexie bat ihre Mutter immer wieder, auf ihr Handy zu schauen, aus Angst, dass ihr Vater anrufen würde, denn es musste ja einen Grund für seine Verspätung geben, und dann wusste er nicht, wo sie waren. Aber er rief nicht an.

»Ich mag kein Feuerwerk.« Sie sagte es ganz leise, wie ein Geheimnis. Sie wusste nicht einmal, mit wem sie sprach. Lucy jedenfalls beugte sich vor, zückte ihr Handy, um Fotos zu machen, und schien sie nicht gehört zu haben. Aber Theo sah in ihre Richtung. Sie spürte seinen Blick auf ihrem Gesicht, schaute aber weiter in den Himmel, während sie wieder sprach. »Es ist schön und alles, aber … es erinnert mich an meinen Vater.« Es war dumm, das laut auszusprechen, diese Verletzlichkeit einzugestehen, zumal Theo offenbar eine hohe Meinung von ihrem Vater hatte. Sie spürte, wie etwas in ihr aufstieg, als wollte es heraus. Sie schluckte, versuchte, das Gefühl zurückzudrängen, die Erinnerung zu unterdrücken. Sie war dankbar für den Lärm des Feuerwerks. Es bedeutete, dass sie sich nicht erklären musste – und dass Theo nicht in die Verlegenheit kam, etwas zu erwidern, obwohl er sie gehört hatte.

Er fragte nicht. Er fragte nicht, warum das Feuerwerk sie an ihren Vater erinnerte, warum es sie traurig machte. Stattdessen sagte er ebenso leise: »Ich mag Feuerwerke auch nicht.« Sie riskierte einen Blick, aber jetzt sah *er* geradeaus. »Ich tue nur so, für die Kunden. Und es ist schön und alles …« Sie musste lachen, als er ihre Worte zitierte. Geständnis gegen Geständnis. »Meine Eltern haben sich nie eins mit mir angesehen«, fuhr er fort. »Als Kind, meine ich. Sie hielten nichts von solchen stressigen und hyperaktiven Veranstaltungen.«

Wie er wohl als Kind gewesen war, fragte sie sich. Sie hatte nie darüber nachgedacht, ihn nie außerhalb dieser unglücklichen Konstellation betrachtet, in die sie geraten waren. Sie schürzte die Lippen. »Sind Feuerwerke grundsätzlich stressig?«

»Tja, jedenfalls sind sie laut. Und manche Leute finden Lärm stressig. Ich glaube, mein Vater dachte, dass die Kinder durchdrehen, wenn sie vollgepumpt mit Zucker und Apfelsaft oder was auch immer im Gedränge stehen.«

»Ja, ich habe gehört, Kinder sind heutzutage alle auf Apfelsaft.«

Theo schnaubte leise. »Sie meinten, es sei schlecht für die Umwelt«, fuhr er nach einer Pause fort. »Meine Eltern, meine ich. Damals dachte ich, sie sagen das nur, um mich zu ärgern. Der klassische egoistische Siebenjährige. Aber dann habe ich begriffen, dass sie recht haben – es ist wirklich schlecht für die Umwelt. Die Vögel erschrecken sich, die Wildtiere geraten in Panik, und wofür? Damit wir uns amüsieren.«

Lexie sah zu, wie das letzte Feuerwerk unter Ooohs und Aaahs verglühte. »Du hast recht«, sagte sie schließlich.

»Tatsächlich?«

»Ich bin genauso schockiert wie du, glaub mir.« Sie warf ihm einen Blick zu und sah seine Mundwinkel zucken.

»Zerstört irgendwie die Romantik, oder?«

Als das Spektakel zu Ende war, standen alle auf und verließen die Tribüne. Unten angekommen, drehte Lucy sich lächelnd zu Theo und Lexie um. »Ich schätze, das war's?«

»Mehr oder weniger«, sagte Theo. »Wir gehen vielleicht noch was trinken, falls du Lust hast?«

Lucy schüttelte den Kopf. »Es war sehr schön, aber für heute habe ich genug.«

»Ich kann dich begleiten …«, begann Theo.

»Nein, sei nicht albern. Ich würde gern allein zurückgehen, wenn das in Ordnung ist. Das steht auf meiner Liste von

Dingen, die ich in diesem Urlaub machen möchte – alles Teil meines neuen Ichs.«

»Alles klar. Aber falls du uns brauchst, hast du unsere Nummern.«

»Ja, habe ich.« Lucy drückte Lexie im Vorbeigehen den Arm. »Was du und dein Vater da auf die Beine gestellt habt, ist wirklich cool. Für andere Leute ist es vielleicht nur irgendein Urlaub, aber mir hat er den Glauben daran zurückgegeben, dass ich Dinge allein schaffen kann. Vielleicht das nächste Mal wirklich ganz allein.«

Da Theo in Hörweite war, dachte Lexie, er würde protestieren, doch er schwieg. Trotzdem hatte Lexie ein seltsames Gefühl. Es war wie eine andere Version ihrer Vater-Tochter-Beziehung – so wie sie hätte sein können, wenn er ihre Mutter damals nicht verlassen hätte. Aber das konnte sie Lucy natürlich nicht sagen, also lächelte sie nur.

Theo und Lexie schwiegen einen Moment, nachdem Lucy gegangen war. Die Menge löste sich auf, aber die meisten aus ihrer Gruppe blieben zurück.

»Lexie?«

Sie sah Theo an.

»Es tut mir leid wegen deines Vaters. Das hätte ich schon viel früher sagen sollen.«

Sie spürte, wie sie einen Kloß im Hals bekam, und wusste nicht, was sie darauf erwidern sollte. Sie erinnerte sich daran, was er bei dem Gespräch mit dem Anwalt gesagt hatte. *Du hast dir nie die Mühe gemacht, die Anrufe deines Vaters entgegenzunehmen oder dich nach seinem Leben zu erkundigen. Außerdem bist du immer unterwegs.* Konnte das Echo seiner Stimme hören, als sie ihn im Büro mit Ange belauscht hatte. *Ihr Vater war ihr offensichtlich egal, warum also sollte sie sich für die Firma interessieren?*

Aber sie erinnerte sich auch daran, was Ange entgegnet hatte. *Ich schätze, er fühlt sich ein bisschen verloren ohne Richard.* Sie dachte daran, wie er ausgesehen hatte, als er vorhin von Richard gesprochen hatte. *Dein Vater war auch gut darin, sich mit den Leuten zu unterhalten, ihnen sofort das Gefühl zu geben, willkommen zu sein, dazuzugehören.* Wollte Theo deshalb das Erbe ihres Vater fortführen? Weil ihr Vater ihm das Gefühl gegeben hatte, willkommen zu sein?

»Mir tut es auch leid«, sagte sie, »wenn er dir etwas bedeutet hat. Ich meine, ich verstehe immer noch nicht, was das Ganze soll, warum er uns in diese Situation gebracht hat und warum er es für angemessen hielt …«

Er hustete, als wollte er darauf hinweisen, dass sie ins Plaudern geraten war, und sie errötete. »Tja. Du weißt, was ich meine.«

»Selten, wenn überhaupt.« Seine Stimme klang trocken, aber nicht böse.

Sie stieß die Luft aus. »Tut mir leid. Ich weiß, du hast auch jemanden verloren, der dir wichtig war.« Die Worte waren heraus, bevor sie es sich anders überlegen konnte, und sie spürte, wie sein Blick auf ihrem Gesicht verweilte, als bräuchte er einen Moment, um es zu begreifen. *Auch.* Du hast *auch* jemanden verloren, hatte sie gesagt. Als würden sie gemeinsam trauern.

Theo sah aus, als wollte er etwas sagen, aber da drängelten sich ein paar Touristen an ihnen vorbei und schubsten Lexie aus dem Weg. Er packte sie am Handgelenk und zog sie zu sich. Es war eine schnelle, effektive Bewegung. Kein Verschränken der Finger, kein zärtliches Streicheln. Warum raste dann ihr Puls? Warum knisterte es bei dieser Berührung?

Theo sah auf, und ihre Blicke trafen sich. Für eine Sekunde flackerte etwas in seinen Augen auf. Dann ließ er los und sah sich nach dem Rest der Gruppe um. Mit der anderen Hand rieb sie die Stelle, an der seine Finger gewesen waren, und versuchte, das Prickeln auf ihrer Haut zu vertreiben, doch es wirkte noch eine ganze Weile nach.

11. KAPITEL

»Was würde Mike dazu sagen?« Lexie schüttelte amüsiert den Kopf, als sie Theo in die Hotellobby folgte. Ihr Körper freute sich über die Wärme, nachdem sie so lange draußen gewesen waren. »Dass wir die anderen einfach zurückgelassen haben?«

»Tja, da Mike heute Abend Wichtigeres zu tun hat, wird er nicht gefragt. Abgesehen davon, wollen die uns gar nicht dabeihaben. Glaub mir. Cynthias Mann hat endlich kapiert, dass sie versucht hat, ihn eifersüchtig zu machen, und die beiden feiern ihre Versöhnung. Mark und Jay genießen es, Zeit zu zweit zu verbringen und wollen kein Publikum, Christine …«

»Okay, kapiert. Sie wollen allein sein.« Auch wenn er auf den ersten Blick kühl und unnahbar wirkte, schien Theo ziemlich gut darin zu sein, Menschen zu beobachten. Lexie sah sich um, um sich zu vergewissern, dass sie allein in der Lobby waren, als sie zum Aufzug gingen, und senkte dann die Stimme. »Wie ist er eigentlich so?«

»Du müsstest mir schon einen Anhaltspunkt geben, wen du meinst.«

»Mike. Ich kann ihn nicht einschätzen. Er wirkt nett, freundlich. Und er sagt, er war mit meinem Vater befreundet …« Eigentlich wollte sie fragen, woher er ihren Vater kannte, aber sie war sich nicht sicher, wie Theo auf solche Fragen reagieren würde.

»Mike ist … Dein Vater und er hatten ein etwas kompliziertes Verhältnis.«

»Okay.«

»Mike liegt die Firma am Herzen. Er will, dass sie funktioniert.« Es war eine diplomatische Antwort. Wenn man es eine Antwort nennen konnte.

Lexie versuchte, auf neutrales Terrain zurückzukehren, als sie gemeinsam in den Fahrstuhl stiegen. »Glaubst du, er horcht die anderen aus, um zu erfahren, ob wir uns gestritten haben? Und verpetzt uns bei Ange?«

Theo lachte. »Weißt du was? Ich traue Ange zu, dass sie das Ganze eingefädelt hat.«

»Wie hat sie meinen Vater kennengelernt? Weißt du das?« Sie konnte es nicht begreifen. Ange schien Richard wirklich gemocht zu haben, und Lexie wusste, dass Ange ein anständiger Mensch war. Hieß das, sie hatte Richard auch als anständigen Menschen kennengelernt? Schwer vorstellbar, wenn sie bedachte, was sie über ihn wusste. Oder ging es Ange nur um den Job? Aber auch das ergab keinen Sinn.

»Sie war schon da, als ich dazukam«, sagte Theo und sah sie kurz an, als verstünde er ihre Frage nicht. »Ehrlich gesagt, glaube ich, sie hat Richard gedrängt, mir eine Chance zu geben.«

»Wie das?«

Theo schüttelte lächelnd den Kopf. »Sagen wir einfach, ich habe nicht den besten ersten Eindruck hinterlassen.«

»Tatsächlich? Du schockierst mich.« Er zog die Augenbrauen hoch, und sie spürte, wie sie errötete. »Äh, also weißt du es nicht? Wie Ange in die Firma gekommen ist?«

Theo schwieg zunächst, als sich der Fahrstuhl im zweiten Stock öffnete und sie beide ausstiegen. »Ich glaube, sie wurde bei ihrem letzten Job entlassen. Eine Kündigungswelle oder so.« Er runzelte die Stirn, als würde er sich in Anges Namen ärgern, obwohl es Jahre her sein musste. »Und sie wollte flexiblere Arbeitszeiten, weil sie sich um ihre Enkel kümmert, und hatte Schwierigkeiten, einen Arbeitgeber zu finden, der das akzeptiert. Richard hat sie angeblich eingestellt, weil sie den besten Tee macht, den er je getrunken hat. Zumindest sagten das beide, wenn man sie danach gefragt hat.« Ein Lächeln umspielte seine Mundwinkel, als würde er sich daran erinnern, wie er genau das getan hatte. »Aber ehrlich gesagt, weiß ich nicht, wie Richard das alles ohne sie geschafft hätte. Ich könnte es jedenfalls nicht – auch wenn sie selbst das immer bestreiten würde.«

Lexie verstummte, als sie sich ihrem Zimmer näherten. Sie dachte darüber nach, was er über Richard gesagt hatte – dass er jemand war, der anderen eine Chance gab. Sie fragte sich, ob es Ange recht war, dass Theo ihre Geschichte so erzählte.

Theo schien ihre Gedanken zu erraten, denn er sagte: »Sie würde dir dasselbe sagen, wenn du sie fragst.«

Sie konnte nicht herausfinden, ob das eine Spitze war – weil sie noch nicht lange genug dabei war, um sie zu kennen. Es klang nicht wie eine Spitze, aber trotzdem. Sie blieb vor ihrem Zimmer stehen, und er hielt ebenfalls inne.

»Ich bin da«, sagte sie und deutete mit dem Kopf zur Tür.

»Okay. Dann schlaf gut.«

Er zögerte, als wartete er darauf, dass sie ihm auch eine gute Nacht wünschte. Stattdessen holte sie tief Luft. »Theo?«

Er legte den Kopf schief. »Lexie?«

»Das war doch ein Scherz, oder? Als du gesagt hast, wir verkaufen die Firma nicht?«

Seine Miene verfinsterte sich. »Wie wäre es, wenn wir in ein paar Monaten darüber reden. Im Moment ist das sowieso alles nur Theorie, oder?«

Sie seufzte genervt. »Was hättest du davon, wenn du dich weigerst?« Als er schwieg, fuhr sie fort. »Die Firma gehört zur Hälfte mir. Du kannst nicht …«

»Sie gehört auch zur Hälfte mir«, bemerkte er, als ob sie das nicht schon wüsste.

»Du hast gesagt, nach dem Steuerjahr …«

»Das habe ich nicht gesagt, du hast es nur so interpretiert.«

»Oh, du hältst dich wohl für verdammt schlau.« Sie schloss für einen Moment die Augen und hasste es, wie er immer wieder diese streitsüchtige Ader in ihr zum Vorschein brachte.

Als sie die Augen wieder öffnete, sah er sie an. »Ich könnte dich auszahlen.«

»Mit welchem Geld?«

»Ich könnte reich sein. Du kennst mich nicht.«

»Bist du es denn?« Er schwieg, und sie fuhr sich mit der Hand durch die Locken. »Gott, ich hätte im Dezember einfach verschwinden sollen.«

»Du machst viel zu viel Aufhebens darum. Es ist doch völlig irrelevant, bis das Jahr vorbei ist und ich einen Gewinn erziele.«

»Bis *du* einen Gewinn erzielst?«

»Ja. Du bist ja nicht da.«

Lexie verschränkte die Arme und lehnte sich gegen die Tür, um lässig zu wirken. »Okay, lass uns ein paar Dinge klarstellen. Erstens …«

»Oh, toll, du bist ein Listen-Mädchen.«

Die nächsten Worte presste sie zwischen zusammengebissenen Zähnen hervor. »Erstens: Nur weil ich nicht in England bin, heißt das nicht, dass es mir egal ist. Zweitens: Es war *deine* Idee. Drittens …«

»Wie lange geht die Liste noch weiter? Nur, damit ich mich darauf einstellen kann.«

»Würdest du bitte aufhören?« Sie stieß sich frustriert von der Tür ab. Doch da er sich nicht von der Stelle rührte, standen sie sich nun direkt gegenüber. »Na gut. Ich gehe jetzt schlafen. Du kannst mich zu nichts zwingen, es hat also keinen Sinn …« Sie griff in ihre Manteltasche, um ihre Schlüsselkarte herauszuholen, und wandte sich schon ab, aber er packte ihren Arm.

»Nein, du hast damit angefangen. Also Karten auf den Tisch.«

Sie starrte auf die Hand, die ihren Arm festhielt, und er ließ sie sofort los.

»Na los, mach weiter. Was ist drittens?« Er starrte sie an und wartete, zwischen ihnen nur knapp fünfzehn Zentimeter Abstand.

Sie hätte sich umdrehen und in ihr Zimmer gehen können, doch irgendetwas hielt sie zurück. Sie schluckte, und sein Blick wanderte zu ihrer Kehle, bevor er wieder zu ihrem Gesicht zurückkehrte.

»Was ist drittens, Lexie?« Seine Stimme hatte sich verändert und kribbelte auf ihrer Haut.

Sie versuchte, tief durchzuatmen, sog aber nur seinen Geruch tiefer ein. Er wartete immer noch auf eine Antwort, doch sie konnte sich plötzlich nicht mehr erinnern, was drittens war. Stattdessen sah sie ihn finster an, denn sie hatte das Gefühl, es war seine Schuld, dass sie es vergessen hatte.

Er trat einen Schritt zurück. »Wir können darüber reden, wenn du dich erinnerst.« Er trat noch einen Schritt zurück, und ohne wirklich darüber nachzudenken, streckte sie die Hand aus und legte sie auf seinen Unterarm, um ihn aufzuhalten. Er sah auf ihre Hand und dann wieder in ihr Gesicht.

»Drittens, ich mag es nicht, wenn du denkst, du wüsstest, was in mir vorgeht.«

Er sah sie lange an. »Okay.«

»Okay?«

Er nickte. »Okay. Du hast recht. Ich weiß nicht, was in dir vorgeht, und du weißt nicht, was in mir vorgeht. Daran sollten wir wohl beide versuchen zu arbeiten.«

»Tja, dann.« Sie merkte, dass sie immer noch seinen Unterarm umklammert hielt, und ließ los.

Ihre Blicke trafen sich. Dann sagte Theo: »Waffenstillstand?«

Sie musste ein Lachen unterdrücken.

»Oder etwas weniger Verbindliches?«, fuhr er fort. »Eine Feuerpause?«

Lexie konnte nicht anders, diesmal lachte sie wirklich. Und sah, wie auch seine Gesichtszüge sich daraufhin entspannten. »Das klingt ziemlich heftig. Als würden wir kämpfen.«

Die Augenbraue mit der Narbe hob sich. »Tun wir das nicht?«

Sie verdrehte die Augen. »Okay. Na schön. Waffenstillstand.« Sie streckte die Hand aus, und er ergriff sie, warm und fest. An ihrem Handgelenk schlug der Puls wie wild. Sie erwiderte seinen Blick, sah das bernsteinfarbene Flackern. Er ließ nicht sofort wieder los, sondern strich mit dem Daumen über ihren.

Sein Blick fiel auf ihren Mund, und seine Pupillen schienen immer schwärzer zu werden. Als er wieder aufsah, stockte ihr der Atem.

Du magst ihn nicht, Lexie. Aber dass sie ihn nicht mochte, bedeutete offenbar nicht, dass sie nicht wissen wollte, wie seine Küsse schmeckten.

Hatte sie ihn näher gezogen? Sie wusste es nicht mehr, aber

ihre freie Hand lag auf seinem Arm, als wollte sie ihn am Gehen hindern. *Lass seine Hand los, Lexie.*

Aber jetzt runzelte er nachdenklich die Stirn. Und beugte sich vor. Wartete. Auffordernd. Und obwohl es eine Million Gründe gab, es nicht zu tun, war sie es, die die Lücke schloss, magnetisch angezogen von seinem Mund.

Und dann war es um sie geschehen, und sie schmeckte Zitrone und etwas Tieferes, Dunkleres. Sie umklammerte seinen Arm, bohrte die Fingernägel in den Stoff seines Mantels. Ihre Zähne gruben sich in seine Unterlippe, und als er sie gegen die Tür drückte, stöhnte sie unter dem Druck seines Körpers.

Das ist eine ganz dumme Idee, Lexie.

Aber die Stimme in ihrem Kopf verstummte, als er mit beiden Händen ihre Taille packte und sie an sich zog. Irgendwann musste sie ihre Hände auf seine Schultern gelegt haben, sie konnte die Muskeln spüren, als sie sich daran festhielt. Er löste die Lippen von ihren, doch ihr Protest verwandelte sich in ein leises Stöhnen, als seine Lippen über ihr Kinn und ihren Hals glitten. Sie bog ihren Rücken durch, drückte sich an ihn, spürte Zähne an ihrem Hals. Die Hände in seinem Haar, versuchte sie, ihn noch näher zu sich zu ziehen, während er mit den Händen unter ihren Mantel fuhr.

Vom anderen Ende des Flurs ertönte ein nervöses Kichern. Das genügte, um sie in die Wirklichkeit zurückzuholen, und sie riss sich mit einem Ruck von ihm los und ließ die Hände sinken. Im selben Moment schien auch ihm bewusst zu werden, was sie da taten, denn er taumelte zurück.

Für einen kurzen Moment herrschte Stille zwischen ihnen, als versuchten sie beide zu begreifen, was gerade geschehen war. Dann räusperte sie sich. »Äh, also …«

Er schüttelte den Kopf, als wollte er seine Gedanken klären. »Schlechte Idee?«

»Ja. Ja, eine *ganz* schlechte Idee.«

Er zog die Augenbrauen hoch. »Ich versuche, das nicht persönlich zu nehmen.«

»Du hast es zuerst gesagt. Und außerdem, du und ich, wir küssen uns nicht«, sagte sie im Brustton der Überzeugung.

»Ich hasse es, auf das Offensichtliche hinzuweisen, aber offenbar tun wir das doch.« Seine Augen waren tiefschwarz.

»Du und ich *sollten* uns nicht küssen.« Es war kaum mehr als ein Flüstern, und ihr Atem ging immer noch unregelmäßig, ihre Haut unter den Schichten von Kleidung heiß und prickelnd. Ihr Körper begriff allmählich, was ihr Verstand bereits wusste – Theo war niemand, mit dem man auf Hotelfluren knutschte. Oder mit dem man überhaupt irgendwo knutschte. Sie biss sich auf die Lippe und sah, wie sein Blick der Bewegung folgte. Und Gott, vielleicht spielte es keine Rolle, dass sie sich nicht leiden konnten, wenn er so küsste.

Scheiße. Scheiße! Was für ein Fehltritt. Was für ein entsetzlicher Fehltritt. Und ihn erneut zu küssen, würde es noch schlimmer machen. In seinem Gesicht konnte sie nicht lesen, ob er genauso dachte.

Den Blick auf ihren Mund gerichtet, sagte er: »Ich glaube, du solltest in dein Zimmer gehen, Lexie.«

»Was?« *Komm schon, Lexie, reiß dich zusammen.*

»Bitte.« Seine Stimme klang fast flehend, während er den Blick immer noch auf ihren Mund richtete. »Bitte geh in dein Zimmer. Wir können morgen darüber reden.« Als sie nicht sofort reagierte, steckte er eine Hand in ihre Manteltasche und zog ihre Schlüsselkarte heraus. Er öffnete ihre Tür und schob sie ins Zimmer, dann trat er zurück, drückte ihr die Schlüsselkarte in die Hand und zog die Tür hinter sich zu. Sie hörte seine schweren Schritte, als er sich entfernte.

Benommen knipste sie das Licht an und streifte ihren Mantel ab. Sie versuchte zu verdrängen, was gerade passiert war. Versuchte, nicht daran zu denken, wie es war, ihn zu spüren. *Du darfst niemanden küssen, der dich hasst, Lexie.* Aber es hatte ihr gefallen, oder?

Dieser Punkt ging an Theo.

12. KAPITEL

Lexie nahm sich vor, sich nicht zu viele Gedanken zu machen, als sie mit ihrem Rucksack nach unten ging, um auszuchecken. Sie hatte schon viele Männer geküsst – und beherrschte das Metier der Unverbindlichkeit meisterhaft. Sie hatte buchstäblich noch nie in ihrem Leben eine ernsthafte Beziehung geführt – wenn jemand den Ball flach halten konnte, dann sie. Es war ein unbedachter Moment gewesen, in dem sie das Adrenalin ihres Streits für Chemie gehalten hatte, mehr nicht. Er hatte gesagt, sie würden heute darüber reden, also würden sie reden, es zweifellos hinter sich lassen, und Lexie würde sich bemühen, in Zukunft höflich und professionell zu sein. Vor allem, weil sie nicht glaubte, dass es funktionieren würde, wenn sie sich von nun an einfach ignorierten. Die Reise hatte sie zum Nachdenken gebracht, was zweifellos Anges Absicht gewesen war. Sie konnte nicht einfach davonlaufen, war aber nicht sicher, was sie mit dieser Erkenntnis anfangen sollte. Trotz der unruhigen Nacht, in der ihre Gedanken sich überschlagen hatten, wusste sie nur, dass der jetzige Plan mit Theo nicht funktionieren würde.

Ihr Flug ging früher als die der anderen, also machte sie sich allein auf den Weg zum Flughafen. Nur Mike und Theo warteten an der Rezeption, um sie zu verabschieden. Ihr Magen zog sich zusammen, als sie Theo sah, trotz allem, was sie sich eingeredet hatte. Obwohl er ihr den Rücken zuwandte, erinnerte sie sich sofort, wie es sich angefühlt hatte, ihn zu küssen, ihn zu spüren. *Nicht zweckdienlich, Lexie.* Sie merkte selbst, dass ihr Blick finster war, und versuchte, ihre Mimik zu glätten – ein finsterer Blick war weder höflich noch professionell.

Mike und Theo unterhielten sich leise, während sie die Lobby durchquerte, wobei ihre Absätze auf dem glatten Holzfußboden leise quietschten. Worüber sie auch sprachen, so wie Mike aussah, musste es sehr ernst sein. Theos Gesichtsausdruck konnte sie nicht sehen, aber er wirkte vollkommen fokussiert. So wie er gestern Abend auf sie fokussiert gewesen war. *Hör auf, Lexie!*

Mike bemerkte sie erst, als sie direkt vor ihm stand, ihren Rucksack abstellte und ihre Schlüsselkarte hervorkramte, um sie am Empfang abzugeben. Er zuckte fast komisch zusammen, bevor er ein Lächeln aufsetzte. Sie hatten also über sie gesprochen. Oder über etwas, das sie nicht hören sollte. Egal. Sollten sie denken, was sie wollten, sagte sie sich, als Theo sich zu ihr umdrehte. Im Gegensatz zu Mike, den sie das ganze Wochenende nur im Anzug gesehen hatte, trug er Jeans und ein dunkelblaues, langärmeliges T-Shirt.

Er nickte ihr kurz zu. »Lexie.«

»Theo.« Es klang so lächerlich förmlich, dass sie fast losgeprustet hätte – eine völlig unangemessene Reaktion.

»Es geht also zurück, Lexie?«, fragte Mike. »Ich hoffe, du hattest einen schönen Urlaub?«

»Ja, ich …«

Doch dann klingelte Mikes Handy, und er zog es demonstrativ aus seiner Jackentasche, hielt einen Finger in die Luft und sah auf das Display. »Da muss ich rangehen, tut mir leid.« Er ging ein paar Schritte weiter, bevor er das Gespräch entgegennahm, und schlenderte in den Barbereich.

Lexie spürte Panik aufsteigen, als sie Theo ansah. Doch dann befahl sie sich, sich zusammenzureißen. Sie war erwachsen, sie schaffte es, mit ihm allein zu sein.

Theo räusperte sich. »Also, wegen gestern Abend«, begann er, und sie nickte, während sie sich innerlich eine Antwort zurechtlegte. Es hätte nie passieren dürfen, sie wusste nicht, was sie sich dabei gedacht hatten, es durfte nie wieder vorkommen. »Wenn der Waffenstillstand noch gilt, schlage ich vor, dass wir bis Ende des Jahres warten, bevor wir über die Zukunft der Firma sprechen.«

Sie starrte ihn an und versuchte, ihm zu folgen. Waffenstillstand. Das hatte er vorgeschlagen, bevor er sie geküsst hatte. Oder sie ihn – wer auch immer den Anfang gemacht hatte.

Die Firma – er sprach von R&L. *Wir reden morgen darüber.* Aber offenbar meinte er damit den Streit *vor* dem Kuss. Was nun? Sollten sie einfach so tun, als wäre es nie passiert? Sie biss sich auf die Innenseite der Lippe. Okay, auch gut. Vielleicht war es sogar besser so. Keine peinlichen Gespräche.

Er musterte sie forschend, während er auf eine Antwort wartete.

»Okay«, brachte sie hervor. Mehr fiel ihr nicht ein.

»Okay. Super. Und tut mir leid wegen …«

»Entschuldigt bitte«, donnerte Mike hinter Theo. Er stellte sich zwischen Lexie und Theo, als Lexie sich bückte, um ihren Rucksack aufzuheben, nur um etwas zu tun zu haben. Hatte Theo gerade über den Kuss reden wollen? *Tut mir leid.* Okay, das war doch gut, oder? Das hieß, er wusste, dass es ein Fehler war. Dass sie es einfach hinter sich lassen konnten.

Mike lächelte Lexie an. »Tja, das ist wohl für eine Weile das letzte Mal, dass wir uns sehen, Lexie? Zurück in die Alpen, nehme ich an? Ich würde jetzt auch gerne ein bisschen Ski fahren, aber ich muss arbeiten.« Er sagte es auf diese herablassende Art, die sie schon so oft gehört hatte – von Menschen, die betonen wollten, dass ihr Leben anstrengender und wichtiger war als ihres, von Menschen, die sie für leichtfertig hielten, Menschen, die meinten, dass das von ihnen gewählte, mit Verantwortungen belastete Leben besser war als ihres.

Vielleicht war es, weil es sie ärgerte. Vielleicht war es, weil sie an diesem Wochenende gemerkt hatte, dass sie sich der Verantwortung nicht einfach entziehen konnte, ob es ihr nun gefiel oder nicht. Oder vielleicht war es, weil sie fürchtete, Theo könnte ihre Abwesenheit irgendwie ausnutzen, um sie um ihren Anteil zu bringen. Wahrscheinlich war es eine Mischung aus allem, jedenfalls waren die Worte raus, bevor sie es sich anders überlegen konnte.

»Ehrlich gesagt, glaube ich, ihr werdet mich in Zukunft öfter sehen.« Sie richtete die Worte an Mike, spürte dabei jedoch Theos Blick. Mit Bedacht drehte sie den Kopf in seine Richtung.

Alles zwischen ihnen fühlte sich an wie eine Kampfansage, und obwohl sie gestern Abend verloren hatte, hielt sie seinem Blick jetzt stand. »Ich habe beschlossen, dass ich mich mehr einbringen will. Um meinen Teil der Abmachung zu erfüllen.«

»Nun …« Mike räusperte sich. »Nun, ich meine, das ist …«

»Schön.« Theo blieb völlig ruhig. Er hatte den Blickkontakt noch immer nicht unterbrochen, und gegen ihren Willen spürte sie ein Kribbeln im Bauch. *Sei nicht albern, Lexie.*

»Ich muss nur noch ein paar Dinge erledigen und bin dann in ungefähr einer Woche wieder in Großbritannien.« Sie imitierte seinen ruhigen Tonfall, keine große Sache, aber in ihren Handflächen prickelte Schweiß. Was tat sie? Sie würde die Alpen, ihre Freunde verlassen müssen. Aber das stünde in spätestens zwei Monaten sowieso an, es trieb die Sache nur ein wenig voran. Sie hatte den Blickkontakt zu Theo unterbrochen, während ihre Gedanken verrücktspielten, und holte tief Luft, um sich zu beruhigen.

»Schön«, sagte Theo wieder, während Mike an seinem Kragen zupfte.

»Ist es das?« Sie hatte mit mehr Protest gerechnet. Mehr *Dir ist die Firma doch egal, was mischt du dich ein?*

»Ja. Ich bin dann für ein paar Wochen im Urlaub, also hast du Zeit, dich einzuleben. Und falls du noch da bist, wenn ich zurückkomme, sehen wir weiter.«

Ah. So war das also. Er dachte, sie würde es keine zwei Wochen aushalten. Dachte, das Problem würde sich von selbst erledigen. »Ich werde noch da sein«, versprach sie.

»Okay.« Er lächelte säuerlich. »Bis dann.«

»Nun«, sagte Mike und ersparte Lexie damit eine Antwort. »Das sind ja wundervolle Neuigkeiten! In dem Fall sehen wir uns in Zukunft wohl öfter.« Er streckte die Hand aus, um das Gespräch zu beenden. Was gut war, denn sie musste zum Flughafen. Und sie wollte allein sein, um darüber nachzudenken, was sie da gerade getan hatte.

Sie wusste nicht, ob sie Theo die Hand schütteln sollte. Nach gestern Abend schien es keine gute Idee zu sein, ihn zu berühren. Also nickte sie nur höflich.

»Ja. Bis dann.«

Im Taxi auf dem Weg zum Flughafen sah sie, dass sie eine E-Mail von Ange bekommen hatte. Sie öffnete sie. Es war ein Rückflugticket von Österreich nach England. Keine Erklärung, nur vier Worte in der Betreffzeile.

Nur für den Fall.

13. KAPITEL

»Er kommt also in einer Woche zurück?«, fragte Fran, als sie und Lexie sich ans Fenster des laut Fran *besten Cafés in Bath* setzten. Vor allem wahrscheinlich weil es kleine Kuchenstückchen gratis zum Kaffee dazugab, und der weiße Schokoladenbrownie war so gut, dass Lexie sich gleich einen ganzen gönnte.

»Ja. In einer Woche.« Bei dem Gedanken zog sich Lexies Magen zusammen. Vor zwei Wochen war sie nach Großbritannien zurückgekehrt, nachdem sie in Österreich alles geregelt hatte, aber Theo war immer noch nicht wieder da.

Lexie starrte aus dem Fenster, während Fran ihren Schoko-Ei-Latte umrührte. In ein paar Wochen war Ostern, und das Café hatte sich ganz diesem Thema verschrieben. Ostern sollte doch den Frühling einläuten, oder? Von Frühling war jedoch in Bath noch nichts zu spüren. Es war kalt und grau, und der Himmel hatte diesen fahlen Schein, der nach Schnee aussah. Von hier aus konnte Lexie die Avon unter der majestätischen Pulteney Bridge hindurchfließen sehen, das Wahrzeichen der Stadt. Trotz aller Pracht verfinsterte sich Lexies Miene.

»Was ist dir denn für eine Laus über die Leber gelaufen?«, fragte Fran.

Lexie trommelte mit den Fingern auf ihr Knie. »Das nervt«, sagte sie, ohne Fran anzusehen. »Ich habe das Gefühl, dass ich eine Entscheidung getroffen habe. Ich bin zurückgekommen, ich bleibe, bis die Firma verkauft ist, und Ange hilft mir, mich zurechtzufinden. Aber ich weiß einfach, dass er alles kaputtmachen wird, wenn er zurückkommt.«

»Kaputtmachen ist ein starkes Wort«, sagte Fran diplomatisch.

Lexie drehte sich zu ihrer Freundin und nahm ihren Hafermilch-Latte in die Hand. Seit sie Teenager war, hatte Fran ihre Haarspitzen immer lila gefärbt, diese Gewohnheit dann aber als Anwältin aufgegeben, und ihr dunkles, etwas wuscheliges Haar reichte ihr nun bis auf die Schultern. Lexie erinnerte sich auch an ihre zerrissenen Jeans und die Band-Shirts – oft Bands, von denen Lexie noch nie gehört hatte –, aber heute war sie, obwohl Samstag war, ganz erwachsen gekleidet – schwarze Jeans, ein schickes Top und Blazer. Trotzdem war Fran immer noch dieselbe. Und im Gegensatz zu vielen ihrer alten Schulfreundinnen, die mit ihren Ehemännern, Häusern, Kindern und Hunden so *erwachsen* wirkten, fühlte Lexie sich bei ihr nicht abgehängt. Zwar hatte Fran im Gegensatz zu Lexie Karriere gemacht und eine Wohnung gekauft, doch das änderte nichts. Was wahrscheinlich daran lag, dass Fran im Gegensatz zu den anderen nie die Nase darüber gerümpft hatte, wie sie ihr Leben gestaltete. Sie gab Lexie nicht das Gefühl, minderwertig zu sein oder dass dies nur eine Phase war, aus der sie längst hätte herauswachsen sollen. Und das war nur eine ihrer vielen wundervollen Eigenschaften.

»Er kann mich nicht leiden«, sagte Lexie.

»*Du* kannst *ihn* auch nicht leiden.«

»Nur weil er alles so kompliziert macht. Wenn er mich nur mal ernst nehmen würde, dann könnten wir zusammenarbeiten, Gewinn erwirtschaften und …«

»Die Firma verkaufen.«

»Genau.«

»Was er nicht will.«

»Na ja, nein, aber …«

»Und du weigerst dich, seine Seite zu sehen.«

Lexie starrte düster in ihren Kaffee, während die Kaffeemühle das Stimmengewirr um sie herum übertönte. »Solltest du in solchen Situationen als meine Freundin nicht automatisch auf meiner Seite sein? Das gelingt dir nämlich nicht besonders gut.«

»Ich meine ja nur, dass es für euch beide schwer ist.«

»Deshalb muss er noch lange nicht so ein Arschloch sein«, brummte Lexie. »Ich kann doch nichts dafür, dass Richard mir die Hälfte seiner blöden Firma vererbt hat.«

»Theo kann auch nichts dafür.«

»Bist du bei Scheidungsverhandlungen auch so diplomatisch? Denn dann wärst du eine miserable Anwältin.«

Fran ließ nicht locker. »Ich weise nur auf das Offensichtliche hin.«

Lexie tippte wieder nervös mit den Fingern auf ihr Knie. »Was soll ich tun, wenn er sich einfach weigert, die Firma zu verkaufen?«

»Wäre es denn so schlimm, sie zu behalten? Ich weiß, du machst das Ganze, um sie zu verkaufen, aber besteht nicht auch die Möglichkeit, dass dir die Arbeit *Spaß* bringt? Dir hat es in Frankreich doch gefallen, oder?«

Lexies musste sofort wieder an die Begegnung im Hotelflur denken, schob die Erinnerung aber rasch beiseite. »Der Job passt nicht zu meinem Leben«, sagte sie und beschloss, nicht über Frankreich oder das, was dort vorgefallen war, zu sprechen. »Und es ist die Firma meines Vaters, Fran.«

»Ich weiß. Die er dir hinterlassen hat.« Fran hatte die Höhen und Tiefen von Lexies Beziehung zu Richard hautnah miterlebt. Sie hatte ihn kennengelernt, als Richard mit Lexie und Fran an einem Samstag zum Felsklettern in den Wald gefahren war. Lexie hatte sich so darauf gefreut, Richard ihrer besten Freundin vorzustellen, auch wenn sie ihn dafür hasste, dass er nie da war. An jenem Tag hatte er sich von seiner besten Seite gezeigt und für ihr problematisches Teenageralter genau den richtigen Ton getroffen, sodass es sich anfühlte wie ein Abenteuer. Er hatte sie sogar mit in den Pub genommen und mit ihnen geplaudert, als wären sie alle auf Augenhöhe. Doch Fran hatte auch die andere Seite gesehen. Hatte mitbekommen, wie Lexie versucht hatte, ihre Tränen zu verbergen, wenn er ihr in letzter Minute absagte, und ihr nach dem Drama an ihrem einundzwanzigsten Geburtstag beigestanden. Immer wieder hatte Fran unerschütterlich an Lexies Seite gestanden und ihre Meinung über Richard zusammen mit Lexie geändert – bis jetzt, wie es schien.

»Er hat sie mir hinterlassen, ohne mit mir darüber zu reden«, bemerkte Lexie. »Außerdem geht es darum gar nicht.«

»Hat er versucht, mit dir darüber zu reden? Bevor er starb?«

»Nein!«, rief Lexie, obwohl ihr das Wort *starb* einen Stich versetzte. Bescheuert. Sie war doch auf seiner Beerdigung gewesen, und das war Monate her. Aber es fiel ihr immer noch schwer, darüber zu sprechen.

»Hat er nie angerufen oder so?«, fragte Fran.

Lexie schüttelte den Kopf. Sie wollte nicht daran denken. Über seine Firma zu reden, war eine Sache. Sie schaffte es, die beiden Dinge getrennt voneinander zu betrachten. Die Wahrheit war, dass ihr Vater in den letzten Jahren mehrfach versucht hatte, Kontakt aufzunehmen. Und vor knapp einem Jahr hatten sie eine verheerende Begegnung gehabt. Sie hatte zugestimmt, sich in Bath mit ihm auf einen Kaffee zu treffen, als sie bei ihrer Mutter zu Besuch war. Er hatte versucht, ihr zu sagen, dass es ihm leidtat, wie er sich verhalten hatte, dass er nicht für sie da gewesen war, aber die Entschuldigung hatte sich falsch angefühlt, zu wenig, zu spät. Und schließlich war sie ihm über den Mund gefahren und gegangen, noch bevor sie ihren Kaffee ausgetrunken hatte. Und jetzt verstand sie, warum er versucht hatte, eine Brücke zu bauen. Er hatte sich versöhnen wollen, solange es ihm noch möglich war, und sie hatte abgeblockt.

»Er kann sich nicht einfach weigern zu verkaufen«, sagte Fran. Als wüsste sie, was in Lexie vorging. »Das Testament ist eindeutig, er kann das nicht allein entscheiden. Rechtlich gesehen könnte er vielleicht einen Weg finden, dich auszuzahlen. Oder beweisen, dass du deinen Teil der Abmachung nicht erfüllt hast?«

Würde er so etwas tun? In Frankreich hatte sie kurz eine andere Seite von ihm erlebt. Doch im Grunde kannte sie ihn nicht. Vielleicht war er wirklich so herzlos, so hart. Unwillkürlich blitzte die Erinnerung an den Kuss in ihrem Kopf auf. Sie hatte ihn verdrängt, bewusst nicht daran gedacht. Aber könnte er auch Teil eines größeren Plans sein?

»Du bist zurück«, fuhr Fran fort, und Lexie nickte.

Wo war Theo gerade? Er hatte nicht gesagt, wo er Urlaub machte, und sie hatte sich vorgenommen, niemanden im Büro danach zu fragen. Wo fuhr man hin, wenn man mit der eigenen Firma an so viele schöne Orte reisen konnte? Es war wohl etwas anderes, wenn es mit der Arbeit zu tun hatte. Obwohl sie selbst es sich seit ihrer Kindheit nur leisten konnte, ins Ausland zu fahren, wenn es um einen Job ging – und für sie verlor das Reisen trotzdem nie seinen Reiz. Mit wem verbrachte er seinen Urlaub? Sie hatte keine Ahnung, wie sein Leben außerhalb der Firma aussah. Hatte er eine Freundin? Eigentlich egal.

Außer, dass er sie geküsst hatte. Und seine arme Freundin betrogen hatte. Falls er denn eine hatte.

»Was denkst du?«

»Nichts«, sagte Lexie zu schnell.

»Doch, tust du. So guckst du immer, wenn du dich präventiv über etwas ärgerst. Mit demselben Gesichtsausdruck hast du damals in der Schule Ellen Bates angesehen, weil sie dir einen Bleistift stehlen wollte, wozu es aber nie kam.«

»Meine Gedanken drehen sich im Kreis. Und Ellen Bates hätte den Bleistift gestohlen, wenn ich sie nicht daran gehindert hätte.«

»Wegen der Firma?«

Vielleicht wartete sie eine Sekunde zu lange, bevor sie ja sagte.

Fran kniff die Augen zusammen. »Oder wegen einer bestimmten Person in der Firma?«

Lexie griff nach ihrer fast leeren Kaffeetasse. Kein Wunder, dass sie nervös war – es war ihre dritte Tasse an diesem Tag. *Notiz an mich selbst: weniger Kaffee trinken.* »Was meinst du?«

»Oh, tun wir so, als wüssten wir nicht, wer diese bestimmte Person ist? Ich bin verwirrt, weil du ihn alle fünf Minuten erwähnst. Und nur damit du es weißt, das war Sarkasmus.«

Lexie verdrehte die Augen. »Danke für die Warnung.« Sie schüttelte den Kopf. »Ich erwähne ihn ständig, weil er mich nervt und ich mit ihm zusammenarbeiten muss und er arrogant ist und herablassend und … Können wir über was anderes reden?«

»Du bist diejenige, die immer noch über ihn redet.«

Lexie seufzte. »Du bist unmöglich.«

»Ich bin bezaubernd.«

»Wie geht es Mark?«

»Oh. Ich glaube, es ist vorbei.«

»Was? Aber du klangst so begeistert.«

»Bis er mir gesagt hat, dass er nichts von Monogamie hält.«

»Wo *findest* du diese Typen immer, Fran?«

»Ich bin auf allen Apps. Muss man auch, wenn man jemanden kennenlernen will.« Lexie fand diese Methode irgendwie skurril für eine Scheidungsanwältin.

»Na ja. Allein ist man sowieso besser dran.«

»Du vielleicht. Aber ich *will* jemanden finden, Lexie.«

»Auch wenn du jeden Tag siehst, wie …« Sie stellte ihre Tasse ab und beschloss, den Gedanken nicht zu Ende zu führen.

»Wie es enden kann? Mit einer Scheidung, meinst du? Ja, auch dann.«

Zeit, das Thema zu wechseln. »Und du willst in der Kanzlei bleiben?«

Fran runzelte die Stirn. Sie hatte ein tolles Stirnrunzeln, bei dem ihr ganzes Gesicht – vorgeschobene Lippen, eingezogene Wangen – zum Einsatz kam. Schon seltsam, was man alles verpasste, wenn man die Leute nicht oft genug sah. »Ich habe eine Liste gemacht und festgestellt, dass die Vorteile überwiegen. Mit Farbabstufungen und allen Schikanen.«

»Natürlich.«

Lexies Handy summte auf dem Tisch zwischen ihnen, und sie griff danach. Eine WhatsApp – von Rachel. Ihr Herz setzte einen Schlag aus. Sie öffnete die App nicht – Rachel sollte nicht sehen, dass sie online war –, aber die Nachricht blinkte auf dem Display auf.

Ich habe gehört, dass du wieder in Großbritannien bist. Können wir reden?

»Alles in Ordnung?«, fragte Fran.

Lexie entspannte ihr Gesicht. »Ja. Nur meine Mutter.« Sie war nicht ganz sicher, warum sie log. Fran war ihre älteste Freundin, der einzige Mensch, der sie richtig kannte, und wenn sie mit jemandem darüber reden konnte, dann mit ihr. Aber sie wusste nicht, wie sie sich Rachel gegenüber verhalten sollte. Sie hatten kein Verhältnis gehabt, als ihr Vater noch lebte – warum sollte es nach seinem Tod anders sein? Es ging ums Haus, Rachel wollte sicher reinen Tisch machen. Vielleicht sollte sie ihr einfach schreiben, dass alles gut war. Ja, das würde sie tun. Dann würde Rachel aufhören, Kontakt zu suchen.

»Wie ist es, bei deiner Mutter zu wohnen?«

»Ich liebe meine Mutter«, sagte Lexie langsam und legte das Handy weg.

»Aber?«

»Aber wieder zu Hause zu wohnen, ist kein Spaß. Obwohl ich einen Grund habe, hier zu sein, fühlt es sich wie ein Rückschritt an. Sie ist lieb und witzig und kocht mir fast jeden Abend Nudeln – aber allmählich kommt es mir zu den Ohren raus, und wenn sie mich noch einmal bittet, die Klamotten in meinem Zimmer wegzuräumen, sage ich etwas, das ich bereuen werde.«

»Du könntest bei mir wohnen?«

»Was, wirklich?«

»Klar, warum nicht? Ich habe ein Zimmer frei, seit meine letzte Mitbewohnerin ausgezogen ist. Solange du deine Klamotten nur in deinem Zimmer rumliegen lässt, ist das kein Problem.«

»Du hattest eine Mitbewohnerin?«

Fran lachte. »Da sieht man mal, wie gut du zuhörst.«

Lexie zuckte zusammen. »Tut mir leid. Ich hätte mehr für dich da sein müssen. Ich hätte …«

»Lexie, entspann dich. Das war keine Spitze. Sicher gibt es auch in deinem Leben Dinge, von denen ich nichts weiß. Das ist einfach so, weil unsere Leben nicht mehr so eng miteinander verwoben sind. Ich werfe dir nicht vor, dass du dein Leben lebst. Und das Angebot steht.«

»Das wäre wundervoll, danke. Soll ich uns zur Feier des Tages noch einen Kaffee holen?«

»Nur wenn du einen koffeinfreien nimmst. Für meinen Geschmack bist du schon hibbelig genug.«

Lexie grinste sie an. »Oh, du wirst es noch bereuen, dass du mich bei dir einziehen lässt.«

14. KAPITEL

»Ist es wie in *Brügge sehen … und sterben*? Sie wissen schon, der Film?« Der Mann blickte erwartungsvoll von dem Weihnachtsprospekt auf, den Lexie der dreiköpfigen Familie gegeben hatte.

»Isaac!« Seine Frau – zumindest dem Ring an ihrem Finger nach zu urteilen – riss ihm den Prospekt aus der Hand, während ihr Sohn, der nicht älter als sieben sein konnte, Lexie mit beunruhigender Ernsthaftigkeit musterte. »Bitte entschuldigen Sie meinen Mann«, sagte sie und rückte die Sonnenbrille zurecht, die sie sich beim Betreten des Ladens in die Haare geschoben hatte.

Lexie lächelte. »Ich muss zugeben, ich habe den Film noch nie gesehen. Ist er gut?«

»Oh, er ist klasse«, schwärmte Isaac. »Sehr witzig. Kennen Sie Colin Farrell? Der ist großartig.«

»Es wird viel geschossen«, fügte seine Frau hinzu. »Und diverse Leute sterben.«

»Warte, wer stirbt?«, meldete sich der Junge zu Wort.

»Niemand, Schatz. Das ist ein Film, den Daddy mag.«

»Den will ich sehen.«

»Dafür bist du noch zu jung.«

Der Junge runzelte die Stirn und richtete seine Aufmerksamkeit wieder voll auf Lexie. Aus dem Augenwinkel sah Lexie, wie sich die Hintertür öffnete. Ihr Herz setzte kurz aus, als Theo reinkam und sich umsah. Er musste den ganzen

Vormittag oben gewesen sein. Ange hatte ihr nicht gesagt, dass er wieder da war! Ihr Magen zog sich zusammen. Hätte sie es gewusst, hätte sie sich wappnen können. Er sah in ihre Richtung, doch sie wandte sich ab, bevor ihre Blicke sich trafen, und zwang sich, ihre Aufmerksamkeit wieder auf die Familie zu richten, die sie hoffnungsvoll ansah.

Sie räusperte sich und versuchte so zu tun, als hätte sie nicht bemerkt, dass Theo wieder ins Hinterzimmer verschwunden war. »Wir versuchen, Schießereien und Todesfälle auf unseren Reisen zu vermeiden.«

Isaac lächelte ein wenig schuldbewusst, während die Frau »allerdings« murmelte.

»Aber wenn Sie irgendwo Weihnachten feiern wollen, dann ist Brügge perfekt. Es ist wirklich wie im Märchen. Sobald es schneit, fühlt man sich wie in einer Schneekugel, wenn man durch die Gassen schlendert. Die Kanäle sind oft zugefroren, und in der ganzen Stadt findet ein Weihnachtsmarkt statt. Außerdem ist das Essen sagenhaft, nirgendwo auf der Welt gibt es so gute Waffeln, und wir arbeiten mit dieser fantastischen kleinen Waffelbäckerei zusammen, die ein geheimes Familienrezept hat.«

»Waffeln?« Der Junge taute endlich auf.

»Und Schokolade«, sagte Lexie mit einem Augenzwinkern. »Belgien ist berühmt für seine Schokolade.« Daraufhin lächelte der Junge zaghaft und sah dann hoffnungsvoll zu seiner Mutter auf.

»Klingt doch gut, oder, Isaac?« Ohne eine Antwort abzuwarten, wandte sie sich wieder Lexie zu. »Was sind die nächsten Schritte, wenn wir uns dafür entscheiden?«

Lexie erklärte ihnen den Buchungsvorgang, versorgte sie mit weiteren Details der Reise und zog sich dann zurück, um sie in Ruhe nachdenken zu lassen. Niemand ließ sich gern drängen – und sie war ziemlich sicher, dass sie sich auch ohne ihr Zutun dafür entscheiden würden. Nach ein paar Wochen hatte sie ein Gespür dafür. Sie hatte im Laufe der Jahre viele Jobs mit Kundenkontakt gemacht, und obwohl sie noch nie Reisen verkauft hatte, waren die Anforderungen ähnlich, und es machte ihr Spaß. Sie hatte gern mit Menschen zu tun, genoss die lockeren Gespräche. Es reizte sie herauszufinden, was die Kunden sich vorstellten, und ihre Wünsche zu erfüllen.

Lexie sah sich im Büro um. Harry unterhielt sich mit einem älteren Ehepaar, das an seinem Schreibtisch saß, und nickte zu einer Geschichte, die sie ihm erzählten. Offenbar hatte sein Kleiderschrank noch mehr zu bieten als nur Weihnachtskrawatten, denn heute trug er eine blaue mit gelben Küken, eine Hommage an Ostern.

Die meisten Geschäfte von R&L liefen online, wie Lexie erfahren hatte – nur wenige Kunden wünschten den persönlichen Kontakt, bevor sie sich für einen Urlaub entschieden. Daher wurde viel remote gearbeitet. Mike kam nur selten ins Büro, tatsächlich hatte sie ihn seit ihrer Rückkehr nicht gesehen. Dafür war Harry an den meisten Tagen im Laden, und Ange war auch oft da, hatte aber keine festen Arbeitszeiten.

Was würde Theo tun, jetzt, wo er zurück war? Würde er hauptsächlich oben in der Wohnung arbeiten oder hier unten im Laden?

Sie beobachtete, wie die kleine Familie zu einem der Schreibtische ging – der, an dem Lexie oft saß – und sich eine der Visitenkarten nahm. Der Junge wollte sich eine Handvoll der in buntes Stanniolpapier gewickelten Schokoladeneier aus der Schale nehmen, aber die Frau hielt ihn zurück und gab ihm nur eines. Dann steckte Isaac ihm heimlich ein zweites zu, während die Frau so tat, als würde sie es nicht sehen.

»Wir buchen online«, sagte die Frau mit einem Lächeln, als sie an Lexie vorbeigingen und den Laden verließen.

»Du bist gut.«

Lexie drehte sich um und sah Ange hinter sich stehen, die Lippen wie immer knallrot geschminkt und Karotten-Ohrringe – wahrscheinlich wegen Ostern. Lexie fasste sich ans Herz. »Meine Güte, hast du mich erschreckt. Und worin bin ich gut?«

»Darin, den Kunden ein gutes Gefühl zu geben. Herauszufinden, was sie wollen, und es ihnen anzubieten. Das kann nicht jeder.« Sie lächelte. »Bei dir klingt es immer, als würdest du am liebsten mitfahren.«

Lexie lächelte ebenfalls. »Genau das ist das Problem. Jedes Mal, wenn ich von einem Ort schwärme, will ich sofort die Koffer packen.«

»Du wärst im Reisebüro fehl am Platz, wenn du selbst nicht gern reist.«

»Ich habe Theo gesehen«, sagte Lexie so beiläufig wie möglich.

»Ja, er ist gestern Abend zurückgekommen und hat gesagt, er wolle sich gleich an die Arbeit machen. Apropos, wir haben in zehn Minuten unsere Team-Besprechung. Kannst du Theo daran erinnern? Er ist in meinem Büro.« Streng genommen war es nicht *ihr* Büro, aber niemand korrigierte Ange jemals in diesem Punkt.

Lexie zögerte. Am liebsten hätte sie Ange gesagt, sie solle Theo selbst erinnern, und Ange schien ihre Gedanken zu lesen. »Du kannst ihm nicht ewig aus dem Weg gehen«, sagte sie streng. »Lass dich nicht von ihm vergraulen. Egal, was er sagt, es war richtig, dass du zurückgekommen bist – und er weiß das auch.«

Danach konnte sie sich schlecht weigern, oder? Sie wollte sich gerade abwenden, als Ange sagte: »Und Lexie? Kleine Vorwarnung. Er ist nie gut gelaunt, wenn er aus Irland zurückkommt. Das solltest du dir merken.«

»Na super«, murmelte Lexie auf dem Weg ins Hinterzimmer. Wenigstens war damit die Frage geklärt, wo er gewesen war. Wie üblich herrschte hinten Chaos, überall Kartons mit neuen Broschüren, die noch nicht ausgepackt worden waren. Oben an der Wand war ein kleines Fenster, durch das man den strahlend blauen Himmel draußen sehen konnte. Und da saß Theo an Anges Computer und starrte stirnrunzelnd auf den Bildschirm.

Sie räusperte sich, und er blickte auf. Sein Haar war etwas länger geworden, und er sah aus, als hätte er sich ein paar Tage nicht rasiert. Sie wünschte, er wäre nicht so attraktiv. »Du bist also noch da«, sagte er.

»Ja. Ich bin noch da.« Er nickte langsam, und sie widerstand dem Drang, sich verlegen das Haar hinters Ohr zu streichen. »Ange lässt dir ausrichten, dass wir in zehn Minuten eine Team-Besprechung haben, oben in … in deiner Wohnung.«

Er wandte seine Aufmerksamkeit wieder dem Computerbildschirm zu. »Sie gehört mir nicht.« Nun, das widersprach dem, was er im Gespräch mit dem Anwalt behauptet hatte, mit dem alles begonnen hatte. Aber es stimmte – er hatte sie nur von der Firma gemietet. Das bedeutete, dass er Gefahr lief, sie zu verlieren, falls die neuen Eigentümer sie für sich haben wollten. Lexie wollte sich kein schlechtes Gewissen einreden, aber der Gedanke hatte sich trotz allem in ihren Kopf geschlichen.

»Aber du denkst an das Meeting?«, fragte sie.

Er runzelte die Stirn, offensichtlich abgelenkt. »Was? Ach ja. Ja. Ich komme hoch. Danke.« Nicht gerade überschwänglich, aber immerhin höflich.

»Okay. Ich geh schon mal. Kaffee machen und so.«

Er stand abrupt auf. »Ich komme mit. Einen Kaffee könnte ich auch gebrauchen.« Er ging auf sie zu, sah aber an ihr vorbei. Schob eine Hand in die Gesäßtasche seiner Jeans und zog einen Schlüssel hervor, mit dem er gedankenverloren gegen die andere Handfläche tippte. Ihr fiel ein, was Ange gesagt hatte, und sie fragte sich, was ihn in Irland so aus dem Gleichgewicht brachte.

Da sie schlecht protestieren konnte, folgte sie ihm die Treppe hoch. Er redete nicht, doch sie bemerkte, wie er den Schlüssel zwischen seinen Fingern drehte.

»Du warst in Irland?« Er warf ihr einen fragenden Blick zu, mit den Gedanken offenbar immer noch woanders, und sie zuckte die Schultern. »Ange hat es mir erzählt.«

»Natürlich hat sie das«, seufzte er.

»Sie sagte, du hättest furchtbare Laune und würdest mir wahrscheinlich den Kopf abreißen.« Das war eine Übertreibung, aber wenn jemand mit Theo fertig wurde, dann Ange, also war sie nicht allzu besorgt. »Und ich sagte: Ein schlechtgelaunter Theo? Kann ich mir gar nicht vorstellen.«

Er schüttelte den Kopf, und sie glaubte, ein leises Schnauben zu hören. »Das hast du nicht gesagt.«

»Nein, okay, habe ich nicht, aber ich glaube, mein ungläubiges Gesicht hat es angedeutet.«

Als sie oben angekommen waren, drehte er sich um. »Ganz schön frech heute.«

Sie rümpfte die Nase. »Mich hat noch nie jemand frech genannt. Ich bin sehr umgänglich.« Es folgte eine Pause, in der er sie vielsagend ansah, und sie seufzte. »Nur anscheinend nicht bei dir.«

»Ich weiß nicht, ob ich das als Kompliment oder als Beleidigung auffassen soll.«

»Was immer dein Schurkenherz begehrt.«

Okay, das war definitiv ein Lacher, auch wenn er versuchte, es zu unterdrücken. Sie lächelte zurück.

Dann legte er den Kopf schief, und die Art, wie er sie ansah, erinnerte sie an den Blick kurz vor dem Kuss. *Lass es, Lexie.*

»Ist es nicht eine Frage der Perspektive, wer in der Geschichte der Schurke ist?«

Lexie sah auf, und ihre Blicke trafen sich. »Also bin ich der Bösewicht und nicht du?«

»Das wird sich noch zeigen.« Er wirkte nicht länger abgelenkt, sondern eher etwas *zu* konzentriert, als er sie ansah.

Sie räusperte sich und versuchte, das Thema zu wechseln. »Und was ist in Irland?«

Er zog die Augenbrauen hoch. »Grüne Wiesen, Klippen und Pubs.«

Sie konnte sich gerade noch verkneifen, die Augen zu verdrehen. »Du weißt, was ich meine. Wieso dachte Ange, du hättest schlechte Laune?«

Er musterte sie kurz, und sie rechnete schon mit einer Abfuhr. Was nachvollziehbar gewesen wäre, wenn man bedachte, wie wenig sie sich kannten. Stattdessen sagte er: »Wie wär's mit einem Deal?«

»Ein Deal?«

»Ich sage dir, was in Irland ist, wenn du mir einen deiner Wünsche verrätst.«

Lexie runzelte die Stirn. »Was?«

»Du weißt schon, aus deinem Weihnachtswunschglas.«

Lexies Blick verfinsterte sich. »Warum willst du das wissen?«

»Das ist so ein Schurkending«, sagte er sehr ernst. »Wir wollen wissen, was sich die Leute wünschen, damit wir verhindern können, dass sie in Erfüllung gehen.«

Sie lachte überrascht auf und hätte schwören können, dass seine Augen aufleuchteten. Und weil er sie zum Lachen gebracht hatte und sich offensichtlich darüber *freute*, gab sie nach. »Als ich dreizehn war, hab ich mir gewünscht, dass meine Haare von selbst lila werden.«

Es kostete sie nichts, ihm diesen unschuldigen Wunsch anzuvertrauen. Sie hatte sich unbedingt die Haare färben wollen, aber ihre Mutter hatte es verboten. Damals hatte Lexie längst aufgehört, Wünsche so ernst zu nehmen, ihr Glaube an die Tradition erschüttert. Aber trotzdem hoffte sie insgeheim, dass er in Erfüllung ging.

»Warum zucken deine Mundwinkel?«, fragte sie.

»Das nennt man lächeln, Lex.«

»Vielleicht solltest du in den Spiegel schauen, bevor du so etwas behauptest«, erwiderte sie. Aber er lächelte nur noch breiter.

Dann stieß er die Luft aus, und sein Lächeln erstarb. »In Irland sind meine Eltern.« Er öffnete die Tür zur Wohnung, bevor sie nachfragen konnte. »Sollen wir?«

15. KAPITEL

»Jetzt müssen wir nur noch die Reise nach Madrid besprechen«, sagte Ange, während sie, den Stift in der Hand, in ihrem Notizbuch blätterte. Ange und Theo saßen auf dem Sofa, Harry eingeklemmt zwischen ihnen, und Mike und Lexie saßen sich in den beiden Sesseln gegenüber. Was taten sie, wenn sie mehr als fünf in einer Besprechung waren, fragte sich Lexie. Anscheinend blieb Harry oft unten, aber heute hatten sie den Laden extra geschlossen, damit er dabei sein konnte.

Die Wohnung war so aufgeräumt, dass es fast so aussah, als würde niemand darin wohnen. Sie hielt sich für eine Meisterin darin, mit wenig auszukommen, aber Theo schien ihr darin in nichts nachzustehen, jedenfalls dem spärlich bestückten Bücherregal nach zu urteilen. Es sei denn, er bewahrte seinen ganzen Kram woanders auf. Vielleicht im Schlafzimmer. Nicht, dass sie an sein Schlafzimmer dachte.

»Madrid?«, fragte sie und versuchte, sich zu konzentrieren. Hinter Mike blickte man durch die riesigen Fenster des Altbaus auf die Stadt und die Abteikirche in der Ferne.

»Wir haben überlegt, nächstes Jahr eine neue Reise dorthin anzubieten«, sagte Mike. Er hatte sie zu Beginn des Treffens mit einem donnernden »Lexie! Schön, dass du noch da bist!«, begrüßt. »Im Mai findet dort ein großes Kulturfestival statt – die Fiesta de San Isidro«, fuhr er fort. Sein aufgesetzter spanischer Akzent war genauso schlecht wie sein französischer.

»Ja«, sagte Ange, »und ihr habt dieses Jahr gerade noch Zeit für die Recherche vor Ort, wenn ihr euch gut organisierst und euch eine Strategie überlegt.« Lexie fiel auf, dass Ange dazu neigte, *ihr* statt *wir* zu sagen. Das erinnerte sie an Theos Worte, dass ihr gar nicht bewusst war, was sie für die Firma leistete.

»Keine Ahnung, warum Richard nie eine Madrid-Reise ins Programm aufgenommen hat«, sagte Mike kopfschüttelnd. »Das hat der alte Mann sich entgehen lassen.«

Lexie sah, wie Theo die Zähne zusammenbiss, doch er sagte nichts. Sie fragte sich, ob er wegen der Spitze gegen ihren Vater sauer war. Fühlte er sich Richard verpflichtet, weil er ihm erst einen Job gegeben und jetzt auch noch die Hälfte der Firma vermacht hatte?

»Wir haben noch nichts in Madrid, oder?«, fragte Ange pragmatisch. »Spricht denn was dagegen?«

»Ich begreife einfach nicht, dass wir Madrid in all der Zeit nie ins Programm aufgenommen haben«, sagte Mike. »Ist doch naheliegend, oder? Die Nachfrage ist bestimmt groß, ein bisschen Romantik plus Flamenco und Tapas.«

»Ich war mal in Barcelona«, sagte Harry. »Aber das war mit ein paar Freunden, als ich achtzehn war, und ehrlich gesagt, kann ich mich nicht mehr an viel erinnern.«

Lexie schaute lieber aus dem Fenster, statt sich an der Unterhaltung zu beteiligen. Ihr Vater hatte vielleicht keine Reise nach Madrid organisiert, aber sie wusste, dass er mindestens einmal dort gewesen war. Sie presste die Lippen zusammen. Bitterkeit half nicht, und sie konnte nichts tun, um die Vergangenheit zu ändern.

»Ich kann mir ein Wochenende Zeit für eine Erkundungstour nehmen«, sagte Mike. »Kate liebt Spanien. Ich nehme sie mit.«

»Ich weiß nicht, ob es eine gute Idee ist, wenn du deine Frau mitnimmst«, sagte Theo, und obwohl seine Stimme ruhig klang, hörte Lexie den gereizten Unterton.

»Unsinn, Kate wird es lieben.«

»Mike«, sagte Theo mit dem Gesichtsausdruck von jemandem, dessen Geduld auf die Probe gestellt wird, »Kate ist bezaubernd, aber sie wird keine Lust auf so ein Wochenende haben. Und für dich ist das ehrlich gesagt auch nicht das Richtige. Du hast mir erzählt, dass du die Tänze auf der Mexiko-Reise gehasst hast.«

»Nun, es geht ja eher darum zuzusehen, als selbst zu tanzen, oder?«

»Und wirst du dir wirklich die Zeit nehmen, alle Orte zu erkunden, oder führst du Kate lieber in die besten Restaurants der Stadt?«

»Jetzt hör mal zu, Junge, ich bin schon länger in der Firma als du und muss mir von dir nicht sagen lassen, was ich zu tun und zu lassen habe.«

Lexie warf Ange einen Blick zu, aber die kritzelte in ihr Notizbuch und schien darauf zu warten, dass der Streit vorüberging. Harry sah abwechselnd zwischen Theo und Mike hin und her.

»Ich sage dir nicht, was du tun oder lassen sollst. Ich *frage* dich nur, ob Kate möglicherweise Stress machen wird, was sie auf Geschäftsreisen ja bekanntermaßen gern tut.«

Mike schnaufte empört, bevor er sagte: »Dann fahre ich eben allein.«

Theo holte tief Luft, vermutlich, um sich zu beruhigen, und Harry nutzte die Gelegenheit, um sich zu Wort zu melden: »Ich würde sehr gerne nach Madrid fahren. Falls das von Interesse ist.«

Lexie dachte, Theo würde Harry sofort über den Mund fahren, aber stattdessen schüttelte er nur den Kopf, und sie sah, dass er ein Lächeln zu unterdrücken versuchte.

»Wir machen bald eine Reise mit dir, versprochen, aber nicht zur Recherche. Ich denke, in diesem Fall wäre es vielleicht besser, wenn ich …«

»Ich fahre.« Lexie hatte nicht wirklich darüber nachgedacht, aber jetzt, wo sie es gesagt hatte, wurde ihr bewusst, dass sie es ernst meinte. Sie wollte schon lange mal nach Madrid, warum also nicht jetzt? Und sie wollte beweisen, dass sie mehr konnte, als nur Kundenanfragen zu beantworten. Sie wollte dazu beitragen, dass die Firma am Ende des Jahres Gewinn erwirtschaftete, und das gelang ihr doch nur, wenn sie eine neue Reise zusammenstellte, oder?

Mike lachte schallend, während Ange von ihrem Notizbuch aufblickte und zustimmend lächelte. »Lexie«, begann Mike, »ich bewundere deinen Enthusiasmus, das tue ich wirklich, aber du hast keine Ahnung, was du …«

»Ich habe noch ein paar Wochen Zeit«, widersprach sie. »Genug, um mich vorzubereiten, einen groben Reiseplan zu erstellen. Ich kann mich mit dir und Theo beraten. Okay, ich hab so was noch nie gemacht, aber ich bin viel gereist. Ich kann gut mit neuen Leuten und mich in neue Aufgaben reinstürzen.«

Mike öffnete den Mund, um sie zu unterbrechen, aber Lexie schnitt ihm das Wort ab. »Außerdem gehört mir die Hälfte der Firma. Gibt mir das nicht das Recht, es wenigstens zu versuchen?«

Mike brummte vor sich hin, Ange zwinkerte ihr zu, und Harry sagte: »Hört, hört.« Theo musterte sie stirnrunzelnd, hatte sie aber immerhin nicht gleich in der Luft zerrissen. Sie sah ihn an.

»Ich werde es nicht vermasseln«, sagte sie und versuchte, ruhig und professionell zu klingen. Ehrlicherweise konnte sie das nicht versprechen, aber sie konnte es zumindest *versuchen*.

»Ich bin auf jeden Fall dafür«, meldete sich Ange zu Wort. »Sie kann gut mit Menschen umgehen.«

»Ich weiß«, sagte Theo. Lexie war so überrascht, dass sie kurz sprachlos war.

»Okay«, sagte sie schließlich. »Und ich kann mit dir alles durchgehen, bevor ich fahre.« Sie wandte sich direkt an Theo, weil sie wusste, eigentlich musste sie nur ihn überzeugen. Und obwohl sie sich nicht sicher war, ob es klug war, freiwillig mehr Zeit mit ihm zu verbringen, wollte sie ihm entgegenkommen.

Theo musterte sie kurz, dann nickte er. »Okay.«

Sie blinzelte. »Okay?«

»Ja. Du solltest fahren.«

Ein Lächeln breitete sich auf ihrem Gesicht aus. »Was, wirklich?«

»Ja. Ange hat recht. Und *du* hast recht. Wenn du das Jahr durchziehen willst, müssen wir dich einbeziehen.«

»Ja«, sagte sie und nickte. »Okay. Also, das ist …«

»Aber ich komme auch mit.«

Sie versuchte, den Mund zu schließen. »Ich glaube nicht, dass …«

»Mike hat recht. Du weißt noch nicht genug über das Geschäft, um allein zu fliegen. Also arbeiten wir zusammen, wie du gesagt hast.«

»Ja, aber ich meinte nicht …« Sie verstummte.

»Na, dann wäre das ja geklärt«, sagte Ange, während Mike finster zwischen ihnen hin und her sah. Harry grinste und knuffte Theo in die Rippen. Und Lexie sah keinen Ausweg – schließlich war es ihre Idee gewesen. »Also, wenn niemand mehr etwas zu besprechen hat, dann ist das alles für den Moment?« Ange klappte ihr Notizbuch zu und wedelte mit der Hand, als alle aufstanden. »Oh, nein, wartet! Theo, du wolltest doch deine Idee vorstellen, oder?«

Aus irgendeinem Grund sah Theo kurz zu Lexie, bevor er antwortete. »Nein, schon gut. Vielleicht ist es das Beste, wenn wir das erst mal verschieben.«

»Lass uns doch darüber reden, wenn wir gerade alle hier sind«, drängte Ange und schlug ihr Notizbuch wieder auf.

»Was ist das für eine Idee?«, fragte Harry. »O nein, warte, meinst du dein Projekt?«

Theo fuhr sich durch die Haare. »Das ist nicht *mein* Projekt, es ist …« Er sah in die Runde. »Es ist etwas, worüber Richard und ich gesprochen haben, bevor er …« Er verstummte und sah Lexie an, als wüsste er nicht, ob er fortfahren sollte.

Mike runzelte die Stirn. »Das Investitionsprojekt?«

Lexie wollte sich fast melden, konnte sich aber gerade noch zurückhalten. »Was ist das für ein Projekt?«

Zum ersten Mal, seit sie ihn kannte, wirkte Theo verlegen. »Nun, die Firma unterstützt ja bereits einheimische Betriebe, durch alles, was wir tun«, sagte er und wirkte fahrig, »aber ich dachte – und Richard war derselben Meinung –, dass wir noch einen Schritt weiter gehen könnten. Wie wäre es, wenn wir einen Teil unseres Gewinns in lokale Unternehmen investieren – in Menschen, die an einem der Orte, zu denen wir Reisen anbieten, etwas aufbauen wollen? Wir haben zum Beispiel diese Weihnachtsreise nach Belgien …«

»Lexie hat sie gerade einer Familie schmackhaft gemacht«, unterbrach Ange.

Theo sah zu Ange, dann wieder zu Lexie und schien einen Moment zu brauchen, um seine Gedanken zu sortieren. »Okay.

Cool. Na, dann weißt du ja Bescheid. Jedenfalls gibt es da diese Frau, die macht eine fantastische heiße Schokolade, mit echter Schokolade, und sogar vegane heiße Schokolade, unglaublich lecker, und sie hat diese Idee für ein Schokoladencafé, aber sie hat nicht genug Geld zusammenbekommen. Wir könnten ihr helfen, indem wir in das Geschäft investieren und ihr Café zu einem Programmpunkt der Reise machen.« Er runzelte die Stirn und schüttelte den Kopf über sich selbst. »Ich bin nicht sicher, ob ich es richtig erkläre. Aber Richard hat es verstanden, glaube ich.« Wie er das sagte – als müsste er sie alle davon überzeugen, dass jemand anderes für die Idee bürgte –, öffnete ein kleines Fenster zu einer Seite von ihm, die sie noch nicht kannte.

»Doch, ich glaube, ich verstehe«, sagte Lexie. »Ich finde, das ist eine wundervolle Idee.« Und sie meinte es ernst. Sie wusste nicht, ob es ursprünglich Theos oder Richards Idee gewesen war – so richtig konnte sie die Idee mit keinem von beiden in Einklang bringen –, aber das hielt sie nicht davon ab, daran zu glauben.

Theo sah sie an, als wäre sie begriffsstutzig. »Ja, es ist nur … Na ja, wenn wir das machen, riskieren wir, dass der Gewinn am Ende des Jahres ziemlich knapp ausfällt.«

Sie warf Ange einen hilfesuchenden Blick zu, dann begriff sie. »Oh.«

»Ja. Oh.«

»Du willst also den *ganzen* Gewinn investieren?« War es egoistisch von ihr, diese Frage zu stellen? Aber wie sollte die Firma überhaupt funktionieren, wenn sie keinen Gewinn abwarf? Zugegeben, sie verstand nicht viel von Betriebswirtschaft, aber darum ging es doch letztlich, oder?

»Nein, nicht alles. Aber wir hatten ein paar harte Jahre, und wir haben uns noch nicht ganz davon erholt, also vielleicht …« Er seufzte. »Vielleicht ist jetzt nicht der richtige Zeitpunkt.«

Lexie zögerte. »Lass uns das in ein paar Monaten entscheiden, wenn wir wissen, wo wir stehen?«

Er nickte und sah ihr forschend ins Gesicht, als versuchte er, die Wahrheit hinter ihren Worten zu enträtseln. »Ja. Ja, okay.«

»Ausgezeichnet!« Ange klatschte in die Hände. »In Madrid habt ihr noch jede Menge Zeit, darüber zu reden.«

16. KAPITEL

»Und hast du …?«

»Ich habe die Flüge letzte Woche schon gebucht. Das habe ich dir auch gesagt, erinnerst du dich?«

Theo trommelte mit den Fingern auf Lexies Schreibtisch und musterte sie von oben herab. »Das war nicht meine Frage.«

Lexie legte den Kopf schief. »Ach nein?«

Das Trommeln hörte für einen Moment auf. »Na gut. Ich wollte nur sichergehen. Normalerweise bucht Ange die Flüge, also entschuldige bitte, wenn ich mich frage …«

»Ob ich in der Lage bin, zwei Flüge nach Spanien zu buchen?« Sie winkte ab, als er den Mund öffnen wollte. »Ange hat genug zu tun, deshalb habe ich ihr gesagt, dass *ich* mich darum kümmere. Also betrachte das Suchen von Flügen und das Klicken auf den »Buchen«-Button als eines meiner vielen Talente.«

Das Finger-Trommeln setzte wieder ein. »Du brauchst dafür meinen vollen Namen. Und meine Passnummer.«

»Ich weiß«, sagte Lexie gelangweilt und klickte auf einen weiteren Link mit Einzelheiten der Fiesta de San Isidoro. Es ging nicht darum, *genug* zu finden, um eine Woche zu füllen, sondern das Richtige. Die Kunden sollten das Gefühl haben, die Stadt in ihrer ganzen Authentizität kennenzulernen. »Ich bin in deine Wohnung eingebrochen und hab deine Nachttischschubladen durchwühlt.« Sie bedachte ihn mit einem

Seitenblick. »Du solltest wirklich mal darüber nachdenken, was du darin so aufbewahrst.«

Sein Blick verengte sich, und sie lachte leise.

»Entspann dich, T-Rex. Ange hat mir deine Daten gegeben.«

Er knirschte mit den Zähnen und fuhr sich mit der Hand durchs Haar, sodass es in alle Richtungen abstand. »Okay. Schön. Tee?«

Sie sah ihn misstrauisch an, als wollte er sie mit dieser freundlichen Geste auf den Arm nehmen, aber er zog nur fragend die Augenbrauen hoch. »Äh, gern. Kann ich …«

»Viel Milch und zwei Stück Zucker. Ich weiß.«

»Woher weißt du das?«

»Ich bin ein aufmerksamer Beobachter.«

Er stand auf und streckte sich, sodass sein T-Shirt hochrutschte und ein Stück seines straffen Bauches entblößte. Sofort richtete sie ihren Blick wieder auf den Computerbildschirm und rief das Word-Dokument mit dem Programm für Madrid auf.

»Obwohl du wirklich nicht so viel Zucker in deinen Tee tun solltest.«

Sie klimperte mit den Wimpern. »Weil ich süß genug bin?«

»Weil der Mann im Lebensmittelladen langsam glaubt, dass ich zuckersüchtig bin, und mich bei den Anonymen Zuckersüchtigen melden will.«

Lexie lachte überrascht auf. Seine Mundwinkel zuckten, und das Funkeln in seinen Augen verriet, dass er sich freute, sie zum Lachen gebracht zu haben.

Sie spürte ein leichtes Flattern, doch Harry bewahrte sie davor, zu viel darüber nachzudenken, indem er rief: »Ich nehme auch einen Tee, wenn's geht. Einen grünen, wenn du hast.«

Lexie machte sich wieder daran, das Programm für Madrid zusammenzustellen, und versuchte, nicht auf Theo zu achten. Als sich die Ladentür öffnete, sah sie unwillkürlich auf. Ihre Hand auf der Computermaus erstarrte. Die Frau kam etwas zögerlich herein und fuhr sich mit einer Hand durch die Locken, die denen von Lexie glichen.

»Hallo!« Harry sprang auf sie zu wie ein junger Hund. »Kann ich Ihnen helfen?« Zwar gab es gerade keinen Feiertag, auf den er sein Outfit abstimmen konnte, aber da sie ständig über Madrid sprachen, war seine aktuelle Krawatte gelb-rot gestreift, zu Ehren der spanischen Flagge. Lexie hatte ihn einmal gefragt, wo er die Krawatten herbekam und warum er so viele davon hatte, doch er hatte nur genickt und gesagt: »Ich weiß, die sind cool, oder?«, was bewies, dass seine Angewohnheit, Fragen nicht wirklich zu beantworten, nicht auf Kunden beschränkt war.

Lexie wurde bewusst, dass sie immer noch wie erstarrt an ihrem Schreibtisch saß, und duckte sich, wobei sie sich fast den Kopf am Computerbildschirm gestoßen hätte.

»Oh, hallo. Tut mir leid, ich brauche keinen Urlaub. Ich meine, wir können natürlich alle Urlaub gebrauchen, oder?« Rachel lachte nervös. »Entschuldigung, was ich sagen wollte, ist, dass ich Lexie Greenwood suche.«

Lexie hatte ihre Mutter einmal gefragt, warum sie ihren Mädchennamen nicht wieder angenommen hatte. Und ihre Mutter hatte nur gemeint, dass es zu viel Aufwand sei, dass es nur ein Name sei – und dass es damals auch etwas bedeutet habe, seinen Namen anzunehmen, und dass man, auch wenn es anders gelaufen sei, als sie es sich vorgestellt hatte, all die Jahre seines Lebens nicht einfach mit einem Stück Papier auslöschen könne. Lexie war sich bei Letzterem nicht ganz sicher, aber sie stimmte ihrer Mutter zu, dass ein Name nicht mehr war als ein Name – und dass sie den Nachnamen ihres Vaters trug, verband sie in keiner Weise mit ihm. Oder sah Rachel das anders?

»Oh, klar«, sagte Harry, und Lexie hätte am liebsten aufgestöhnt. Aber natürlich war das albern – sie konnte sich nicht hinter einem verdammten Computerbildschirm verstecken.

»Sie ist gleich da drüben.«

Lexie richtete sich auf und versuchte, so zu tun, als hätte sie sich aus einem völlig legitimen Grund nach vorne gebeugt, etwa um einen Schnürsenkel zu binden oder einen Stift aufzuheben. Dann erhob sie sich, weil es sich komisch anfühlte sitzen zu bleiben, während Rachel auf sie zukam.

Rachel wirkte auch nicht gerade entspannt. Sie fummelte an einem ihrer Armbänder, und ihr Blick huschte immer wieder zu Lexie. Wann hatte Lexie sie das letzte Mal gesehen, die Beerdigung nicht mitgerechnet? Sie konnte es nicht genau sagen. Wieder war sie verwirrt, dass Rachel so viel älter war als bei ihrer letzten Begegnung und trotzdem noch so jung. So jung, dass Lexie die Rolle der Erwachsenen übernehmen musste.

Lexie versuchte zu lächeln. Es gelang ihr. »Hallo, Rachel.«

Rachel hörte auf, mit ihrem Armband zu spielen, und ließ die Hand sinken.

Lexie fiel auf, dass ihre Fingernägel bis zum Ansatz abgekaut waren, die Haut rot und wund. Hatte sie das schon immer gemacht? Lexie konnte sich nicht erinnern.

»Hi.« Sie holte tief Luft, und Lexie sah, wie sich ihre Brust unter der Jeansjacke hob. »Hör zu, es tut mir leid, dass ich so hereinplatze. Es ist nur, du hast nicht geantwortet, und ich dachte, wir sollten … na ja, reden. Und ich habe gehört, dass du jetzt hier arbeitest, also …«

»Alles gut.« Lexie spürte, wie ihr ein heißer Schauer über den Rücken lief. »Aber ich kann …«

Doch Theo unterbrach sie. Er war offenbar unbemerkt reingekommen und balancierte drei Tassen Tee. Er lächelte ihre Schwester an. Ein aufrichtiges Lächeln, das sie so noch nie an ihm gesehen hatte.

»Rach!« Er stellte die Tassen auf Lexies Schreibtisch und umarmte Rachel herzlich. »Wie geht es dir?«

Lexie starrte die beiden an. Er kannte sie? Natürlich kannte er sie – Rachel und Richard hatten ein gutes Verhältnis gehabt. Etwas Heißes, Hässliches brodelte in ihrer Kehle, obwohl sie versuchte, es runterzuschlucken. Sie wusste nicht einmal, *warum* sie sich so fühlte. Aber dass er Rachel wie eine alte Freundin begrüßte, verglichen mit der Art, wie er sie behandelt hatte, als sie sich das erste Mal begegnet waren …

Als sie ihren Tee (den mit mehr Milch) vom Schreibtisch nahm, schwappte etwas über den Rand, und sie verbrühte sich die Finger. Sie räusperte sich, und die beiden lösten sich voneinander. »Ich lasse euch mal allein, damit ihr in Ruhe reden könnt«, sagte sie und deutete mit ihrem Tee auf das Hinterzimmer. Vielleicht war es kindisch, sich zu verkriechen, aber sie war mit der Situation überfordert. Rachel hätte sie nicht so überrumpeln dürfen. Und Theo hätte ihr sagen sollen, dass er ihre Schwester kannte.

Wann denn, Lexie? Bei einem eurer vertraulichen Gespräche?

»O nein, warte«, sagte Rachel hektisch, und ihr Lächeln verblasste. »Ich wollte mit dir reden.«

»Stimmt«, sagte Lexie. Sie gestikulierte vage. »Tut mir leid, dass du extra hergekommen bist.«

Sie zögerte, als sie Rachels Gesicht sah, und versuchte, die Schuldgefühle zu verdrängen.

»Tut mir leid«, sagte sie wieder, etwas leiser. »Ein anderes Mal, ja?« Ein anderes Mal, wenn sie Zeit hatte, sich vorzubereiten. Wenn Theo nicht da war und das ganze Gespräch mithörte.

Sie floh ins Hinterzimmer, das zum Glück leer war, und ließ sich in den Drehstuhl von Ange fallen, beide Hände um ihre Tasse, wie zum Trost.

Scheiße. War sie wirklich so armselig, so unreif, dass sie nicht mal kurz mit ihrer Schwester reden konnte? Mit ihrer *kleinen* Schwester noch dazu? Sie sah zur Tür. Sie sollte wieder rausgehen. Vorschlagen, woanders hinzugehen, wo niemand zuhörte.

Aber gerade als sie das dachte, ging die Tür auf, und Theo stürmte mit finsterer Miene herein. »Was war das denn?«, fragte er.

Sie starrte ihn böse an. »Das geht dich verdammt noch mal nichts an.«

»Du warst so unhöflich zu Rachel. Sie ist deine *Schwester*, und du hast sie einfach stehen lassen.«

»Ich weiß sehr wohl, wer sie ist, danke.« Aber sie spürte die Hitze in ihren Wangen und merkte, wie sie die Tasse fester umklammerte.

»Ich denke, du solltest rausgehen und dich entschuldigen.«

»Ach, denkst du das?« Sie versuchte, die Wut zu unterdrücken, die in ihrem Bauch brodelte. »Tja, danke für deinen Input. Aber da es dich, wie gesagt, nichts angeht, solltest du deine Meinung besser für dich behalten.«

Er verschränkte die Arme. »Sie ist aufgebracht. Ich kenne sie, auch wenn sie versucht, es zu verbergen.«

»Ja, du kennst sie. Das habe ich kapiert.« Ihre Stimme klang gereizt.

»Was? Bist du deshalb sauer?«

»Sei nicht albern.« *War* es das, was sie aufregte? Irgendwie hatte es sie jedenfalls erschüttert, ja. Es war alles so verwirrend.

»Sie hat deinen Vater auch verloren, Lexie.«

Seine Stimme klang sanfter, aber ihre wurde laut. »Das weiß ich. Verdammt noch mal, worauf willst du hinaus? Ist dir schon mal in den Sinn gekommen, dass ich vielleicht auch mit meinen Gefühlen zu kämpfen habe?« Sie stellte ihre Tasse auf Anges Schreibtisch und stand auf. Plötzlich konnte sie unmöglich stillsitzen und begann, auf- und abzugehen. »Hast du schon mal daran gedacht, dass ich vielleicht gerade deshalb nicht mit ihr reden kann, weil unser Vater tot ist? Und weil sie einen ganz anderen Vater hatte als ich und ich nicht weiß, wie ich ihr das erklären soll? Weil ich es für sie nicht noch schlimmer machen will?«

Sie warf Theo einen Blick zu und sah, wie er das Gesicht verzog. »Scheiße, Lexie, ich …«

»Aber nein. Du denkst nicht, oder? Wie immer ziehst du voreilige Schlüsse über mich und gibst *mir* die Schuld, als hätte ich dir irgendwas getan.«

»Ich …«

»Vielleicht kannst du das nächste Mal deine verdammte Meinung für dich behalten, Theo. Vielleicht erinnerst du dich an das, was du in Frankreich gesagt hast – dass man nie weiß, was in dem anderen vorgeht.« Sie blieb einen Meter von ihm entfernt stehen, verschränkte die Arme und ahmte seine Pose nach. Gott, sie hätte sich nicht von ihm einwickeln lassen dürfen, nicht einmal für eine Sekunde. Sie hätte sich an die vielen

Gründe erinnern sollen, warum sie diesen Mann nicht ausstehen konnte.

»Du hast recht«, sagte er leise. »Es tut mir leid.«

Sie runzelte die Stirn. Sie wusste nicht, wie sie damit umgehen sollte, wenn er sie in der einen Minute runterputzte und sich in der nächsten entschuldigte. »Na gut«, sagte sie.

»Ich hätte keine voreiligen Schlüsse ziehen sollen.«

»Warum gegen den Strom schwimmen?«, murmelte sie vor sich hin. Aber er hatte sich entschuldigt, und sie wollte nicht weiter streiten. Also hob sie das Kinn und sah ihm in die Augen. »Okay. Es tut dir leid.«

Ja, super, führ dich ruhig auf wie ein trotziges Kind, Lexie.

Er machte einen vorsichtigen Schritt auf sie zu. »Es tut mir wirklich leid. Es ist nur schwer mitanzusehen.«

»Dass Rachel sich aufregt?«, fragte sie leise.

»Dass ihr beide euch aufregt.«

Er hielt ihren Blick, während er das sagte, und sie spürte, wie ihr der Atem stockte. Sie erinnerte sich daran, wie es war, ihn zu spüren, seinen Mund.

»Aber mir ist klar, dass es nicht so einfach ist«, fuhr er fort und schüttelte dann den Kopf – nicht über sie, wie sie begriff, sondern über sich selbst. »Glaub mir, auch wenn ich die Situation falsch eingeschätzt habe, kenne ich mich mit komplizierten Familienverhältnissen aus. Und manchmal neige ich dazu zu projizieren.«

Er machte noch einen vorsichtigen Schritt auf sie zu, und Lexie schluckte. Sie waren jetzt nur noch wenige Zentimeter voneinander entfernt.

»Es tut mir leid«, wiederholte er, seine Stimme kaum mehr als ein Flüstern.

Sein Blick war zu intensiv, um ihn loszulassen. Was würde passieren, wenn sie ihn jetzt küsste? Was war da los? Wie war es möglich, dass sich ihre Wut innerhalb weniger Minuten in Verlangen verwandelte? Die Luft zwischen ihnen wurde immer dicker, und Lexie war sicher, dass er genau wusste, in welche Richtung ihre Gedanken gingen. Wie von selbst fiel ihr Blick auf seinen Mund. Als sie wieder aufsah, flackerte das Bernsteingelb in seinen dunklen Augen.

Dann schwang die Tür auf, und sie stoben auseinander.

»Nun«, sagte Ange und blickte zwischen ihnen hin und her. »Ich hab ja nichts gegen einen gesunden Streit, aber der arme Harry da draußen hat die Musik so laut aufgedreht, dass man nicht mehr arbeiten kann.« Lexie schauderte innerlich. »Also, Theo«, sagte Ange und sah ihn streng an, »lass Lexie in Ruhe. Sie hat recht. Die Beziehung zu ihrer Familie geht dich nichts an.« Er zuckte leicht zusammen. »Und Lexie.« Sie musterte Lexie, als würde sie nach Spuren suchen. »Ich bin ja dafür, dass du nicht alles in dich reinfrisst, aber du willst wohl kaum, dass Fremde mithören, also atme kurz durch und komm wieder raus, wenn du so weit bist.«

Lexie nickte, und Ange warf ihnen einen letzten Blick zu, bevor sie sich zum Gehen wandte.

Die Tür schlug zu, und Theo und Lexie sahen sich wieder an. Einen Moment lang herrschte Stille zwischen ihnen. Dann fasste Lexie einen Entschluss. Sie nahm ihren Mantel vom Haken und ging zur Tür. Denn so gern sie das Gespräch mit Rachel auch aufgeschoben hätte, wollte sie ihr auch nicht wehtun. Und alles in allem schien es sicherer, Rachel nachzulaufen, als mit Theo in diesem Raum zu bleiben.

17. KAPITEL

Lexie sah gerade noch Rachels Hinterkopf, als sie aus dem Laden stürmte. »Rachel!« Sie lief die paar Schritte, um sie einzuholen, als Rachel sich zögernd umdrehte. Sie hatte diese seltene, aparte Kombination aus dunklen Haaren und blauen Augen.

»Ich hatte schon Angst, dass ich dich nicht mehr erwische«, sagte Lexie und zog ihren Mantel fester. Es war hell und sonnig, aber die Kälte in der Luft war immer noch beißend.

»Ich bin langsam gegangen«, gestand Rachel. Sie hatte einen weichen walisischen Akzent, ein weiterer Unterschied zwischen ihr und Lexie. »Ich hatte gehofft, du würdest deine Meinung ändern.«

»Hat Theo dir gesagt, dass er versuchen würde, mich umzustimmen?«

»Nein. Aber ich habe es vermutet, nachdem er dir gefolgt ist.«

Lexie runzelte die Stirn und schob die Hände in die Manteltaschen. »Er ist eine miese Ratte.«

Rachel lachte leise.

»Obwohl das nicht ganz fair ist. Ratten haben zwar einen schlechten Ruf, aber eigentlich sind sie ganz süß.«

»Theo ist eigentlich auch süß«, sagte Rachel.

»Nein, ist er nicht.« Süß war definitiv kein Wort, mit dem sie ihn beschreiben würde. »Sollen wir ein Stück gehen?« Lexie deutete die Straße hinunter, und Rachel nickte.

Sie liebte es, einfach durch Bath zu schlendern, besonders an Tagen wie heute. Es war schwer vorstellbar, dass jemand die Stadt nicht mochte, die wunderbare Architektur, die coolen Seitenstraßen mit kleinen Cafés und Läden.

»Wenn man ihn kennt, schon. Theo, meine ich.«

Lexie sah Rachel an. Sie musste ungefähr zehn Jahre jünger sein als Theo, aber trotzdem … »Läuft da was zwischen euch beiden?«

Rachel lachte, und Lexie kam sich sofort albern vor. »Nein. Er ist nicht mein Typ, glaub mir. Wir sind nur … Freunde, denke ich.«

»Denkst du?«

»Ja, na ja, durch Dad haben wir manchmal Zeit miteinander verbracht, beim Abendessen oder so, und dadurch haben wir uns irgendwie … kennengelernt.« Sie warf Lexie einen besorgten Blick zu, als sie Richard erwähnte.

Und da war es – eine weitere Erinnerung daran, dass Theo Richard, zumindest den Richard der letzten Jahre, viel besser kannte als Lexie. Sie bogen links ab, Richtung Abbey Courtyard, und für eine Weile herrschte unbehagliches Schweigen zwischen ihnen. Lexie versuchte, sich eine Frage auszudenken, aber ihr fiel nichts ein.

Sie blieben stehen, als sie den großen Platz erreichten, auf dem es von Menschen wimmelte, die in den Cafés saßen und durch die Geschäfte schlenderten, obwohl es ein Wochentag war. Zu ihrer Rechten erhob sich ein Gebäude mit großen Säulen, majestätisch, wie es nur ein Café in Bath sein konnte, und vor ihnen lag die Abtei in ihrer ganzen Pracht. Wunderschöne Buntglasfenster, Säulen aus honigfarbenem Stein und Türme, die in den blauen Himmel ragten.

»Ich hätte Lust auf einen Kaffee«, sagte Rachel.

Auch wenn Lexie versuchte, ihren Kaffeekonsum zu reduzierten, war der Duft einfach zu verlockend. Also holten sie sich einen zum Mitnehmen und setzten sich auf eine der Bänke in der Mitte des Platzes mit Blick auf die Abtei.

»Die Situation ist ein bisschen unangenehm, ich weiß«, sagte Rachel, als sie sich nicht länger nur darauf konzentrieren konnten, ihre Kaffeebecher zu balancieren. »Und mir ist klar, wie seltsam es ist, einfach so aufzutauchen, schließlich hast du mir geschrieben, dass alles gut ist, aber ich … Ich wollte dich persönlich sprechen.« Sie trank einen großen Schluck von ihrem Cappuccino und zuckte zusammen, als wäre er zu heiß.

»Wegen dem Haus?«, fragte Lexie nach kurzem Zögern. Sie wollte es endlich hinter sich bringen.

»Ja. Zum Teil. Hauptsächlich.«

»Bist du deshalb hier? Um dir das Haus anzusehen? Denn eigentlich wohnst du doch in Wales, oder?«

»Ich wohne jetzt in Cardiff, ja. Und es ist gut, vor Ort mit den Maklern zu reden. Ein Haus zu verkaufen, ist offenbar kompliziert. Aber vor allem bin ich hergekommen, um dich zu sehen.«

Lexie bedachte sie mit einem Seitenblick. »Du bist den ganzen weiten Weg hergekommen, um mich zu sehen?«

Rachel rümpfte die Nase, und Lexie erinnerte sich an die kleine Rachel, die, kaum fünf Jahre alt, hinter dem Rücken ihrer Mutter genau diesen Gesichtsausdruck gemacht hatte, als sie aufgefordert worden war, ihren Brokkoli aufzuessen. Hasste Rachel Brokkoli immer noch? Wahrscheinlich nicht.

»Man sagt mir nach, dass ich manchmal etwas zwanghaft sein kann«, gab Rachel zu.

Lexie lachte, und Rachel lächelte schuldbewusst. »Gut zu wissen«, sagte Lexie.

Rachel hob ihren Kaffee wieder an die Lippen, und Lexie erhaschte einen Blick auf den Ring an ihrem Finger, einen blauen Saphir.

»Schöner Ring«, sagte Lexie beiläufig.

Rachel senkte den Blick und hielt ihre Hand so, dass der Ring von der Kaffeetasse verdeckt wurde. »Danke.« Es war eine seltsame Reaktion auf einen einfachen Ring, aber Lexie fragte nicht weiter nach – sie wusste, wie es war, wenn man über etwas nicht reden wollte.

»Du willst das Haus also verkaufen?«, fragte sie stattdessen. »Hast du nicht überlegt, dort zu wohnen?« Obwohl, mit zweiundzwanzig war ein Haus vielleicht zu viel Verantwortung? Für sie wäre es das in dem Alter auf jeden Fall gewesen. Wenn sie es sich recht überlegte, war es das sogar immer noch.

Rachel biss sich auf die Lippe. »Ich wollte nicht … Ich wollte nicht herkommen und mich aufdrängen. Ich wusste ja, dass du eine Weile hier sein würdest.«

Lexie fragte sich, woher sie diese Information hatte. Von Theo? Obwohl natürlich im Testament stand, dass Lexie die Hälfte der Firma geerbt hatte. Vielleicht wusste Rachel nicht, dass Lexie zunächst gekniffen hatte.

Sie stieß die Luft aus. »Bath gehört mir nicht«, sagte sie. »Meine Mutter wohnt nicht hier, sondern immer noch in Frome. Und ich bin nur für ein Jahr hier. Wegen mir musst du also nicht verkaufen.« Sie war gar nicht auf die Idee gekommen, dass das eine Überlegung sein könnte.

»Es ist nicht nur das.« Sie schien nicht zu bemerken, dass sie den Ring an ihrer linken Hand drehte. »Ich habe schon eine Wohnung. Und es ist … Es ist Dads Haus, weißt du?«

Lexie nickte, obwohl sie es *nicht* wusste. Sie wusste nicht, wie es sein würde, in sein Haus zu gehen und all das zu sehen, was er zurückgelassen hatte. Aber sie glaubte nicht, dass sie dasselbe empfinden würde wie Rachel.

»Es tut mir leid«, sagte Rachel leise. »Wegen dem Haus.«

»Das muss es nicht«, sagte Lexie nur.

»Aber ich …«

»Rachel, ich hätte nicht gedacht, dass er mir überhaupt etwas hinterlassen würde. Die Firma. Keine Ahnung. Ich wurschtle mich so durch. Aber sein Haus … das hätte ich nicht gewollt.« Das war die Wahrheit, wurde ihr jetzt bewusst. Vielleicht wäre es einfacher gewesen, aber dafür viel zu persönlich. Sie hatte sich auf die vermeintliche Ungerechtigkeit versteift, aber das war Rachel gegenüber nicht fair.

Rachel warf ihr einen Blick zu und versuchte offenbar, ihre Gedanken zu erraten. »Und wo wohnst du jetzt? Bei deiner Mutter?« Vielleicht revanchierte sie sich, indem sie ebenfalls das Thema wechselte.

»Anfangs ja, aber jetzt wohne ich bei einer Freundin.«

Und es überraschte sie immer noch, wie gut es mit Fran lief. Im Laufe der Jahre hatte sie mit vielen Menschen zusammengewohnt, aber es war so viel angenehmer mit jemandem, der sowohl ihre schlechten als auch ihre guten Seiten kannte. Sie hatte befürchtet, dass ihre Mutter enttäuscht sein würde, stattdessen schien sie fast erleichtert. Vielleicht war es für Eltern genauso schwierig, mit einer erwachsenen Tochter zusammenzuleben – und vielleicht genoss ihre Mutter es, ihren Freiraum zu haben.

Lexie sah auf die Uhr. »Ich sollte wohl zurück ins Büro.« Niemand würde es ihr übelnehmen, wenn sie nicht zurückkam, jeder hatte seinen eigenen Zeitplan, aber trotzdem. »Wir planen diese Reise nach Madrid«, erklärte Lexie. »Und ich muss noch alles recherchieren.« Vor allem, weil Theo mitkam und sie nicht riskieren wollte, dass etwas schiefging.

»Oh, wie schön!«, strahlte Rachel. »Ich war schon mal in Madrid. Da war ich allerdings erst neun, deshalb erinnere ich mich nicht mehr an alle Einzelheiten, aber es war toll. Es war ganz heiß, und Mum und Dad wirkten so glücklich – obwohl das vielleicht auch an der Sangria lag. Ich war besessen von diesem spanischen roten Kleid, und Dad hat es mir tatsächlich gekauft. Ich habe es ein Jahr lang zu jeder Feier getragen und …«

Sie verstummte, sah Lexie an, und Lexie merkte, dass ihr die Gesichtszüge entglitten waren. Sie versuchte, einen neutralen Gesichtsausdruck aufzusetzen, aber ihr Magen krampfte sich zusammen, als sie sich das Szenario vorstellte, das Rachel beschrieben hatte.

»O mein Gott«, sagte Rachel. »Es tut mir so leid. Ich hab nicht nachgedacht.«

Lexie schüttelte den Kopf, um ihr zu signalisieren, dass alles in Ordnung war, aber Rachel fuhr mit schriller Stimme fort.

»Ich bin so ein Idiot. Es tut mir leid, ich …«

»Rachel, schon in Ordnung. Du darfst Erinnerungen an ihn haben.« Rachel sah aus, als würde sie gleich weinen, ihre Lippen bebten. Lexie wusste nicht, was sie tun sollte.

»Ich hätte nicht … Du hattest nicht so eine Reise.«

»Nein. Hatte ich nicht.« Sie atmete tief durch. »Ich wollte mitkommen«, sagte sie leise, weil sie glaubte, Rachel eine Erklärung schuldig zu sein. »Dad hat mir von Madrid erzählt und gesagt, dass ich euch begleiten dürfte. Meine Mutter natürlich nicht, aber sie hat zumindest behauptet, dass sie sich für mich freut.« So sehr es sie auch verletzt haben musste, dass Richard sie zu einem Urlaub mit seiner neuen Familie eingeladen hatte, ihre Mutter hatte es für sich behalten, und Lexie wusste das erst jetzt wirklich zu schätzen. »Jedenfalls hat er mir ein paar Wochen vor der Reise abgesagt.«

Rachel verzog das Gesicht. »Das wusste ich nicht. Tut mir leid, Lexie. Er hat nie gesagt, dass du mitkommst. Obwohl …« Sie biss sich auf die Lippe. »Vielleicht lag es an meiner Mutter. Die Zeit mit der Familie war ihr heilig, und irgendwie ist sie, was das angeht … spießig.« Sie begann wieder, an ihrem Ring zu drehen. »Vielleicht passte es nicht zu ihrer Vorstellung davon, wie eine Familie zu sein hat.« Man hätte denken können, dass sie das nur sagte, um Richard in Schutz zu nehmen oder damit Lexie sich besser fühlte – wenn Rachels Augen sich nicht verdunkelt und ihr Mund sich nicht zu einem schmalen Strich verzogen hätten.

Dann schloss Rachel die Augen. Als sie sie wieder öffnete, glänzten sie vor Tränen, und Lexie wurde sich erneut der eigenen Unzulänglichkeit bewusst. »O Gott, Rachel …«

Rachel wischte sich eine einzelne Träne aus dem Gesicht. »Es tut mir leid. Ich bin einfach … Dad ist tot. Er ist wirklich tot, und ich kann es immer noch nicht glauben. Wenn ich morgens aufwache, denke ich, ich habe nur geträumt, und dann ist es doch wahr, und ich …« Sie schluckte, und Lexie sah, wie sehr sie sich anstrengte, die Tränen zurückzuhalten. »Meine Mutter weigert sich, darüber zu reden. Über ihn. Sie haben sich vor ein paar Jahren getrennt – ich weiß nicht, ob du …?«

»Das wusste ich, ja«, sagte Lexie leise. Und ihr war auch aufgefallen, dass Rachels Mutter nicht auf der Beerdigung gewesen war. Sie wollte fragen, warum. Warum Richard seine zweite Familie verlassen hatte. Aber jetzt war eindeutig nicht der richtige Zeitpunkt dafür.

Sie wollte Rachel sagen, dass sie mit *ihr* reden konnte. Sie wollte ihr die Hand reichen und für Rachel da sein, denn alle Menschen brauchen jemanden, wenn sie trauern, am besten jemanden, der den Verstorbenen gekannt hatte. Aber das Problem war, dass sie ihn *nicht* gekannt hatte. Sie kannte nicht denselben Vater wie Rachel, und es war verstörend, Rachels Erinnerungen zu hören. Es war, als hätte ihr Vater die eine Familie aufgegeben, sich eine neue genommen und die Abwesenheit der ersten nicht einmal bemerkt. Er hatte einfach weiter gemacht wie bisher. Bis er auch diese Familie verlassen hatte. Und natürlich hatte Rachel schöne Erinnerungen, denn wenn er es drauf anlegte, war er der perfekte Vater. Aber Lexies schöne Erinnerungen wurden davon überlagert, dass er sie immer wieder im Stich gelassen hatte.

Vielleicht war das Beste, was sie im Moment zu bieten hatte, die Wahrheit. »Ich kann dir nicht sagen, wie ich mich dabei fühle. Was ich davon halte, dass Dad …« Sie verschluckte das letzte Wort, unfähig, es auszusprechen. »Ich weiß nicht, wie ich seinen Tod verarbeiten soll. Ich weiß nicht, ob ich traurig bin oder einfach nur wütend, oder was ich denken soll.«

»Das verstehe ich. Glaube ich jedenfalls. Für mich war er immer mein Vater. Manchmal war er etwas unzuverlässig, aber im Großen und Ganzen war er wundervoll und immer für mich da, wenn ich ihn brauchte.«

Obwohl er deine Mutter verlassen hat, dachte Lexie, doch sie sagte es nicht laut.

»Tut mir leid«, sagte Rachel mit einem Seufzer. »Du findest mich bestimmt furchtbar. An deiner Stelle würde ich das.«

Lexie lächelte. »So ein Quatsch. Ich mache dir keinen Vorwurf, keine Sorge. Du hattest genauso wenig eine Wahl wie ich. Ich bin nur … nicht sehr gut darin, mich Dingen zu stellen, fürchte ich.«

Rachel strich sich eine Locke hinters Ohr. »Ich weiß, dass wir uns nicht sehr gut kennen. Und ich weiß, dass wir nur unseren Vater gemeinsam haben und dass er für uns beide ein anderer war. Aber ich sag mal so: mit meiner Mutter ist es nicht einfach, und ich habe nicht viel Familie, und ich weiß, nach all der Zeit ist es vielleicht zu viel verlangt, Schwestern zu sein, aber ich würde …« Sie warf Lexie einen Seitenblick zu. »Ich würde mich wirklich freuen, wenn wir Freundinnen sein könnten.«

Lexie nickte langsam. Man musste Rachel dafür bewundern, wie sie ihr Herz auf der Zunge trug. Und weil sie es bewunderte, weil sie nicht ignorieren konnte, wie verletzlich Rachel in diesem Moment war, beschloss sie, ihr zumindest entgegenzukommen. »Wie wäre es, wenn wir etwas kleiner und weniger intensiv anfangen?«

Man musste Rachel lassen, dass sie nicht gekränkt schien. Stattdessen schürzte sie nachdenklich die Lippen. »Erzfeindinnen?«

Lexie lachte. »Das ist nach meiner Erfahrung nicht unbedingt weniger intensiv.«

Rachel legte den Kopf schief, und ihre Locken fielen zur Seite, genau wie bei Lexie. »Hast du viele davon?«

Theos Gesicht tauchte vor ihrem inneren Auge auf. War er ihr Erzfeind? Das war nicht unbedingt das Wort, mit dem sie ihn beschreiben würde, aber ihr fiel auch kein besseres ein. »Oh, ich sammle sie. Sieh mich an! Ich habe genau die richtige Statur, um angefeindet zu werden.«

Rachel musterte sie von oben bis unten. »Du bist ungefähr so groß wie ich.«

»Genau. Wir sind klein, aber nicht *zu* klein. Deshalb haben die Leute kein schlechtes Gewissen, wenn sie auf uns rumhacken.«

»Ich weiß nicht, ob ich verstehe, was du meinst.«

»Nein. Na ja, da wärst du nicht die Erste.«

»Also … dann sind wir etwas weniger Intensives als Freundinnen?«

»Tja, ich denke, wir können es zumindest versuchen. Ich weiß schon mal, dass du Kaffee magst. Das spricht auf jeden Fall für dich.«

»Ich kann nicht zu viel davon trinken«, gestand Rachel. »Dann werde ich ganz hibbelig.«

»Ich auch!« Vielleicht klang sie etwas zu enthusiastisch, denn es war kaum ungewöhnlich, dass Koffein Menschen hibbelig machte. Und es konnte doch nicht das *Einzige* sein, was sie über Rachel wusste, oder? Sie versuchte, sich zu erinnern, ob sie an den wenigen Wochenenden, die sie unfreiwillig zusammen verbracht hatten, irgendetwas gemeinsam gehabt hatten. Aber Rachel war damals noch ein Kleinkind und Lexie nicht älter als zehn gewesen. Sie wusste noch, wie fassungslos sie darüber war, dass diese winzige Person, dieses kleine Mädchen ihre eigene Familie auseinandergerissen hatte. Sie hatte es ihr übelgenommen – aber dann hatte Rachel sie zum Lachen gebracht. Das Problem war nur, sie konnte sich nicht erinnern, *worüber* sie gelacht hatte. Irgendetwas Belangloses. Aber sie wusste noch, dass sie gelacht hatte. Und auch Rachel hatte gelacht. Und dann hatte sie ihren Vater in der Tür stehen sehen.

Hey, Lexilein. Na, was meinst du? Lust, eine große Schwester zu sein? Er hatte es so gesagt, als könnte sie auch zur Familie gehören.

Lexie hatte Rachel angesehen. *Vielleicht*. Dann hatte Rachel ein Spielzeug aufgehoben und es Lexie gereicht, die es fast ehrfürchtig entgegennahm. Seltsamerweise erinnerte sie sich genau, was für ein Spielzeug es war – ein Stofftiger. Schon komisch, was einem so alles wieder einfiel.

Ich weiß nicht, wie das geht, eine große Schwester zu sein, hatte Lexie gestanden. Schließlich war sie es gewohnt, sich als Einzelkind zu betrachten.

Nun, ich glaube, es gibt keine richtige Art, eine große Schwester zu sein, hatte ihr Vater gesagt.

Und dann war Rachels Mutter Jody dazugekommen, und Lexie erinnerte sich, wie sie leise gezischt hatte: *Ich habe dir doch gesagt, du sollst sie nicht mit Rachel allein lassen, Richard.*

Der Seufzer ihres Vaters. *Was glaubst du, was sie tun wird, Jody?*

Aber Jody war schon dazwischengegangen, hatte Rachel auf den Arm genommen, gesagt, sie würde jetzt Essen machen, und war mit Rachel verschwunden.

Rachel beobachtete sie beunruhigt, und Lexie wurde bewusst, dass sie zu lange geschwiegen hatte. »Tut mir leid, dass ich so gemein war«, sagte sie leise. »Tut mir leid, dass du mich praktisch zwingen musstest, mit dir zu reden.«

»Das muss es nicht«, sagte Rachel. »Jeder geht mit solchen Dingen anders um. Ich weiß das, und ich wollte mich nicht aufdrängen, aber ich …«

»Aber du hast es getan.« Lexie grinste, um zu zeigen, dass sie scherzte, und Rachel lachte.

»Ich war kurz davor aufzugeben. Für eine Weile jedenfalls.«

Lexie nickte und stand auf. »Ich muss wirklich zurück.«

»Okay. Ich bleibe noch ein bisschen hier.«

Lexie war sich nicht sicher, ob Rachel das nur sagte, weil sie spürte, dass Lexie in Ruhe nachdenken wollte. Aber andererseits brauchte Rachel vielleicht auch etwas Zeit für sich, um das alles zu verdauen. Um unbeobachtet die Stadt zu spüren, in der ihr Vater gelebt hatte. Dass ihr der Gedanke ein wenig das Herz brach, bewies vielleicht, dass sie doch kein so schrecklicher Mensch war.

»Rachel?« Sie wartete, bis sie Blickkontakt hatten. »Danke, dass du gekommen bist.«

Rachel lächelte, und ihre Augen strahlten. »Danke, dass du mir nachgelaufen bist.«

18. KAPITEL

Lexie wippte ungeduldig mit dem Fuß, während sich die Schlange aus Einheimischen und Touristen quälend langsam vorwärtsbewegte. Es war warm und sonnig in Madrid, und obwohl erst Mai war, konnte Lexie in ihrem Trägerkleid die mediterrane Hitze der Sonne auf ihren Schultern spüren. Sie reckte den Hals, um zu prüfen, wie lange die Schlange vor ihr noch war – sie hatte das Gefühl, schon ewig anzustehen. Und wofür? Die kleine Kapelle – die »Einsiedelei« von San Isidro – sah nicht besonders beeindruckend aus, und die Quelle, zu der alle wollten, konnte sie nicht einmal *sehen*.

»Ich finde, wir sollten das hier vom Programm streichen.« Sie hatte es schon einmal gesagt, aber das Warten machte sie so mürbe, dass sie sich wiederholte. »Die Leute werden sich beim Warten langweilen.«

Theo runzelte die Stirn. »Aber das ist Tradition.«

»Die großen Köpfe waren besser.« Vorhin hatten sie eine Parade seltsamer Gestalten mit riesigen Köpfen gesehen, die durch die Innenstadt marschiert war.

»Wir können diesen Teil nicht einfach auslassen. Es ist buchstäblich der Ursprung des Festes – der Schutzpatron, seine magischen Heilkräfte.«

»Es ist das Wasser, das heilende Kräfte hat.«

»Genau, und wo ist deine Wasserflasche?« Tatsächlich hatte eine ganze Reihe von Leuten ihre Wasserflaschen griffbereit, um sie auffüllen zu lassen. »Ich dachte, du stehst auf magisches Wasser, mit deinen Wünschen und so.«

»Danke, kein Bedarf.« Allmählich wurde ihr heiß in der prallen Sonne. »Ich finde, es ist Zeitverschwendung …«

»Warte ab, okay?« Sein Ton war scharf.

»Meine Güte, was ist dir denn für eine Laus über die Leber gelaufen?«

Er sah aus, als versuchte er zu lächeln, dann schüttelte er den Kopf. »Ich bin nur ein wenig … beunruhigt. Es ist … Im Moment sieht es etwas eng aus. Budgetmäßig. Ich meine, im Vergleich zu den letzten Jahren geht es uns gut, und wir erholen uns langsam, aber …«

»Es sieht nicht so aus, als würden wir Gewinn erzielen?« Dass er schwieg, war Antwort genug.

»Warum hast du mir das nicht gesagt?« Hätte sie es wissen müssen? Sie hatte die Zahlen gesehen, sie aber nicht wirklich verstanden. »Was ist mit unserem Waffenstillstand? Ich dachte, wir wollen dasselbe?«

Die Leute vor ihnen blickten sich verstohlen um.

»Alles wird gut«, versicherte er, obwohl er nervös mit dem Finger gegen sein Bein tippte. »Es ist nur … Dein Vater hat sich immer um all diese Dinge gekümmert, und ich weiß, dass du gerade erst anfängst, aber auch ich muss noch einiges aufholen, okay? Wie Mike ganz richtig bemerkt hat.« Er fuhr sich durchs Haar. Seine Augen waren hinter den Gläsern seiner Sonnenbrille verborgen, weshalb sie seinen Gesichtsausdruck nicht deuten konnte. »Die Weihnachtssaison sieht immerhin gut aus, wir haben viele Frühbucher. Die Margen sind gering, aber mit einer weiteren Reise im Programm können wir es noch schaffen.«

»Island?«

»Nein, nicht Island. Das muss bis nächstes Jahr warten.«

Sie war ein wenig erleichtert, auch wenn sie es nicht laut aussprach. »Wohin dann?«

»Wien.«

»Ach ja.« Sie hatten tatsächlich schon darüber gesprochen. »Wie weit liegen wir hinter dem Budget zurück?«, fragte sie.

»Wie ich schon sagte, wenn Wien klappt, sollte es passen.« Das war keine Antwort, und sie öffnete den Mund, um ihn darauf hinzuweisen, aber er fiel ihr ins Wort. »Warum setzen wir uns nicht zusammen, wenn wir zurück sind. Wenn wir die Zahlen vor uns haben? Und falls du Vorschläge hast, können wir sie dann durchgehen.«

Sie stieß die Luft aus. »Okay. Na schön.«

Er sah sie spöttisch an. »Deine Begeisterung ist ansteckend.«

Sie erwiderte den Blick, dann fiel ihr etwas ein. »Was ist mit dem Investitionsprojekt?«

Er schüttelte den Kopf. »Solange wir keinen Gewinn machen, liegt das erst mal auf Eis.«

Sie nickte. Zumindest in diesem Punkt waren sie sich einig. Aber wenn sie die Firma verkauften, würde der Käufer Theos Idee aufgreifen? Oder würde er die Firma kommerzialisieren, ohne Rücksicht auf die Werte, für die sie stand? *Nicht dein Problem, Lexie.* Sie versuchte, dieser Stimme Glauben zu schenken, aber es fiel ihr von Mal zu Mal schwerer.

Als sie die Quelle endlich erreichten, war Lexie ein wenig enttäuscht. Ein kleiner Brunnen vor einer cremefarbenen Wand mit einem Schild auf Spanisch dahinter. Sie mussten sich bücken, um ihre Hände nass zu machen, und fühlten sich gehetzt, weil die Schlange hinter ihnen drängte.

Sie verließen das kleine Gebäude und machten sich auf den Weg zur Pradera de San Isidro, einem wunderschönen Park.

»Such uns schon mal einen Platz, ja?«, bat Theo. »Ich komme gleich nach.«

Lexie ging auf die Wiese und setzte sich unter einen der großen Bäume. Die lebendige Atmosphäre war toll, das musste sie zugeben – überall wurde gepicknickt, und Lachen erfüllte die Luft. Trotzdem war sie genervt, und sie setzte sich mit so viel Unmut hin, dass sie sich das Steißbein stauchte.

Theo war nirgends zu sehen. Vielleicht hatte er genug von ihr und beschlossen, sie hier zurückzulassen. Nun, das war in Ordnung, sie kannte den Weg zurück. Seufzend setzte sie die Sonnenbrille auf, schloss die Augen und legte den Kopf in den Nacken, um ihr Gesicht in der Sonne zu wärmen. Sie wusste gar nicht, warum sie so sauer war. Weil Theo die Gewinnmargen kannte und sie nicht? Er war besser mit Zahlen, das wusste sie. Das musste auch ihr Vater gewusst haben. Hatte er sie deshalb zusammengebracht? Um die Defizite des anderen auszugleichen und das Erbe des von ihm gegründeten Unternehmens fortzuführen? Denn die Firma hatte ihm viel bedeutet. Vielleicht sogar mehr als seine beiden Familien. Und möglicherweise war *das* der Grund, warum sie so sauer war.

»Hier.« Als sie die Augen öffnete, stand Theo über ihr und hielt ihr einen großen Plastikbecher hin. »Das ist *Limonada*. Das traditionelle …«

»… Getränk aus Wein, Zitrone, Zucker und gehackten Früchten.« Sie streckte die Hand aus. »Ich weiß. Ich habe meine Hausaufgaben gemacht.« Aber jetzt war sie grundlos genervt und ließ es an ihm aus. »Ich meine, danke«, sagte sie, und seine Mundwinkel zuckten.

Sie trank einen Schluck, und es schmeckte überraschenderweise köstlich. Theo setzte sich neben sie ins Gras, stützte sich auf den Ellbogen, die Beine vor sich ausgestreckt. Vielleicht war es der Zitronengeschmack, der sie daran erinnerte, was in dem Hotelflur in Frankreich passiert war, und plötzlich wurde ihr bewusst, wie wenig Platz zwischen ihren Oberschenkeln war.

»Ach, ich habe uns noch was gekauft.« Er holte eine Papiertüte mit kleinen Donuts hervor. *Rosquillas*, wusste Lexie. Es gab verschiedene Sorten, diese waren mit Puderzucker bestäubt. Sie nahm eine und biss hinein. Es schmeckte anders als Donuts – nicht ganz so süß, ein Hauch von Anis, innen schön fluffig. Sie nahm sich gleich noch eine und leckte sich die Finger.

Lexie lehnte sich zurück und spürte, wie das Gras ihre Handflächen kitzelte. Sie konnte sich gut vorstellen, mit einer Reisegruppe herzukommen, von der Geschichte des Festivals zu erzählen, *Limonada* zu trinken, ein kleines Picknick mit hiesigen Spezialitäten, bei dem man die Möglichkeit hatte, sich kennenzulernen. Viel besser als die Kapelle mit der Heilquelle.

»Vielleicht könnten wir den Leuten die Wahl lassen«, sagte sie laut. »Wir teilen die Gruppe, und hinterher treffen wir uns alle hier im Park.«

Theo grunzte zustimmend.

Lexie sah sich um. Ein paar Leute, vielleicht Einheimische, trugen traditionelle Kleidung. *Chulapos* und *Chulapas,* ursprünglich Arbeiterinnen und Arbeiter, die stolz auf ihre Herkunft waren und das auch zeigen wollten. Die Männer trugen Hosen, Mütze, Hemd und Weste, eher dezent, fand sie. Aber die Frauen sahen glamourös aus in ihren langen Röcken und Kopftüchern, darunter ein kleines Häubchen auf dem Kopf, an dessen Namen sie sich nicht erinnerte.

»Das war ein Wunsch in meinem Wunschglas«, gestand sie in die Stille zwischen ihnen. »Hierherzukommen.«

Theo neigte den Kopf, um sie anzusehen. »Zur Fiesta de San Isidro Festival?«

»Nein, das nicht. Aber nach Madrid. Mein Vater ist mit seiner anderen Familie hier gewesen.« Sie runzelte die Stirn, als sie hörte, wie das klang. »Mit Rachel und ihrer Mutter, meine ich. Er ist mit ihnen nach Madrid gefahren. Oder geflogen. Wie auch immer. Er hat gesagt, er würde mich mitnehmen, aber das hat er nicht – hat wohl kalte Füße bekommen.«

Theos Augen waren immer noch hinter der Sonnenbrille verborgen, aber sie sah, wie er die Stirn runzelte.

»Was?«, fragte sie, ein wenig verunsichert.

»Nichts. Ich … Es ist seltsam. Der Richard, den ich kannte … Ich begreife langsam, dass er nicht nur *dieser* Richard war. Er hat viel von dir geredet.«

Lexie sagte nichts, obwohl sie gern mehr erfahren hätte.

»Und er hat von einer Reise erzählt, die ihr alle zusammen gemacht habt. Er sprach auch über Rachel, aber nie so wie über dich – als würde er dich vermissen, als hätte er all diese schönen Erinnerungen an dich …«

Lexie presste die Lippen zusammen, bevor sie langsam begann zu reden. »Diese Version von ihm … Das ist nicht die Version, die ich kannte. Zumindest nicht in den letzten fünfzehn Jahren. Und ich weiß, du denkst, es ist meine Schuld …«

»Tut mir leid.« Er richtete sich auf. »Das hätte ich dir nie unterstellen dürfen. Ich kam nicht damit klar, dass ich ihn verloren hatte, und ich …« Er zuckte fast verlegen mit den Schultern. »Ich hab ihn vermisst. Und ich hab nur Richards Seite gesehen und …« Er rieb sich den Nacken. »Aber ich hätte es nicht an dir auslassen dürfen. Richard hat so oft von dir gesprochen, und ich wusste, dass er mit dir Kontakt aufnehmen wollte. Allerdings hätte ich nie gedacht, dass er dir die Hälfte der Firma hinterlässt.«

Sie zog die Augenbrauen hoch, denn sie glaubte ihm nicht so recht.

Ohne sich beirren zu lassen, fuhr er fort. »Es klang, als hätte er große Stücke auf dich gehalten, und ich wollte wohl glauben, dass er ein Vater war, der die Hand ausgestreckt hat, und dass du immer zu beschäftigt warst.« Er machte eine lange Pause. »Du wusstest nicht mal, dass er krank war?«, sagte er leise.

Sie riskierte einen Blick, aber sein Gesicht verriet nichts. »Nein, das wusste ich nicht.«

»Tut mir leid, ich wollte nicht … Ich meine, ich dachte, du hättest es gewusst.«

Sie schürzte die Lippen. »Du bist davon ausgegangen, dass er mir gesagt hat, dass er im Sterben liegt und ich nicht nach Hause gekommen bin, um mich zu verabschieden?«

Er verzog das Gesicht. »Gott, das klingt schrecklich. Aber ja. So ungefähr.«

Lexie atmete hörbar aus. »Das wirft kein gutes Licht auf mich, oder?«

»Ich lag falsch. Das ist mir bewusst geworden, nachdem wir mehr Zeit miteinander verbracht haben. Und ich musste … mich neu kalibrieren. Was ganz und gar meine Schuld ist, nicht deine.« Er seufzte. »Es gibt keine Rechtfertigung dafür, aber nach Richards Tod war ich so wütend und, ich weiß nicht …« Er gestikulierte. »Verloren, denke ich. Er war der erste Mensch, dem ich nicht egal war, der mich so akzeptiert hat, wie ich bin, und dann ist er gestorben.«

Sie nickte langsam und versuchte, das alles zu verdauen. Immerhin gab es eine Erklärung dafür, wie er sie anfangs behandelt hatte.

»Und dann habe ich gesehen, wie du dich von der Trauerfeier gestohlen hast, und ich …«

»Du dachtest, es wäre mir egal?«

Er verzog das Gesicht. »Ich hätte keine voreiligen Schlüsse ziehen dürfen. Ich hätte wissen müssen, dass Familien immer komplizierter sind, als sie scheinen. Dass du vielleicht einfach anders damit umgehst oder andere Gründe hattest zu gehen.«

»Ja«, murmelte sie leise. »Vielleicht.« Aber sie konnte jetzt nachvollziehen, warum er sie anfangs abgelehnt hatte. Es ging gar nicht um sie, sondern um sein Bild von ihr. Die Vorstellung, dass sie ihren Vater nicht so geliebt hatte, wie Theo es offenbar getan hatte. Vielleicht hätte sie ihm das etwas mehr zugutehalten sollen.

Sie zögerte und sagte dann: »Ich glaube, er hat versucht, es mir zu sagen. Dass er krank ist. Aber ich habe abgeblockt.«

»Ja, vielleicht. Aber dich trifft keine Schuld.«

»Vielleicht hätte ich mir mehr Mühe geben sollen.« Endlich hatte sie das Gefühl, es laut sagen zu können.

Theo öffnete den Mund, schloss ihn wieder und schüttelte den Kopf. »Hör mal, ich kenne die Einzelheiten nicht. Aber ich weiß, wie es ist, ein kompliziertes Verhältnis zu seinen Eltern zu haben. Und wenn er nicht für dich da war, als du ihn gebraucht hast, wenn du das Gefühl hattest, dich nicht auf ihn verlassen zu können … Das ist hart. Ich glaube, man kann nicht erwarten, dass man das einfach hinter sich lässt. Und im Nachhinein glaube ich auch nicht, dass er das erwartet hat. Er hat immer zu mir gesagt, dass wir unsere Vergangenheit nicht ändern können – aber wir können versuchen, es in Zukunft besser zu machen. Ich dachte, er meinte mich, weil ich nie bei etwas geblieben bin, bevor ich in der Firma angefangen habe, aber jetzt denke ich, es ging dabei um euch. Ich glaube, am Ende war er einfach traurig, weil er wusste, dass die Zeit abgelaufen war, und er war voller Bedauern.«

Zu ihrer eigenen Bestürzung bemerkte Lexie, dass ihr die Tränen kamen. Bei dem Gedanken an ihren Vater, der wusste, dass er sterben würde. Bei dem Gedanken an ihn, wie er in seinem Büro saß – dem Büro, in dem sie jetzt arbeitete – und die Vergangenheit bereute, traurig und einsam, weil er sich niemandem ganz anvertraute. Sie war seinetwegen selbst oft traurig und einsam gewesen, obwohl ihre Mutter immer da war, um die Scherben aufzusammeln. Aber der Gedanke schmerzte trotzdem.

»Scheiße.« Theo hob eine Hand, als wollte er sie trösten, wusste aber nicht, wie. »Tut mir leid, ich hätte das alles nicht sagen sollen. Ach, Mist. Bitte nicht weinen.«

Sie hatte geglaubt, es hinter der Sonnenbrille gut verbergen zu können, aber offenbar nicht gut genug.

»Es ist nur …« Lexies Stimme war belegt. »Er ist nicht mehr da. Er ist … Er ist tot.« Sie sprach das Wort laut aus, und es brach ihr das Herz. »Und ich hab das Gefühl … Seit er uns verlassen hat, war er nicht mehr wirklich mein Vater, und ich war so sauer auf ihn. Aber ich erinnere mich an früher – und ich erinnere mich auch, wie es war, nachdem er uns verlassen hatte, wenn er auftauchte und plötzlich wieder mein Vater war, weißt du? Und ich bin immer noch traurig, dass ich diesen Vater verloren habe.«

Sie holte tief Luft. »Zu meinem einundzwanzigsten Geburtstag habe ich eine große Party gegeben. Irgendwie fühlte es sich komisch an, einundzwanzig zu werden. Als müsste ich plötzlich erwachsen sein, weißt du?«

Theo nickte schweigend.

»Jedenfalls habe ich ihn eingeladen. Und er schien sich zu freuen. Ich habe in einem Pub gefeiert, und es war ihm wichtig, die Geburtstagstorte für mich zu besorgen. Er hatte auch geplant, mich und meine Freundin zu Hause abzuholen – meine Mutter wollte schon vorgehen, um alles vorzubereiten, und ich ließ sie, weil ich dachte, es wäre ihr unangenehm, im selben Auto zu sitzen. Ich glaube, das ist so eine Sache, wenn man geschieden ist. Jedenfalls kam er nicht. Ich habe eine halbe Stunde gewartet, und dann habe ich meine Mutter angerufen. Am nächsten Tag hat er sich per SMS entschuldigt, aber … na ja.«

Sie zog die Knie an die Brust. »Es ist albern«, fuhr sie leise fort. »Wir hatten zwar keine Torte, aber wir haben trotzdem gefeiert. Ich kam zu spät und war völlig aufgelöst, und später habe ich auf dem Klo geheult. Da habe ich beschlossen, dass es genug ist.« Sie sah ins Gras, weil es einfacher war, als Theo anzusehen. »Aber jetzt wird mir klar, dass ich irgendwie immer dachte, es gäbe eine zweite Chance. Obwohl es schon Jahre her ist, dachte ich, dass ich ihm vielleicht eines Tages vergeben kann. Ich vermisse den Menschen, der er für mich war, bevor er ging, aber ich …« Sie schluckte, und es tat weh. »Ich fühle mich auch schuldig, weil ich ihm nicht erlaubt habe, mir zu sagen, dass er krank ist, weil ich ihm keine Chance gegeben habe – *uns* keine Chance gegeben habe …« Sie wusste nicht, wie sie den Satz beenden sollte, und ihr versagte die Stimme.

»Er hätte darauf bestehen können, es dir zu sagen«, sagte Theo leise. »Dass du es nicht wusstest, ist nicht deine Schuld. Im Grunde wollte er nicht, dass du es erfährst.«

Noch immer rannen ihr die Tränen übers Gesicht.

Sie spürte, wie Theo sich bewegte, und dann das tröstende Gewicht seines Arms.

»Warum bist du so nett zu mir?«, flüsterte sie.

»Weil es nie einen Grund gab, es nicht zu sein. Ich habe nur viel zu lange gebraucht, um das zu erkennen.«

Aus irgendeinem Grund war das der Tropfen, der das Fass zum Überlaufen brachte, und als sie aufschluchzte, zog er sie an sich. Sie ließ den Kopf an seine Schulter sinken, eingehüllt in seinen Sandelholzduft. Überall um sie herum waren Menschen, und doch konnte sie nicht aufhören zu weinen, zum ersten Mal seit der Beerdigung ihres Vaters. Sie weinte um den Mann, den sie als Kind gekannt hatte, um den Mann, der sie enttäuscht hatte. Und sie weinte um den Mann, der im Dezember gestorben war, den sie nie mehr richtig kennenlernen würde.

Theo fand keine tröstenden Worte – als wüsste er, dass es nichts zu sagen gab. Stattdessen ließ er sie weinen, den Arm um sie gelegt, und war einfach nur da.

19. KAPITEL

Nach und nach verebbte das Schluchzen, und als die Tränen endlich versiegten, wurde Lexie bewusst, dass sie sich an Theo schmiegte, sein Arm noch um sie geschlungen, sein T-Shirt nass von ihren Tränen. Sie richtete sich auf, nahm ihre Sonnenbrille ab und wischte die Tränen weg. Es war ihr so peinlich, dass sie den Blick gesenkt hielt – außerdem war sie total verheult.

Er stützte sich auf die Hände. »Es war also einer deiner Wünsche, nach Madrid zu fahren?«

Lexie lachte, auch wenn es etwas wässrig klang. Aber in diesem Moment war es tatsächlich das Beste, was er hätte tun können. »Ja«, sagte sie. Sie atmete tief durch. Später. Sie würde sich später darüber klarwerden, was sie für ihren Vater empfand. »Ich habe es mir zu Weihnachten gewünscht, nachdem er mit Rachel hier gewesen war. Ich glaube, eigentlich hab ich mir gewünscht, dass er nicht gefahren wäre«, gab sie zu. »Oder dass er nicht mit ihnen gefahren wäre und ohne mich, oder dass es ihm nicht so leicht gefallen wäre, mich nicht mitzunehmen.« Und auch das waren Gefühle, mit denen sie sich noch immer auseinanderzusetzen versuchte.

»Es tut mir leid, dass du das durchmachen musstest«, sagte Theo leise. »Ich hätte wissen müssen, dass es immer zwei Seiten gibt. Ich wusste, dass dein Vater ein schlechtes Gewissen hatte, aber ich habe einfach angenommen, dass diese Schuldgefühle unangebracht waren oder dass er übertreibt, nach allem, was er für mich getan hat.«

Sie umarmte ihre Knie und sah ihn an. »Was hat er denn für dich getan?«

»Na ja, er hat mir einen Job gegeben.«

Sie wusste, dass das nicht die ganze Geschichte sein konnte. Und die wollte sie hören. Nicht nur, weil sie Theo besser kennenlernen wollte, sondern auch, weil sie wissen wollte, was ihr Vater für ihn gewesen war. Was er getan hatte, dass Menschen wie Ange und Theo ihm so treu ergeben waren.

Doch Theo ging nicht weiter darauf ein. »Verrätst du mir noch einen Wunsch?«, fragte er stattdessen.

Lexie trommelte mit den Fingern gegen ihre Knie. »Machen wir einen Deal? Für jeden Wunsch, den ich dir verrate, beantwortest du mir eine Frage.«

»Wunsch gegen Wahrheit?« Theo schien einen Moment zu überlegen, dann nickte er. »Okay, klingt fair.«

»Mit sechs hab ich mir einen Hamster zu Weihnachten gewünscht. Ich nannte ihn Fred, und er lebte ganze zwei Jahre. Aber ich war untröstlich, als er starb.«

Theo schüttelte den Kopf. »Arme Hamster. Sie haben es nicht leicht, oder?« Er sah sie an und wartete auf ihre Frage.

Sie dachte darüber nach. Und beschloss, es langsam anzugehen. »Was ist deine Lieblingsfarbe?«

Er lachte. »Echt jetzt? Du kannst alles fragen und kommst *damit*?«

»Die Lieblingsfarbe sagt viel über einen Menschen aus.«

»Ach ja?«

»Keine Ahnung.« Sie rümpfte die Nase. »Wahrscheinlich schon.«

Er schwieg eine Weile. »Grün, ja, ich denke, es ist grün.«

»Grün«, wiederholte sie bedeutungsschwanger. Wieder lachte er. Sie mochte den Klang seines Lachens, offen und echt.

»Ich bin in Irland aufgewachsen …«

»Daher der irische Akzent.«

Er verzog das Gesicht. »Stimmt. Ich dachte, ich hätte ihn inzwischen abgelegt.«

»Nicht ganz.«

»Na ja. Wie dem auch sei. Ich bin mit zweiundzwanzig weggezogen, weil ich es kaum erwarten konnte rauszukommen, aber seit ich in der Stadt lebe, vermisse ich manchmal die Natur.« Es war mehr, als sie erwartet hatte, und sie empfand eine diebische Freude. Er nahm sich noch eine *Rosquilla* und sah sie erwartungsvoll an.

»Mit fünfzehn hab ich mir gewünscht, dass sich Mike Freeman in mich verliebt. Ich war total verknallt in ihn.« Sie trank einen Schluck *Limonada*, und obwohl sie in der Sonne etwas warm geworden war, schmeckte sie immer noch köstlich.

»Hat es funktioniert?«

»Na ja, er hat mich gefragt, ob ich mit ihm gehe. Aber erst, nachdem er mit drei anderen Mädchen gegangen war und sie abserviert hatte.«

»Ah. Also kein guter Fang?«

»Nein. Obwohl er jetzt glücklich verheiratet ist und drei Kinder hat, hab ich gehört. Vielleicht ist er also geläutert.« Sie stellte ihre *Limonada* ab. »Woher hast du die Narbe?« Sie streckte die Hand aus, berührte sie fast mit den Fingerspitzen, überlegte es sich dann aber anders und zog die Hand zurück.

Er grinste. »Die Leute haben immer Theorien über die Narbe. Kneipenschlägerei. Überfall. Einmal habe ich einem Mädchen erzählt, ich hätte sie von einem Unfall bei der Snowboard-Weltmeisterschaft.«

»Ist sie darauf reingefallen?«

Sein Grinsen wurde breiter, und sie lachte.

»Und woher hast du sie wirklich?«

»Es ist ein bisschen peinlich.«

»Jetzt will ich es wirklich wissen.«

»Ich war ungefähr elf. Meine Mutter wollte mir Kochen beibringen. Meine Noten waren nicht besonders gut, und sie hatte es sich quasi zur Mission gemacht, meine Berufung zu finden. Jedenfalls ließ sie mich kurz allein, während ich Zwiebeln schnitt, und die Zwiebeln begannen in meinen Augen zu brennen. Ich griff nach oben, um sie zu reiben, und irgendwie hatte ich vergessen … dass ich ein verdammt scharfes Messer in der Hand hatte.«

»O mein Gott, Theo! Du hättest dir ein Auge ausstechen können«.

»Das habe ich schon oft gehört.«

»Deine Mutter muss sich furchtbar erschrocken haben.«

Er zögerte ganz kurz, bevor er sagte: »Ja, stimmt. Du bist dran.«

»Mit sechs habe ich mir ein neues Fahrrad gewünscht. Der Wunsch ging in Erfüllung, aber nur, weil ich ihn meinen Eltern wenig subtil unter die Nase gerieben habe.«

»Tust du es deshalb? Weil du glauben willst, dass Wünsche wahr werden?«

Sie verdrehte die Augen. »Vielleicht, als ich fünf war.« Sie wollte nicht darauf eingehen, wie sehr sie früher an die Magie des Glases geglaubt hatte. Zwar kamen sie sich näher, aber das war definitiv zu nah. »Ich weiß, du hältst mich für dumm, aber es gibt Grenzen.«

»Ich hab nie gesagt, dass du dumm bist. Und das denke ich auch nicht. Ich versuche nur, es zu verstehen, die Sache mit dem Wunschglas. Du wirkst so …« Er machte eine fahrige Handbewegung.

»Grün?«

»Grün?«

»Du zeigst auf das Gras. Aber wenn Grün deine Lieblingsfarbe ist, sollte ich das als Kompliment auffassen?«

»Okay. Nun, das war nur eine exzentrische Geste.«

»Ich wirke also … exzentrisch?«

Er stieß einen Laut irgendwo zwischen Würgen und Lachen aus. »Nein … keine Ahnung. Vielleicht echt?«

»Ja. Ich bin schon oft für meine Echtheit gelobt worden. Diese armen imaginären Menschen da draußen, die nie eine Bestätigung bekommen.«

»Ich meine, du interessierst dich nicht für Esoterik oder Sternzeichen oder so. Ich hatte mal eine Freundin, die war so besessen von Astrologie, dass sie mit mir Schluss gemacht hat, weil ihr Horoskop gesagt hat, dass sie kurz davor steht, ihren Traummann zu treffen. Und sie hat es so interpretiert, dass sie mich zuerst loswerden musste, um für ihn bereit zu sein.«

Lexie lachte, presste dann aber die Lippen zusammen. »Tut mir leid. Das ist nicht lustig.«

»Ein bisschen schon. Damals fand ich das allerdings nicht. Aber gehören Wünsche nicht auch irgendwie in diese Kategorie? Man wünscht sich, dass etwas wahr wird, statt …«

»Etwas dafür zu tun?«

»So in der Art. Nicht, dass *du* … Das ist es ja. Ich meine, du nimmst die Dinge in die Hand. Du …«

»Ich babysitte reiche Kinder im Skiurlaub?«

Er zuckte. »Noch etwas, das ich nicht hätte sagen sollen. Ich denke nicht immer nach, bevor ich den Mund aufmache.«

Und für den Moment beschloss sie, ihn davonkommen zu lassen. »Du meinst also … Du bist nicht der Typ, der sich etwas wünscht?«

»Meine Mutter war ganz groß im Wünschen. Sie hat sich zum Beispiel gewünscht, dass ich besser in der Schule bin, dass ich Karriere mache, dass ich meiner Freundin einen Antrag mache.« Er seufzte. »Ganz allgemein, dass ich anders wäre. Man könnte sagen, das hat mich ein wenig traumatisiert.«

Vielleicht erklärte das, warum er immer schlecht gelaunt aus Irland zurückkam. Ihr fiel nicht ein, was sie darauf erwidern sollte, aber sie kannte das Gefühl, nicht gut genug zu sein. Also sagte sie, was sie selbst gern gehört hätte. »Ich finde, du bist ganz gut geraten. Wenn du nicht gerade Streit suchst.«

Er lachte. Und sie merkte, dass es ihr gefiel, ihn zum Lachen zu bringen.

»Ich meine, du bist doch bei der Firma geblieben, oder? Vielleicht hast du nur auf das Richtige gewartet. Nicht jeder weiß sofort, was er will, und ist von jetzt auf gleich erwachsen.«

»Ja. Mag sein. Obwohl ich nur bei der Firma geblieben bin, weil Richard mich überredet hat.« Er nahm die Sonnenbrille ab, sah sie an und fragte: »Was würdest du dir jetzt wünschen?«, bevor sie nachhaken konnte.

»Ehrlich?« Es entstand eine Pause. »Keine Ahnung. Letztes Weihnachten habe ich mir gar nichts gewünscht. Nach seinem Tod …« Sie atmete scharf ein. »Mir sind ein paar Wünsche eingefallen, als ich erfahren habe, was er mir hinterlassen hat.«

»Kann ich mir vorstellen.«

»Aber ich stecke meine Wünsche nicht deshalb in das Glas, weil ich glaube, sie würden dann in Erfüllung gehen …« Sie zögerte. »Es ist vielmehr so, als könnte ich sie dadurch loslassen.«

Er sah sie lange an, bevor er sagte: »Du hast noch eine Frage. Für den letzten Nicht-Wunsch.«

Es gab wahrscheinlich viele Fragen, die interessanter und wichtiger waren. Aber sie konnte nicht anders. »Du hast gesagt, du hattest eine Freundin, die auf Horoskope steht.« Er zog die Augenbrauen hoch, und sie wunderte sich, dass er nicht erriet, worauf sie hinauswollte. »Hast du … ich meine, bist du mit jemandem zusammen?«

Er zog die Augenbrauen noch höher, sagte aber nur: »Nein.« Er stand auf. »Komm, lass uns gehen.«

Er streckte eine Hand aus und zog sie auf die Füße. Aber er ließ nicht los, als sie stand, und ihr ganzer Körper kribbelte von der Berührung.

»Lex?« Er strich mit dem Daumen sanft über ihren. »Nur damit du es weißt, wenn ich mit jemandem zusammen wäre, hätte ich dich im Februar nicht geküsst.« Es war das erste Mal, dass einer von ihnen den Kuss erwähnte, und tief in ihrem Bauch zog sich etwas zusammen.

»Okay.« Irgendwie konnte sie sich nur noch auf seine Lippen konzentrieren. »Zur Kenntnis genommen«, stieß sie hervor.

Er lächelte schief, als er merkte, dass sie ihn zitierte. Und als sie sich gemeinsam umdrehten, um den Park zu verlassen, verschränkte er seine Finger mit ihren.

20. KAPITEL

Madrid bei Tag war eine Sache, aber die Atmosphäre bei Nacht war elektrisierend. An unzähligen Orten wurde gefeiert, aber sie entschieden sich für den Jardín de las Vistillas, ein großer Park mit einem Springbrunnen in der Mitte. Einige Leute saßen mit ihren Drinks auf dem Rand, andere auf dem Rasen, aber die meisten versammelten sich um die Bühne am Ende eines Betonweges mit Ständen für Essen und Getränke. Sie waren pünktlich zum rosaroten Sonnenuntergang gekommen, aber mittlerweile war es dunkel, und sie saßen an einem Tisch in der Nähe der Bühne und tranken den Rest ihrer Sangria. Sie hatten sich Tapas zum Abendessen geholt – ein Must für das Reiseprogramm.

Vorhin war auf der Bühne ein traditioneller Tanz aufgeführt worden – *Chotis*, bei dem die Männer praktisch stillstanden, während die Frauen sich um sie herum bewegten. Aber jetzt war die Musik moderner, sinnlicher, es herrschte eine ausgelassene Stimmung, und überall im Park tanzten die Leute.

Da es nur wenig Tische gab, saßen Lexie und Theo dicht neben einem anderen Paar, das sich unbeholfen vorbeugte, um sich in aller Öffentlichkeit zu küssen. Wegen des Platzmangels stieß Theos Knie unter dem Tisch immer wieder gegen ihres, und Lexie schoss es jedes Mal heiß durch den Körper, sodass sie kaum klar denken konnte. Die Band auf der Bühne war eine willkommene Ablenkung in den Gesprächspausen. Vorhin hatte Fran ihr geschrieben, gefragt, wie es mit Theo lief, und erzählt, dass ihr letztes Date eine Katastrophe gewesen sei, weil der Typ nach fünf Minuten angefangen hatte, sie unter dem Tisch zu begrapschen. Lexie hatte sich sofort Theos Hand unter dem Tisch auf *ihrem* Oberschenkel vorgestellt, und als sie Fran geantwortet hatte, dass es gerade so ging, hatte es sich wie eine Lüge angefühlt.

Das spanische Paar neben ihnen fing wieder an zu knutschen und schien Theo und Lexie gar nicht zu bemerken.

»Als ich sechzehn war«, sagte Theo laut, als wollte er das Pärchen daran erinnern, dass es nicht allein war, »habe ich mir ein Tattoo auf den Rücken stechen lassen. Ich hab oft überlegt, es entfernen zu lassen, aber dann war es mir doch zu aufwendig und zu teuer, also ist es noch da.«

»Du hast ein Tattoo? Was für eins?«

»Eigentlich nichts Besonderes. Nur ein schwarzer Schnörkel.«

Lexie grinste. »Bei dir klingt das so machohaft.«

»Das ist es wirklich nicht. Es war eine Entscheidung, die mein sechzehnjähriges Ich getroffen hat. Und obwohl ich nur selten dazu komme, meinen Rücken zu betrachten, bin ich sicher, dass es unsauber gestochen ist. Wie man es von einem zwielichtigen Tattoostudio wohl nicht anders erwarten kann, das sich nicht die Mühe gemacht hat, nach meinem Alter zu fragen.«

Lexie lachte. »Zeigst du es mir?« Sofort bereute sie es. Wenn es auf seinem Rücken war, musste er zumindest halbnackt sein, damit sie es sehen konnte, und ihn halbnackt zu sehen, war keine gute Idee. Sich ihn halbnackt *vorzustellen*, war auch keine gute Idee. *Hör auf, Lexie.*

Er zog eine Augenbraue hoch. »Vielleicht irgendwann.«

Sie räusperte sich. »Haben deine Eltern es rausgefunden?«

»Ja, meine Mutter ist ausgeflippt, aber das war irgendwie der Grund, warum ich es gemacht habe, also Mission erfüllt. Ich glaube, mein Vater hat nur geseufzt und weiter Zeitung gelesen.« Er warf ihr einen bedeutungsvollen Blick zu. Ach ja – Wahrheit gegen Wunsch. Sie konnte seinen Blick auf sich spüren, während sie zur Band sah – ihr Sicherheitsnetz. Und in diesem Moment wünschte sie, ihr Körper würde nicht so auf ihn reagieren.

»Äh …« Sie warf ihm einen Blick zu und veränderte ihre Sitzposition, sodass sich ihre Knie unter dem Tisch berührten. Ein Versehen. Größtenteils. Sein Blick wurde verhangen, so verhangen, dass sich Hitze zwischen ihren Schenkeln sammelte. Sie räusperte sich und schlug die Beine wieder übereinander. Er folgte ihrer Bewegung, und sein Sangria-Glas verharrte eine Sekunde an seiner Unterlippe, bevor er einen Schluck trank. Sie wünschte, sie würde sich nicht daran erinnern, wie diese Lippen schmeckten. Wünschte, sie würde sich nicht fragen, wie es wäre, ihn noch einmal zu küssen.

»Möchtest du tanzen, mi amor?«

Lexie zuckte zusammen und blickte zu einem attraktiven Spanier auf, der sich unbemerkt ihrem Tisch genähert hatte. Er war glatt rasiert, hatte verwuscheltes dunkles Haar, und seine Augen funkelten, als er sie anlächelte und fragend die Hand ausstreckte. Fast hätte sie abgelehnt. Dann huschte ihr Blick zu Theo, der sie etwas zu aufmerksam beobachtete, und entschied, dass ein Tanz mit dem Spanier eine gute Gelegenheit wäre, etwas Abstand von Theo zu gewinnen und sich wieder in den Griff zu bekommen. Also legte sie ihre Hand in seine und ließ sich von ihm in die tanzende Menge vor der Bühne ziehen.

Die Musik kribbelte unter ihrer Haut, und obwohl sie keine wahnsinnig begabte Tänzerin war, konnte sie sich gut bewegen, und es fiel ihr leicht, dem Rhythmus zu folgen, als der Mann seine Hände um ihre Taille legte und sie führte. Für einen Moment schloss sie die Augen. Sie hatte vergessen, wie sehr sie es liebte zu tanzen. Der Mann wirbelte sie unter seinem Arm herum, zweimal kurz hintereinander, und sie lachte. Die Nachtluft war kühl, aber im Gedränge wurde es schnell warm, und sie spürte, wie der Schweiß ihren Rücken benetzte.

»Du bist wunderschön, mi amor«, sagte der Mann mit einer Stimme, die verführerisch klingen sollte.

Sie lachte, um ihr leichtes Unbehagen zu überspielen. »Danke.« Sie hatte heute keine Gelegenheit gehabt, sich umzuziehen – die Tage hier waren vollgepackt, und ihr Trägerkleid schien weniger passend für eine durchtanzte Nacht als für ein Picknick im Park. Ihre Haut spannte, weil sie zu lange in der Sonne gewesen war, und ihr Haar war zerzaust wie nach einem langen Strandtag.

Er ließ die Hände an ihren Seiten auf und ab wandern, und sie wich leicht zurück. Er verstand die Botschaft und ließ die Hände an ihrer Taille, während sie sich im Takt bewegten. Sie warf einen Blick zu dem Tisch, an dem Theo immer noch saß, und sah, wie er ihren Tanzpartner finster anstarrte. Sie spürte, wie sie errötete, und sah schnell wieder weg, bevor er ihren Blick bemerkte. War er etwa *eifersüchtig*? Aber sie durfte doch wohl mit einem anderen Mann tanzen, oder? Sie waren nur Kollegen. Kollegen, die sich bis vor kurzem noch nicht mal leiden konnten. Zwar hatten sie einen schönen Nachmittag im Park verbracht, aber sie hatten sich nur einmal geküsst, und das in einem Moment, als sie beide Hass mit Lust verwechselt hatten. Vorhin hatte er zwar ihre Hand gehalten, aber doch nur, um sie zu trösten, weil sie wegen ihres Vaters geweint hatte. Oder?

Sie versuchte sich einzureden, dass sie nur ein schlechtes Gewissen hatte, weil er nun ganz allein am Tisch saß, doch wenn sie ehrlich zu sich war, wusste sie, dass das nicht stimmte. In den letzten Tagen hatte sie ihr Herz an ihn verloren. Und sie wusste auch, würde *er* mit einer anderen Frau tanzen, fände sie das alles andere als lustig. Wahrscheinlich wäre sie einfach gegangen oder hätte sich auch einen Tanzpartner gesucht, nur um ihm zu zeigen, dass es ihr egal war, und … »Darf ich?«

Lexie löste sich reflexartig aus dem Griff des Spaniers, als sie Theos Stimme hinter sich hörte. Sie stieß die Luft aus, halb vor Schreck, halb vor Erleichterung, dass er sich keine andere gesucht hatte.

Er nahm Lexies Hand und gab dem Spanier mit seinem Blick zu verstehen, er solle sich verpissen. Kurz sah es so aus, als wollte der Mann protestieren, aber dann zuckte er nur die Schultern und verschwand in der Menge, um sich ein neues Opfer zu suchen.

Lexie war ein bisschen empört, dass sie wie eine Sache von einem Mann zum nächsten weitergereicht wurde. Sie wich zurück, und er legte ganz leicht die Hände an ihre Taille, ohne sie festzuhalten.

»Was tust du da? Was, wenn ich …?«

Doch er ließ die Hände zu ihren Hüften gleiten, und sie verstummte. Es hatte keinen Sinn, sich oder ihm etwas vorzumachen. Sie verstand vielleicht nicht ganz, warum, aber sie wollte, dass er sie berührte.

»Wenn du was?«, fragte er.

Sie schluckte. »Nichts. Vergiss es.«

»Mit Vergnügen«, murmelte er leise und begann sich zu bewegen. Sie legte die Hände auf seine Schultern und nahm sich fest vor, sie dort zu lassen.

Sie räusperte sich, um die angespannte Situation aufzulösen. »Als ich einundzwanzig war, habe ich mir eine Zwei für meinen Abschluss an der Uni gewünscht. Ich habe Biologie studiert, was im Nachhinein eine furchtbare Idee war.«

Er sah ihr in die Augen, und sein Mund verzog sich zu einem Lächeln. »Und?«

»Ich hatte eine Drei«.

»Besser als ich. Ich war nicht mal an der Uni. Was meine Eltern mir regelmäßig unter die Nase reiben.« Er sah sie erwartungsvoll an – sie war dran, eine Frage zu stellen.

Forschend sah sie ihm ins Gesicht. »Warum ist dir die Firma so wichtig? Warum … Was war da zwischen dir und meinem Vater?«

Er geriet nicht aus dem Takt, doch sie sah, wie sich seine Augenbrauen zusammenzogen. »Dein Vater …« Er sah sie an, als überlegte er, wie viel er sagen konnte, ohne dass sie sich aufregte. »Du erinnerst dich, dass ich dich flatterhaft genannt habe?«

»Vage.«

»Tja. Die Sache ist, dass ich selbst mal so war. Nachdem ich Irland verlassen hatte, bin ich ständig umgezogen. Ich ertrug es nicht, am selben Ort zu bleiben, und hatte eine Phase, in der ich nichts auf die Reihe bekommen habe. So wie du dein Leben lebst, von einem Ort zum anderen ziehen… Für dich *funktioniert* das offensichtlich, und das habe ich nicht kapiert. Denn für mich …«

Sein Blick war jetzt nicht mehr auf sie gerichtet, sodass sie ungeniert seine Mimik beobachten konnte.

»Ich habe so sehr versucht, so zu sein, wie meine Eltern mich haben wollten. Und weil ich ihre Erwartungen nie erfüllen konnte, habe ich dann wohl versucht, das Gegenteil zu sein. Das klingt wie ein Klischee, aber es stimmt. Ich hab mich treiben lassen, mich gar nicht erst angestrengt, damit ich nicht scheitern konnte.«

Sie wollte mehr wissen – warum er nicht war wie seine Eltern, was er getan hatte, während er sich treiben ließ. Aber sie wollte ihn auch nicht unterbrechen, damit er nicht aufhörte zu reden.

»Ich habe den Job bei Richard durch Zufall bekommen. Ich habe die Anzeige für eine Stelle in einem Reisebüro gesehen und dachte, hey, das klingt easy. Er gab mir eine Chance – und ich glaube, ich habe schon gesagt, dass Ange vielleicht etwas damit zu tun hatte. Aber ich hab irgendwas verbockt. Das Komische ist, dass ich mich gar nicht mehr daran *erinnere*, was ich verbockt habe. Jedenfalls hab ich gekündigt – du weißt schon, lieber kündigen, bevor man gefeuert wird. Bevor man scheitert. Aber Richard hat das nicht zugelassen. Er hat sich einfach geweigert, meine Kündigung anzunehmen. Stattdessen hat er Zeit mit mir verbracht, mir alles gezeigt und hat sich nicht groß aufgeregt, wenn ich etwas falsch machte. Das war das erste Mal, dass jemand so etwas für mich tat. Und weil ich dran blieb, wurde ich immer besser. Richard gab mir das Gefühl, dass ich in etwas gut war. Er hörte mir auch zu und gab mir das Gefühl, dass meine Ideen bedenkenswert waren.« Er zuckte die Schultern, als wäre das keine große Sache, und sie spürte, dass es ihm ein wenig peinlich war. »Er liebte, was er tat, und mich schmerzt der Gedanke, dass das alles verloren gehen könnte.«

Lexie wurde nachdenklich und versuchte, es sich vorzustellen. Der Mann, der sie verlassen hatte, der sie immer wieder im Stich gelassen hatte – dieser Mann hatte Theo das Gefühl gegeben, ein bisschen weniger verloren zu sein. Und deshalb hatte er es von Anfang an gehasst, die Firma mit ihr zu teilen. Weil er das Erbe am Leben erhalten und sie nichts damit zu tun haben wollte.

»Warum? Warum glaubst du, wollte er dich nicht gehen lassen?«

Wieder zuckte er statt einer Antwort die Schultern.

»Hat er es dir nicht gesagt?«

»Ich hab nie gefragt.« Er zögerte. »Ich war bei ihm, als er das Restaurant in Menton entdeckt hat – das, in dem wir beim Zitronenfest gegessen haben.« Lexie nickte. »Er war voller Bewunderung für die Betreiber, weil sie einfach nicht aufgaben. Er hat viel darüber geredet, aber ich glaube, es war das erste Mal, dass ich es begriffen habe. Er sagte immer, man könne nie alles perfekt machen, aber wenn man es wenigstens versuchte, hätte man auf lange Sicht weniger zu bereuen.«

»Ich habe ihn nie wirklich als einen Mann gesehen, der sich anstrengt oder durchhält.«

Er nickte langsam. »Vielleicht war das der Grund. Vielleicht hat er alles für die Firma gegeben und mir dabei geholfen, alles zu geben, weil er die Fehler der Vergangenheit nicht wiederholen wollte.«

»Vielleicht«, sagte sie zögernd. Wahrscheinlich würde sie es nie erfahren. Es gab viele Dinge, auf die sie nie eine Antwort bekommen würde. Sie biss sich auf die Lippe, während sie Theo ansah und über seine Worte nachdachte. *Mich schmerzt der Gedanke, dass das alles verloren gehen könnte*. Zwar hatten sie dieses Thema auf Eis gelegt, aber irgendwann würde es sie einholen.

Dann glitt seine Hand ihren Rücken hinauf, seine Finger streiften die nackte Haut über ihrem Kleid, und sie beschloss, nicht weiter darüber nachzudenken. Nicht jetzt.

»Mit vierzehn«, sagte sie, »wollte ich Ballett machen. Ich hatte eine Phase, in der ich Tänzerin werden wollte, obwohl ich als Kind nie Ballettunterricht hatte. Ich hab es mir so vorgestellt wie in *Step Up* oder *Save the Last Dance*. Das sind Filme«, fügte sie hinzu, als er sie verständnislos ansah. »Ich glaube, ich hab heimlich gehofft, dass ich die Rolle in so einem Film bekomme und dieses coole Mädchen mit gequälter Seele spiele, die fürs Tanzen lebt. Meine Mutter konnte sich den Unterricht nicht leisten, aber ich dachte, dass ich vielleicht ein Stipendium bekommen könnte. Ich war zuversichtlich, dass ich es schaffen würde – bis zum Vortanzen.«

»Ich nehme an, du hast es nicht geschafft?«

»Nein. Ich war ähnlich gut wie in Biologie.«

Er wirbelte sie mühelos herum, zog sie wieder an sich heran, etwas näher als vorher. »Ich finde, du tanzt ganz gut«, sagte er, sein Mund so nah, dass sein Atem ihr Ohr streifte.

Ihr Inneres schmolz beim Klang seiner Stimme dahin, aber sie versuchte, sich nichts anmerken zu lassen. »Vielleicht liegt es an meinem Partner.«

Er grinste.

»Verrätst du mir auch einen Wunsch?«, fragte sie. »Was würdest du dir wünschen – wenn du der Typ dafür wärst?«

Er lachte leise. »Ich glaube nicht, dass du wissen willst, was ich mir gerade wünsche, Lexie.«

Sie biss sich auf die Lippe und spürte ein Gefühl der Genugtuung in sich aufsteigen, als er seine ganze Aufmerksamkeit auf sie richtete. »Und was, wenn doch?« Was, wenn sie aufhören wollte, sich zu verstellen?

Sein Blick verdunkelte sich, und tief in ihrem Bauch zog sich etwas zusammen.

Er sagte nichts, aber seine rechte Hand glitt über ihren Rücken, die andere zu ihrer Hüfte. Ihre Hände wanderten zu seinem Hals, und sie sah, wie sich sein Puls beschleunigte, als sein Blick auf ihren Mund fiel. Sie waren sich so nah, atmeten dieselbe Luft, seine Nase berührte ihre, als er den Kopf bewegte. Ihr Herz schlug so heftig, dass sie glaubte, jeder könnte es hören. Sie waren aus dem Takt geraten und bewegten sich nun in ihrem eigenen Rhythmus, während Lexie die Hände über seine Schultern und seinen muskulösen Rücken gleiten ließ. Sie atmeten beide schwer, ihre Lippen weniger als einen Zentimeter voneinander entfernt, die Luft zwischen ihnen aufgeladen. Überall um sie herum tanzten Menschen, aber das war ihr egal. Sie konnte an nichts anderes denken als an ihn, konnte nichts anderes tun, als ihn anzustarren und sich daran zu erinnern, wie er letztes Mal geschmeckt hatte. Sich zu fragen, wie es wäre …

In diesem Augenblick begann es zu regnen. Der Himmel öffnete sich buchstäblich, ganz ohne Vorwarnung, und obwohl es hier tagsüber warm sein konnte, war die Abendluft kühl und das Wasser kalt, ein Schock für den Körper. Als wollte die Welt sie ermahnen, sich abzukühlen.

21. KAPITEL

Lexie stieß einen spitzen Schrei aus, als der Regen auf sie niederprasselte, und die meisten um sie herum taten es ihr gleich. Theo griff nach ihrer Hand und zog sie aus der Menge in Richtung des nächsten Baumes. Nur hatten andere Leute die gleiche Idee, und es gab keinen Platz, wo sie sich unterstellen konnten. Durch den Regen trafen sich ihre Blicke. Theo grinste und sah in diesem Moment so verdammt süß aus, dass Lexie lachen musste. Die Band hatte nicht aufgehört zu spielen, nach dem Motto *Jetzt erst recht*, doch die Bühne war immerhin überdacht, und einige Leute tanzten lachend weiter.

»Ich glaube, wir sollten laufen!«, rief Theo über den Lärm hinweg.

Lexie zögerte. Am liebsten hätte sie auch noch getanzt. Aber es wurde immer kälter, und sie spürte, wie ihr nasses Kleid an ihrer Haut klebte. Also nickte sie.

Als sie in die Wohnung zurückkamen, waren sie beide klitschnass und außer Atem. Theo öffnete die Tür, sie stolperten hinein, und Lexie musste so lachen, dass sie kaum noch Luft bekam. Theo sah sie an und grinste. Sie zog ihre Jeansjacke aus und hängte sie zum Trocknen an die Garderobe, dann wrang sie ihre Locken aus.

Sie hatten ein Airbnb im Stadtzentrum in der Nähe der Plaza Mayor gemietet, weil es billiger war als ein Hotel – obwohl sie lange recherchiert hatten, um ein Hotel zu finden, in dem ihre zukünftigen Kunden übernachten würden. Die Wohnung war wunderschön, mit Holzböden, einem lichtdurchfluteten, offenen Wohn- und Esszimmer, das auf einen Balkon führte, auf dem man morgens seinen Kaffee trinken konnte. Überall standen Zimmerpflanzen, ein schöner großer Farn gleich neben dem bequemen weißen Sofa. Die beiden Schlafzimmer waren geräumig, mit einem separaten Bad am Ende des Flurs. Die Wohnung war großzügig geschnitten, und sie hatten sie in den letzten beiden Tagen nur zum Frühstücken und zum Schlafen genutzt. Doch in dem Moment, als Theo die Tür hinter sich schloss, wurde Lexie plötzlich bewusst, dass sie ganz allein waren.

»Willst du zuerst duschen?«, fragte Theo, während er seine Jacke auszog und das nasse T-Shirt entblößte, das an seiner Haut klebte.

»Gern. Danke.«

Doch keiner von ihnen rührte sich.

»Ich sag dir Bescheid, wenn ich fertig bin«, sagte sie.

»Okay.« Sein Blick war so intensiv, dass ihr Gesicht prickelte. Sie zwang sich, ruhig zu atmen. Er mochte nicht so schlimm sein, wie sie anfangs gedacht hatte, und sie mochte sich zu ihm hingezogen fühlen, aber sie mussten immer noch zusammenarbeiten, und auf lange Sicht wollten sie immer noch unterschiedliche Dinge von der Firma. Am Ende standen sie auf verschiedenen Seiten.

Sie wandte den Blick ab und wollte an ihm vorbeigehen, doch er ergriff ihre Hand. »Lexie …«

Sie sah zu ihm auf. Einen Moment lang verharrten sie so, als wartete er auf etwas. Ihr Puls beschleunigte sich, und obwohl ihr eigentlich kalt war, schoss Hitze durch ihren Körper. Sie wich nicht zurück, bewegte sich aber auch nicht auf ihn zu.

Er atmete langsam aus und ließ ihre Hand los. »Vergiss es.«

Schlechte Idee, schlechte Idee, schlechte Idee. Dann: »Scheiß drauf.« Sie streckte die Hand aus, zog seinen Kopf zu sich und küsste ihn.

Theo packte sie, zog sie an sich und erwiderte ihren Kuss. »Zum Glück«, flüsterte er, während er eine Spur aus Küssen an ihrem Hals hinunterzog. Lexie schloss die Augen und hielt sich an seinen Schultern fest. Draußen hörte sie Donnergrollen – wie eine Warnung.

»Willst du das wirklich?«, flüsterte Lexie, weil ihr die Stimme versagte.

»Ist das eine Fangfrage?«

»Als wir uns das letzte Mal geküsst haben, hast du mich danach in mein Zimmer geschubst.«

Er lachte, tief und dunkel, und ihr Magen zog sich zusammen. »Lexie, ich war nur eine Sekunde davon entfernt, dir die Kleider vom Leib zu reißen. Dich von mir fernzuhalten, schien mir das Sicherste.«

Gott, sie kannte dieses Gefühl, und dass es nicht einseitig war, erregte sie. Erneut presste er seinen Mund auf ihren, während seine Finger ihre Schenkel hinaufglitten und ihr Kleid hochschoben. Sie schob die Hände unter sein Hemd, spürte, wie er leicht erschauerte, als sie seinen Bauch berührte.

»Und falls du es vergessen hast«, fuhr er fort, »du warst es, die gesagt hat, wir sollten es lieber lassen.«

Ohne den Blickkontakt zu unterbrechen, schob er sie rückwärts, bis ihre Kniekehlen die Sofakante berührten. Dann drehte er sich um, setzte sich und zog sie rittlings auf seinen Schoß. Seine Hände glitten unter ihr Kleid, und sie bemerkte, wie sein Atem stockte. Sie fuhr unter sein T-Shirt und half ihm, es auszuziehen.

»Ich will nicht, dass du dich erkältest«, sagte sie und erntete ein Lächeln.

»Das Gleiche könnte ich von dir sagen«, sagte er und strich mit den Händen über die nackte Haut unter dem Kleid. Sie beugte sich vor, um ihn erneut zu küssen, und spürte, wie sich seine Finger in ihre Schenkel gruben. Dann legte er sie mit einer geschmeidigen Drehung aufs Sofa, und ihr entfuhr ein Lachen, bevor sie unter seinem Gewicht leise aufstöhnte. Mit den Zähnen streifte er ihren Hals, dann schob er die Träger ihres Kleides herunter und presste die Lippen auf ihre nackte Schulter. Sie spürte seine Erregung, und ihre Hüften bewegten sich wie von selbst.

»Theo.« Es klang fast flehend.

Er knabberte an ihrer Unterlippe, sie wölbte sich ihm entgegen, grub die Fingernägel in seinen Rücken, er ließ eine Hand zwischen ihre Schenkel gleiten.

Doch dann meldete sich ihr gesunder Menschenverstand. *Du warst es, die gesagt hat, wir sollten es lieber lassen*. Das hatte sie tatsächlich. Und zwar aus gutem Grund.

Sie stieß ein »Warte« hervor. Er wich zurück, stützte sich auf die Hände und sah sie an. Sie hatte die Beine immer noch um ihn geschlungen, ein Widerspruch zu ihren Worten.

»Willst du es nicht?«

»Doch.« Sie schluckte. »Ich will es wirklich.«

Er sah sie fragend an.

»Es ist nur … Es ist …« Sie musste die Augen schließen, um es auszusprechen. »Vielleicht ist es keine gute Idee.«

»Mir scheint es eine fantastische Idee zu sein.« Er küsste erneut ihren Hals, und ihr lief ein Schauer über den Rücken, ihr Verstand setzte für kurz aus.

»Im Ernst«, stieß sie hervor. »Wir arbeiten zusammen.«

Er runzelte die Stirn. »Ja.«

»Und wir … Wir müssen uns noch einigen, was wir am Ende des Jahres machen.«

Er sah sie lange an. Keiner von beiden rührte sich, und ihr Atem beruhigte sich langsam. In diesem Moment hasste sie sich. Warum hatte sie das angesprochen? Ausgerechnet *jetzt*?

»Ich wollte nur … Ich will nicht, dass es peinlich wird. Ich wollte nur klarstellen, dass es … Dass es eine einmalige Sache ist.« Ihr wurde heiß, als sie das sagte, und sie war kurz froh, dass sie noch nicht ganz nackt war. Vielleicht hätte sie das gar nicht sagen müssen, vielleicht war es für ihn selbstverständlich.

»Eine einmalige Sache?« Sie konnte seine Erregung spüren, und ihr Selbstvertrauen kehrte zurück, als sie die Hüften an ihm rieb und mit einem Stöhnen belohnt wurde.

»Ja. Was in Madrid passiert, bleibt in Madrid.« Sie ließ ihre Hände über seinen nackten Rücken gleiten und küsste ihn. Er erwiderte ihren Kuss, aber zärtlicher als zuvor. Dann wanderte sein Mund zu ihrer Schulter, und sie spürte seinen heißen Atem auf der Haut.

»Fuck«, flüsterte er, und seine Hände gruben sich für einen kurzen Augenblick noch fester in ihre Schenkel. »Ich werde das so sehr bereuen, aber …«

Jetzt war sie es, die die Stirn runzelte, während sie die Hände in seinen Nacken legte.

»Ich glaube, du hast recht. Ich glaube, wir sollten es lassen.«

»Was? Warum?«

»Weil ich dir ansehe, dass du zu viel darüber nachdenkst.«

»Glaub mir, gleich werde ich gar nicht mehr denken.«

Ein Lächeln umspielte seinen Mund. »So sehr es meinem Ego auch schmeichelt, ich möchte nicht, dass du es morgen früh bereust.«

Sie öffnete den Mund, um zu protestieren, um zu wiederholen, dass sie es einfach heute Nacht tun könnten. Dass es ihnen guttun würde, dem Drang nachzugeben, um es endlich abhaken zu können.

Aber er küsste sie, um sie am Sprechen zu hindern. »Wenn ich in dir bin«, sagte er dann leise, »möchte ich sicher sein, dass du es genauso sehr willst wie ich.« Ihr Unterleib schmolz förmlich und zog sich gleichzeitig zusammen. »Und wenn du dir jetzt schon Sorgen machst, was danach passiert, verdirbt es den Spaß.«

Dann richtete er sich auf, und sofort vermisste sie seine Wärme. Aber sie blieb still liegen, während er den Blick über ihren Körper wandern ließ.

»Scheiße«, sagte er, und als er sich zu ihr beugte, dachte sie, sie hätte gewonnen. Doch er hauchte ihr nur einen Kuss auf die Wange. »Gute Nacht, Lex.«

Sie setzte sich auf und zupfte verlegen ihr Kleid zurecht. Als er sein nasses T-Shirt vom Boden aufhob, erhaschte sie einen Blick auf das Tattoo zwischen seinen Schulterblättern. Zwei dicke schwarze Linien, die sich wie Geweihe wölbten. Er hatte recht, es war nicht sauber gestochen. Aber es war wahnsinnig sexy.

Er warf ihr im Gehen noch einen Blick über die Schulter zu. »Ich dusche zuerst.« Dann hörte sie nur noch, wie die Badezimmertür ins Schloss fiel. Und obwohl es *Lexie* gewesen war, die damit angefangen hatte, die gesagt hatte, es sei vielleicht keine gute Idee, versetzte ihr seine Zurückweisung einen Stich. Sie verzog sich in ihr Zimmer und wagte sich erst wieder heraus, nachdem sie gehört hatte, wie seine Zimmertür ins Schloss gefallen war.

22. KAPITEL

In den nächsten Wochen versuchte Lexie, die Ereignisse in Spanien hinter sich zu lassen und so zu tun, als würde sie nicht jedes Mal, wenn ihre Blicke sich trafen, daran denken. Zum Glück waren alle sehr beschäftigt – mit Kundenanfragen, der Organisation der Weihnachtsreise nach Wien, neuen Ideen für das Zitronenfest im nächsten Jahr und den Buchungen für die Sommer- und Herbstreisen. Und Lexie stürzte sich ebenfalls in die Arbeit.

Sie saß an ihrem Schreibtisch und erkundigte sich gerade nach der Zimmerverfügbarkeit und einem möglichen Gruppenrabatt in einem Boutique-Hotel in Madrid, das sie für nächstes Jahr in die engere Wahl gezogen hatten, als ihr Handy vibrierte.

Fran.

Wie geht's?

Sie hatte Fran erzählt, was in Madrid vorgefallen war, dass es dumm gewesen war, ihn zu küssen. Die letzten zwei Wochen, in denen sie ständig damit rechnete, dass er es ansprach, um herauszufinden, ob es etwas zwischen ihnen verändert hatte, waren die Hölle gewesen, und sie hatte jemanden gebraucht, dem sie ihr Herz ausschütten konnte.

Meine professionelle Fassade bröckelt kein bisschen.

Sie bekam eine Reihe von Bizeps-Emojis, gefolgt von Ich komme heute Abend WIEDER erst spät nach Hause. Aber wenn du noch wach bist, können wir einen Wein trinken? Mein Mandant hat nicht die Sorgerechtregelung bekommen, die er wollte, mir tut der Kopf weh vor Stress, und ich habe mein Büro so satt, dass ich überlege, es neu einzurichten.

Das ist ätzend, tut mir leid.
Der Kopf – ja. Das Büro – keine Ahnung, ob ich es überhaupt verändern darf. Aber der Mandant ... Ich bin mir ziemlich sicher, dass er ein Arschloch ist.
Ein Glas Wein wäre schön. Aber bist du heute Abend nicht verabredet?
Er hat abgesagt. Ist immer noch in seine Exfreundin verliebt.

Lexie schüttelte den Kopf und legte das Handy weg. Sie verstand nicht, warum Fran niemanden fand, obwohl sie sich so ins Zeug legte. Sie war – ganz objektiv betrachtet – eine tolle Frau. In einer perfekten Welt gäbe es im Büro einen netten, gut aussehenden Mann, mit dem sie Fran verkuppeln könnte. Aber der einzige alleinstehende Mann im passenden Alter war Theo. Theo, der gerade mit Mike den Laden betreten hatte. Die Köpfe zusammengesteckt, gingen sie zur Hintertür. Theo nickte zu etwas, das Mike sagte. Er sah sie im Vorbeigehen an, lächelte kurz, aber sie richtete ihren Blick sofort wieder auf den Computerbildschirm.

Es war eine einmalige Sache gewesen, mehr nicht. Beziehungsweise eine keinmalige Sache, je nachdem. Aber sie fühlte sich immer noch zurückgewiesen. Er hatte sie gewollt, das hatte sie gespürt. Und doch hatte er sie stehen lassen. Und sie wusste nicht, was sie damit anfangen sollte.

Mike und Theo waren durch die Hintertür verschwunden, und Lexie konnte ihre Schritte auf der Treppe zu Theos Wohnung hören. Es war das zweite Mal in dieser Woche, dass die beiden sich zu zweit zurückzogen.

Ange kam aus ihrem Büro und brachte Lexie eine Tasse Tee.

Lexie lächelte. »Es ist nicht deine Aufgabe, mir Tee zu bringen.«

Ange winkte ab, und ihre Libellen-Ohrringe wippten. »Wir bringen uns alle gegenseitig Tee.«

Lexie trank einen Schluck. Irgendwie schaffte Ange es immer, dass der Tee von Anfang an die perfekte Temperatur hatte. »Was glaubst du, worüber Theo und Mike reden?«

Ange lehnte sich an den Schreibtisch. »Nichts, womit Theo nicht fertig wird.«

»Du meinst also, es gibt etwas, womit er fertig werden muss?«

Ange musterte sie mit ihren blassgrünen Augen. »Hat Theo dir irgendetwas über Mike erzählt?«

»Nur, dass er und mein Vater ein *kompliziertes* Verhältnis hatten. Aber sie waren doch Freunde, oder? Das hat Mike jedenfalls gesagt.«

»Ja, sie waren Freunde. Mike hat deinem Vater auch das Darlehen für die Firmengründung gegeben.«

Lexie stellte ihren Tee ab. »Was, wirklich?«

»Nicht alles. Aber Geschäftskredite sind nicht leicht zu bekommen, und dein Vater hatte kaum Eigenkapital.«

Lexie wusste nicht mal, was er vor der Firmengründung gemacht hatte. Irgendwas im Vertrieb – das hatte sie immer geantwortet, wenn sie nach seinem Beruf gefragt wurde.

»Soweit ich weiß«, fuhr Ange fort, »aber das habe ich mir auch nur selbst zusammengereimt, haben Mike und dein Vater mehr Zeit miteinander verbracht, nachdem Richard nach Bath gezogen war.«

Kurz nachdem er Rachels Mutter verlassen hatte, dachte Lexie. Nachdem er auch seine zweite Familie verlassen hatte.

»Jedenfalls wollte Mike in ein neues Projekt investieren und bot deinem Vater einen Kredit an.«

Lexie versuchte zu begreifen. »Aber die Firma gehörte nie beiden?«

»Tja, bis vor etwa zwei Jahren gehörten Mike zehn Prozent, dann hat er die Anteile an deinen Vater verkauft.«

»Warum? Warum hat er seine Anteile verkauft?«

»Na ja, der Reisebranche ging es damals wegen Corona nicht gut, also nehme ich an, dass Mike fürchtete, die Firma könnte pleitegehen. Es schien für ihn wohl der richtige Zeitpunkt auszusteigen.«

»Aber mein Vater hat nicht geglaubt, dass er pleitegeht?«

»Oder er hat es zumindest gehofft«, sagte Ange lächelnd.

Das erklärte, warum sie bei Mike so ein komisches Gefühl hatte: Er war nicht glücklich darüber, wie sich die Dinge entwickelten. Er hatte Geld in die Firma gesteckt und geholfen, sie aufzubauen. Und jetzt hatte er nichts, nur einen Job mit einem sehr durchschnittlichen Gehalt. Obwohl er für dieses Gehalt ehrlicherweise nicht wirklich viel zu tun schien. »Warum hat Richard Mike nicht einen Teil der Firma vermacht?«

Ange trommelte mit den Fingern auf Lexies Schreibtisch. »Mike … Hör zu, ich hab nichts gegen ihn. Aber er ist ausgestiegen, als es schlecht aussah. Jetzt will er natürlich wieder einsteigen, aber sobald es schwierig wird, ist er sofort wieder weg. Theo dagegen hat unermüdlich gearbeitet, auch als sein

Lohn gekürzt wurde. Er und dein Vater waren ein tolles Team und haben nie aufgegeben, auch als es unmöglich schien. Als sich die Lage zu entspannen begann, gehörten sie zu den ersten Reiseveranstaltern, die wieder Reisen anboten, noch bevor die Reisebeschränkungen aufgehoben wurden. Sie hielten sich an die Regeln und fanden einen Weg, den Menschen ein Gefühl der Sicherheit zu geben. Deshalb ist es nachvollziehbar, dass Richard Theo die Hälfte der Firma hinterlassen hat – auch wenn ich nicht weiß, ob es für Theo immer nachvollziehbar war.«

Lexie runzelte die Stirn. Sie hatte nie in Frage gestellt, dass Theo glaubte, seinen Anteil an der Firma verdient zu haben, oder vielleicht sogar mehr.

Ange fuhr fort. »Aber es gibt einen Grund, warum er Theo nicht alles vermacht hat.« Sie zögerte, dann lächelte sie. »Ich weiß, du wirst mir wahrscheinlich nicht glauben, wenn ich das sage, aber für ihn hat die Firma von Anfang an immer auch dir gehört.«

Lexie schüttelte den Kopf. »Das ergibt keinen Sinn.«

»Nein? Die Firma wurde für Menschen gegründet, die Reisen lieben. Für Menschen, die sich nach Abenteuern sehnen, die fremde Ort entdecken wollen. Willst du mir wirklich sagen, dass dich das an niemanden erinnert?«

Lexie schwieg. Sie dachte daran, dass sie unbewusst die Tradition aufrechterhalten hatte, Weihnachten im Ausland zu verbringen. Sie dachte an Island, daran, dass es sich angefühlt hatte, als hätte ihr Vater die Familientradition zu Geld gemacht. Aber inzwischen wusste sie, dass er viel mehr Geld hätte verdienen können, wenn er keinen Wert auf Nachhaltigkeit gelegt hätte. Eine weitere Sache, die nicht in das Bild passte, das sie sich bislang von ihrem Vater gemacht hatte.

Ange lächelte sie an, ein Hauch von Traurigkeit in ihrem Blick. »Ich sage nicht, dass dein Vater perfekt war. Im Gegenteil, wenn mein Sohn seine Kinder jemals so behandeln würde, wie Richard dich behandelt hat, weiß ich nicht, was ich tun würde. Aber Menschen lassen sich selten in Schubladen stecken, oder?«

*

Gegen Mittag kam Theo wieder nach unten und ging direkt auf Lexies Schreibtisch zu. »Hey.«

Sie lächelte höflich. »Hey.«

»Hast du schon gegessen?«

»Nein. Warum? Haben wir ein Meeting?«

»So in der Art. Komm mit.« Er bedeutete ihr mit einer Kopfbewegung, ihm zu folgen, und trat auf die Straße hinaus.

»Was …?«

»Wir gehen essen«, sagte Theo und hielt ihr die Tür auf.

»Ähm …«

»Na los«, drängte er. »Ange?« Lexie folgte Theos Blick und sah Ange aus dem Hinterzimmer kommen. »Ich gehe mit Lexie Mittag essen, um ein paar Dinge zu besprechen.«

»Ich gehe heute sowieso früher, um Lucy vom Kindergarten abzuholen, guten Appetit.«

Und damit war es offenbar besiegelt. Lexie stand auf und schlüpfte durch die Tür, wobei sie akribisch darauf achtete, Theo nicht zu berühren. Draußen war es warm, ein schöner Junitag, und die goldenen Gebäude von Bath leuchteten in der Sonne. Es war noch so früh im Sommer, dass es sich wie etwas Besonderes anfühlte, ohne Jacke rauszugehen, nur in ihrem langen Rock und ärmelloser Bluse.

Sie sah Theo an. »Kommt sonst noch jemand mit?«

»Nein. Nur wir beide.« Er ging zielstrebig los, und nach kurzem Zögern passte sie sich seinem Tempo an.

»Warum?«

»Weil du seltsam bist, seit wir aus Madrid zurück sind.«

»Gar nicht!«, widersprach Lexie reflexartig. Er zog die Augenbrauen hoch, und sie wurde rot. »Na gut, vielleicht ein bisschen.«

»Warum?«

Lexie presste die Lippen aufeinander und wusste nicht, was sie sagen sollte. Sie *wusste* es selbst nicht genau. Sie hatte in der Vergangenheit schon viele Affären gehabt. Vermutlich bestand der Unterschied darin, dass es wirklich Affären gewesen waren und normalerweise sie diejenige war, die es beendete.

Seine Mundwinkel zuckten, als sie nicht antwortete. »Außerdem haben wir noch ein paar Dinge zu besprechen.«

Er führte sie in ein kleines Café in Margaret's Buildings, einer kleinen Straße in dem angesagten Viertel zwischen The Circus und Royal Crescent. Sie suchten sich einen Tisch draußen, Theo setzte seine Sonnenbrille auf, und Lexie wünschte, sie hätte an ihre gedacht. Das Café war hellgrün gestrichen, mit Girlanden im Fenster, und hatte diese intime Atmosphäre, die den Coffeeshopketten fehlte. Es herrschte reges Treiben, und an einem der Tische saßen vier Frauen, die alle Aperol Spritz tranken und die frühe englische Sonne in vollen Zügen genossen. Um eine ganze Stunde allein mit Theo zu überstehen, hätte sie sich am liebsten auch einen Aperol gegönnt, doch sie entschied sich für einen Iced Latte.

Während der Kellner ihre Getränke brachte, beugte Theo sich vor und verschränkte die Hände auf dem Tisch. »Willst du drüber reden?«

»Worüber reden?«, fragte Lexie langsam.

»Über Madrid.«

»Da gibt es doch nichts zu reden, oder?« Sie versuchte, lässig zu klingen, obwohl sich ihr Magen zusammenzog.

»Wenn du meinst.«

»Es war eine einmalige Sache«, beharrte Lexie. Die Worte kamen ihr überraschend leicht über die Lippen, vielleicht, weil sie sie in Gedanken so oft wiederholt hatte.

»Okay«, sagte Theo leichthin. Er bedankte sich beim Kellner, der die Getränke brachte, und sie bestellten ihr Essen. Alles war aus der Region, und es gab den ganzen Tag Frühstück, daher entschied Lexie sich für Türkische Eier.

Sie wartete darauf, dass Theo nachhakte, während der Kellner die Speisekarten entgegennahm, und als er es nicht tat, runzelte sie die Stirn – dann eben nicht. »Ich hab gesehen, wie du mit Mike gesprochen hast«, sagte sie.

»Ja.« Ein Ausdruck huschte über sein Gesicht, den sie nicht deuten konnte.

»Ist er nicht glücklich?«

»Ich bin mir nicht sicher, ob Mike *je* glücklich ist.«

»Ange hat mir erzählt, dass ihm früher zehn Prozent der Firma gehörten.«

»Ja.«

»Und jetzt gehört ihm gar nichts mehr.«

Theo zuckte die Schultern und trank einen Schluck von seiner hausgemachten Zitronenlimonade, offenbar eine Spezialität des Cafés.

»Obwohl er meinem Vater das Geld geliehen hat, um die Firma zu gründen.«

»Das dein Vater zurückgezahlt hat«, sagte Theo spitz, während ihr Essen kam.

Lexie salzte ihre Eier, probierte einen Bissen und wünschte sofort, sie hätte das Salz weggelassen. Aber es war trotzdem köstlich, und der Knoblauchjoghurt hatte irgendwie *genau* die richtige Menge Knoblauch. Theos Pilztoast sah auch gut aus, und Lexie beschloss, am Wochenende mit Fran herzukommen.

»Will Mike seinen Anteil zurück?«, fragte Lexie, nachdem sie geschluckt hatte.

Theo seufzte. »Was Mike will, ändert sich von Tag zu Tag. Wenn die Prognosen gut sind, will er an Bord sein, aber sobald es schlecht läuft, ist er raus. Apropos, es wird knapp, aber wenn Wien und Belgien gut laufen, können wir unsere Ziele erreichen. Und vielleicht haben wir sogar genug, um die Investitionsidee wieder aufzugreifen, falls du immer noch offen dafür bist«.

»Natürlich«, sagte Lexie, obwohl sie ein Kribbeln auf der Haut spürte. Wenn sie sich darauf einigten, die Firma zu verkaufen, war es doch nicht ihre Entscheidung, oder? Es wäre auch nicht Theos – es sei denn, er würde bleiben. Vielleicht würde er das, dachte sie. Der Käufer würde einen Geschäftsführer brauchen. Lexie tunkte ihr Brot in den flüssigen Teil der pochierten Eier, um sich abzulenken. »Also, was willst du mit mir besprechen?«

»Nun, ich würde gern deine Meinung zu einer Idee hören.«

»Echt?« Das Wort war heraus, bevor sie darüber nachdenken konnte.

Er lachte. »Tu nicht so überrascht.«

»Okay, also, was ist die Idee?«

»Es sieht so aus, als würden dreißig Leute Wien buchen.«

»Was laut Ange für das erste Jahr ziemlich beeindruckend ist.«

»Das ist tatsächlich ziemlich beeindruckend für das erste Jahr. Jedenfalls ist es keine allzu große Gruppe, also dachte ich an Wichteln.«

»Wichteln?«

»Also, man …«

»Theo. Ich weiß, was Wichteln ist.«

Er fuhr sich mit der Hand über den Nacken, was er oft tat, wenn er nervös war. »Okay. Nun, die Weihnachtsmärkte sind eine der Hauptattraktionen in Wien, also dachte ich, wir setzen ein Limit fest, ziehen die Namen und schicken sie los, um Geschenke zu besorgen.«

»Was ist, wenn manche Leute kein Geld für einen Fremden ausgeben wollen? Ich finde die Idee lustig, aber nicht alle …«

»Nach dem Rabatt für das Hotel sollte das Budget dafür reichen.«

Sie trank einen Schluck von ihrem Eiskaffee. »Und dann machen wir an Heiligabend Bescherung?«

»Genau.«

»Ich finde, das ist eine tolle Idee«, sagte sie überzeugt.

»Echt?«

Lexie lächelte. »Ehre, wem Ehre gebührt.« Aber dann wurde ihr bewusst, dass er sie aufrichtig nach ihrer Meinung gefragt hatte. Und sie erinnerte sich daran, wie er von der Investitionsidee gesprochen hatte, wie er allen versichert hatte, dass auch Richard sie für eine gute Idee gehalten hatte. Als bräuchte er die Bestätigung, um selbst an sich zu glauben. War das der Grund, warum Richard sie zusammengebracht hatte? Weil sie sich gegenseitig helfen konnten? Oder suchte sie nur nach einem Sinn, wo es keinen gab?

»Darüber wolltest du mit mir reden?«, fragte sie, als Theo den Rest seiner Pilze aufgegessen hatte.

»Ja. Das … und … in zwei Wochen ist Weihnachtsfeier. Mit Begleitung übrigens.«

»Ich habe niemanden«, sagte sie, ohne nachzudenken.

»Ich weiß.« Er lächelte so, dass sie rot wurde. »Aber bring doch eine Freundin mit. Oder deine Mutter oder wen auch immer.«

»Okay«, sagte Lexie langsam. »Aber du weißt, dass wir in zwei Wochen Juli haben, oder? Nicht Dezember?«

»Ja. Wir feiern Weihnachten im Juli, weil es in der Weihnachtszeit für uns immer zu hektisch ist. Das war eine Tradition, die dein Vater ins Leben gerufen hat«, fügte er lächelnd hinzu, »und ich fände es schön, sie fortzusetzen – zumindest noch dieses Jahr.«

»Können wir uns das denn leisten? Die Firma, meine ich?«

»Ja. Ich meine, es wird eher Fingerfood geben als ein komplettes Drei-Gänge-Menü, aber in Anbetracht des Jahres, das wir hatten … Ich denke, es würde uns allen guttun, zusammenzukommen und zu feiern.«

»Okay. Ja.«

»Du bist so umgänglich heute.«

Lexie verdrehte die Augen. »Das bin ich eigentlich immer. Du hast nur die Angewohnheit, meine schlechte Seite hervorzubringen.«

Als er den Mund öffnete, hob sie einen Finger.

»Lass es.« Doch ein Lächeln huschte über ihre Lippen. Das Problem war, dass sie diese Seite an ihm *mochte*.

»Okay. Also, für die Weihnachtsfeier habe ich mir gedacht … Vielleicht könnten wir das mit deinem Wunschglas machen.«

»Was?«

»Na ja, nicht mit *deinem* Wunschglas, aber du weißt schon, die Idee.«

Lexie runzelte die Stirn und verschränkte die Arme.

»Ich dachte nur, es ist jetzt auch deine Firma, und es wäre eine Möglichkeit, eine Tradition von dir einzubringen und …« Er verstummte. »Du hasst es.«

Lexie versuchte, ihre Gesichtszüge zu entspannen. »Nein. Tut mir leid, nein. Es ist nur … Werden die anderen es nicht albern finden?«

»Nach allem, was passiert ist … Richards Tod, als es gerade wieder bergauf ging …« Er zuckte die Schultern. »Ich dachte nur, wir könnten etwas Hoffnung gebrauchen. Aber ich kann sehen, dass du dir schon wieder zu viele Gedanken machst.«

»Du kannst *sehen*, dass ich mir zu viele Gedanken mache?«

»Du bekommst hier eine Falte …« Er streckte die Hand aus, und ihre Haut kribbelte in Erwartung seiner Berührung. Doch er hielt inne, bevor er die Stelle zwischen ihren Augenbrauen traf. Und sie sollte wohl an ihrer Mimik arbeiten, damit sie nicht so leicht zu durchschauen war.

Sie schlug seine Hand weg. »Erinnerst du dich, dass ich die Wünsche auch in das Glas stecke, um sie loszulassen?«

»Ja, nun, was das angeht … Wir sollten es wahrscheinlich eher darauf anlegen, Wünsche zu nehmen, die in Erfüllung gehen können.«

Lexie lehnte sich zurück. »Ist das etwa eine Kritik an meinem Wunschglas?«

Theo lehnte sich ebenfalls zurück und ahmte ihre Pose nach. »Ich sage nur, vielleicht versteckst du dich vor deinen Wünschen, indem du sie, wie du es formulierst, *loslässt* – damit du nicht hoffen musst.«

»Natürlich ist das Kritik!«

Wie so oft zuckte er nur die Schultern. »Kommt mir nur so vor, als würdest du es falsch benutzen.«

»Es ist *mein* Wunschglas. Wie kann ich es falsch benutzen?«

Statt einer Antwort zog er eine Augenbraue hoch, was sie ärgerte.

Der Kellner kam, räumte ihre Teller ab, und Lexie bedankte sich bei ihm, dann wandte sie ihre Aufmerksamkeit den Passanten zu, die lachend und plaudernd im Sonnenlicht vorbeigingen.

»Du nimmst es also immer mit? Das Wunschglas?«

Sie sah ihn immer noch nicht an.

»Überall, wo du hingehst, nimmst du es mit?«, hakte er nach.

Sie warf ihm einen flüchtigen Blick zu. »Ich kann mich irgendwie nicht davon trennen.«

Sie wusste selbst nicht genau, warum sie immer noch daran festhielt. Es war eine Konstante in ihrem Leben, gab ihr das Gefühl von Beständigkeit, den Zauber von Weihnachten – und es war ein Stück Kindheit. Sie erinnerte sich noch genau an das Jahr, in dem sie mit dieser Tradition begonnen, wie ihre Mutter im Schneidersitz neben ihr auf dem Wohnzimmerboden gesessen hatte. Es war eine dieser Erinnerungen, die ein wenig verschwommen waren, und es war schwer zu sagen, was davon echt war und was von den Erzählungen anderer Leute überlagert, sodass man nur *glaubte*, sich zu erinnern.

Sie erinnerte sich, wie sie mit dem fertigen Wunschglas in die Küche gelaufen war, um es ihrem Vater zu zeigen.

Das ist das schönste Wunschglas, das ich je gesehen habe. Keine Chance, dass ein Wunsch nicht in Erfüllung geht, wenn man ihn da reinsteckt.

Lexie betrachtete das Glas in ihrer Hand und wollte daran glauben, aber sie war auch skeptisch. *Wie soll das gehen? Ich habe es selbst gemacht, und ich bin kein Zauberer.*

Er hatte einen Arm um sie gelegt und ihr zugezwinkert. Sie erinnerte sich noch an den schwachen Geruch nach Tabak und Minze. *Es ist der Herstellungsprozess, Lexilein. Es* wird *magisch. Und vielleicht gehen die Wünsche nicht sofort in Erfüllung, vielleicht nicht in dem Jahr, in dem du sie in das Glas legst, aber eines Tages, wenn du nur fest genug daran glaubst, klappt es.*

Doch als sie sich dann Jahr für Jahr gewünscht hatte, dass ihr Vater zurückkam, dass alles wieder so sein würde wie früher, als sie noch zu dritt waren, war es nie in Erfüllung gegangen.

»Hast du einen Lieblingsort?«

Lexie blinzelte Theo an. »Äh …«

»Oder einen Lieblingsort für Weihnachten?«

»Ich weiß nicht. Sie sind alle irgendwie meine Lieblingsorte, solange ich dort bin.« Aber sie merkte, dass er versuchte, das Thema zu wechseln, also spielte sie mit. »Einmal war ich Weihnachten in Australien. Es war direkt nach der Uni, und ich hatte keine Ahnung, was ich mit meinem Leben anfangen sollte. Man kann ein Arbeitsvisum für ein Jahr bekommen, solange man nicht länger als sechs Monate denselben Job macht, und das klang perfekt. Ich bekam einen Job als Kellnerin und hab viele neue Freunde gefunden.« Freunde, mit denen sie inzwischen kaum noch Kontakt hatte. »Jedenfalls verbrachten wir Weihnachten am Strand. Ich war an der Gold Coast in Queensland und bin jeden Tag früh genug aufgestanden, um mir den Sonnenaufgang anzusehen. Ich bin eigentlich kein Morgenmensch, aber dort ist es unmöglich, keiner zu sein. Am ersten Weihnachtstag haben wir am Strand gegrillt. Das war cool.«

»Ich wollte schon immer nach Australien«, sagte Theo. »Aber ich bin kaum aus Großbritannien rausgekommen, weil ich es nicht auf die Reihe gekriegt habe, Geld zu sparen oder mich auf Jobs im Ausland zu bewerben.« Ihr fiel auf, wie hart er mit sich ins Gericht ging, und überlegte noch, ob sie etwas dazu sagen sollte, als er ihr eine weitere Frage stellte. »Was war die längste Zeit, die du je an einem Ort geblieben bist?«

»Seit der Uni? Ein Jahr, glaube ich.« Es machte sie verlegen, das zuzugeben, auch wenn er nicht, wie andere Leute, bewundernde Laute von sich gab oder schwärmte, wie schwer es sein müsse, sich so ein Leben aufzubauen. »Mir gefällt's«, verteidigte sie sich.

»Ja, das kann ich verstehen.«

Sie wusste nicht, was sie damit anfangen sollte, also lenkte sie ab. »Was ist mit dir? Du hast gesagt, du bist viel umgezogen?«

»Ja. Hauptsächlich, weil ich keinen Job bekommen habe, für den ich mich für gut genug hielt, und weil ich den armen Leuten, die mich eingestellt haben, das Leben schwer gemacht habe.«

»Ganz schön nervig.«

Er grinste. »Absolut.« Dann wurde sein Gesicht ernst, und er sah über ihren Kopf hinweg auf die Straße. »Als ich nach Bath zog, dachte ich nicht, dass es hier anders laufen würde. Aber wegen Richard bin ich jetzt, Jahre später, immer noch hier. Es ist bizarr, aber irgendwann ist dieser Ort mein Zuhause geworden, verstehst du?«

Sie nickte, obwohl sie nicht sicher war, ob sie es wirklich verstand. Ihr Zuhause war dort, wo sie gerade war, und darin war sie Profi. Aber manchmal war es auch anstrengend. »Und du hast die ganze Zeit über dem Laden gewohnt?«

»Anfangs nicht. Ich war in einer Wohngemeinschaft, bevor Richard mir angeboten hat, die Wohnung zu mieten. Es ist nur vorübergehend«, sagte er und wandte sich wieder Lexie zu.

»Ich spare auf ein Haus – was mich im Vergleich zu dir ziemlich langweilig aussehen lässt.«

Lexie lächelte. »Langweilig ist kein Wort, mit dem ich dich beschreiben würde.« Sie sah ihn forschend an. »Was hat dich dazu gebracht zu bleiben?«

»Ehrlich? Wahrscheinlich habe ich immer schon nach einem Grund gesucht, irgendwo anzukommen. Aber ich hatte auch Angst, weißt du … Wenn man nirgendwo bleibt, enttäuscht man auch niemanden.«

Lexie nickte und war ein bisschen erleichtert, denn das war bei ihr anders.

»Richard hat an mich geglaubt und mir gezeigt, dass ich ihn nicht enttäusche, und das hat gereicht. Ich habe herausgefunden, dass mir die Arbeit *gefällt*. Ich kann reisen und werde dafür *bezahlt*. Und ich mag es, für jeden den passenden Urlaub zu finden, die Reisen zu organisieren, neue Orte zu entdecken.«

Sie nickte, wollte aber nicht zugeben, dass sie genau das auch so mochte.

»Wie Island. Das wird der Wahnsinn, wenn wir dieses Jahr hinfahren, und es ist irgendwie unglaublich, dass das mein Job ist.«

Sie registrierte das *Wir* und war sich nicht sicher, ob es sich speziell auf sie bezog. Ihr Magen zog sich leicht zusammen, obwohl sie nicht genau sagen konnte, warum. Vielleicht, weil sie dort Zeit miteinander verbringen würden? Oder weil es, selbst wenn sie zusammen nach Island fuhren, kein *Wir* geben würde?

»Du machst schon wieder dieses nachdenkliche Gesicht.«

»Nein, es ist nur …« Sie wollte nicht zugeben, was sie wirklich dachte. »Island. Das ist … Wir hatten diese Tradition.« Und sie erzählte von ihren Familienurlauben, davon, dass sie

Weihnachten jedes Jahr an einem anderen Ort verbracht hatten. Dass sie in dem Jahr, als Richard sie verließ, eigentlich nach Island fahren wollten. Und dass sie den Gedanken nicht loswurde, dass er aus der Familientradition, dem Urlaub, auf den sie sich so gefreut hatte, Kapital schlagen wollte.

Ich verspreche dir, dass wir trotzdem eines Tages nach Island fahren, Lexilein. Sie erinnerte sich, dass er das gesagt hatte, um sie zu trösten. Natürlich hatte sie nicht wirklich wegen des *Urlaubs* geweint, aber er hatte sich daran festgehalten – vielleicht, weil es das leichtere Versprechen war. Aber trotzdem hatte er es am Ende nicht einhalten können.

Theo ließ sie ausreden und hörte ihr zu. Und als sie fertig war, sagte er nur: »Ich geh mal bezahlen.«

»Ich zahle selbst«, sagte Lexie sofort, aber er winkte ab.

»Das übernimmt die Firma. Wir haben doch über die Arbeit gesprochen, oder?«

Als sie zurück ins Büro gingen, funkelten die prächtigen Gebäude der Stadt in der Sonne.

»Man könnte es auch anders sehen«, sagte Theo beiläufig, und Lexie sah ihn an. »Man könnte sagen, dass er versucht hat, dich und eure Familientradition zu ehren. Und für mich sprechen zwei Dinge dafür, dass er die ganze Zeit an dich gedacht hat.«

Lexie sah ihn fragend an, und er fuhr fort.

»Zum einen Island und Madrid. Er wollte Madrid nie ins Programm aufnehmen, und ich habe mich immer gefragt warum, bis du mir von der Reise erzählt hast, die er mit Rachel gemacht hat. Er hat dich im Stich gelassen. Das war schlimm, und ich kann mir gar nicht vorstellen, wie er sich gefühlt haben muss. Nun frage ich mich, ob das der Grund war.«

»Aber Island habt ihr doch geplant«, gab Lexie zu bedenken.

»Ja, aber er hat es immer wieder hinausgezögert. Es war, als würde er auf etwas warten. Vielleicht hat er auf dich gewartet.«

Lexie runzelte die Stirn. »Was ist die andere Sache?«

Er sah sie vielsagend an. »Ich warte, dass du von selbst draufkommst.«

Sie verdrehte die Augen. Dann seufzte sie. »Ich glaube, du hast eine rosarote Brille auf.«

»Aber wir haben die Wahl, wie wir die Dinge sehen, oder?«

Sie schwiegen eine Minute, und als sie in die Straße einbogen, in der das Büro lag, sprach Lexie wieder. »Okay, wir können das mit dem Wunschglas auf der Weihnachtsfeier machen. Auch wenn die Leute es albern finden werden.«

»Super. Du bastelst uns eins.«

Sie musste lachen, und er lächelte.

Als sie das Büro erreichten, hielt er ihr die Tür auf, ließ sie jedoch nicht gleich hindurchgehen. »Ach, und Lex?« Seine Stimme war so leise, dass außer ihr niemand ihn hörte, aber eindringlich genug, um ihr einen Schauer über die Haut zu jagen. »Nur fürs Protokoll: Ich bezweifle stark, dass es eine einmalige Sache war.«

23. KAPITEL

Es war Lexies Idee gewesen, die Weihnachtsfeier in der Wohnung über dem Laden zu veranstalten. Zum einen sparte es Geld, zum anderen konnten sie alles schön weihnachtlich schmücken, während in Bars und Pubs der Sommer Einzug gehalten hatte. Sie und Ange hatten sich selbst übertroffen, und seltsamerweise machte es im Juli noch mehr Spaß, weil es den Reiz des Verbotenen hatte. Sie hatten Lichterketten über Fenster und Kaminsims gehängt und einen Adventskranz an die Tür. Ange hatte den Weihnachtsbaum geholt, den sie jedes Jahr unten im Laden aufstellten. Er war aus Plastik, aber angeblich waren Plastikbäume umweltfreundlicher, da man sie Jahr für Jahr verwendete, also behielt Lexie ihre Vorbehalte für sich.

Sie mussten alle Fenster weit öffnen, weil die Wohnung abends aufgeheizt war, aber Glühwein gab es trotzdem.

Es lief Weihnachtsmusik, »Santa Baby« untermalte das Stimmengewirr, und da die Lieder nicht schon wochenlang in Dauerschleife liefen, hatte man sie auch noch nicht über. Das ganze Büro war da, und da die meisten ein oder zwei Gäste mitgebracht hatten, waren Wohnzimmer und Küche rappelvoll – Theos Schlafzimmer war tabu. Harry war mit einem Freund da, Ange hatte ihren Sohn und seine Frau mitgebracht, Mike seine Frau Kate, der man deutlich ansah, wie wenig sie von der Idee hielt, Weihnachten im Juli zu feiern, und Lexie hatte sowohl Fran als auch ihre Mutter dabei. Theo, bemerkte sie, war allein gekommen.

Alle waren weihnachtlich gekleidet. Ange trug einen Rentierpullover mit passenden Rentierohrringen und Harry und Mike Weihnachtskrawatten. Theo hielt sich dahingehend zurück, war aber immerhin etwas formeller gekleidet als sonst, ein Hemd mit hochgekrempelten Ärmeln statt des üblichen T-Shirts und Jeans. Lexie dagegen hatte sich mit schwarzem Glitzerkleid und hohen Absätzen richtig aufgebrezelt. Und der Vorteil im Sommer war, dass sie in ihrem knappen Outfit nicht frieren musste. Theo hatte ein paarmal in ihre Richtung gesehen – offensichtlich hatte das Kleid den gewünschten Effekt. Denn er sollte ruhig ein wenig dafür leiden, dass er ihr in Madrid widerstanden hatte.

Lexies Mutter unterbrach ihr Gespräch mit Ange und kam ans Fenster, um sich in der leichten Brise von der Wirkung des dampfenden Glühweins zu erholen. Lexie hatte gedacht, dass es seltsam für sie sein würde, in das Büro zu kommen, das ihrem Ex-Mann gehört hatte, und unter Menschen zu sein, die ihn geschätzt hatten, aber wenn es so war, ließ sie sich ihr Unbehagen nicht anmerken.

Stattdessen strahlte sie Lexie an. »Vielen Dank für die Einladung, Süße. Es tut gut, hier zu sein!« Lexie hob ihr Glas, und sie stießen an. »Ange ist einfach *bezaubernd*. Ich kannte sie bisher nur flüchtig. Nächste Woche treffen wir uns zum Mittagessen in dem Café im Gartencenter bei ihr in der Nähe. Da soll es die weltbesten getoasteten Sandwiches geben.« Lexie lächelte. Die Wangen ihrer Mutter waren leicht gerötet, ihre Augen leuchteten. »Und Mike, weißt du, ich kannte ihn schon, aber es ist schön, ihn wiederzusehen. Obwohl seine Frau irgendwie komisch ist.«

»Du kennst Mike?« Seltsam, sich vorzustellen, dass ihre Leben so miteinander verwoben waren.

»Oh, nicht wirklich. Aber Richard war schon mit ihm befreundet, als wir noch zusammen waren.«

»Wirklich? So lange kannten die beiden sich schon?«

»O ja. Schön, dass sie in Kontakt geblieben sind, oder? Ich glaube, sie haben sich in der Firma kennengelernt, wo dein Vater gearbeitet hat.« Ihre Mutter runzelte die Stirn. »Astra irgendwas.«

Lexie grinste. »Du weißt auch nicht, was Dad genau gemacht hat.«

Ihre Mutter bedachte sie mit einem seltsamen Blick.

»Was?«

Sofort entspannte sich ihr Gesichtsausdruck. »Nichts. Du hast ihn nur gerade Dad genannt, das ist alles. Aber nein, ich habe nie richtig verstanden, was er macht. Er hat es mir ein paarmal erklärt, aber, na ja …« Sie unterbrach sich, um auf ihr Handy zu sehen, das sie schon den ganzen Abend in der Hand hielt – was untypisch war. Ein Lächeln breitete sich auf ihrem Gesicht aus.

»Wer …?«

Aber Lexie kam nicht dazu, den Satz zu beenden, weil Fran mit einem Glas Prosecco in der Hand auf sie zustürmte. Auch sie trug ein Kleid – ein knallroter Hingucker, zu dem Lexie sie ermuntert hatte, wie auch zu den High Heels.

Fran strich sich das lange dunkle Haar über die Schulter. »Nur fürs Protokoll: Ich lieb's.«

Lexie lächelte und riskierte einen Blick zu Theo, der jetzt mit dem Rücken zu ihr stand und sich mit Harry unterhielt.

Nur fürs Protokoll: Ich bezweifle stark, dass es eine einmalige Sache war.

»Meine Weihnachtsfeier war nicht halb so lustig«, sagte Fran, als Lexie ihre Aufmerksamkeit von Theos Rücken losriss. »Mein Chef hat sich betrunken und mir erzählt, wie sehr er die letzten zwanzig Jahre seines Lebens bereut.« Sie rümpfte die Nase. »Das bin ich in zwanzig Jahren.«

»Betrunken? Unzufrieden mit deinem Leben?« Lexie legte den Kopf schief. »Chef?«

»Wahrscheinlich alles drei, wenn es so weitergeht.«

Lexies Mutter sagte nichts, sondern widmete sich weiter ihrem Handy, aber dann kam Ange mit wippenden Rentierohrringen auf sie zu. »Lexie, ich *liebe* das Wunschglas! Was für eine tolle Idee! Nächstes Jahr sollten wir die Wünsche rausholen und sehen, ob einige in Erfüllung gegangen sind. Oder Wünsche für die Firma reinstecken? Oder …« Sie gestikulierte. »Keine Ahnung. Es liegt mir auf der Zunge, ich bin nur ein bisschen beschwipst vom Wein. Wie auch immer, ich liebe es, und Theo sagt, es war deine Idee?«

Lexie trat unbehaglich von einem Fuß auf den anderen. »So in der Art.«

Neben ihnen hörte ihre Mutter endlich auf, in ihr Handy zu tippen.

»Hast du dir schon was gewünscht?«, fragte Ange.

»Ja«, verkündete Fran. »Ich habe mir die Liebe meines Lebens gewünscht. Aber darf man eigentlich zwei Wünsche abgeben? Ich wünsche mir nämlich, dass ich im Lotto gewinne, damit ich für den Rest meines Lebens keinen Papierkram mehr erledigen muss.«

»Du darfst uns deine Wünsche nicht verraten«, sagte Lexie und stieß Fran in die Rippen.

»Warum nicht?«, fragte Fran, und ihre Mundwinkel zuckten. »Weil sie dann nicht in Erfüllung gehen?«

»Oh, ich finde es toll, dass du das Wunschglas mitgebracht hast«, sagte Lexies Mutter. Ihre Augen leuchteten, und Lexie fürchtete kurz, sie würde anfangen zu weinen. »Ich erinnere mich noch an das Jahr, in dem du es gebastelt hast. Und ich weiß, es ist albern, aber irgendwie wünschte ich, er wäre hier, um zu sehen, dass die Tradition noch lebt.«

Lexie runzelte die Stirn. »Warum?«

Ihre Mutter zupfte ihr Haar zurecht. »Na ja, es war seine Idee, oder?«

»Nein.« Lexie sagte langsam. »Es war deine, weißt du nicht mehr? Wir haben es zusammen gebastelt.«

»Wir haben es zusammen dekoriert, ja, aber die Idee kam von deinem Vater. Ich glaube, es war eine Tradition aus seiner Kindheit.«

Lexie starrte ihre Mutter an und versuchte, ihre Worte zu verarbeiten. Es war die Idee ihres *Vaters* gewesen? Sie erinnerte sich, dass sie mit ihm darüber geredet hatte, dass sie es ihm gezeigt hatte, aber nicht, dass es ursprünglich seine Idee gewesen war. Ohne sich darüber bewusst zu sein, hatte sie also seine Tradition gepflegt. Und sie wusste nicht so recht, was das für Gefühle in ihr auslöste.

»Alles in Ordnung, Lexie, Schatz?« Ihre Mutter sah sie jetzt besorgt an, ein Ausdruck, der im Widerspruch zu ihrem leuchtend rot-grünen Weihnachtspullover stand – dem einzigen Weihnachtspullover, den sie, soweit Lexie wusste, besaß. »Tut mir leid, wenn ich dich damit nerve.«

»Nein, schon gut.« Lexie rang sich ein Lächeln ab.

Kurz sah es so aus, als wollte ihre Mutter noch etwas sagen, aber dann vibrierte ihr Handy wieder. Keine halbe Stunde später entschuldigte sich ihre Mutter, dass sie früher gehen musste, und alles war vergessen.

Gegen neun beschlossen sie, in den Pub weiterzuziehen. Fran zückte ihr Handy, um auf die Uhr zu schauen.

»Was ist los?«, fragte Lexie, die leere Gläser einsammelte und in die Küchenspüle stellte, während Theo die Musik ausmachte und alle aufbrachen.

»Es ist nur … Ben hat gefragt, ob ich mich heute Abend mit ihm treffen will, wenn ich Zeit habe …« Fran war schon zweimal mit Ben ausgegangen, und er schien nett zu sein. Es klang fast zu gut, um wahr zu sein, aber Lexie beschloss, ihre Bedenken für sich zu behalten.

Stattdessen sagte sie: »Geh nur. Wir machen bestimmt auch nicht mehr lange. Viel Spaß.«

Fran umarmte Lexie kurz, dann stürmte sie davon. Man konnte ihren unerschütterlichen Optimismus nur bewundern.

»Wo will sie hin?«, fragte Theo, der die restlichen Gläser in die Küche brachte.

»Sie hat ein Date.«

»Ah.« Es war still, alle anderen waren schon vorgegangen.

»Meine Mutter ist auch schon weg.«

»Vielleicht hat sie auch ein Date.«

Lexie verzog das Gesicht. »Sei nicht albern.«

»Ist es das?«

Lexie runzelte die Stirn. »Das hätte sie gesagt.«

»Okay.«

Inzwischen hatte sie gelernt, dass Theo oft *okay* sagte, wenn er anderer Meinung war. Natürlich war es möglich, dass ihre Mutter ein Date hatte. Bestimmt hatte sie andere Männer kennengelernt, seit ihr Vater sie verlassen hatte. Und als Teenager hatte sie einmal das Gefühl gehabt, dass ihre Mutter kurz davor war, jemanden mit nach Hause zu bringen, um ihn Lexie vorzustellen. Aber Lexie hatte sich nie viele Gedanken über das Liebesleben ihrer Mutter gemacht. Sie war immer davon ausgegangen, dass sie froh war, Single zu sein, nach allem, was Richard ihr zugemutet hatte.

Sie hing ihren Gedanken nach, während sie das Chaos aufräumte, das sie angerichtet hatten, und bekam erst gar nicht mit, dass Theo dasselbe tat. Vielleicht wollte er nachher nicht in eine Müllhalde zurückkehren. Sie räusperte sich, als sie die Tassen in den Geschirrspüler stellte, und hatte das Bedürfnis, die Stille zu füllen. »Was machst du normalerweise an Weihnachten?«

Er schüttete den letzten Rest Glühwein aus dem Topf in den Ausguss. »Meistens arbeite ich. Oft betreue ich Reisen.«

»Letztes Jahr hast du nicht gearbeitet«, warf Lexie ein. Er war hier gewesen, als sie sich am Weihnachtsmorgen ins Büro geschlichen hatte.

»Ich war zwar nicht im Ausland, aber ich habe trotzdem gearbeitet.«

»Oh.«

Er lächelte. »Empfindest du jetzt Mitleid? Musst du nicht, Ange hat mich zum Weihnachtsessen eingeladen, also hatte ich das volle Programm.«

Das passte zu Ange. Hätte er ihr das damals gesagt, hätte sie nicht so ein schlechtes Gewissen gehabt, ihn im Büro zurückzulassen.

»Fährst du nie zu deinen Eltern oder so?«, fragte sie, während sie die Spülmaschine einräumte. Sie wusste, dass er sich nicht besonders gut mit ihnen verstand, aber trotzdem. Und ja, okay, vielleicht versuchte sie, ein bisschen tiefer zu graben.

»Meine Eltern haben sich nie viel aus Weihnachten gemacht. Wir sind zwar in die Kirche gegangen, aber eher aus Pflichtgefühl – meine Eltern sind nicht besonders religiös. Der Rest war immer gezwungen«.

»Weil Weihnachten auch so eine stressige und hyperaktive Veranstaltung ist, gegen die deine Eltern was hatten?«, fragte Lexie, die sich erinnerte.

Er warf ihr einen vielsagenden Blick zu. »Ja, so ungefähr. Meine Mutter wollte Weihnachten so feiern, wie es sich gehört. Das hieß vor allem ruhig, und dass wir diese, ich weiß nicht, perfekte kleine Familie mit einem wohlerzogenen Kind darstellen. An Heiligabend lud sie zu einem Weihnachtsumtrunk ein und reichte feine Canapés. Sie versuchte, andere Eltern zu ermutigen, ihre Kinder zu Hause zu lassen, aber die, die kamen, sollten fein rausgeputzt sein. Ein Zehnjähriger im Anzug, der Weihnachten Ziegenkäsehäppchen knabbert, das war schon lächerlich.« Seine Stimme klang amüsiert, aber Lexie konnte spüren, dass mehr dahintersteckte. »Der erste Weihnachtstag war immer qualvoll«, fuhr er fort. »Ich packte mein einziges Geschenk aus, das immer etwas mit der Schule zu tun hatte, und dann gab es ein Essen, für das meine Mutter in der Küche geschuftet hatte, während mein Vater im Wohnzimmer am Kamin saß und las und Sherry trank.«

»Meine Mutter mag Sherry«, sagte Lexie, weil sie nicht wusste, was sie sonst sagen sollte.

»Dann haben wir ja etwas gemeinsam – Eltern, die Sherry mögen.«

Sie lachte, und er warf ihr wieder einen dieser vielsagenden Blicke zu, während er ein Geschirrspülmittel unter der Spüle hervorholte.

»Eigentlich habe ich Weihnachten die letzten Jahre immer mit deinem Vater verbracht.«

Sie wusste nicht, was sie sagen sollte, außer *Oh*. Aber dann wollte sie unbedingt mehr erfahren. »Was habt ihr gemacht?«

»Vor drei Jahren waren wir in Edinburgh – beruflich, als Reisebegleiter, was immer gut ist, weil viele Leute über Silvester bleiben wollen.«

Okay, beruflich. Das machte es etwas erträglicher für sie, wenn sie daran dachte, wie oft sie Weihnachten mit ihrem Vater hatte verbringen wollen und er nicht da gewesen war.

»Ich glaube, ursprünglich wollte er allein fahren, aber wir hatten ein paar schwierige Jahre hinter uns, und ich glaube, er hat gespürt, dass ich nicht wusste, wo ich Weihnachten verbringen sollte, also hat er mich überredet mitzukommen.« Er lächelte bei der Erinnerung. »Dann waren wir vorletztes Jahr in Wien, auf Recherche für die Reise, die wir dieses Jahr ins Programm aufnehmen. Eigentlich wollten wir das schon letztes Jahr, aber Richard war zu krank.«

»Okay«, sagte sie, um zu zeigen, dass sie ihm folgte.

»Und Richard lud auch Rachel zu Weihnachten nach Wien ein, nicht auf Firmenkosten, aber es ging ihr gerade nicht so gut, also …«

Er hatte Rachel zu Weihnachten nach Wien eingeladen, weil sie eine schwere Zeit durchmachte. Wie konnte er *ihr* so ein guter Vater sein, während er für Lexie nie da war? Damals war er von Jody schon getrennt. Also hatte er Rachel im Gegensatz zu ihr nicht im Stich gelassen.

Lexie bemerkte, dass Theo sie aufmerksam beobachtete, als würde er sich fragen, wie sie es aufnahm, und sie versuchte, ihr Gesicht zu entspannen. »Was habt ihr an Weihnachten gemacht?«, fragte sie.

»Heiligabend haben wir richtig einen drauf gemacht. Richard hatte dieses kleine Restaurant entdeckt, in dem außer uns nur Einheimische waren, und es war fantastisch. Das traditionelle Weihnachtsessen in Wien könnte besser sein – alles dreht sich um Semmelbrösel. Aber dort haben sie es geschafft, Tradition und Moderne zu verbinden, und das Essen war unglaublich. Und wir haben Unmengen Wein getrunken. Rachel ist am Ende fast auf dem Tisch eingeschlafen, und wir mussten sie nach Hause tragen.« Lexie verspürte einen Stich bei dem Familienszenario, das er beschrieb – mit ihrem Vater und ihrer Schwester. »Was im Nachhinein unverantwortlich war, denn Rachel war damals gerade erst neunzehn.«

»Jetzt ist sie zweiundzwanzig«, sagte Lexie, ihre Stimme leiser als beabsichtigt.

»Ja. Na ja. Am ersten Weihnachtstag sind wir durch die Stadt spaziert. Rachel hatte auf Schnee gehofft, aber es war auch so schön. Wir überlegten, wo wir mit den Kunden hingehen könnten, die Weihnachten nicht allein sein wollten, und es wurde zu einer Art, ich weiß nicht, Spiel.« Er schüttelte nachdenklich den Kopf, dann veränderte sich seine Stimme ein wenig. »Es war kurz bevor er erfahren hat, dass er krank war, glaube ich. Ich meine, ich kann es nicht mit Sicherheit sagen, weil er es mir nie erzählt hat, aber ich glaube, es war, bevor er …« Er unterbrach sich, räusperte sich und schien zu versuchen, wieder Leichtigkeit in seine Stimme zu legen. »Auf jeden Fall hat es deutlich mehr Spaß gebracht als Weihnachten mit meinen Eltern. Und du? Verbringst du Weihnachten normalerweise mit deiner Mutter?«

Der Themenwechsel kam zwar abrupt, aber Lexie ließ sich darauf ein. »Als Kind waren es meistens nur meine Mutter und ich. Sie hat sich so viel Mühe gegeben, und wir haben Spiele gespielt. Und am zweiten Weihnachtsfeiertag waren wir immer bei Freunden eingeladen. Das war schön.« Die Abwesenheit ihres Vaters hing nach dieser Antwort in der Luft. »Aber dann bin ich weggezogen, und jetzt arbeite ich Weihnachten meistens – oder ich verbringe es mit Leuten, die ich durch die Arbeit neu kennengelernt habe. Ich hab keine Lust mehr, extra dafür nach Hause zu fahren«, gestand sie, obwohl sie wegen ihrer Mutter ein schlechtes Gewissen hatte. Sie seufzte. »Ich weiß, es klingt albern, weil es schon so lange her ist, aber es war nie wieder so wie vorher, nachdem mein Vater weg war. Mir war die ganze Zeit bewusst, dass er woanders war und Weihnachten mit seiner neuen Familie feierte, und ich wurde das Gefühl nicht los, …«

»Zweitrangig zu sein?«

»Ja.« Sie seufzte. »So was in der Art. Ich weiß, es ist albern«, sagte sie noch mal.

»Ist es nicht.«

Sie sah sich um. Das Gröbste hatten sie geschafft. »Wir sollten los. Ange hat gesagt, sie gehen ins Lamb.«

Auf dem Weg zur Tür sage er beiläufig: »Im August ist eine Reise nach Irland geplant. Nach Warrenpoint. Warst du da schon mal?«

»Nein. Weißt du was? Komischerweise war ich überhaupt noch nie in Irland.«

»Dann solltest du mitkommen.«

Sie sah ihn an, als er die Tür einen Spalt weit öffnete. »Du fährst mit? Ich dachte, du fährst nicht gern nach Irland.«

»Ich bin in der Nähe von Dublin aufgewachsen, Warrenpoint liegt in Nordirland. Außerdem kommt eine schwierige Kundin mit, also muss einer von uns dabei sein.«

»Einer?«

Seine Lippen verzogen sich zu einem Lächeln. »Oder zwei. Unser einheimischer Reiseführer steht in diesem Jahr nicht zur

Verfügung, und um ehrlich zu sein, könnte ich deine Hilfe gebrauchen, denn Miranda wird mir mit Sicherheit das Leben zur Hölle machen.«

»Ich weiß nicht«, sagte Lexie langsam, während sie immer noch darauf wartete, dass Theo die Tür weit genug öffnete, um hindurchzugehen.

»Fürchtest du, meinem Charme zu erliegen?«

Sie schnaubte gutmütig. Aber vielleicht war da was dran. »Die anderen werden sich fragen, wo wir bleiben«, sagte sie, um abzulenken.

Er öffnete die Tür ganz und sah dann demonstrativ nach oben. Dort hing ein Mistelzweig. Wer hatte den dort hingehängt? Und wo bekam man um diese Jahreszeit überhaupt Mistelzweige her?

Lexie sah ihn misstrauisch an. »*Du* hast den aufgehängt.«

Er sah sie mit Unschuldsmiene an. »Das war Ange.«

»Ach, wirklich?«

»Ja. Sie hat eine Schwäche für Mistelzweige. Hat ihren Mann unter einem kennengelernt.«

»Wirklich?«

»Keine Ahnung. Wäre ihr zuzutrauen.« Er wartete, eine Hand immer noch an der Tür.

Es war ein bisschen albern, Weihnachten zu spielen, ein kurzer Kuss unter dem Mistelzweig – auch wenn sie bei dem Gedanken lächeln musste, dass er ihn nur für sie dorthin gehängt hatte.

Sie dachte, sie wäre gewappnet, als sie ihre Lippen auf seine presste. Er ließ die Hände zärtlich an ihren Armen hinaufgleiten, vertiefte den Kuss aber nicht. Es war kein gieriger Kuss wie in Spanien, nicht der Schlag in die Magengrube, auf den sie sich vorbereitet hatte. Stattdessen war er langsam und intensiv, und sie spürte, wie ihr Körper weich und geschmeidig wurde. Es war kaum mehr als der Hauch eines Kusses. Aber es reichte, um sie dahinschmelzen zu lassen, und sie musste sich beherrschen, ihn nicht an sich zu ziehen. Mehr noch, es reichte, um ihr Herz schneller schlagen zu lassen, als er sich von ihr löste und ihre Hand nahm, um sie die Treppe hinunterzuziehen.

Sie bemühte sich, es zu ignorieren. Versuchte, es als körperliche Reaktion abzutun. Denn Theo zu küssen, war eine Sache. Sich in ihn zu verlieben, war dagegen keine Option.

24. KAPITEL

Als Lexie das Cider House betrat, entdeckte sie Rachel am Ende der Bar. Rachel tat, was jeder tat, der allein in einem Lokal saß, sie scrollte auf ihrem Handy. Lexie eilte zu ihr, erhitzt, nachdem sie quer durch die Stadt gerannt war. »Tut mir leid, dass ich zu spät bin«, sagte sie zur Begrüßung.

Rachel sah von ihrem Handy auf und steckte es in die Tasche ihrer schwarzen Jeans. War Rachel nicht *heiß*? In ihrer Jeans und der helllila Bluse wirkte sie total frisch, und ihre blauen Augen strahlten. Während Lexie in ihrem Sommerkleid schwitzte. »Das muss dir nicht leid tun«, sagte Rachel lächelnd. »Ich komme immer zu früh. Ist eine Angewohnheit von mir.«

Das Cider House war gut besucht, und Lexie konnte verstehen, warum Theo das Lokal vorgeschlagen hatte. Die bunte Bar mit horizontalen Regenbogenstreifen und Industrierohren hatte einen hippen Vibe, war aber nicht so trendy, dass man sich fehl am Platz fühlte. Es herrschte eine gemütliche Atmosphäre, und die Leute hinter der Bar scherzten mit den Gästen, während sie Bier zapften. Zwischen Lexie und Rachel jedoch herrschte unbehagliches Schweigen.

Lexie rang sich ein Lächeln ab. »Also … Lust auf Cider?«

»Wir haben wohl keine andere Wahl, oder?« Sie bestellten verschiedene Sorten zum Probieren und gingen dann nach draußen auf die große Terrasse. Auf einer Seite befand sich eine dunkelgrün gestrichene Holzwand mit aufgemalten Äpfeln und Birnen. Und hinter dem Pub ragten die georgianischen Gebäude in den Abendhimmel, für die Bath berühmt war.

Lexie trank einen Schluck von ihrem Cider und nahm sich vor, langsam zu machen – er war so lecker, dass sie sofort das ganze Glas hätte leeren können. »Und?«, fragte sie mit angestrengtem Lächeln. »Wie läuft der Hausverkauf?«

Rachel trank einen Schluck. »Es gibt einen Interessenten, aber beschlossen ist noch nichts.« Sie stellte ihr Glas ab. »Wir müssen nicht darüber reden, wenn du …«

»Schon gut«, sagte Lexie bestimmt. »Ehrlich.« Sie konnten es nicht einfach ignorieren, und außerdem war sie sich inzwischen gar nicht mehr sicher, ob sie wirklich den Kürzeren gezogen hatte. Sie musste für die Firma arbeiten, ja, sie musste sich beweisen, und das Erbe war nicht garantiert. Aber je länger sie dort arbeitete, desto weniger schlimm erschien ihr das Ganze, und desto mehr stellte sie infrage, ob er Rachel das Haus wirklich vermacht hatte, weil sie seine Lieblingstochter war. Die Firma hatte Richard am Herzen gelegen, und er hatte sie *ihr* hinterlassen – das sagte doch etwas aus, oder? Sie fragte sich, ob Rachel das auch so sah. War sie womöglich sogar sauer auf sie, weil Lexie die Hälfte der Firma bekommen hatte? Sie wusste nicht, wie sie das ansprechen sollte.

»Es fühlt sich irgendwie komisch an«, sagte Rachel jetzt. »Das Haus zu verkaufen. Es war sein Zuhause, weißt du? Und ich …« Rachel gestikulierte, statt den Satz zu beenden.

»Hast du ihn dort besucht?«, fragte Lexie.

»Ja, ständig. Er ist vor fast vier Jahren ausgezogen, als ich auf die Uni gegangen bin, aber wegen, na ja, dem Stress mit meiner Mutter habe ich mich bei ihm fast wohler gefühlt. Dann ist meine Mutter vor ein paar Jahren auch weggezogen.«

»Nach der Scheidung?«

Rachel zögerte kurz und wandte dann den Blick ab. »Sie haben sich nie scheiden lassen.«

»Oh. Tut mir leid. Ich dachte, ich hätte gehört …« Dass er seine neue Familie verlassen hatte.

»Nein, ich meine, sie waren getrennt, nur nicht auf dem Papier. Ich glaube, Dad dachte, es wäre vielleicht nicht für immer, aber, na ja …« Sie trommelte mit ihren abgekauten Fingernägeln gegen ihr Glas. »Es hat tatsächlich ein paar Probleme verursacht.«

»Was meinst du damit?«

Rachel warf ihr einen verstohlenen Blick zu. Vielleicht war es ihr zu unangenehm, darüber zu sprechen. *Wirklich, Lexie, du hättest dir ein einfacheres Thema aussuchen können, um das Eis zu brechen.*

»Mum dachte, *sie* würde das Haus bekommen«, sagte Rachel. »Sie hat mit mehr gerechnet.« Rachel schloss die Augen. »Das klingt unglaublich gefühllos, ich weiß.« Lexie musste daran denken, wie eifersüchtig sie noch im Dezember auf Rachel gewesen war, als sie das Haus bekommen hatte. War das nicht auch gefühllos gewesen? Das schlechte Gewissen versetzte ihr einen Stich, und sie trank schnell einen Schluck Cider.

»Warum haben sie sich nicht scheiden lassen?«, fragte Lexie. Dann zuckte sie zusammen. »Tut mir leid, das geht mich nichts an.«

»Nein, schon gut«, sagte Rachel, obwohl ihre Finger schneller trommelten. Lexie erhaschte einen Blick auf denselben Ring, den sie beim letzten Mal getragen hatte, ein wunderschöner Saphir. »Es ist einfach kompliziert«, sagte Rachel schließlich – und Lexie hakte nicht weiter nach.

»Und sonst so?«, fragte sie stattdessen. »Wie läuft es … bei der Arbeit?« Sie runzelte die Stirn. »Rachel – was machst du eigentlich beruflich?« Sie sahen sich an und brachen in Gelächter aus, was die Spannung zwischen ihnen endlich löste.

»Ich mache eine Ausbildung zur Tierärztin. Ist ganz schön anstrengend.«

»Wow. Wieso weiß ich das nicht?« Was für eine dumme Frage. »Du bist also ein Superhirn. Gut zu wissen.«

Rachel rümpfte die Nase. »Ich lerne einfach viel. Und zum Glück bin ich gut in Prüfungen. Aber ob ich etwas tauge, wird man wohl erst später sehen.«

»Ich war immer schlecht in Prüfungen«, sagte Lexie. Sie fragte sich, woher Rachel das wohl hatte. Hatte ihr Vater studiert? Sie wusste es nicht genau.

»Meine Mutter bestand auf guten Noten, als ich aufwuchs«, sagte Rachel, als könnte sie Lexies Gedanken lesen. »Dad schien es egal zu sein, solange ich glücklich war, aber sie redete immer davon, dass ich mir die Zukunft verbaue, wenn ich keine Einsen schreibe.«

»Dann ist sie bestimmt stolz, dass du Tierärztin wirst.«

Es folgte eine Pause, in der Rachel den Blick auf einen der gemalten Äpfel an der Wand gerichtet hielt. »Vielleicht«, sagte sie schließlich. »Meine Mutter und ich … Wir reden im Moment kaum miteinander.« Lexie hätte zu gern gewusst, warum und wie Richard in all das verwickelt war, aber sie wollte Rachel auch nicht bedrängen. Rachel begann, mit dem Ring an ihrer Hand zu spielen, drehte ihn hin und her.

»Du musst nicht darüber reden, wenn du …«

»Schon gut«, sagte Rachel. Sie waren beide so vorsichtig miteinander, dachte Lexie. Als könnte ein falsches Wort ihre vorsichtige Annäherung im Keim ersticken. »Mum hatte schon

Kompromisse gemacht, meinte sie zumindest.« Sie seufzte. »Einen geschiedenen Mann zu heiraten, war nicht Teil des Plans, und sie fühlte sich schuldig, weil sie der Grund für die Scheidung war, glaube ich. Sie hat es mir gegenüber nie so ausgedrückt – wir haben nicht so eine Art von Beziehung –, aber ich bin nach stundenlanger Therapie zu diesem Schluss gekommen.« Sie schenkte Lexie ein schiefes Lächeln, und Lexies Mundwinkel zuckten.

»Ich habe dich immer für die psychisch stabilere Schwester gehalten.«

»Oh, du hast ja *keine* Ahnung. Tut mir leid, dass ich dich enttäuschen muss.«

»Im Gegenteil, so haben wir viel mehr gemeinsam.«

Rachel lachte. »Jedenfalls ist meine Mum damit nicht gut klargekommen. Wahrscheinlich wollte sie deshalb nicht mehr, dass du uns besuchst.« Ihre Stimme klang jetzt entschuldigend, und Lexie erinnerte sich daran, was Rachel gesagt hatte, als sie Kaffee trinken waren – dass es vielleicht an Jody gelegen hatte, dass Lexie nicht mit nach Madrid durfte. »Sie wollte nicht daran erinnert werden, dass sie eine Ehebrecherin war.«

Lexie zog erschrocken die Augenbrauen hoch.

»Ich weiß«, sagte Rachel. »Tut mir leid. Offenbar hab ich ein Problem mit meiner Mutter.«

»Therapie?«

»Ja. Es ist ein Prozess.«

»Für jeden, glaube ich.«

Aber es war seltsam. Sie hatte Rachels Mutter nie wirklich als Person wahrgenommen, obwohl sie sie einige Male getroffen hatte. Sie war immer nur die Frau gewesen, für die ihr Vater sie verlassen hatte, mehr nicht. Und doch …

»Er hätte sich mehr anstrengen können, den Kontakt zu mir zu halten.« Es kam zu leise heraus, und Lexie trank einen Schluck Cider, um es zu überspielen. »Auch wenn deine Mutter mich nicht wollte, meine ich. Er hätte …« Sie verstummte, unsicher, wie sie den Satz beenden sollte. *Er hätte um mich kämpfen können?* Wollte sie das sagen?

»Ja, das hätte er, Lexie.« Rachel beugte sich über den Tisch, als wollte sie ihre Worte unterstreichen. »Ich habe ihn so lieb gehabt. Ich habe ihn immer noch lieb. Und er war für mich da. Aber für dich nicht, und das geht einfach nicht in meinen Kopf.«

Lexie schluckte und versuchte, ihre Gefühle in den Griff zu bekommen. Versuchte, ruhig zu klingen, als sie fragte: »Ist er deshalb gegangen? Richard?« Sie brachte es nicht über sich, ihn vor Rachel *Dad* zu nennen. »Weil deine Mutter schwierig war oder so?« Und wenn sie schwierig war, wenn sie jemand war, der so etwas tat, warum hatte Richard sie dann ihretwegen verlassen?

»Nein …« Wieder drehte Rachel den Ring an ihrem Finger. »Ich … Ich bin mit jemandem zusammen. Es ist ziemlich ernst, glaube ich.« Sie sah Lexie durch ihre Wimpern hindurch an. Ihre Augen hatten fast den gleichen Blauton wie der Himmel. »Ich weiß, ich bin noch jung und so, aber wir haben uns irgendwie versprochen …« Sie tippte auf ihren Ring. »Wir heiraten jetzt nicht – noch nicht jedenfalls, aber, na ja … ich bin mir ziemlich sicher, das ist es. Weißt du?«

Lexie wusste es nicht. Sie war nicht sicher, ob sie dieses Gefühl je gehabt hatte. War nicht sicher, ob sie es je gewollt hatte. Aber sie hörte an Rachels Stimme, wie ernst es ihr war. »Das ist schön! Ich meine, ja, du bist jung, aber wenn du dir sicher bist?«

»Genau«, sagte Rachel und nickte. »Und ich weiß es.«

»Aber was willst du damit sagen? Dass Richard dich verlassen hat, weil du mit jemandem zusammen bist? War er gegen die Beziehung oder so?« Sie versuchte, Rachels Gedanken zu folgen, die etwas sprunghaft waren, seit sie von ihrer Mutter angefangen hatte.

»Nein, er …« Rachel atmete seufzend aus. »Meine *Mutter* ist dagegen.«

»Okay …«, sagte Lexie langsam und versuchte zu verstehen. »Warum?«

Rachel biss sich auf die Lippe. »Sie heißt Lana«, platzte es aus ihr heraus.

Lexie runzelte die Stirn. »Okay. Ist sie Drogendealerin oder so?« Sie überlegte, was eine Mutter dazu bringen konnte, den Partner des eigenen Kindes abzulehnen, aber es klang alles zu unwirklich, zu sehr nach *Stolz und Vorurteil*.

Rachel sah Lexie ein wenig befremdet an. »Nein … Sie ist eine *Sie*.«

»Was? Ist das dein Ernst? Sie hat was dagegen, dass du mit einer Frau zusammen bist?«

Rachel atmete bebend ein, und Lexie sah die Tränen kommen.

»O Scheiße«, sagte Lexie. »Rachel, ich …«

»Tut mir leid«, schluchzte Rachel. »Normalerweise bin ich nicht so emotional, ehrlich.« Sie schüttelte ihre Locken. »Das ist gelogen, tut mir leid. Ich heule ständig, ich kann nichts dafür.«

Lexie lachte, aber es klang ein bisschen hysterisch. »Tut mir leid. Ich wollte nicht …« Aber sie wusste nicht, was sie falsch gemacht hatte.

»Nein, es ist nur …« Rachel wischte sich mit den Händen über die Augen und verschmierte dabei ihre Wimperntusche. »Gott. Wie peinlich. Ich weiß, heutzutage ist das normal, aber meine Mutter kommt einfach nicht damit klar. Und … Ich hatte Angst, es dir zu sagen, weil …«

Lexie griff über den Tisch und nahm Rachels Hand. Sie ärgerte sich über Rachels Mutter, obwohl es ihr gelang, sich nicht darüber auszulassen. Sie bezweifelte, dass es in dieser Situation das Richtige gewesen wäre.

Rachel sah auf Lexies Hand, und das Schluchzen verstummte. »Ich passe eben auch nicht in ihr Bild von einer perfekten Familie.«

Lexie schnaubte. »Sie ist es, die eine Affäre mit einem verheirateten Mann hatte.«

Rachels Atem bebte. »Ja. Ich glaube, gerade das ist es. Sie hatte das Gefühl, es mit einer perfekten Familie wiedergutmachen zu müssen. Ich glaube … Na ja, ich habe ab und zu Gesprächsfetzen aufgeschnappt. Du weißt doch, wie das ist, wenn man klein ist und die Erwachsenen denken, dass die Ohren noch nicht richtig funktionieren?«

Lexie lachte. »Ja.« Sie hatte das als Kindermädchen in Österreich von der anderen Seite erlebt.

»Na ja, meine Mutter schien immer ein bisschen, ich weiß nicht, Angst zu haben. Dass Dad uns verlassen würde.«

»So wie er meine Mutter und mich verlassen hat?« Sie sagte die Worte, ohne wirklich darüber nachzudenken, und Rachel warf ihr einen seltsamen Blick zu.

»Ja. Oder eher, dass er zu euch *zurückkehren* würde.«

Lexie runzelte nur die Stirn, denn sie wollte nicht lügen – er hätte jederzeit zurückkommen können, wenn er gewollt hätte. Es war kein Wettstreit zwischen Rachel und ihr.

»Jedenfalls«, fuhr Rachel fort, »ist Dad deshalb gegangen.«

Lexie brauchte einen Moment, um zu begreifen, dann sank ihr das Herz in die Hose. Lana – Rachel meinte Lana. »Weil …«

»Nein«, sagte Rachel schnell, als sie Lexies verzerrtes Gesicht sah. »Gott, nein. Ich meine, er ist gegangen, weil meine Mutter nicht akzeptieren kann, dass ich mit einer Frau zusammen bin. Und er hat versucht, mich zu unterstützen. Ich glaube, er dachte – wir beide dachten –, dass sie irgendwann zur Vernunft kommt. Aber das ist jetzt schon ein paar Jahre her und, na ja. Er hat uns nicht wirklich *verlassen*. Und es fühlte sich nie so an, als hätte er *mich* verlassen, weil er es für mich getan hat. Um für mich einzustehen.«

Lexie nickte und zog ihre Hand zurück. Sie wusste nicht, was sie sagen oder wie sie damit umgehen sollte. Dieses Bild ihres Vaters, der für seine Tochter einstand, passte nicht zu dem Bild, das sie seit Jahren mit sich herumtrug.

Unter anderen Umständen hätte sie solche Gefühle nicht zugegeben. Aber nachdem Rachel sich ihr anvertraut hatte, war sie ihr das schuldig. Also entschied sie sich, ehrlich zu sein. »Ich freue mich, dass er für dich da war, ehrlich. Aber ich … ich weiß nicht, wie ich damit umgehen soll – mit deiner Version von ihm.« Sie spürte, wie sich ihr Magen zusammenzog, als sie diese Worte aussprach, und sie konnte Rachel nicht in die Augen sehen. Trotzdem fuhr sie fort. »Ich weiß nicht, wie es mir damit geht, dass er für dich da war, während er mich im Stich gelassen hat.«

»Ich weiß«, sagte Rachel leise. »Ich würde mich an deiner Stelle genauso fühlen. Es gibt nichts, was ich sagen kann, um das wiedergutzumachen.«

Endlich sah Lexie sie an. »Das brauchst du nicht.«

»Nein. Ich weiß, aber …« Rachel nahm ein paar tiefe Atemzüge. »Lexie, wenn du mich lässt, werde ich versuchen, für dich da zu sein, wenn ich kann. Das verspreche ich Dir.«

Zu ihrer eigenen Überraschung spürte Lexie, wie ihre Augen bei der Aufrichtigkeit in Rachels Stimme zu brennen begannen. Statt dem Kloß in ihrem Hals nachzugeben, nickte sie nur und trank einen Schluck Cider.

Dann biss sie sich auf die Lippe. »Darf ich dich was fragen?«

Rachel zog die Augenbrauen hoch. »Natürlich.«

»Warst du schon mal in Island?«

»Nein. Aber ich würde gerne mal hin und in einem dieser heißen Pools sitzen, wenn es draußen eiskalt ist. Warum?«

»Nur so.« Sie fand nicht die richtigen Worte, um es zu erklären. »Und … noch eine Frage?«

»Schieß los.«

»Hattet ihr eine Weihnachtstradition? So in der Familie?«

»Du meinst so was wie Weihnachtslieder singen?«

»Eher etwas, was nur du und deine Eltern gemacht haben. Oder du und … Dad.« Es fühlte sich nach wie vor komisch an, ihn Dad zu nennen.

»Ich meine, wir haben Strümpfe aufgehängt und Bescherung gemacht und all das. Und ein Weihnachtsessen …« Sie sah Lexie an, offensichtlich auf der Suche nach der richtigen Antwort.

»Du hast also noch nie vom Wunschglas gehört?«

»Nein.« Rachel schüttelte entschuldigend den Kopf. »Tut mir leid. Was ist das?«

Lexie atmete langsam aus und spürte, wie sich etwas in ihr löste. »Das ist … Das ist nur etwas, was wir vor ein paar Wochen auf der Weihnachtsfeier im Büro gemacht haben.« Vielleicht würde sie eines Tages einen Weg finden, es Rachel zu erklären, aber nicht heute. Sie war erleichtert, dass ihr Vater diese Tradition nicht einfach mit seiner neuen Tochter fortgesetzt hatte, und es wäre egoistisch, das laut auszusprechen.

»Verstehe«, sagte Rachel. »Deine Kollegen wissen aber schon, dass wir Juli haben, oder?«

Lexie lachte. »Das hab ich ihnen auch gesagt. Aber es hat Spaß gemacht. Meine Mutter und meine Freundin Fran waren auch da, und wir haben alle in Theos Wohnung Glühwein getrunken. Es war einfach, ich weiß nicht, total nett.«

Es war ganz anders gewesen als ihre bisherigen Weihnachtsfeiern – und auch anders, als sie es sich vorgestellt hatte.

Dann fiel ihr etwas auf, und sie verzog das Gesicht. »Ich hätte dich einladen sollen.« Sie hatte gar nicht daran gedacht, dass Rachel vielleicht gerne dabei gewesen wäre.

»Ach was.« Rachel winkte ab. »Wie gefällt es dir, mit Theo zusammenzuarbeiten?«

»Es ist … interessant.« Sie dachte nach. Dachte daran, wie er sie unter dem Mistelzweig geküsst hatte, und versuchte, die Erinnerung zu verdrängen. Ja, interessant traf es wohl am besten.

Rachel lachte. »Das glaube ich dir.«

Lexie sah Rachel nachdenklich an. »Wusstest du, dass er mir die Firma vermachen will? Beziehungsweise die Hälfte?«

Rachel zögerte, dann schüttelte sie den Kopf. »Nein. Ich glaube, niemand wusste, was er vorhatte. Ich habe erst einen Monat vor seinem Tod erfahren, dass er krank war …« Sie schluckte schwer und blickte auf ihr fast leeres Glas. »Ich war so wütend auf ihn, dass er es mir nicht früher gesagt hat«, sagte sie leise. »Er hat mir erklärt, warum, dass er mich schützen wollte, dass sowieso niemand etwas tun konnte, aber trotzdem …«

Lexie schloss für einen Moment die Augen, um die Schuldgefühle und die Trauer zu verdrängen, die in ihr aufstiegen. Und doch hatte es etwas Tröstliches, hier bei Rachel zu sein, zu wissen, dass sie, auch wenn sie das Geschehene unterschiedlich verarbeiteten, teils ähnlich fühlten.

»Aber nein. Ich wusste es nicht – obwohl es Sinn macht. Du reist gerne, oder?«

»Ja. Ja, das stimmt.« Sie seufzte leise. »Ich schätze, niemand wusste, was er vorhatte. Außer Theo natürlich.«

Rachel sah sie seltsam an.

»Was?«, fragte Lexie.

»Theo wusste es nicht«, sagte sie.

»Natürlich wusste er es.« Lexie runzelte die Stirn. »Er war so sauer, dass er sie mit mir teilen muss. Dad muss es ihm gesagt haben, bevor er …«

Doch Rachel schüttelte den Kopf. »Er hat es definitiv nicht gewusst. Ich habe mit ihm gesprochen, nachdem er es erfahren hatte. Er wollte wissen, ob *ich* es gewusst hatte und ob ich mir die Entscheidung erklären könnte. Er hat mich deshalb angerufen.«

Lexie sagte nichts, ihre Gedanken rasten. Hatte Theo es wirklich gleichzeitig mit ihr erfahren? Oder vermutlich kurz zuvor – vielleicht war er deshalb so wütend gewesen. Er war noch dabei gewesen, es zu verarbeiten, genau wie sie. »Ich hab einfach angenommen …«

»Nein. Dad wollte euch wohl beide damit überraschen«, meinte Rachel trocken. »Theo hatte richtig Panik. Er weiß, was die Firma Dad bedeutet hat, und er wollte es nicht vermasseln. So ist er manchmal. Er redet nicht darüber, aber er hat immer Angst, andere Leute zu enttäuschen. Gewisse Leute jedenfalls«, sagte sie lächelnd.

Lexie erinnerte sich, wie er über ihren Vater gesprochen hatte. Sie erinnerte sich daran, wie er früher von einem Ort zum anderen gezogen war, bevor er irgendwo scheitern konnte, und wie er für seine Ideen Bestätigung zu brauchen schien. »Ja«, sagte sie leise. »Ich glaube, das kann ich verstehen.«

Rachel blickte auf ihre inzwischen leeren Gläser. »Noch einen Cider?«

»Ja, gerne. Aber vielleicht sollten wir beim nächsten Glas über etwas Leichteres reden, wie das Wetter.«

Rachel lächelte. »Stimmt, wir könnten *wirklich* etwas Regen gebrauchen.«

»Und ist es nicht unfassbar *heiß*, selbst für August.«

Rachel nahm die leeren Gläser, um sie reinzubringen. »Du sagst es.«

Und Lexie erinnerte sich plötzlich an eine jüngere Rachel, vielleicht fünf Jahre alt, die Plastikbecher von der Picknickdecke aufsammelte, auf der Lexie saß. Lexie war mit zwölf eigentlich zu alt, um Teeparty zu spielen, aber Rachel hatte darauf bestanden. Sie musste lächeln, als es ihr wieder einfiel. Es war keine besondere Erinnerung, aber sie war da. Es gab Erinnerungen an ihre Schwester, auch wenn die meisten begraben waren. Und wenn sie es schaffte, Rachel an sich heranzulassen, konnten sie vielleicht neue schaffen.

25. KAPITEL

Lexie saß zwischen ihren beiden neuen Freunden, dem fünfjährigen George und der siebenjährigen Cece, und konzentrierte sich ganz darauf, den Riesen Fionn auszumalen. Um sie herum herrschte nach dem Wake the Giant Festival am Wochenende reges Treiben im Pub. Es war ein urgemütlicher, traditioneller Pub, der ideale Ort für den Winter, wenn ein Feuer im Kamin prasselte. Der Geruch von Bier und Pommes lag in der Luft, und gelegentlich übertönte das Stimmengewirr die Live-Band. Am besten gefiel Lexie die Fassade des Pubs – knallpink mit Blumen in den Fenstern.

»Das Beste war die Parade der Riesen«, antwortete George auf Lexies vorherige Frage. Er kramte zwischen den Buntstiften auf dem Holztisch und wählte einen gelben.

»Die war wirklich cool«, stimmte Lexie zu und malte Fionns Haare dunkelbraun, so wie bei dem »echten« Fionn, der sie in den letzten Tagen begleitet hatte. Lexie hatte noch nie vom Wake the Giant Festival gehört, bevor Theo ihr davon erzählt hatte, aber es war definitiv eine Reise nach Nordirland wert. Angefangen hatte das Wochenende mit der Ankunft von Fionn MacCumhaill auf seinem riesigen Motorrad mit der Fähre, begleitet von einer Kolonne von vierzig Booten. Fionn hatte über die Musik und die Aufführungen gewacht, die eng mit der Folklore und den Legenden von Warrenpoint verknüpft waren. Die abschließende Parade der Riesen, angeführt von

Fionn, war wirklich beeindruckend gewesen, aber Lexie vermutete, dass George sie deshalb so genannt hatte, weil sie am wenigsten lange her war.

»Ich fand die Disco toll«, sagte Cece. Das Festival zelebrierte traditionelle keltische Musik und einheimische Künstler, und es gab eine Kinderdisco, bei der Lexie einer Gruppe von Kindern Tanzschritte beigebracht hatte.

»Was ist mit dem Riesenkeks?«, fragte Lexie und erhielt ein begeistertes »Ja!« von beiden. Es gab eine Fressmeile mit regionalen Spezialitäten, und natürlich auch einige Riesenspeisen. Insgesamt waren sie fünfzehn, aber Lexie und Theo hatten den Abend nur mit vier von ihnen verbracht, da die anderen beschlossen hatten, allein loszuziehen.

Helen, die Mutter von George und Cece, sah Lexie von der anderen Seite des Tisches an und formte mit den Lippen ein lautloses »Alles okay?«

Lexie nickte, und Helen prostete ihr mit ihrem Guinness zu. Beide probierten Guinness zum ersten Mal, aber Lexie hatte ihr Glas kaum angerührt, weil sie mit dem strengen Geschmack zu kämpfen hatte.

Neben Helen saß Theo und nickte ergeben, während Miranda, die »schwierige« Kundin, von der er Lexie erzählt hatte, dabei war, die Dinge aufzuzählen, die zu wünschen übrig ließen, darunter das Wetter, das für August ein wenig zu feucht war (mit einer Geste nach draußen, wo leichter Nieselregen einsetzte), und die Riesen, die nicht groß genug waren. Theo zwinkerte Lexie zu, und Lexie richtete den Blick schnell wieder auf ihr Malbuch.

Sie war sich immer noch nicht ganz sicher, wie sie hierhergekommen war. Es kam ihr vor, als hätte Theo die Reise beiläufig erwähnt und dann einfach angenommen, dass sie mitkommen würde. Und sie hatte es geschehen lassen, aus Gründen, über die sie nicht näher nachdenken wollte.

Helen seufzte. »Ich bringe sie besser bald ins Bett.«

Lexie sah zu Helen auf, die lächelte.

»Ich genieße es nur so sehr, dass ich versuche, das Ende morgen rauszuzögern.«

Es war ihr erster Urlaub als alleinerziehende Mutter, hatte Helen Lexie zu Beginn des Wochenendes erzählt. Ihre Sorge, den anderen zur Last zu fallen, hatte sich schnell gelegt, und nun wirkte sie entspannt und glücklich. Es lag eine gewisse Magie darin, Menschen zu einem Urlaub zu verhelfen, der zu ihren finanziellen Mitteln und zu ihrem Lebensstil passte, ob es nun eine exotische zweiwöchige Reise oder ein kurzer Wochenendtrip war. Den Menschen eine Auszeit vom Alltag zu verschaffen, war vielleicht nicht viel, aber Lexie konnte nicht leugnen, dass es auf sie abfärbte – als wäre Glück ansteckend.

»Also wirklich«, sagte Miranda mit vornehmem englischem Akzent, »wenn so viel draußen stattfindet, sollte man wirklich mehr Pavillons aufstellen, finden Sie nicht? Ich weiß, es ist nicht Ihre Schuld, aber vielleicht können Sie sich beschweren?« Ihre Augenbrauen – so fein gezupft, dass man sie kaum erkennen konnte – zogen sich zusammen. »Und vielleicht sollte das auch in den Prospekten besser hervorgehoben werden.«

Lexie konnte nicht anders – sie sah erneut zu Theo, der ihren Blick erwiderte und grinste. Sie musste aufhören, ihn *anzugaffen*, um Himmels willen. Das ganze Wochenende hatte sie darauf gewartet, dass er den ersten Schritt tat, vergeblich, und das machte sie nervös. Er hatte nicht einmal ihre Hand gehalten. Weil es eine Geschäftsreise war und es unprofessionell gewesen wäre? Oder weil er es sich anders überlegt hatte? Vielleicht war er zwischen der Weihnachtsfeier im Juli und jetzt zur Vernunft gekommen.

Die Geigen setzten mit dem nächsten Lied ein – ein fröhliches, schnelles Stück, bei dem man unwillkürlich mit den Knien wippte. Dann fing eine Frau mit einer wunderschönen, sanften Stimme an zu singen, und Lexie wünschte sich, sie würde die Melodie kennen, um mitsummen zu können.

»Ich will tanzen«, verkündete Cece und stand auf, um ihre Absicht zu unterstreichen.

»Oh, ich weiß nicht, ob …«, begann Helen, während Lexie gleichzeitig sagte: »Ich tanze mit dir.« Sie sah Helen an. »Wenn es dir recht ist, meine ich?« Sie brauchte ein Ventil für die aufgestaute Energie, die in ihr pulsierte.

»Ich hab nichts dagegen, aber bist du sicher?«

»Absolut.« Sie stand auf, reichte Cece die Hand, und folgte ihr in die Mitte des Pubs, zwischen die Tische, an denen die Leute ihr Sonntagsbier tranken.

Lexie blickte über die Schulter zurück. »Kommst du, George?«

Er schüttelte den Kopf und versteckte sich halb hinter Helen, als würde Lexie ihn zwingen.

Lexie sah Cece an. »Also nur du und ich.« Und sie wirbelte Cece so herum, dass sie kicherte.

Es hatte eine Zeit gegeben, da hatte ihr Vater so mit ihr im Wohnzimmer getanzt, die Musik laut aufgedreht. Sie erinnerte sich auch an einen Tag, an dem sie als Jugendliche mit ihrem Vater, Jody und Rachel verabredet war. Sie hatte ihrer Mutter gesagt, dass sie nicht wollte, weil sie sich in Jodys Gegenwart immer unwohl fühlte und sie es ungerecht fand, dass ihr Vater ihr absagen durfte, sie ihm aber nicht. Doch sie hatte sich nicht durchsetzen können. Sie waren einkaufen gegangen – es musste in der Weihnachtszeit gewesen sein. Lexie war hinter der dreiköpfigen Familie hergetrottet und hatte sich überflüssig gefühlt. Auf der Straße spielte eine Band, und Jody tanzte mit Rachel, die damals noch klein war. Ihr Vater hatte versucht, Lexie auch zum Tanzen zu bewegen, und ihre Hand genommen.

Komm, kleine Lexie, tanz mit mir!

Sie hatte die Hand weggezogen und geschmollt. *So klein bin ich nicht mehr.*

Sie erinnerte sich noch gut an den Blick, den er ihr zugeworfen hatte, bevor er traurig lächelte. *Ich weiß,* hatte er gesagt und ihre Schulter gedrückt.

Lexie verdrängte die Erinnerung und konzentrierte sich auf Cece, die viel ausgelassener tanzte als Lexie, ohne jede Angst, sich zu blamieren. Die Sängerin der Band lächelte ihnen zu, ein paar Kellner kamen, um die Tische beiseitezuschieben, und immer mehr Leute fingen an zu tanzen. Sie hakten sich ein und wirbelten so schnell herum, dass Lexie außer Atem geriet. Aus den Augenwinkeln sah sie Helen und George, dann Theo und Miranda. Es schien, als würde der ganze Pub mitmachen, und egal ob die Band damit gerechnet hatte oder nicht oder ob es so gedacht war, dass alle tanzten, oder nicht, alle genossen es. Es gab kaum Pausen zwischen den Liedern, die Musik war schnell und mitreißend, und jemand hatte die Tür geöffnet, sodass man hörte, wie es draußen in Strömen goss.

Während sie in ihrem Sommerkleid tanzte, wusste sie immer genau, wo Theo gerade war. Wie sie sich allmählich näher kamen, als sich wieder alle einhakten. Sie verlor Cece kurz aus den Augen, entdeckte sie aber bei Helen und George – alle drei hielten sich hüpfend an den Händen. Dann war sie endlich neben ihm, und als sich ihre Arme berührten, war es eine solche Erleichterung, ihn zu spüren, seinen nackten Arm an ihrem, wenn auch nur für einen kurzen Moment, bevor sie wieder die Partner wechselten. Als sie sich das nächste Mal begegneten, fing er ihren Blick auf, hielt ihn fest, und das Herz schlug ihr bis zum Hals. Dann verzog er langsam seine Lippen zu diesem arroganten Lächeln, das sie so hasste. Nur wurde ihr klar, dass sie es gar nicht hasste. Sein Lächeln wurde breiter, als *wüsste* er das, und in diesem Augenblick wurde ihr auch klar, dass sie trotz allem, was passiert war, trotz allem, was die letzten Monate mit sich gebracht hatten, genau *hier* sein wollte. In einem Pub in Irland, zur Musik tanzen, mit Theo an ihrer Seite.

26. KAPITEL

Später, nachdem Helen die Kinder gebracht und Miranda sich ebenfalls zurückgezogen hatte, saßen Theo und Lexie sich so nah an dem Ecktisch gegenüber, dass ihre Knie sich fast berührten. Das Kerzenlicht flackerte, während sich der Pub allmählich leerte. Beide hatten noch ein halbes Glas Rotwein, doch Lexie nippte nur an ihrem, um das Ende des Abends hinauszuzögern.

»Also«, sagte Lexie und klopfte mit den Fingernägeln gegen das Glas. »Ich finde Irland gar nicht so schlecht.«

Theo lehnte sich lachend zurück. »Das letzte Mal war ich in Irland, als meine Exfreundin geheiratet hat.« Er sagte es beiläufig, ohne Bitterkeit, trotzdem zog sich Lexies Herz zusammen. Das letzte Mal, als er in Irland gewesen war? Anfang des Jahres, als er so schlecht gelaunt zurückgekommen war?

»Warst du …? War sie …?« Sie wusste selbst nicht genau, was sie fragen wollte.

»Nein, so war das nicht«, sagte Theo, der offenbar verstanden hatte. »Wir waren zusammen, bevor ich aus Irland weggegangen bin. Sie kam auch aus der Nähe von Dublin, unsere Mütter kennen sich schon lange. Meine Mutter wollte ihre Familie immer beeindrucken.« Er rümpfte die Nase. »Das ist etwas, was ich an meiner Mutter nie verstehen werde, aber sie versucht immer, Eindruck zu schinden. Jedenfalls wollte sie unbedingt, dass es zwischen uns klappt. Hat es aber nicht, und das war einer der Gründe, warum ich gegangen bin.«

Zweiundzwanzig. Mit zweiundzwanzig war er gegangen, erinnerte sie sich. Es konnte trotzdem die große Liebe gewesen sein, über die Theo nie hinweggekommen war, doch so, wie er die Geschichte erzählte, glaubte sie das nicht.

»Jedenfalls hatte ich Cally – so heißt sie – eine Weile nicht gesehen, aber als ich die Einladung bekommen habe, dachte ich, ich sollte sie annehmen.«

»Seid ihr noch befreundet?«

»Nicht wirklich. Es war schön, sie wiederzusehen, ein bisschen nostalgisch, aber sie hat mich nur eingeladen, weil unsere Familien sich kennen. Ich bin auch eher hingefahren, um meine Eltern zu sehen, als ihretwegen. Und, tja, es ist nicht gut gelaufen.« Er seufzte. »Sie wohnen gar nicht weit von hier, nur ein Stück die Küste runter.« Er trank einen Schluck Wein und sah sie dann vielsagend an. »Du bist dran.«

»Was?« Er wartete, bis ihr ein Licht aufging. Wahrheit gegen Wunsch. Und vielleicht war der Rotwein schuld, aber sie beschloss, es anders anzugehen. »Wenn ich mir jetzt etwas wünschen könnte«, sagte sie leise, »dann wäre es, dass wir nächstes Jahr wieder herkommen. Dass wir wieder in denselben Pub gehen und tanzen und für ein paar Tage alles hinter uns lassen.« Sie spürte, wie sie rot wurde, als sie das sagte, und konnte Theo nicht in die Augen sehen. Denn mit *wir* meinte sie ihn.

»Das ist ein erfüllbarer Wunsch.«

Die Art, wie er es sagte, brachte sie dazu, ihn anzusehen. Er verzog den Mund zu einem schiefen Lächeln, und sie wurde sich der wenigen Zentimeter bewusst, die sie unter dem Tisch trennten. Und tatsächlich konnte sie sich vorstellen, dass sie und Theo nächstes Jahr wieder hier saßen. War das eine realistische Möglichkeit? Alles stehen und liegen zu lassen, um sich einmal im Jahr zu treffen, wie im Film? Spontan dachte sie nein, denn es war eine kindische Idee. Aber dann erinnerte sie sich, was Theo über ihr Wunschglas gesagt hatte. *Vielleicht versteckst du dich vor deinen Wünschen, indem du sie loslässt. Damit du nicht auf etwas hoffen musst.*

Und sie erinnerte sich auch an die Stimme ihres Vaters. *Eines Tages, wenn du ganz fest daran glaubst, wird es in Erfüllung gehen.*

Sie runzelte die Stirn. Denn an etwas zu glauben, hieß keineswegs, dass es in Erfüllung ging. Und so schwer es ihr auch fiel, das, was zwischen ihr und Theo war, zu ignorieren, sie wollten verschiedene Dinge.

»Ich will nicht für immer in Bath bleiben«, sagte sie leise. »Ich will nicht für immer in der Firma bleiben.« Sie warf ihm einen Seitenblick zu, um zu sehen, wie er darauf reagierte, dass sie dieses Thema anschnitt. Schließlich war er auch ins kalte Wasser geworfen worden. Er war ebenso wenig darauf vorbereitet gewesen, die Firma zu übernehmen, wie sie. Der Unterschied war, dass sein Leben sich dadurch nur unwesentlich änderte, während sie … »Ich mag mein Leben. Ich reise gerne.«

Theo nickte mit aufgesetzt ernster Miene. »O ja, dieser Schreibtischjob nervt.«

Lexie verdrehte die Augen. »Ich tu mich schwer damit, mich festzulegen.«

»Ach, wirklich? Ist mir noch gar nicht aufgefallen.«

Sie trat ihm unter dem Tisch gegens Schienbein. »Ich versuche gerade, es dir zu erklären, okay? Ich versuche, es dir zu erklären, damit du mich nicht hasst, wenn das alles vorbei ist. Denn ich bin noch dabei herauszufinden, was ich mit meinem Leben anfangen will. Das hier war der Traum meines Vaters, und … und ich bin nicht sicher, ob es auch meiner ist.«

»Es spricht nichts dagegen herauszufinden, was du wirklich willst. Das hier ist keine Falle, Lex. Und ich glaube auch nicht, dass es von deinem Vater als Falle gedacht war.«

»Nein. Vielleicht nicht.« Sie trank einen Schluck Wein – das Glas war jetzt fast leer. »Was wirst du tun, wenn die Firma verkauft wird?« Endlich traute sie sich, die Frage zu stellen.

»Keine Ahnung. Es ging mir vorher gut, und es wird mir auch danach gut gehen. Es gibt genug andere Jobs.«

In seiner Stimme lag kein Vorwurf, wie früher, aber es schwang Unsicherheit darin mit, als könnte etwas zerbrechen, wenn Lexie das Falsche sagte. Und sie merkte, dass auch sie traurig war. Sie war traurig bei dem Gedanken, dass sie keinen Grund mehr haben würde, jeden Tag mit Theo zu sprechen, keine Blicke mehr mit ihm über ihren Computerbildschirm hinweg zu wechseln, keine neuen Orte mehr mit ihm entdecken zu können. Sie hatte sich unmerklich daran gewöhnt, dass er da war, dass er sie nervte, dass sie stritten und sich gegenseitig zum Lachen brachten. Mit einem Anflug von Panik wurde ihr bewusst, wie sehr sie ihn vermissen würde.

Sie räusperte sich, um es zu überspielen. »Ging es dir denn vorher gut?«

Er zuckte die Schultern. »Ich war auf dem Weg dorthin. Aber ich habe gelernt klarzukommen, und das werde ich auch, wenn die Firma verkauft wird«, sagte er im Brustton der Überzeugung, als wollte er sich selbst gut zureden.

Als sie den Wein ausgetrunken hatten, stand Theo auf, und die Holzbeine des Stuhls schabten über den Boden. Sie folgte ihm nach draußen, wo es endlich aufgehört hatte zu regnen, und ins Coach Inn nebenan, wo sie alle untergebracht waren. Sie gingen wortlos nebeneinanderher, ihre Unterarme so nah, dass sie sich fast berührten.

Ihre Zimmer lagen beide im Erdgeschoss, seins kam zuerst. Er räusperte sich. »Okay.«

Sie nickte, obwohl sie enttäuscht war.

»Bis morgen?« Er schob die Hände in die Taschen und wippte mit den Fersen.

Sie nickte erneut, doch ihr Herz raste.

Er wandte sich ab, um die Tür zu öffnen. Und sie atmete tief durch.

»Theo?«

Er sah sie an, und sie zwang sich, seinem Blick standzuhalten, als sie wieder sprach.

»Diesmal würde ich es am nächsten Morgen nicht bereuen. Falls du dich das fragst.« Das Herz schlug ihr bis zum Hals, ihr ganzer Körper unter Strom. Was, wenn er sie abblitzen ließ. Vielleicht erinnerte er sich gar nicht mehr an seine Worte.

Er hielt ihren Blick, und die Luft zwischen ihnen schien zu vibrieren. »Bist du sicher?«

Sie nickte. »Ja.«

Mehr brauchte es nicht. Theo machte einen Schritt auf sie zu, senkte seinen Mund auf ihren und küsste sie, ohne zu zögern. Und o Gott, diese Erleichterung, als sie seine Lippen heiß und fest auf ihren spürte, seine Hände um ihre Taille, als sie die Lippen für ihn öffnete. Sie ließ ihre Hände seinen Rücken hinaufwandern, ihre Fingernägel gruben sich in seine Haut, und er fluchte leise an ihrem Mund. Wie hatte sie je denken können, das sei eine schlechte Idee?

Sein Mund wanderte ihren Hals hinunter, langsam und hungrig zugleich. »Gott«, murmelte er. »Du hast keine Ahnung, wie sehr ich mich das ganze Wochenende danach gesehnt habe, dich zu berühren.«

»Warum hast du es dann nicht getan?« Ihre Stimme klang atemlos.

Er fuhr mit der Hand an ihrem Schenkel hinauf, unter ihr Kleid, und die Wärme seiner Handfläche brannte auf ihrer Haut.

»Weil«, murmelte er, »dann das hier passiert wäre.« Er küsste sie wieder, tiefer, gieriger, und Hitze durchströmte sie, als er sie gegen die Wand drückte.

»Wir müssen …« Doch ihr stockte der Atem, als er mit den Zähnen über ihre Unterlippe und dann über ihr Kinn schürfte. »*Woanders hin*«, stieß sie hervor.

»Scheiße.« Sein Atem heiß auf ihrer Haut. Dann richtete er sich auf und sah sich um. »Okay.«

Sie lachte flatternd. »Obwohl Hotelflure anscheinend unser Ding sind.«

Er fuhr mit den Händen an ihren Armen auf und ab, dass ihr eine Gänsehaut über den Rücken lief. »Zu …?«

»Zu dir«, sagte Lexie, ohne zu zögern, und deutete mit dem Kopf auf seine Zimmertür. »Näher.«

»Gute Entscheidung.« Er nahm ihre Hand und zog sie hinein, und sie musste lachen, als er die Tür schloss und sie dagegen drückte. Seine Hände glitten über ihre Oberschenkel, und sie fuhr ihm mit den Fingern durchs Haar. Seine Hände wanderten immer höher, und sie erschauerte, als sich ihre Münder wieder trafen. Er zog an ihrem Kleid, und sie hob die Arme über den Kopf, half ihm, es auszuziehen.

Ihre Bewegungen wurden langsamer, bewusster. Sie verschlangen sich mit Blicken, während sie ihre Hände wandern ließen, und Lexie stockte der Atem. Dann streifte er einen BH-Träger ab und küsste ihre nackte Schulter.

»Ich hab von dir geträumt«, flüsterte er an ihrer Haut. »Ich hab mich an deinen Geschmack erinnert.«

»Du kannst mich nicht vergessen, hm?« Ihr Versuch, beiläufig zu klingen, scheiterte kläglich.

»Ich *will* dich nicht vergessen«, sagte er und biss in die Haut zwischen Schulter und Hals. Sie schloss stöhnend die Augen, als er ihre Oberschenkel packte. Dann hob er sie hoch. Sie schlug die Augen auf, hielt sich an seinen Schultern fest und schlang die Beine um seine Taille, während er sie zum Bett trug.

»Du trägst mich!«

Er lächelte selbstsicher. »Ich weiß.«

»Woher hast du die Kraft, mich zu tragen?«

Sein Grinsen wurde noch breiter, als er sie aufs Bett fallen ließ. Ihr Lachen verwandelte sich in ein Keuchen, als er ihre Waden packte und sie zum Ende der Matratze zog. Seine Hände wanderten ihre Schenkel hinauf, sein Mund folgte. Sie hauchte seinen Namen, wusste nicht mal, was sie damit meinte, stöhnte, als er die Innenseite ihres Oberschenkels küsste, wölbte ihm instinktiv die Hüften entgegen. Sie griff hinter sich, um sich am Kopfende des Bettes festzuhalten, spürte seinen heißen Atem, seine Zunge zwischen ihren Beinen.

»Theo«, wiederholte sie und wollte ihn zu sich ziehen. Er richtete sich auf, und sie hörte das Zischen seiner Gürtelschnalle, setzte sich auf, um ihm aus der Jeans zu helfen. Er drückte sie sanft auf den Rücken, und sie zog ihn mit sich, stöhnte erleichtert auf, als sie endlich sein Gewicht auf sich spürte. Er griff hinter sie, und sie bewegte sich, damit er ihren BH öffnen konnte. Sein Blick verdunkelte sich, als er über die Konturen ihres Körpers wanderte.

»Verdammt, Lexie.«

Sie fuhr ihm mit einer Hand durchs Haar, unfähig, ihn nicht zu berühren. »Ich fasse das als Kompliment auf.«

Sein Lachen klang ein wenig brüchig. »Das solltest du. Das solltest du wirklich.« Er strich mit dem Daumen über die äußere Wölbung ihrer Brust und umschloss eine Brustwarze mit den Lippen. Alles in ihr zog sich zusammen. Sie griff zwischen seine Beine, und er stieß einen heiseren Atem aus, als sie ihn in die Hand nahm.

»Hast du …?«

»Ja.« Er lächelte. »Nur für alle Fälle.« Er griff in die Nachttischschublade, und da wusste sie, dass auch er geahnt hatte, wie dieses Wochenende enden würde. Er küsste sie hungrig, während er das Kondom überzog, dann packte er ihre Hüften und drang in sie ein, sein Blick dunkel und verhangen. Für einen kurzen Augenblick verharrten sie ganz still. Dann bewegte sie ihre Hüften, und er stöhnte.

»Fuck«, sagte er und fuhr mit den Zähnen über ihr Kinn.

Sie presste sich an ihn, grub die Fingernägel in seinen Rücken. »Wie viel Zeit wir damit verschwendet haben, das nicht zu tun.«

»In meiner Vorstellung haben wir das schon oft getan.«

»War es genauso?«

»Nicht annähernd.«

Er setzte sich auf, zog sie auf seinen Schoß und drang erneut in sie ein. Auf die Hände gestützt, bewegte sie sich auf ihm, während er eine Hand in ihr Haar krallte, die andere flach an ihrem Rücken. Sie strich mit den Händen über seine Haut, spürte seine angespannten Muskeln, während die Konturen um sie herum verschwammen. Sie biss ihm in den Hals, und seine Finger gruben sich in ihren Rücken, während sie eine Welle der Lust durchströmte.

Dann zog er sie neben sich aufs Bett, ihr Kopf auf seiner Brust. Sie lag da, wartete darauf, dass ihr Atem sich wieder normalisierte, während er mit den Fingern träge Muster auf ihren Bauch zeichnete. »Bist du…?«, fragte er.

»Immer noch da«, antwortete sie. Obwohl sie sich in Wahrheit ein wenig benommen fühlte, als wäre ihr Gehirn noch dabei, alles zu verarbeiten. Wenn Sex mit Theo so war, sollte sie es vielleicht öfter tun.

Aber nicht heute Nacht. Denn wenn sie nicht aufpasste, würde sie hier einschlafen, und das durfte nicht passieren. Also rückte sie etwas widerwillig von ihm ab und setzte sich auf.

Er griff nach ihrer Hand. »Bleib«, flüsterte er. Und trotz allem, was sie sich einzureden versuchte, schlug ihr dummes Herz wie wild. Aber gerade deshalb konnte sie es nicht.

Stattdessen beugte sie sich über ihn und küsste ihn auf die Stirn. »Wir sehen uns morgen früh.«

Denn egal, was er jetzt wollte, sie konnte sich nicht darauf verlassen, dass er immer da sein würde.

27. KAPITEL

Als es morgens an Lexies Tür klopfte, öffnete sie, ohne nachzudenken, die Zahnbürste in der Hand, noch in ihren knappen Schlafshorts, die ihre nackten Beine zeigten. Natürlich stand Theo vor der Tür, mit zerzausten Haaren und einem Hauch von Bartstoppeln, die gerade zu sprießen begannen. Und obwohl er sie letzte Nacht völlig nackt gesehen hatte, obwohl er praktisch jeden Zentimeter ihres Körpers erkundet hatte, war sie plötzlich verlegen. Mitten in der Nacht, im Eifer des Gefechts, war es etwas völlig anderes, als ihm bei Tageslicht gegenüberzustehen, mit offenen Vorhängen, er angezogen und sie nicht. Zumal man ihr ansah, dass sie gerade aus dem Bett gekrochen war. Sie widerstand dem Drang, sich zu bedecken, als Theos Blick auf ihre Beine fiel. Stattdessen räusperte sie sich, und sein Blick schoss nach oben.

»Richtig. Tut mir leid.«

Das brachte sie zum Lachen, und ihre Selbstsicherheit kehrte zurück. Er schob die Hände in die Hosentaschen. Das tat er immer, wenn er etwas ausheckte.

»Also, ich wollte heute einen Ausflug machen. Und da habe ich mich gefragt, ob du vielleicht Lust hast spontan mitzukommen.«

Sie runzelte die Stirn. »Geht heute nicht unser Flug nach Hause?«

»Ja, aber wir können uns hier von den anderen verabschieden und den Bus nehmen, und Flüge von Dublin nach Hause sind billig.«

»Von Dublin?«

»Ja. Ein Freund von mir hat in der Nähe von Dublin ein Bed & Breakfast. Es ist nur eine Stunde von hier.«

Er hatte die Hände immer noch in den Taschen und wippte mit den Fersen. Er war nervös. Und dieser Gedanke ließ ihr Herz schneller schlagen, ohne dass sie etwas dagegen tun konnte. Sie überlegte kurz. Aber in Wahrheit wollte sie nicht nach Hause. Letzte Nacht sollte nicht das Ende sein.

Sie nickte. »Okay.«

»Okay? Wirklich?«

»Wenn du nicht erwartest hast, dass ich ja sage, warum hast du dann gefragt?«

Er grinste auf diese Art, die sie so liebte. »Einen Versuch war es wert.«

*

Das Bed & Breakfast entpuppte sich als altes Farmhaus, und obwohl Dublin nur einen Katzensprung entfernt war, fühlte man sich wie auf dem Land. Die lange Auffahrt wurde flankiert von Pferdeweiden, mit Blick auf einen nahe gelegenen See. Theo parkte den Wagen in der Kiesauffahrt vor einem beeindruckenden, steingrauen Gebäude, das trotz seiner Größe unbestreitbar Landhauscharme besaß. An einer Seite rankten grüne Pflanzen empor, und vor den weißen Stufen, die zur Eingangstür führten, standen Blumen in bunten Töpfen. Lexie hörte ein Bellen, und von irgendwo hinterm Haus tauchte ein Collie auf.

»Simon!«, rief eine Männerstimme, als Lexie einen halben Schritt vor dem kläffenden Hund zurückwich. Doch der Hund wedelte mit dem Schwanz, hechelte und hielt den Kopf gesenkt, sodass Lexie ihm die Hand zum Schnüffeln hinhielt und dann lachte, als der Hund sich an ihre Beine schmiegte, um sich streicheln zu lassen.

Theo und Lexie trugen ihre Taschen ins Haus und wurden an der Rezeption von einem Mann mit zotteligem Haar und ebenso zotteligem Bart begrüßt, der etwa in Theos Alter zu sein schien. Für jemanden, der im Gastgewerbe arbeitete, war er sehr leger gekleidet, zerrissene Jeans, ein T-Shirt mit Schlammstreifen, und er lächelte Lexie an, als er sah, dass der Hund ihr auf den Fersen folgte.

»Sie müssen Simon entschuldigen«, sagte er mit starkem irischen Akzent, und Lexie fragte sich, wer einen Hund *Simon* nannte. »Wie kann ich Ihnen an diesem schönen Tag helfen?«

Sein Lächeln war charmant, aber Theo sah ihn mit hochgezogener Augenbraue misstrauisch an. »Ich habe vorhin angerufen.«

»Ach ja. Theo, richtig?« Er sprach das »Th« in Theo wie ein »T« aus. »Ich habe ein bezauberndes Zimmer für Sie beide mit Seeblick.«

»Ich habe zwei Zimmer reserviert«, sagte Theo spitz, bevor Lexie sich einmischen konnte. Simon stupste sie an, um Streicheleinheiten einzufordern.

»Äh nein, wir haben leider nur ein Zimmer. Aber es ist wunderschön.«

Lexie öffnete den Mund, um zu protestieren, aber Theo zog sie an sich, legte den Arm um sie und lächelte unheimlich. »Was meinst du, Schnuckelmaus?«

Sie kniff die Augen zusammen und sah ihn verstört an, doch der zottelige Mann lachte, kam zu ihnen herüber und umarmte Theo. »Alter! Ist das lange her!«

Lexie bemerkte, dass sein irischer Akzent nicht mehr ganz so stark war. Das war also der Freund, von dem Theo gesprochen hatte. Sie fragte sich, ob Theo ihm einen Streich gespielt hatte.

Theo klopfte ihm auf die Schulter. »Schön, dich zu sehen. Lexie, das ist Kieran. Kieran, Lexie.«

»Ähm … hi.« Sie winkte etwas unbeholfen und beugte sich schnell zu Simon, um davon abzulenken.

»Schön, dich kennenzulernen, Lexie«, sagte Kieran. Er tippte an einen imaginären Hut.

»Du hast also doch zwei Zimmer?«, fragte Lexie.

Kieran lachte. »Ja. Ich habe sie gleich reserviert, als Theo mir vor ein paar Wochen erzählt hat, dass ihr kommt.«

Vor ein paar Wochen? Lexie richtete sich auf und sah ihn fragend an, doch er ignorierte ihren Blick geflissentlich. Er hatte das Ganze also von langer Hand geplant. Ihr Magen zog sich in einer seltsamen Mischung aus Beklemmung und heimlicher Freude zusammen.

»Oder ein Zimmer, wenn euch das lieber ist«, sagte Kieran und lächelte Theo vielsagend an.

Theo bedachte Lexie mit einem Seitenblick und zuckte die Schultern. »Das entscheiden wir später.« *O Gott, wie peinlich.* »Zuerst sollten wir nach Dublin fahren. Du warst noch nie dort, oder, Lex?«

»Nein, ich …«

Kieran hob die Hand und verzog das Gesicht. »Es gibt da etwas, das eure Pläne durchkreuzen könnte.« Er ließ die Hand wieder sinken und zupfte nervös an seinem Bart, während Theo auf eine Erklärung wartete. »Deine Mutter hat rausgefunden, dass du hier bist.«

»Kieran! Hast du sie *angerufen*?«

»Nein, natürlich nicht. Aber du weißt ja, wie das ist. Ich habe etwas auf Social Media gepostet, eine Freundin hat es gesehen, deine Mutter hat es erfahren und mich angerufen. Und du weißt ja, wie ich bin – ich kann nicht lügen.«

»Sag mir nicht, dass sie hierherkommt, Kieran.« Theos Tonfall klang drohend.

»Ich glaube *nicht*. Aber sie hat mich gefragt, wann du ankommst, und ...«

Wie auf ein Stichwort klingelte Theos Handy. Er zog es aus der Tasche und warf Kieran einen bösen Blick zu, während Lexie lieber wieder Simon streichelte. Der Hund leckte ihr gerade das Ohr, als Theo sich meldete.

»Hallo, Mam.« Noch nie hatte Theo so irisch geklungen. »Tut mir leid, aber es war ziemlich kurzfristig.« Es gab eine kurze Pause. »Nur für einen Tag, wir fliegen morgen zurück.« Wieder eine Pause. »Lexie.« Er warf Kieran einen bösen Blick zu. »Nein, ich kann heute nicht vorbeikommen. Weil ich mit Lexie hier bin. Okay?« Er fuhr sich durch die Haare, während seine Mutter am anderen Ende der Leitung weitersprach. »Okay. Ich melde mich.« Er legte auf und fuhr sich erneut durch die Haare. »Sie will, dass wir zusammen Mittag essen. Verdammt, Kieran.«

Kieran zuckte zusammen.

»Können wir doch machen«, sagte Lexie diplomatisch.

Theo warf ihr einen Blick zu, den sie nicht recht deuten konnte.

»Und später nach Dublin? Ich würde sie gerne kennenlernen.«

»Ich glaube nicht, dass du das wirklich willst«, meinte Theo trocken. Aber sie dachte an ihren eigenen Vater, daran, dass sie ihn abgeblockt hatte, als er zum letzten Mal versucht hatte,

Kontakt aufzunehmen. Daran, wie begrenzt diese Gelegenheiten waren, dass man sie nutzen musste, solange man konnte.

»Ich finde, wir sollten hinfahren«, sagte sie entschlossen.

Kieran klopfte Theo auf die Schulter. »Das Zimmer steht bereit, wenn ihr zurückkommt.«

»Die Zimmer«, sagte Lexie mit derselben entschlossenen Stimme.

»Äh, sicher. Die Zimmer. Das habe ich gemeint. Und ich stelle euch ein Bier kalt.«

Theo seufzte. »Na schön.« Er sah Lexie an. »Aber vergiss nicht, dass ich dich gewarnt habe.« Er wandte sich an Kieran. »Und das Bier geht auf dich, Alter – du schuldest mir was.«

*

Lexie konnte nicht verhindern, dass ihr buchstäblich der Mund offen stand, als Theo den Wagen vor seinem Elternhaus parkte. Es war das prächtigste rote Backsteinhaus, das sie je gesehen hatte – und etwa fünfmal so groß wie das Cottage ihrer Mutter. Der Rasen vor dem Haus war perfekt gepflegt und von gestutzten Büschen gesäumt.

»Du bist reich!«, zischte sie Theo zu, als sie aus dem Auto stiegen. Lexie blieb zurück, als er auf die Tür zuging, plötzlich unsicher.

»Meine Eltern sind reich«, sagte Theo, und als hätte er ihre Nervosität gespürt, nahm er ihre Hand und verschränkte seine Finger mit ihren. Selbst hier, vor dem Haus seiner Eltern, schlug ihr Herz schneller, als er sie berührte, und sie musste sich sehr bemühen, nicht daran zu denken, wie es sich letzte Nacht angefühlt hatte, ihn in sich zu spüren.

»Ist das nicht dasselbe?«, fragte sie, während ihre Schritte auf dem Kies knirschten. In der riesigen Einfahrt standen noch zwei andere Autos, ein BMW und ein Mercedes.

»Nun, in meinem Fall definitiv nicht.«

Aber Lexie starrte immer noch auf das Haus, reckte den Hals, als sie näher kamen, und verspürte eine Mischung aus Ehrfurcht und Beklemmung.

»Verdammt, ich hätte dich nicht herbringen sollen«, scherzte Theo. »Falls ich dich je frage, ob du mich heiraten willst, sagst du nur wegen des Geldes ja, das ich vielleicht mal erben werde.«

Sie wusste, dass es nur ein Witz war, aber bei dem Wort »heiraten« setzte ihr Herz für einen Schlag aus, und sie taumelte ein wenig, als sie stehen blieb.

Er drückte ihre Hand. »Lex?«

Sie sah ihn an.

»Ich mache nur Spaß.«

Sie fuhr sich mit der Zunge über die trockenen Lippen. »Ja, ich weiß.« Sie lachte wenig überzeugend.

Theo drückte auf die Klingel, und Lexie hörte, wie sie durch das Haus hallte. Fast augenblicklich öffnete eine Frau, und Lexie wusste sofort, dass es Theos Mutter sein musste. Sie hatte die gleichen Augen, dunkel mit bernsteinfarbenen Akzenten, obwohl sie auf den ersten Blick statischer wirkten als Theos. Ihre gebräunte Haut war makellos, ihre Lippen pfirsichfarben geschminkt, ihr Haar etwas heller als das von Theo, mit honigfarbenen Strähnen. Als sie lächelte, zeigte sie beeindruckend weiße Zähne, dann beugte sie sich vor, um Theo auf die Wange zu küssen. Lexie fiel auf, dass Theo etwas steif wirkte, als er die Geste erwiderte.

»Das ist meine Mutter, Lexie«, sagte Theo. »Shauna.«

»Hi, Shauna.« Lexies Lächeln verblasste ein wenig unter Shaunas prüfendem Blick. Dann wandte sie sich wieder Theo zu, als würde sie sich ein Urteil vorbehalten.

»Dein Vater ist im Wohnzimmer«, sagte sie zu Theo. »Er wird sich freuen, dich zu sehen.«

»Das bezweifle ich«, murmelte Theo so leise, dass seine Mutter ihn nicht gehört haben konnte.

Sie drückte seine Hand, als Shauna sie in den Flur führte und ihre Absätze auf dem Holzboden klackten. Lexie fühlte sich underdressed – nicht nur wegen Shauna in ihrem geblümten Designerkleid, sondern auch wegen der makellosen Einrichtung. Cremefarbene Wände, hohe Decken, ein beiger Teppich, der zu einer imposanten Wendeltreppe führte. Ein Kamin, davor ein Läufer und zwei Lesesessel, darüber ein Kronleuchter. Überall Kunstwerke, von denen die meisten Menschen nur träumen konnten. Sie fragte sich, wie es wohl sein mochte, ein Haus dieser Größe so sauber und ordentlich zu halten – obwohl es sicher eine Putzfrau gab. Es stand in so starkem Kontrast zu Theos Wohnung über dem Laden, dass sie sich kaum vorstellen konnte, dass er hier aufgewachsen war.

Auf dem Weg durchs Haus herrschte unbehagliche Stille – *Lexies* Mutter hätte sofort drauflos geplappert. Theos Vater las die *Irish Times*, als sie das Wohnzimmer betraten, und sah erst auf, als Shauna ihn ansprach.

»Patrick? Theo ist hier.« Und nach einer kurzen Pause fügte sie hinzu: »Zusammen mit seiner Freundin Lexie.«

In der Ecke des Wohnzimmers stand ein Klavier. Sie wollte Theo fragen, ob er spielte, aber seine Haltung wurde von Sekunde zu Sekunde steifer.

Patrick spähte über die Zeitung. Sein Haar und seine Augenbrauen waren stahlgrau, seine Augen strahlend blau. Obwohl sie nur zu viert waren, trug er einen Anzug. Offenbar legten Theos Eltern Wert auf Sonntagskleidung. Sie und Theo waren *definitiv* underdressed.

»Du bist also übers Wochenende zu Besuch?«, fragte Patrick, ohne Lexie zur Kenntnis zu nehmen.

»Lexie und ich sind beruflich hier«, sagte Theo und betonte ihren Namen, als wollte er seinen Vater daran erinnern, dass sie auch noch da war. Es funktionierte, Patrick sah sie an.

»Du arbeitest mit Theo?«

Meine Güte, Patricks Blick war intensiv. Aber nicht wie Theos, sondern kalt und berechnend. »Äh, ja. Ich bin Richards Tochter.«

Patricks graue Augenbrauen zogen sich zusammen.

»Mein alter Chef«, erklärte Theo, woraufhin Patrick grunzte und seine Zeitung zusammenfaltete.

»Ist das Essen fertig?«, fragte er Shauna.

»Ja, fast«, antwortete Shauna ein wenig *zu* fröhlich, und Lexie hatte kurz Mitleid mit ihr. »Geht schon mal ins Esszimmer, ich bringe gleich alles. Möchte jemand etwas trinken?«

»Ich nehme ein Bier, wenn du schon fragst«, sagte Theo.

Shauna presste die Lippen aufeinander. »Es ist Mittag, Theo. Aber ich habe einen leckeren Holunderblütensirup gemacht.«

»Klingt super«, sagte Lexie schnell, denn sie sah, dass Theo den Mund wieder öffnen wollte – und sie kannte diesen Blick. Er zog eine Augenbraue hoch, als durchschaute er ihr Manöver.

Shauna servierte die Getränke und einen riesigen Sonntagsbraten auf dem größten Esstisch der Welt, und obwohl sie alle an einem Ende des Tisches saßen, fühlte es sich so an, als säßen sie sehr weit voneinander entfernt. Shauna und Patrick saßen auf der einen Seite, Theo und Lexie auf der anderen, und Lexie kam sich vor wie bei einer Vorstandssitzung – oder einem Vorstellungsgespräch. Das Essen war unglaublich – Rinderbraten, dazu makellose Bratkartoffeln, überbackener Blumenkohl, Rahmlauch und Yorkshire Pudding. Wie hatte Shauna es geschafft, das alles rechtzeitig fertig zu bekommen – und dabei noch so makellos auszusehen?

»Und, Theo«, sagte Shauna fröhlich und reckte sich, um Lexie noch mehr Kartoffeln auf den Teller zu legen, »wie geht es dir? Du bist also geschäftlich hier? Arbeitest du immer noch in diesem Reisebüro?«

Theo brach ein Stück von seinem Yorkshire Pudding ab und tunkte es in die Soße.

Lexie sah den Blick, den Shauna ihm zuwarf, aber sie sagte nichts.

»Ja. Immer noch.«

Lexie begann mit Appetit zu essen, auch um die unbehagliche Atmosphäre zu kompensieren.

»Du willst also dabeibleiben?«, fragte Patrick und faltete ordentlich eine Serviette auf seinem Schoß.

Theo zuckte die Schultern, aber Lexie sah die Anspannung in dieser Geste. »Mir gefällt's.«

»Hast du über unser letztes Gespräch nachgedacht, Schatz?«, fragte Shauna. »Eine Freundin von mir hat Beziehungen zu dieser Firma in London, wenn du …«

»Nein, danke.«

»Du bist also immer noch nicht zur Vernunft gekommen?«, fragte Patrick und musterte Theo über die Gabel hinweg, die er zum Mund führte. »Willst du nicht irgendwann erwachsen werden und etwas Richtiges arbeiten?«

»Ihm gehört die Hälfte der Firma.« Lexie konnte sich nicht

zurückhalten. Sie spürte, wie sie rot wurde, als seine Eltern sie etwas verwirrt ansahen. Aber im Ernst – *erwachsen werden*? So etwas bekam sie auch oft zu hören. Nur waren die Vorbehalte von Theos Eltern noch schlimmer, denn er *hatte* ja einen richtigen Job. Er führte eine Firma, und er hatte hart dafür gearbeitet.

»Sie gehört dir?«, wiederholte Shauna und sah Theo fragend an.

»Lexie und mir zusammen, ja.« Theo rutschte unruhig auf seinem Stuhl hin und her, und Lexie fragte sich, ob sie besser geschwiegen hätte. Vielleicht gab es einen Grund, warum er es seinen Eltern nicht erzählt hatte.

Shauna sah zwischen den beiden hin und her und runzelte die Stirn, als versuchte sie, die genaue Natur ihrer Beziehung zu ergründen.

Da geht's dir wie mir, Shauna.

»Wie viel ist sie wert?«, fragte Patrick und spießte eine Bratkartoffel so auf, dass Lexie Mitleid mit der Kartoffel bekam.

»Das weiß ich noch nicht, Dad.«

»Hast du seit der Hochzeit mit Cally gesprochen?«

»Nein, Mam.«

»Nun, es geht ihr sehr gut. Sie hatten eine *wunderschöne* Hochzeitsreise auf die Malediven. Sie wollen umziehen, und ich habe aus zuverlässiger Quelle erfahren, dass sie sich in Rathfarnham umsehen, offensichtlich wegen der Schulen in der Gegend.« Sie seufzte. »Ich frage mich immer, wenn wir dich auch dort zur Schule geschickt hätten …«

Sie unterbrach sich, aber das unausgesprochene Ende des Satzes hing in der Luft, und Lexie fiel ein, dass Theo einmal gesagt hatte, seine Mutter habe jede Menge Wünsche. War das einer davon? Ich wünschte, wir hätten dich auf eine andere Schule geschickt, damit aus dir etwas geworden wäre? Ging es um Erfolg? Aber jetzt hatte er eine *eigene* Firma – viel erfolgreicher konnte man doch kaum sein, oder? Und er wollte in unabhängige Unternehmen investieren …

Sie öffnete den Mund, aber Theo sah sie an und schüttelte kaum merklich den Kopf.

»Das freut mich für Cally«, sagte Theo, ohne auf den letzten Satz seiner Mutter einzugehen.

Dann herrschte Schweigen. Man hörte nur das Klappern von Messern und Gabeln auf dem Porzellan, und Lexie wünschte sich nichts sehnlicher als irgendeine Hintergrundmusik. Sie räusperte sich, um die Spannung im Raum etwas aufzulockern. »Das ist köstlich, Shauna.«

Shauna lächelte sie an. »Danke. Ich liebe es, Braten zuzubereiten, das ist so beruhigend. Kochst du auch?«

»Oh, äh … gelegentlich.« Sie dachte an die Blinis letztes Weihnachten, von denen die meisten im Müll gelandet waren. »Ich kann gut Spaghetti Bolognese«, sagte sie schließlich.

Shaunas Lächeln wurde freundlicher. »Auch Comfort Food.« Dann seufzte sie. »Ich wünschte wirklich, du hättest den Kochkurs weitergemacht, Theo.«

Lexie hatte das Wort »wünschte« noch nie so schneidend klingen hören. Sie wollte die Hand auf seinen Arm legen, traute sich in Gegenwart seiner Eltern aber nicht.

»Weißt du, Reuben, mit dem du zur Schule gegangen bist, ist jetzt Koch, mit eigenem Restaurant.«

Lexie wartete darauf, dass er sich verteidigte, *wollte*, dass er sich verteidigte, dass er für sich einstand. Doch stattdessen nickte er nur, so ganz anders als der Theo, den sie kannte. »Schön für Reuben.«

Shauna wandte ihre Aufmerksamkeit Lexie zu. »Und was machst du sonst so, Lexie?«

»Ähm …« Sie warf Theo einen hilfesuchenden Blick zu, aber da war sie offensichtlich an der falschen Adresse. »Ich schätze, ich reise gern.«

Patrick entfuhr ein kaum unterdrückter Seufzer.

Shauna runzelte die Stirn. »Sei nicht unhöflich, Patrick.« Sie lächelte Lexie an. »Tut mir leid, Lexie. Erzähl uns mehr!«

»Da gibt es nicht viel zu erzählen.« Wenn sie Theo schon für erfolglos hielten, musste sie ihnen nicht unbedingt auf die Nase binden, dass sie alle sechs Monate umzog. Und sie würden es sicher auch nicht positiv aufnehmen, dass sie zuletzt als Kindermädchen gejobbt hatte. Doch als sich eine unbehagliche Stille über den Tisch legte, wünschte sie, sie hätte doch mehr erzählt. Die Zeit schien unglaublich langsam zu vergehen, obwohl höchstens ein paar Minuten verstrichen sein konnten, bis die Teller abgeräumt waren und Patrick zurück ins Wohnzimmer ging.

Theo entschuldigte sich und behauptete, sie müssten wegen einer Besprechung zurück, und zu Lexies Erleichterung stellte Shauna keine Fragen. Sie begann, sich schuldig zu fühlen, weil sie Theo gedrängt hatte, die Einladung anzunehmen.

»Danke, dass du gekommen bist, Theo«, sagte Shauna an der Haustür und küsste ihn wieder auf die Wange. »Ich wünschte, du würdest uns öfter besuchen.«

»Ich werde es versuchen«, sagte Theo ausweichend, und Shauna presste die Lippen aufeinander.

Dann wandte sie sich an Lexie. »Es war schön, dich kennenzulernen. Ich hoffe, ihr habt einen perfekten Abend in Dublin.«

Lexie war sicher, dass es freundlich gemeint war, aber sie konnte die Worte nicht zurückhalten. »Perfektion wird überbewertet«, erwiderte sie ebenfalls lächelnd.

Das entlockte Theo ein leises Lachen.

»Aber danke, wir werden uns sicher gut amüsieren.«

Theo schwieg, als sie wieder ins Auto stiegen, und auch, als er den Motor startete und in der Einfahrt wendete.

Lexie atmete hörbar aus. »Tja …«

Theo fuhr sich mit der Hand über den Nacken. »Ja. Nicht ganz das, was du erwartet hast?«

»Ich weiß nicht, *was* ich erwartet habe, ehrlich gesagt.«

Und es war ja nicht so, als wären seine Eltern furchtbar. Sie waren nur nicht herzlich. Sie hatte gemerkt, dass Shauna sich bemühte, und vielleicht wollte sie wirklich nur das Beste für Theo. Sie wäre nicht die erste Mutter. Aber es war, als hätte sie überhaupt nicht bemerkt, dass Theo sich immer unwohler gefühlt hatte. Vielleicht waren sie am Ende beide ein Produkt ihrer Erziehung. Und obwohl seine Eltern noch zusammen waren, fragte Lexie sich unwillkürlich, ob das gut war. Konnten sie sich überhaupt leiden? Sprachen sie miteinander? Oder war es einfach das Schicksal aller Beziehungen, irgendwann an diesen Punkt zu gelangen?

»Sie liebt mich«, sagte Theo, als hätte er ihre Gedanken gelesen. »Aber jedes Mal, wenn ich sie sehe, habe ich das Gefühl, eine Enttäuschung für sie zu sein.«

»Ich glaube nicht, dass du eine Enttäuschung für sie bist.« Sie wusste nicht, wie viel ihre Worte wert waren, aber sie sagte es trotzdem.

Theo warf ihr einen Blick zu, den sie nicht deuten konnte. »Manchmal komme ich mir blöd vor, weil es mir so nahe geht. Sie meinen es ja nicht böse, also sollte es mich nicht verletzen, oder? Eigentlich habe ich keinen Grund, mich zu beschweren.«

Lexie trommelte mit den Fingern auf ihr Bein. »Ich bin mir nicht sicher, ob etwas böse gemeint sein muss, um zu verletzen.« Auch das ständige Gefühl, nicht gut genug zu sein, konnte Narben hinterlassen.

»Wahrscheinlich.«

»Mein Vater war nie gemein«, sagte Lexie. »Er war einfach nicht da.« Sie schüttelte den Kopf. »Tut mir leid, dass ich dich überredet habe, herzukommen, obwohl du nicht wolltest. Es ist nur … Er hat versucht, eine Brücke zu mir zu bauen, bevor er gestorben ist. Richard. Und die Sache ist, ich hätte ihm vielleicht die Hand gereicht, wenn er es etwas langsamer angegangen wäre. Aber er kam direkt mit dieser pathetischen Entschuldigung, und das war zu viel. Und jetzt wünschte ich, ich hätte mir die Zeit genommen, ihm zuzuhören, und andererseits frage ich mich auch, ob er ohne die Krebserkrankung überhaupt auf mich zugekommen wäre. Und dann weiß ich nicht, wie ich mich fühlen soll, oder um wen ich eigentlich trauere.«

»Ich denke, du kannst sowohl um den Vater trauern, den du mit zehn Jahren verloren hat, als auch um den, der letzten Dezember gestorben ist. Es ist okay, dass er nicht perfekt war, und es ist okay, traurig zu sein, weil er nicht mehr da ist, und auch weil er schon vorher für dich nicht mehr da war. Es ist okay zu fühlen, was du fühlst. Ich glaube nicht, dass Trauer jemals einfach oder klar ist, egal unter welchen Umständen.«

Lexie sah aus dem Fenster. »Ja. Vielleicht. Ich arbeite daran und versuche, ihm zu verzeihen.«

»Ich finde es nicht schlimm, wenn du ihm nicht verzeihst. Vergeben und Akzeptieren sind zwei unterschiedliche Dinge, und beides braucht Zeit.«

Lexie sah ihn an. »Geht es dir mit deinen Eltern genauso?«

Er setzte den Blinker und schwieg eine Weile. Dann sagte er: »Weißt du, deshalb war ich am Anfang ein bisschen … schlecht auf dich zu sprechen. Weil dein Vater versucht hat,

Kontakt zu dir aufzunehmen, und zu *mir* war dein Vater so nett. Meine Eltern dagegen – die sind sauer, wenn ich sie nicht besuche, wenn ich hier bin, aber sie würden *mich* nie besuchen kommen, und sie missbilligen alles, was ich mache. Dein Vater war so stolz auf dich. Und für mich sah es so aus, als würdest du ihm das vorhalten.«

Lexie runzelte die Stirn. »Es ist etwas komplizierter.«

»Das habe ich mittlerweile verstanden. Und ich hoffe, du weißt, wie leid es mir tut, dass ich dich verurteilt habe. Dass ich dir das Gefühl gegeben habe, ich würde dich hassen.«

»Du *hast* mich gehasst.«

Seine Mundwinkel zuckten. »Nur ein kleines bisschen. Nur so sehr, wie du mich gehasst hast.«

Sie zögerte. »Ich hasse dich nicht mehr.« Mehr konnte sie nicht sagen.

Sein Mund verzog sich zu einem breiten Lächeln. »Ich weiß.«

★

Als sie zum Farmhaus zurückkehrten, wurden sie von Simon begrüßt, der ihnen ins Haus folgte. Kieran hatte es sich in einem Sessel im Wohnzimmer gemütlich gemacht.

»Ich hätte jetzt gern mein Bier, Kieran«, sagte Theo statt einer Begrüßung.

Kieran stand auf und klopfte Theo auf den Rücken. »Alles klar.« Er wandte sich zum Gehen, doch dann blieb er stehen, kramte in seiner Tasche und zog einen Schlüssel mit einem Vogel als Anhänger hervor.

Lexie nahm ihn. »Danke«, sagte sie. »Wir brauchen nur ein Zimmer.«

»Oh, gut«, sagte Kieran und zupfte an seinem Bart. »Ich habe nämlich nur das eine.«

Lexie schüttelte lachend den Kopf. Sie warf Theo einen Blick zu, als Kieran das Bier holte. »Du hast gewusst, dass ich nachgeben würde.« Obwohl sie selbst sich nicht sicher gewesen war, denn ein Zimmer zu teilen, fühlte sich groß an. Eine wohlüberlegte Entscheidung, die aus einem unverbindlichen Flirt mehr machte.

Er legte die Arme um sie und küsste sie auf den Mundwinkel. »Nicht gewusst«, flüsterte er. »Aber ich hatte es gehofft.«

28. KAPITEL

»Was denkst du?«, fragte Lexie ihre Mutter, als die Maklerin in die Küche ging, um ihnen etwas Privatsphäre zu gönnen.

Ihre Mutter strahlte. »Ich finde es ganz *wundervoll.*«

Trotzdem biss sich Lexie auf die Lippe, als sie sich noch mal im Schlafzimmer umsah. Es war klein, aber nicht beengt, hatte einen Einbauschrank mit Spiegeln, die den Raum größer und heller wirken ließen, und eine Kommode gegenüber dem Doppelbett. Und es war wirklich schön. Ein Schnäppchen für die Lage, hatte Fran befunden – nicht so zentral wie ihre eigene Wohnung, aber immerhin.

Und dennoch … »Der Vertrag läuft über zwölf Monate.«

»Ja, das ist heutzutage so üblich, oder? Ach, Lex, es ist so schön, dich noch ein Jahr so nah bei mir zu haben.«

Ihre Mutter schien es nicht zu verstehen. Zwölf Monate mochten für manchen keine lange Zeit sein, aber Lexie bekam feuchte Hände bei der Vorstellung, sich darauf festzulegen. Und sie hatte weniger an ihre Mutter oder Fran gedacht, als sie die Wohnungsbesichtigung arrangiert hatte, sondern an Theo. Daran, was er ihr in Irland gesagt hatte – dass sie nächstes Jahr wieder hinfahren könnten – und was das implizierte.

Ihre Mutter sah sie forschend an. »Danach kannst du immer noch weiterziehen, wenn du feststellst, dass das Leben hier nichts für dich ist«, sagte sie leise. »Ein Jahr geht schnell vorbei.«

Aber plötzlich hatte sie das Gefühl, ihre Freiheit aufzugeben, das Nomadenleben, das ihr immer zugesagt hatte. Und wofür? Für die Aussicht, dass es mit der Firma und Theo klappte? Um eine richtige Beziehung zu versuchen? Sie wusste nicht mal, ob sie überhaupt für eine Beziehung taugte. Sie dachte an Theos Eltern, an ihre eigenen Eltern – und auch an die zweite Ehe ihres Vaters. Beziehungen verliefen nicht immer so, wie man sich das wünschte.

Lexie ließ sich auf die Bettkante sinken und rieb sich mit den Händen das Gesicht. Sie spürte, wie das Bett leicht nachgab, als ihre Mutter sich neben sie setzte.

»Was geht in deinem Kopf vor?«, fragte ihre Mutter.

Sie wusste, dachte Lexie, dass es um mehr ging als nur um eine Wohnung. Sie hatte einen Verdacht wegen Theo, da war Lexie sicher. Und sie musste wissen, dass es mit der Firma zu tun hatte, denn wenn Lexie sich auf eine Wohnung festlegte, dann legte sie sich auch auf die Firma fest, oder? Zumindest fürs Erste.

Lexie zögerte, bevor sie die Frage stellte, die sie stellen wollte. »Wann wusstest du, dass es mit Dad nicht halten würde?«

Sie hatte befürchtet, dass die Frage übergriffig sein könnte, aber ihre Mutter wirkte nachdenklich. »Weißt du was? Das habe ich mich schon oft gefragt. Ich habe versucht, mich zu erinnern, ob es einen Moment gab, in dem ich dachte: Okay, das war's. Aber ich glaube nicht, dass es den gab – erst nachdem er weg war. Richard war …« Sie presste die Lippen zusammen und überlegte. »Er war immer auf der Suche. Ich meine, er war immer davon überzeugt, dass es da draußen noch etwas Besseres gibt, einen besseren Job, einen besseren Ort zum Leben oder was auch immer. Als ich ihn kennenlernte, mochte ich das an ihm. Er hatte so eine positive Energie, und ich fand es aufregend, dass er immer neue Orte sehen, neue Dinge erleben wollte, dass er fand, man müsse sich nicht mit dem zufrieden geben, was man hat. Aber als wir dich bekamen, wollte ich dir Stabilität bieten. Ich glaube, ich war einfach aus dem Alter raus, wo man immer auf der Suche ist. Ich dachte, ich hätte das Beste schon gefunden. Aber er war wohl noch nicht so weit.«

Sofort verglich Lexie sich mit Richard. War es das, was sie tat, indem sie immer wieder umzog? War sie auf der Suche? Sie erinnerte sich auch, dass Theo ihr erzählt hatte, dass ihr Vater ihn darin bestärkt hatte, an etwas festzuhalten. Vielleicht hatte ihr Vater erkannt, dass »besser« etwas war, woran man arbeiten musste, und nicht etwas, das man einfach fand.

»Als er Jody kennenlernte …«, fuhr ihre Mutter fort, und Lexie musterte ihr Gesicht, um zu sehen, ob es ihr schwerfiel, darüber zu sprechen. Sie hatte nie gewagt, danach zu fragen. »Ich glaube, er hat sie wirklich geliebt. Ich war damals so verbittert, dass ich dachte, er wollte sie nur, weil sie neu, jung und aufregend war. Aber ich glaube, er hat sie auf eine andere Art geliebt als mich, und das war für mich lange Zeit schwer zu akzeptieren. Ich fühlte mich nicht gut genug, und ich glaube, deshalb habe ich so lange gebraucht, um, na ja …«

Sie atmete schwer aus, und Lexie legte ihr den Arm um die Schultern und drückte sie. Sie wollte ihrer Mutter sagen, dass sie gut genug war, wusste aber aus eigener Erfahrung, wie schwer es war, so etwas anzunehmen.

»Um ehrlich zu sein, hat es in unserer Beziehung schon vorher gekriselt. Ich wollte es mir nur nicht eingestehen. Damals war es einfacher, Jody die Schuld zu geben. Und Richard. Es war einfacher zu glauben, dass sie mir mein ganzes Glück genommen hatten, obwohl ich schon lange nicht mehr wirklich glücklich war.«

»Nach allem, was ich über Jody gehört habe, halte ich sie nicht gerade für eine Heilige«, murmelte Lexie unwillkürlich.

Ihre Mutter sah sie fragend an und sagte dann: »Nein. Tja, Menschen sind kompliziert. Aber ich will damit sagen, dass wir als Paar nicht mehr funktioniert haben. Es war nichts Gravierendes, aber wir lebten eher nebeneinanderher als *miteinander*. Beziehungen bedeuten Arbeit, und irgendwann wurde mir klar, dass nicht nur er aufgehört hatte, sich Mühe zu geben. Und dann kam Jody und ich glaube, all diese kleinen Risse sind zu Abgründen aufgeplatzt. Ich wollte es damals noch mal versuchen, aber dafür war es zu spät.«

Es tat weh, das zu hören. Lexie hatte das Gefühl, dass ihre Mutter sich selbst herabwürdigte, schließlich hatte Richard sie für eine andere verlassen, oder?

Ihre Mutter schien ihre Gedanken zu erraten, denn sie nahm Lexies Hand und sagte: »Ich gebe ihm nicht die Schuld, Lexie. Nicht mehr. Rückblickend glaube ich nicht, dass wir zusammengepasst haben. Ich bin mir nicht sicher, ob wir die glückliche Familie geworden wären, die ich mir vorgestellt habe. Und man kann sich nicht aussuchen, in wen man sich verliebt, und wann.«

»Aber Jody ist so …« Sie wollte *schrecklich* sagen, hielt sich aber gerade noch rechtzeitig zurück. Sie war sich nicht sicher, wie Rachel es finden würde, wenn sie die Probleme mit ihrer Mutter weitererzählte. Stattdessen sagte sie: »Ich habe mich neulich mit Rachel getroffen.«

Bisher hatte Lexie mit ihr noch nie über ihre Schwester gesprochen. Doch ihre Mutter lächelte nur.

»Sie hat etwas gesagt, das … Na ja, sie hat gesagt, Jody hatte Angst, dass Dad sie verlassen könnte. Dass er zu uns zurückkehren könnte.«

Es war keine Frage, denn sie wusste nicht genau, was sie fragen wollte. Doch ihre Mutter nickte langsam. »Er hat einmal mit mir gesprochen, als Rachel, ich weiß nicht, vielleicht ein oder zwei Jahre alt war. Jody war … Nun, ich kenne die Einzelheiten nicht, und ich wollte sie auch nie wissen. Ich glaube, sie hatte eine klare Vorstellung davon, wie die Dinge zu sein hatten – ähnlich wie dein Vater –, und war vielleicht weniger bereit, sich anzupassen, wenn ihre Erwartungen nicht erfüllt wurden. Es klang, als hätte sie es nach Rachels Geburt nicht leicht gehabt, und ich bin mir nicht sicher, ob das der Grund war oder ob sie einfach nicht die Frau war, für die er sie gehalten hatte, als er sie geheiratet hatte, aber er hatte Zweifel.«

»Er wollte sie verlassen«, sagte Lexie trocken, und ihr Magen zog sich schmerzhaft zusammen – denn irgendwann in den letzten Monaten hatte sie aufgehört, ihren Vater so sehen zu wollen.

»Ich glaube, eigentlich wollte er eher zu uns zurückkommen. Er sagte, es sei ein Fehler gewesen, uns zu verlassen. Aber er war in einer Zwickmühle, denn Jody zu verlassen, hätte bedeutet, den gleichen Fehler noch mal zu begehen. Außerdem sagte sie, sie würde ihm verbieten, Rachel zu sehen, wenn er sie verließ. Aber inzwischen *wollte* ich gar nicht mehr, dass er zurückkommt, nicht zu mir. Es war zu spät. Vielleicht hatte er auch nur Angst, dich zu verlieren, aber für mich war es zu spät. Ich wünschte, er wäre mehr für dich da gewesen, aber es hätte niemandem geholfen, wenn wir zusammengeblieben wären. Ich habe ihm auch gesagt, dass es das Problem nicht löst, wenn er Jody verlässt – dass man sich wirklich anstrengen muss, damit eine Beziehung funktioniert. Und anscheinend hat er sich das zu Herzen genommen, denn er blieb. Und weißt du was? Seltsamerweise war ich irgendwie stolz auf ihn.«

Lexie hörte das Handy der Maklerin im Flur klingeln. Sie stand vom Bett auf, denn es war Zeit zu gehen. Wenn überhaupt, dann machte das, was ihre Mutter erzählt hatte, es nur noch unverständlicher, dass Richard bei Jody geblieben war, nachdem sie gedroht hatte, ihm Rachel wegzunehmen. Aber vielleicht hatte ihre Mutter recht, vielleicht war ihr Vater endlich ein bisschen erwachsen geworden und hatte für Rachel da sein wollen.

Ihre Mutter stand ebenfalls auf und hakte sich bei Lexie unter. »Ich weiß, das muss für dich alles seltsam klingen. Aber Menschen sind kompliziert, und das, was sie tun oder nicht tun, ergibt nicht immer Sinn. Wir können nur versuchen, aus unseren Fehlern zu lernen und unser Bestes zu geben. Und falls es dich tröstet … Ich glaube, das hat Richard versucht, als er bei Jody und Rachel geblieben ist. Ich glaube, er hat versucht, aus seinen Fehlern zu lernen. Und ich glaube, seine Firma hatte vielleicht auch ein bisschen damit zu tun.«

Lexie nickte nur, denn sie traute ihrer Stimme nicht. Nichts davon änderte irgendetwas, aber sie verstand es jetzt ein bisschen besser, und das war immerhin etwas.

Man kann sich nicht aussuchen, in wen man sich verliebt, hatte ihre Mutter gesagt. Unwillkürlich tauchte Theos Gesicht vor ihrem inneren Auge auf. Es hatte keinen Sinn, sich etwas vorzumachen. Er war der Grund, warum sie blieb, wenn sie diese Wohnung nahm. Er und vielleicht auch ein bisschen die Firma. Vielleicht sollte sie beiden eine Chance geben – und aufhören, sich zu fragen, ob das Gras woanders grüner war.

Also bat sie die Maklerin um ein Bewerbungsformular, als sie sich verabschiedeten. Und sie spürte, wie ihre Mutter ihre Hand drückte, als wollte sie ihr sagen, dass es die richtige Entscheidung war.

29. KAPITEL

Lexie hob die Hand, um an die Wohnungstür zu klopfen, ließ sie dann aber wieder sinken. Unschlüssig ging sie auf dem Treppenabsatz auf und ab und drehte sich dann um. Gestern Abend hatte sie das Bewerbungsformular für die Wohnung ausgefüllt und heute Morgen erfahren, dass sie sie bekommen hatte. Bis zum Abend musste sie die Kaution hinterlegen, aber sie wollte erst mit Theo darüber reden. Sie wusste selbst nicht genau, warum. Wollte sie ihn indirekt fragen, ob er eine Beziehung mit ihr eingehen wollte? Wollte sie ihm sagen, dass sie die Firma behalten wollte? Ihre Gedanken fuhren Karussell, und sie atmete tief durch, um sich zu beruhigen.

Sie klopfte an die Tür, und Theo lächelte, als er öffnete. Sie spürte, wie ihr Atem sich beruhigte.

»Hey, Lex. Was gibt's?«

»Hey. Ich habe mich gefragt, ob wir reden können …« Sie verstummte, als sie Mike hinter Theo stehen sah. Sie biss sich auf die Lippe. »Tut mir leid. Komme ich ungelegen?« Sie hatte nicht mitbekommen, dass eine Besprechung stattfand.

»Du kommst nie ungelegen.« Er öffnete die Tür ein Stück weiter und ließ sie herein.

Mike warf Lexie einen Blick zu, den sie nicht recht deuten konnte. »Dann gehe ich wohl besser.«

»Ich bringe dich noch runter«, sagte Theo. »Fühl dich wie zu Hause.«

Mike nickte ihr höflich zu – und Lexie blieb allein in Theos Wohnung zurück. Zwar war sie schon oft hier gewesen, aber seit Irland fühlte sich dieser Ort seltsam intim an. Ihr Handy summte, und sie lachte, als sie eine WhatsApp von Theo sah.

Wenn du nackt auf mich warten willst, hab ich nichts dagegen.

Sie ging ins Wohnzimmer. Auf dem Couchtisch lag ein Stapel Papiere, alle mit dem Logo von R&L Travel und dem Slogan *Die Welt ist ein Fest* in der Kopfzeile. Früher hatte sie diesen Slogan albern gefunden, jetzt konnte sie sich keinen passenderen vorstellen. Ganz oben lag die letzte Gewinn- und Verlustrechnung. Sie warf einen Blick darauf. Die Firma war nach wie vor auf Gewinnkurs. Ihr Magen zog sich zusammen, als sie daran dachte, was das bedeutete, und an das Gespräch, das sie gleich mit Theo führen würde. Vielleicht konnten sie die Entscheidung über den Verkauf einfach vertagen?

Sie blätterte weiter. Nach der Gewinn- und Verlustrechnung kam ein Vertrag. Sie runzelte die Stirn, weil sie ihn zuerst nicht verstand. Dann sah sie ihren Namen, und ihr Herz machte einen kleinen Sprung. Sie sah genauer hin. Da stand auch Mikes Name. Und der von Theo.

Zuerst ergab es überhaupt keinen Sinn. Das Dokument sah genauso aus wie das, das ihr der Anwalt gegeben hatte, als sie zum ersten Mal vom Testament ihres Vaters gehört hatte. Nur waren einige Passagen geändert worden, und Mikes Name stand dort, wo er nicht hingehörte. Ihr Herz klopfte, ihre Finger krallten sich in die Ränder des Papiers. Denn obwohl sie versuchte zu leugnen, was ihr Verstand ihr sagte, begann sie bereits zu begreifen.

Man wollte sie aus der Firma drängen. Es war ein Vertragsentwurf, ohne Unterschriften, aber der Text war eindeutig. Sie sollte aussteigen, Mike würde einsteigen – mit zwanzig Prozent der Firma, der Rest ging an Theo. Als Grund wurde ihr mangelndes Engagement zu Beginn des Jahres genannt. Keine Rede von einem Verkauf der Firma. Theo würde bekommen, was er wollte – er würde die Firma behalten und langfristig führen, Mike würde einsteigen, und Lexie war komplett raus.

Zuerst war sie fassungslos. Wie konnten sie ihr das antun? War das überhaupt legal? Dann kam der eigentliche Schock, der alles andere in den Schatten stellte. Er hatte das Ganze geplant. Theo hatte das von Anfang an geplant. Als sie in Madrid zusammen waren. Als sie in Irland miteinander geschlafen hatten. Er hatte sich ihr geöffnet, hatte *sie* dazu gebracht, sich zu öffnen, sie hatten über Zukunftspläne gesprochen, und die ganze Zeit hatte er geplant, sie aus der Firma zu drängen.

Die Tür ging auf, und Theo kam zurück. Sie starrte ihn an.

»Hey, also …« Er verstummte, und sie wusste, dass ihr Gesichtsausdruck sie verriet. Er sah den Vertrag in ihrer Hand und wurde blass. Und mehr Bestätigung brauchte sie nicht. »Lexie …«

Sie stand auf und ließ den Vertrag auf den Boden fallen. »Lass es.«

Er machte einen Schritt auf sie zu, aber sie wich zurück. »Lexie, bitte, es ist nicht so …«

»Nicht so, wie ich denke?«, spottete sie und hielt sich an der Wut fest, die in ihr aufstieg. Das war leichter, als sich mit den anderen Emotionen auseinanderzusetzen, die in ihr brodelten. »Ich glaube, da gibt es wenig Spielraum für Interpretationen, Theo.«

Doch unter all dieser Wut war sie *verletzt*. Verletzter, als sie je hätte zulassen dürfen. Deshalb durfte man niemandem vertrauen – niemals. Sie war bereit gewesen, alles zu riskieren. Sie war bereit gewesen, sich verletzlich zu zeigen und ihm ihr Herz zu Füßen zu legen, und die ganze Zeit hatte er das hier geplant. Sie war bereit gewesen, ihr Leben aufzugeben, *für ihn*, aber für Theo war sie nur ein Kollateralschaden.

»Wenn du mir nur die Chance gibst …«

»Nein, weißt du was? Das werde ich nicht tun.« Sie ging zur Tür und schob sich an ihm vorbei. Da sie wusste, dass er es versuchen würde, war sie vorbereitet und wich aus, als er sie am Arm packen wollte, um sie aufzuhalten.

»Lexie«, sagte er nochmal, doch sie ließ sich nicht beirren. Sie wollte weg von ihm, so weit wie möglich, und sie hatte keine Lust, sich seine Ausreden anzuhören. Also rannte sie die Treppe runter, immer schneller, als sie hörte, wie er fluchte und ihr dann folgte.

»Harry«, sagte sie, als sie den Laden im Erdgeschoss betrat, und ihre Stimme stockte.

Harry sah auf und ließ unauffällig sein Handy verschwinden.

»Theo kommt gleich runter. Er fragt, ob du die Kundenanfragen von heute Morgen mit ihm durchgehen kannst.«

Harry salutierte, und sie stürmte aus dem Laden.

Hinter sich hörte sie Harrys Stimme, der Theo abfing, als er die Treppe runterkam, und das gab ihr Gelegenheit zu verschwinden. Früher oder später, das wusste sie, würde sie mit ihm reden müssen. Sie würde all den Schmerz spüren müssen, den er ihr zugefügt hatte, und die grausamen Einzelheiten erfahren.

Aber nicht heute.

*

Lexie saß auf dem Boden ihres Zimmers, ihr Koffer schon halb gepackt, als Fran nach Hause kam. Sie hörte das Klimpern der Schlüssel aus dem Wohnzimmer, als Fran sie in die dafür vorgesehene Schale auf der Küchentheke schmiss, dann hörte sie Fran rufen.

»Lexie?«

»Ich bin hier!«

Lexie starrte auf die Kleidung in ihrem Koffer. Eigentlich war sie ja geübt im Packen, aber im Moment konnte sie keinen klaren Gedanken fassen.

»Ich habe Wein mitgebracht, weil ich gute …« Fran verstummte, als sie Lexies Zimmer betrat, und starrte den Koffer an. »Was ist los?«

Lexie biss sich auf die Lippe. »Ich versuche, mich zu erinnern, wo ich meinen Pass hingetan habe.«

Warum war sie nur so durcheinander? Er musste bei ihrer Mutter sein. Sie warf einen Blick auf ihr Handy, das auf dem Bett lag. Sie hatte bereits mehrere Job-Agenturen angerufen – natürlich erst, nachdem sie die Maklerin informiert hatte, dass sie ihre Bewerbung für die Wohnung zurückzog. Sie war etwas spät dran, aber es gab immer irgendwelche Last-Minute-Angebote – und einige der Agenturen kannten und schätzten sie. »Dein … Was ist los, Lex? Wo willst du hin? Ich dachte, du hättest die Kaution für die Wohnung hinterlegt!«

»Nein, hab's mir anders überlegt. Ich weiß nur noch nicht, wohin ich gehe.« Sie fuhr sich durch die Haare.

»Du weißt nicht, wohin du gehst? Was habe ich verpasst?«

Lexie schloss die Augen und ließ sich rücklings aufs Bett fallen. »Ich habe genug. Ich verlasse die Firma.«

»Aber … *warum*?«

Lexie schüttelte den Kopf. Sie brachte es nicht über die Lippen. Dabei hatten sie und Fran heute Morgen noch über ihre Wohnung gesprochen und eine Einweihungsparty geplant, mit Theo ganz oben auf der Gästeliste. Wie dumm. Sie war so dumm. Dann riss sie die Augen auf und runzelte die Stirn.

»Moment mal, wolltest du gerade sagen, dass du gute Neuigkeiten hast?«

Fran sah vom Koffer auf dem Boden zu Lexie und wieder zurück. »Tja …«

»Erzähl!«

Fran zuckte zusammen, und Lexie verzog das Gesicht.

»Entschuldige, ich meine, vergessen wir kurz meine Existenzkrise. Bitte erzähl.«

»Na ja, ich habe irgendwie meinen Job gekündigt.«

Lexie starrte sie an. »Meinst du das ernst?« Fran nickte, und Lexie sprang auf. »O mein Gott. Herzlichen Glückwunsch. Sollen wir Wein trinken? Du hast recht, das muss gefeiert werden.« Sie lief in die Küche und hantierte hektisch herum.

»Lexie, meinst du nicht, wir sollten …«

»Nein. Ich will alles wissen. Erzähl mir haarklein, was passiert ist.« Sie öffnete einen der Schränke in Frans kleiner Küche und nahm zwei Weingläser heraus. »Das ist viel wichtiger als mein kleines Drama«, erklärte sie, obwohl sie selbst merkte, dass sie vielleicht etwas zu schnell sprach, aber sie konnte sich nicht bremsen. »Du machst diesen Job schon so lange, und ich weiß, wie schwer du dich damit in letzter Zeit getan hast.« Sie spürte ein seltsames Ziehen in der Magengrube, als ihr bewusst wurde, dass sie heute ebenfalls ihren Job gekündigt hatte, aber sie verdrängte den Gedanken, zusammen mit allen anderen Gefühlen.

Lexie sah die Flasche Wein, die Fran auf die Arbeitsplatte gestellt hatte, öffnete sie und sah Fran erwartungsvoll an.

Fran wirkte unentschlossen, bevor sie sprach. »Nun, ich habe gekündigt. Das ist alles. Aus und vorbei.«

»Das ist überhaupt nicht alles. Was wirst du jetzt *tun*? Kannst du dich auf ein anderes Fachgebiet spezialisieren?« Sie reichte Fran eines der Gläser.

»Nein. Ich will was ganz anderes machen. Ich habe meinen Job gehasst.« Sie atmete seufzend aus und trank einen Schluck Wein. »Weißt du was? Das wollte ich schon immer mal sagen. Ich hasse ihn. Also zum Teufel damit. Keine Ahnung, was ich jetzt mache, aber ich habe gespart, und mir fällt schon was ein.« Sie stellte den Wein auf den Tresen und nahm Lexies Hand. »Und weißt du was, Lex? Das habe ich dir zu verdanken. Du hast dir die Zeit genommen, herauszufinden, was du wirklich willst …«

»Ja, aber nur, weil ich Bindungsangst habe und keine Ahnung, was ich mit meinem Leben anfangen soll.« Die Worte rutschten ihr so heraus, befördert durch ihren momentanen Gemütszustand. Sie meinte es gar nicht so. Sie liebte das Reisen – und vielleicht war es gut, dass sie Theos Vertrag gesehen hatte, denn er hatte sie daran erinnert, dass sie gar nicht irgendwo ankommen *wollte*. Fast hätte sie einen Teil von sich selbst geopfert – für jemanden, der es nicht wert war.

»Nun, das sehe ich anders«, widersprach Fran. »Für mich versuchst du herauszufinden, was du vom Leben willst. Und ich dachte, du hättest es in den letzten Monaten vielleicht gefunden – obwohl ich nicht weiß, was passiert ist, dass du so neben dir stehst. Ich dachte, es würde dich freuen zu hören, dass du mich inspiriert hast, Lexie. Du bist nicht die Versagerin, für die du dich hältst. Du folgst deinem Herzen, und du hast mich dazu gebracht, dasselbe zu tun.«

Lexie bekam einen Kloß im Hals. »Ich hab's nicht gefunden«, flüsterte sie.

»Vielleicht hast du …«

»Nein. Ich meine, es ist…« Sie schluckte, dann holte sie tief Luft und erzählte Fran, was in Theos Wohnung passiert war.

Fran sah sie lange an, dann sagte sie: »Hast du ihm die Chance gegeben, es zu erklären?«

Lexie schwieg.

»Vielleicht solltest du mit ihm reden.« Ihre Stimme war ruhig und voller Mitgefühl, aber Lexie schwieg noch immer – weil sie nicht sicher war, ob sie es schaffen würde, mit Theo zu reden. Sie wusste nicht, ob sie mit der Wahrheit konfrontiert werden wollte. Und vor allem wollte sie nicht riskieren, dass er ihr mit einer Ausrede kam, wollte nicht riskieren, dass sie ihm *glaubte*, nur damit sich das Ganze dann irgendwann wiederholte. Es war ein Fehler, von einer festen Beziehung zu träumen, denn Beziehungen endeten nie gut. Nicht für sie, nicht für Fran, nicht für ihre Eltern, nicht für Richard und Jody, nicht für Theos Eltern … Und das war der Weckruf gewesen, den sie gebraucht hatte.

Offenbar konnte man ihre Gedanken an ihrem Gesicht ablesen, denn Fran drückte ihren Arm. »Ich weiß, die Wahrscheinlichkeit, dass dich jemand enttäuscht, ist geringer, wenn du ständig umziehst. Aber Lex, das bedeutet auch, keine engen Verbindungen mit anderen einzugehen. Und das ist in Ordnung«, fügte sie schnell hinzu. »Es ist eine Wahl, die du getroffen hast, und vielleicht war es bisher die richtige für dich. Aber du kannst doch auch mal etwas anderes ausprobieren. Du musst nicht weglaufen, bevor du den Leuten eine Chance gegeben hast. Ich weiß, es ist beängstigend, aber wenn du dich nie genug öffnest, um gegebenenfalls enttäuscht zu werden, bedeutet das auch, dass du nie jemandem die Chance gibst, für dich da zu sein.«

Mit *jemand* meinte sie natürlich Theo. Aber hatte sie Lexie nicht zugehört? Nicht verstanden, was Theo vorhatte? All die Gespräche mit Mike hinter ihrem Rücken …

»Ich laufe nicht weg«, sagte Lexie entschlossen. »Ich hätte gar nicht so lange bleiben sollen. Das war nie geplant.«

»Es ist nur … diese Entscheidung scheint etwas überstürzt. Bist du sicher, dass du das Richtige tust? Einfach gehen, ohne mit ihm darüber zu sprechen?«

»Ja«, sagte sie. Und als Fran sie erneut ansah: »Ganz sicher.«

Fran zog die Augenbrauen hoch. »Versuchst du, mich zu überzeugen oder dich selbst?«

Als Lexie den Mund öffnete, um zu protestieren, hob Fran die Hand.

»Ich möchte nur noch eine Sache dazu sagen, okay? Danach helfe ich dir sogar beim Packen, wenn du willst.«

Lexie nickte.

»Für mich bedeutet Mut, meinen Job zu kündigen und mich ins Ungewisse zu stürzen. Ich bin ein Risiko eingegangen, und wer weiß, vielleicht geht es schief. Zur Not kann ich immer noch in meinen alten Beruf zurückkehren. Meine Frage lautet also: Was bedeutet Mut für dich? Viele Leute finden es mutig zu reisen, von einem Ort zum anderen zu ziehen. Und das ist es auch. Es ist fantastisch. Und ich weiß, du hast es geliebt. Aber ist es das, was du *jetzt* willst?«

Lexie sagte nichts – Schweigen schien ihr sicherer.

Fran lächelte sie an. »Tu, was du tun musst. Ich werde für dich da sein, okay? Und denk dran, hier ist immer ein Platz für dich, falls du es dir anders überlegst.«

30. KAPITEL

Lexie hatte ihren Koffer gepackt, ihren Flug gebucht und einen Job in den österreichischen Alpen angenommen, bevor sie endlich den Mut aufbrachte, wieder ins Büro zu gehen. Sie hatte aufgehört, Theos Anrufe zu zählen, und mehrere Voicemails gelöscht, ohne sie abzuhören. Aber so ungern sie es zugab, Fran hatte recht. Sie konnte nicht einfach verschwinden, ohne nochmal mit ihm zu reden.

Der Herbst lag in der Luft an diesem Morgen, während die Menschen durch die Stadt eilten. Es war etwas kühler als in den letzten Wochen, und das Laub begann sich zaghaft zu färben. Bath würde im goldenen Herbstlicht wunderschön aussehen, dachte Lexie, als sie die Tür zum Laden aufstieß, etwas wehmütig, dass sie das nicht miterleben würde.

Theo stand vor dem Computer, an dem Harry arbeitete, als Lexie hereinkam. Die Erleichterung in seinem Gesicht, als er sie sah, ließ ihr Herz schneller schlagen, und sie wehrte sich dagegen, sich von ihm einwickeln zu lassen.

Sie gingen aufeinander zu und trafen sich in der Mitte des Raums. Sie hob das Kinn. »Ich bin nur gekommen, um dir zu sagen, dass ich gehe«, sagte sie, bevor er ihr zuvorkommen konnte.

»Du *was*?«

Aus den Augenwinkeln sah sie, dass Harry sie beobachtete. Theo bemerkte es offensichtlich auch, denn er griff nach ihrer Hand.

»Komm mit«, sagte er schroff und zog sie ins Hinterzimmer, vorbei an Ange, die mit drei Tassen Tee aufgetaucht war. Sie warf ihnen einen fragenden Blick zu, sagte aber nichts.

Theo schloss die Tür hinter ihnen, und Lexie lehnte sich dagegen. Er wandte sich von ihr ab und fuhr sich mit beiden Händen durchs Haar. »Hör zu«, begann er, und sie wappnete sich.

Genau das hatte sie erwartet, eine Ausrede, eine vorgeschobene Erklärung. Sollte er es einfach rauslassen, dann konnte sie gehen.

»Ja, der Vertrag, den du gesehen hast, war ein Versuch, dich aus der Firma drängen.«

Ihr Herz setzte einen Schlag aus. Mit der Wahrheit hatte sie nicht gerechnet. »Du …«

»Aber er ist vom Anfang des Jahres, Lexie.« Er ließ die Hände sinken und sah sie an. »Mike hatte die Idee, bevor du in die Firma eingestiegen bist – vor Frankreich. Und damals dachte ich, warum nicht. Immerhin hatte ich schon ein paar Jahre für diese Firma gearbeitet, während du dich aufgeführt hast, als wäre dir alles egal, und ich wollte die Firma behalten, weil ich dachte, dass Richard das gewollt hätte, weil ich dachte, dass ich es ihm *schuldig* bin, sein Vermächtnis fortzusetzen.« Er machte einen vorsichtigen Schritt auf sie zu, während sie noch immer an der Tür lehnte und ihn misstrauisch ansah.

»Es war mir nicht egal«, sagte sie zu leise. Aber sie sprach bereits in der Vergangenheit. Sie hatte sich längst rausgenommen.

»Das weiß ich jetzt auch. Natürlich weiß ich das. Und die Dinge haben sich geändert.«

Sie verschränkte die Arme und sah ihn mit zusammengekniffenen Augen an. »Was genau hat sich geändert?«

»Ich habe dich kennengelernt«, sagte er nur.

»Aber die Unterlagen, die ich…«

»Die waren alt. Lexie, du hast doch gesehen, dass sie nicht unterschrieben waren, oder? Es war ein alter Vertrag, ich kann es beweisen. Mike wollte die Idee wieder aufgreifen, aber ich habe abgelehnt. Es war von Anfang an eine dumme Idee. Aber inzwischen denke ich ganz anders.«

Als sie nichts sagte, ging er zu Anges Schreibtisch, tippte etwas auf der Tastatur und drehte dann den Computerbildschirm zu ihr. »Hier.«

Sie warf einen Blick darauf, obwohl sie zu weit weg war, um zu erkennen, was er ihr zeigte. »Das ist ein E-Mail-Verlauf zwischen mir und dem Anwalt, in dem es darum geht, dich als Geschäftsführerin einzusetzen. Wenn du das willst. Ich war mir nicht sicher, wie du dazu stehst. Aber ich wollte, dass es für die Zukunft eine Option ist.«

Sie sagte nichts, obwohl sich ihr Magen zusammenzog. Die Zukunft. Er hatte an die Zukunft gedacht – an die Zukunft der Firma natürlich. Aber mit ihr. Sie war bereit gewesen, einen Mietvertrag für eine Wohnung zu unterschreiben, und er war bereit gewesen, sich auf die gemeinsame Führung der Firma einzulassen.

Sie atmete tief durch, denn genau das war das Problem. Sie war bereit gewesen, ihr altes Leben für ihn aufzugeben, obwohl sie es so sehr liebte. Und wenn sie ihn an erste Stelle setzte, wenn sie alles für eine Beziehung mit ihm aufgab, wenn sie in Bath blieb und für die Firma arbeitete, was geschah dann, wenn die Beziehung zerbrach? Was würde dann von ihr übrig bleiben, von dem, was sie war?

»Theo«, begann sie. »Ich …«

»Nein.« Seine Stimme war scharf und flehend zugleich. »Bitte tu das nicht. Bitte tu nicht, was ich getan habe. Lauf nicht weg.«

Sie reckte trotzig das Kinn. »Bei mir ist das anders. Hast du selbst gesagt.«

»Ich glaube, diesmal nicht«, sagte er leise, und die Wahrheit seiner Worte hing zwischen ihnen in der Luft. »Und Lexie, Mike kann es dir bestätigen, wenn du …«

»Darum geht es nicht«, unterbrach sie ihn, und er runzelte die Stirn. »Ich meine, doch, schon. Das war unter der Gürtellinie, egal, wann du es getan hast.«

Er verzog das Gesicht. »Ich weiß. Aber ich weiß auch, dass ich es nicht durchgezogen hätte. Ich war nur wütend und traurig.«

»Trotzdem.«

Er nickte langsam.

Sie atmete tief durch und ließ die Hände sinken. »Und es ist nicht *nur* das.« Sie zögerte und suchte nach den richtigen Worten, um zu erklären, warum sie dadurch erkannt hatte, dass sie nicht bleiben konnte. »Die Firma gehörte ihm. Meinem Vater. Nicht mir.«

»Das heißt nicht, dass du sie nicht zu deiner machen kannst«, sagte er leise. Als sie nichts erwiderte, erstarb sein Lächeln. »Bitte. Tu das nicht. Bleib.« Sie erinnerte sich an seine Stimme, an seine Hand auf ihrer, damals in Irland. *Bleib*. Sie spürte, wie eine Welle von Gefühlen über sie hereinbrach, und schloss die Augen.

»Ich kann nicht«, flüsterte sie. Als sie die Augen wieder öffnete, war Theos Blick hart. Als wüsste er, dass es hier genauso um ihn ging wie um die Firma, vielleicht sogar um mehr. Dass sie nicht nur die Firma verließ, sondern auch ihn.

Bei diesem Gedanken konnte sie ihn nicht mehr ansehen. Sie drehte sich um und tastete nach der Türklinke. In ihrem Kopf hörte sie Frans Stimme. *Du bist nicht die Versagerin, für die du dich hältst*. Doch Fran irrte sich.

Während sie die Tür öffnete und einen Fuß nach draußen setzte, hoffte ein kleiner Teil von ihr, dass Theo sie aufhalten würde. Dass er die richtigen Worte finden würde, um sie zum Bleiben zu bewegen, auch wenn sie selbst nicht wusste, wie diese Worte lauten sollten. Aber das tat er nicht.

Kaum betrat Lexie das Ladenbüro, kam Ange auf sie zu, die offenbar gewartet hatte. Mit ihren hellgrünen Augen musterte sie Lexie, bevor sich ihre knallroten Lippen verzogen und sie den Kopf schüttelte, dass die goldenen Kreolen nur so wippten.

»Ich wünschte, du würdest das nicht tun, Lexie«, sagte Ange leise.

Lexie fragte nicht, woher Ange davon wusste. Sie wagte nicht, ihren Blick zu erwidern, und sah stattdessen auf den Teppich.

»Dein Vater hat mich gebeten, dieses Jahr auf dich aufzupassen«, fuhr Ange mit derselben ruhigen Stimme fort. »Aber wenn du wegläufst, machst du es mir ziemlich schwer, mein Versprechen einzulösen.«

Der Teppich verschwamm vor Lexies Augen, und sie blinzelte, um wieder klar sehen zu können. Anders als bei Theo widersprach sie nicht – sie wusste, Ange würde ihr nicht abkaufen, dass sie nicht davonlief.

Ange seufzte. »Wenn du gehst, wenn du deinen Teil der Abmachung nicht einhältst, geht die Firma an Theo, Lexie.«

»Ganz egal«, sagte Lexie mit belegter Stimme. »Er hat sie sowieso mehr verdient als ich.« Sie schluckte.

Als Lexie aufblickte, sah Ange sie nachdenklich an. »Dein Vater hat geahnt, dass es so kommen könnte, weißt du?«

Lexie runzelte die Stirn, doch bevor sie Ange um eine Erklärung bitten konnte, hielt Ange zwei Umschläge hoch, die sie vermutlich die ganze Zeit in der Hand gehabt hatte, ohne dass Lexie es bemerkt hätte. Auf beiden stand ihr Name. Ihr Name, in der Handschrift ihres Vaters.

»Ich weiß nicht, was drinsteht«, sagte Ange, während sie in jeder Hand einen Umschlag hielt. »Aber ich habe die strikte Anweisung, dir einen davon zu geben, wenn es so aussieht, als würdest du aufgeben.«

Lexie blickte zwischen Anges Händen hin und her, und Ange schenkte ihr wieder ein trauriges Lächeln.

»Aber du hast die Wahl. Der eine Brief ist für den Fall, dass du wirklich gehen willst, der andere für den Fall, dass du bleibst.« Sie streckte die linke Hand vor, und Lexie wusste, das war der Brief, den Ange ihr geben wollte.

Sie spürte einen Kloß im Hals, der sich nicht runterschlucken ließ. Ihr Vater hatte geahnt, dass sie womöglich aufgeben würde. Und den Briefen nach zu urteilen, hatte er gehofft, dass sie es sich noch einmal überlegte und trotzdem blieb.

»Ich denke, es ist deine Entscheidung, welchen du nimmst«, sagte Ange und hielt Lexie beide Briefe hin. Den Brief, für den Fall, dass sie blieb, in der linken Hand, den Brief, für den Fall, dass sie aufgab, in der rechten. Lexie holte tief Luft. Sie wollte *keinen* der beiden Briefe. Sie wollte die Handschrift ihres Vaters nicht lesen, wollte die Schleusen nicht öffnen. Aber sie konnte nicht einfach so gehen. Schließlich waren es die letzten Worte ihres Vater an sie.

Das *Tut mir leid* kam ihr nicht über die Lippen, sondern klang in ihrem Kopf nach, als sie den Brief aus Anges rechter Hand nahm. Vielleicht war sie ihrem Vater doch ähnlicher, als sie dachte. Denn sie verließ seine Firma, so wie er sie damals verlassen hatte. Bei diesem Gedanken verschwamm ihre Sicht, und sie wandte sich ab, weg von der Enttäuschung in Anges Augen, den Brief in der Hand.

Sie wusste nicht, ob sie je den Mut aufbringen würde, seine letzten Zeilen an sie zu lesen. Jetzt jedenfalls nicht, so viel stand fest. Vielleicht später, wenn sie es geschafft hatte, die letzten neun Monate hinter sich zu lassen. Denn genau das musste sie tun, alles hinter sich lassen und sich darauf besinnen, wer sie war. Egal, wie weh es tat, egal, wie sehr sie zitterte, als sie auf die Straße trat, sie musste gehen, um sich selbst treu zu bleiben.

Als die Tür ins Schloss fiel, blickte Lexie nicht zurück.

31. KAPITEL

In den ersten Wochen nach Lexies Abreise war sich Theo noch sicher gewesen, dass sie zurückkommen würde. Selbst einen Monat später war er noch davon überzeugt, dass er eines Tages ins Büro kommen und sie einfach wieder an ihrem Platz sitzen würde. Aber im Dezember gab er die Hoffnung auf. Er arbeitete jetzt immer öfter oben in der Wohnung – das hatte er auch früher gelegentlich gemacht, aber da war er gern unten gewesen, der Abwechslung wegen. Ohne Lexie schien es im Büro zu still zu sein. Nicht was die Lautstärke anging – dafür sorgte Harry –, sondern weil ihre Abwesenheit ihn von allen Seiten bedrängte.

Es klopfte laut an der Wohnungstür, dann steckte Ange den Kopf herein. »Du weißt nicht zufällig, ob Mike zur Teambesprechung kommt?«, fragte sie statt einer Begrüßung. »Ich habe heute Morgen noch mit ihm gesprochen, aber jetzt ignoriert er meine Anrufe.«

Theo, der auf dem Sofa über seinen Laptop gebeugt saß, richtete sich auf. »Ich glaube nicht.« Mike zog sich in letzter Zeit immer mehr zurück, und Theo war sich nicht sicher, ob er bleiben würde, seit klar war, dass sie den Vertrag nicht ändern konnten. Er glaubte, dass Mike seinen Anteil vor allem aus verletztem Stolz zurückhaben wollte. Es hatte ihn gekränkt, dass Richard Lexie und Theo alles hinterlassen hatte, obwohl Mike ihm damals das Startkapital gegeben hatte. Doch

Richard hatte das nicht getan, um Mike zu verletzen, sondern weil Mikes Interesse an der Firma so sehr schwankte.

Ange warf ihm einen Blick zu. »Dann sind es nur noch Harry, du und ich?«

Theo massierte seinen verspannten Nacken. Er sollte wirklich aufhören, auf dem Sofa zu arbeiten. »Sieht so aus.«

Ange schien etwas sagen zu wollen, verkniff es sich dann aber, nickte und ließ Theo allein.

Theo blickte durch die Sprossenfenster auf die Stadt, über der ein blasser Winterglanz lag, und obwohl es noch nicht mal vier Uhr nachmittags war, begann es bereits zu dämmern.

Er stellte seinen Laptop auf den Couchtisch, stand auf und ging in die angrenzende Küche. Er vermutete, dass Lexie wahrscheinlich nicht allein war, und versuchte, sich nicht selbst zu bemitleiden. Denn auch wenn er es nicht gern zugab, hatte er klassisches Social-Media-Stalking betrieben – und sich kein Stück besser gefühlt, als er ein Foto von Lexie auf Instagram gesehen hatte, mit schneebedeckten Bergen im Hintergrund und einem blonden Mann, der den Arm um sie gelegt hatte. Das tat weh – und war Grund genug, ihr nicht mehr zu schreiben. Die letzte Nachricht auf seinem Handy stammte vom Tag nach ihrem Verschwinden.

Komm zurück. Bitte.

Und ihre Antwort, ein paar Stunden später. Erwartungsvoll hatte er nach seinem Handy gegriffen, als er ihren Namen sah, nur um dann eine überwältigende Enttäuschung zu spüren. Ich kann nicht. Sorry.

Er verstand, warum sie gegangen war. Er wusste, wie es aussehen musste, und er wusste auch, dass es ihr schwerfiel, anderen zu vertrauen. Gott, warum hatte er nicht daran gedacht, Mike den verdammten Vertrag wieder in die Hand zu drücken, als er ging? Das ganze Drama wäre so vermeidbar gewesen. Andererseits wäre sie vielleicht trotzdem gegangen.

Er verwandte mehr Kraft als nötig darauf, den Wasserkocher anzustellen. Er hatte es vermasselt. Er hätte nie auch nur daran denken dürfen, sie aus der Firma zu drängen – das war in jeder Hinsicht falsch. Aber in Wahrheit hatte er es nie in Betracht gezogen. Nach Richards Tod war er wütend und verzweifelt gewesen, und Mike hatte das ausgenutzt.

Plötzlich überkam ihn Wut auf Lexie. Sie hätte nicht gehen dürfen. Sie hätte verstehen müssen, dass er ihr das niemals antun würde. Aber im Grunde wusste er, dass sie ihm glaubte. Er hatte ihr den Beweis vor die Nase gehalten, und sie hatte kaum mit der Wimper gezuckt. Und trotzdem war sie gegangen. Seine Wut kehrte sich nach innen, und ihm wurde heiß.

Er versuchte, tief durchzuatmen, während er heißes Wasser in eine Tasse goss, und wurde von einer Nachricht seiner Mutter abgelenkt, die auf seinem Handy aufblinkte. Er hatte es riskiert, sie zu fragen, ob sie ihn im Dezember für ein paar Tage besuchen wollte, damit er ihr Bath zeigen konnte.

Wir würden sehr gerne kommen, Theo – aber dein Vater kann nicht von der Arbeit weg. Du bist natürlich herzlich willkommen. Wir machen Heiligabend eine kleine Feier – Cally und ihr Mann werden auch da sein!

Er musste lachen, weil das so vorhersehbar war. Er antwortete, dass er dann wahrscheinlich noch im Ausland sei, aber versuchen werde, im Januar zu kommen. Schließlich könnte es sein letztes Weihnachtsfest in der Firma sein, und er *wollte* arbeiten.

Er hatte vorgeschlagen, Harry mit nach Belgien zu nehmen, um ihn einzuarbeiten. Falls Harry sich bewährte, würde Theo ihn sogar die letzten Tage allein lassen – so hatte Richard es in den ersten Jahren mit Theo gemacht, und nun wollte Theo diese Tradition fortsetzen. Immerhin war Harry in der Firma geblieben, und selbst wenn sie verkauft wurde, bestand die Chance, dass er weiterbeschäftigt würde.

Er steckte sein Handy weg. Er gab sich Mühe. Seit er gesehen hatte, wie verkorkst Lexies Beziehung zu Richard gewesen war und wie sehr sie darunter litt, dass sie sich nicht mehr aussöhnen konnten, versuchte er, seine Eltern zu akzeptieren. Sein Vater würde immer distanziert sein, seine Mutter sich vielleicht immer etwas Besseres für ihn wünschen. So lange hatte sie versucht, ihn zu ändern, und es war ihr nie gelungen – aber er konnte sie auch nicht ändern. Niemand war perfekt, wie Ange gern sagte. Er fragte sich, ob Lexie immer noch dabei war, den Verlust ihres Vaters zu verkraften, während sie sich in den Alpen amüsierte. Er dachte immer noch viel an Richard. Wie sie morgens zusammen Kaffee getrunken hatten oder abends einen Drink. Er wusste nicht genau, wann aus Kollegen Freunde geworden waren, aber er verdankte Richard so viel. Richard war sein Mentor gewesen, der erste Mensch, der an ihn geglaubt hatte, der ihm das Gefühl gegeben hatte, dass er etwas erreichen konnte. Und er dankte es ihm nicht gerade, indem er Lexie vertrieb, oder?

Er blies in seinen Tee und stierte mürrisch vor sich hin. Richard hatte niemandem gesagt, wie schlimm es um ihn stand. Theo hätte nachhaken müssen, für ihn da sein müssen, sich nicht von Richard abwimmeln lassen dürfen, als es ihm immer schlechter ging. Er hatte nie verstanden, warum Richard es geheim gehalten hatte, doch seit er Lexie kannte, fragte er sich, ob es mit Schuldgefühlen zu tun hatte. Oder war er unfähig gewesen, sich der Realität zu stellen, und hatte nicht wahrhaben wollen, dass das Ende so nah war? Dass er keine Gelegenheit mehr haben würde sich auszusöhnen? Doch all das waren nur Vermutungen.

Er erinnerte sich daran, wie Richard ihn zum ersten Mal mitgenommen hatte, obwohl er großspurig angekündigt hatte, kein Interesse daran zu haben. Es war die Weihnachtstour nach Brügge gewesen, derselbe Ort, an den er in wenigen Tagen mit Harry zurückkehren würde – ein seltsamer Kreis, der sich da schloss. Diese Reise war für Theo ein Wendepunkt gewesen. Richard hatte behauptet, er habe etwas im Hotel vergessen, als sie abends auf dem Weg zu einer Lichtshow waren – im Nachhinein offensichtlich eine Lüge. Theo war in Panik geraten, als er die erwartungsvollen Blicke der Gäste auf sich spürte, weil er nun die Verantwortung trug. Aber es hatte funktioniert. Für die meisten Leute wäre das nicht der Rede wert gewesen – er musste nur alle von A nach B bringen, höflich sein, Small Talk machen – für ihn war es ein großer Schritt gewesen.

Dieser kleine Moment, in dem ihm so viel Vertrauen entgegengebracht worden war, hatte etwas verändert. Er hatte aufgehört, sich hinter vorgetäuschtem Desinteresse zu verstecken, und beschlossen, sich von nun an Mühe zu geben.

Auf dem Rückflug hatte er Richard gefragt, warum er ausgerechnet Theo eine Chance gegeben hatte.

Richard hatte ihn angesehen, seine Augen etwas heller als Lexies. *Dein unsteter Lebenswandel ... Das erinnert mich an jemanden, den ich kenne, das ist alles.*

Damals hatte Theo gedacht, Richard spräche von sich selbst, aber im Nachhinein begriff er, dass er wahrscheinlich Lexie gemeint hatte.

Richard hatte ihm einen Seitenblick zugeworfen, als sie sich angeschnallt hatten. *Und ich hoffe, das klingt nicht zu herablassend, aber ich habe in meinem Leben viele Fehler gemacht*. Er seufzte, und Theo sah ihn an, denn das Gespräch hatte eine unerwartete Richtung genommen. *Ich kann die Vergangenheit nicht ändern – aber vielleicht kann ich dir helfen, deine Zukunft zu verändern*.

Und das hatte er. Richard hatte Theos Zukunft verändert, und er hatte nie Gelegenheit gehabt, ihm dafür zu danken.

Nach Richards Tod hatte der Anwalt ihm einen Brief von Richard gegeben. Er hatte gerade noch Zeit gehabt, ihn zu lesen, bevor Lexie reinkam – während er noch dabei war, die Information zu verarbeiten, dass Richard ihm die Hälfte der Firma vermacht hatte. Wäre schön gewesen, wenn Richard ihn vorgewarnt hätte, aber aus Gründen, die nur er kannte, hatte er seine Pläne geheim gehalten. Der Brief war kurz und knapp. Tut mir leid, dass ich dir nichts gesagt habe, aber ich hatte meine Gründe, so was in der Art. Er hatte erklärt, dass er bei der Gründung der Firma an Lexie gedacht hatte und dass es ihm ein Herzenswunsch war, ihr einen Teil davon zu hinterlassen. Aber dass Theo die Firma ebenso verdient hatte, weil er ihr treu geblieben war und all die Jahre so viel Arbeit hineingesteckt hatte.

Richard hatte Theo in seinem letzten Brief gebeten, auf Lexie aufzupassen. Dass er Konfliktpotenzial sah, aber dass Meinungsverschiedenheiten manchmal der Nährboden für etwas Neues sein konnten – und dass er hoffte, sie würden sich zusammenraufen. Und Theo dachte, Richard musste gewusst oder zumindest vermutet haben, dass Theo und Lexie sich ergänzen würden, sobald sie aufhören würden, sich zu bekämpfen. Dass Lexie gut mit Menschen umgehen konnte und Theo mit Zahlen.

Das hätte er Lexie sagen sollen, dachte Theo frustriert. Das und noch so viel mehr.

Er war sich nicht sicher, was Richard davon halten würde, dass Theo sich in seine Tochter verliebt hatte. Denn das hatte er. Er hatte es nicht geplant, aber irgendwann konnte er sich nicht mehr dagegen wehren. Er hatte mehr Kampfgeist erwartet, bevor sie gegangen war. So wie zu Beginn ihres Kennenlernens, Anfang des Jahres. Stattdessen hatte sie einfach die Waffen gestreckt.

Vielleicht war es besser so. Vielleicht war es besser, dass sie gegangen war, bevor er alles noch schlimmer machen konnte. Bevor er sie früher oder später enttäuschte, so wie er seine Eltern enttäuscht hatte. Sie hatte schon genug durchgemacht.

Es klopfte kurz, dann kam Ange herein, dicht gefolgt von Harry, dessen Weihnachtskrawatte fröhlich wippte. Ange bedeutete Harry, sich an den Couchtisch zu setzen, und wartete, bis Theo ebenfalls so weit war. »Ich komme gleich zur Sache«, sagte sie. »Mike hat mich heute Morgen angerufen und gesagt, dass er nicht mit nach Wien kommt.«

Theo verschluckte sich an seinem Tee, und Harry sprang sofort auf, um ihm auf den Rücken zu klopfen.

»Was?«, fragte Theo.

Mike hatte eine Riesenszene gemacht. Hatte darauf bestanden, mit nach Wien zu fahren, hatte gesagt, Theo habe ihn von der Madrid-Reise ausgeschlossen und dass er so etwas nicht noch einmal zulassen würde. Das war kurz nachdem Theo ihm klargemacht hatte, dass er nicht daran interessiert war, Lexie aus der Firma zu drängen, um Mike ins Boot zu holen, und er war sicher, dass Mike nur aus Trotz so ein Drama anzettelte. Aber Lexie war da gerade erst gegangen, und er hatte keine Lust auf Streit. Mike sollte vor Ort alles organisieren, das Wichteln vorbereiten und sich mit der Reiseführerin treffen, die sie vor Ort engagiert hatten, um die Gäste durch die Traditionen und das Weihnachtsfest selbst zu begleiten. Theo hatte sie vor ein paar Wochen kennengelernt und war überzeugt, dass sie es gut machen würde, aber es war ihre erste Reise dieser Art, also brauchten sie jemanden vor Ort, um ein Auge darauf zu haben, dass alles glattlief. Mike wusste das. Was wiederum den Eindruck verstärkte, dass das alles aus Boshaftigkeit geschah.

Harry hob die Hand wie ein übereifriger Schüler. »Ich könnte fahren.«

»Nein, kannst du nicht«, sagten Theo und Ange gleichzeitig.

»Außerdem fährst du doch mit Theo nach Belgien, oder?«, sagte Ange mit einem aufmunternden Lächeln.

Theo schüttelte den Kopf. »Ich fahre nach Wien.« Er runzelte die Stirn. »Wir, meine ich.« Er seufzte. »Tut mir leid, Harry, aber ich denke, in Belgien können wir uns auf die Leute vor Ort verlassen und …«

»Das ist nicht nötig«, sagte Ange schroff.

Sie lehnte sich zurück, als Theo sie ansah.

»Ich denke, wir sollten Lexie fragen.«

Theo konnte gerade noch verhindern, dass er sich erneut verschluckte.

»Sie ist sowieso in Österreich«, fuhr Ange fort, wie sie es manchmal tat, sachlich, ohne Raum für Widerspruch, »und es wären ja nur ein paar Tage. Du hast selbst gesagt, unsere Frau dort ist brillant. Und Lexie ist offiziell immer noch Partnerin in der Firma, oder?«

Theo zögerte, bevor er sagte: »Ja, schon.«

Ange sah ihn erwartungsvoll an.

»Ich weiß nicht …«, sagte er langsam. Und als sie ihn weiterhin nur ansah, seufzte er. »Okay. Na schön. Sie wird es wahrscheinlich sowieso nicht machen, aber wir können sie ja mal fragen.«

Und er hätte einen Vorwand, Kontakt aufzunehmen.

Sie strahlte. »Genial. Harry und ich warten.«

»Du willst, dass ich sie *jetzt* frage?«

»Natürlich jetzt. Wann denn sonst?«

Manchmal, dachte Theo, war es einfacher, sich nicht mit Ange zu streiten. Also stand er auf, nahm sein Handy und ging in die Küche, für minimale Privatsphäre. Er versuchte, nicht zu viel nachzudenken, während er ihre Nummer wählte. Dann zerbrach er sich nicht den Kopf, was er sagen sollte. Er lauschte, während das Telefon klingelte. Und klingelte.

Als er auflegte, konnte er sich einen leisen Fluch nicht verkneifen, bevor er sich umdrehte und Ange über den Küchentresen hinweg ansah. »Sie geht nicht ran«, knurrte er.

Ange seufzte. »Du hast es ein bisschen vermasselt, oder?« Ohne auf Theos Reaktion zu warten, zückte sie ihr eigenes Handy. »Schon gut, ich rede mit ihr.«

Als Lexie abhob, musste Theo sich anstrengen, seinen finsteren Blick zu verbergen. Was hatte sie *gedacht*, warum er anrief? Welches Gespräch wollte sie so verzweifelt vermeiden?

Er konnte nur Anges Seite des Gesprächs hören und verspürte einen Stich der Eifersucht, weil Ange Lexies Stimme hören konnte und er nicht. Sei nicht albern, sagte er zu sich selbst. Er musste sich verdammt noch mal zusammenreißen. Offensichtlich wollte sie nichts mehr mit ihm zu tun haben, wenn sie seine Anrufe aktiv ignorierte, oder? Gut, dass er sie nicht mit Nachrichten bombardiert hatte.

Harry sah zu Theo und lächelte ihn mitfühlend an – und Theo wurde klar, dass Harry wahrscheinlich mehr mitbekam, als er ihm zutraute.

»Lexie sagt, sie wird helfen«, sagte Ange und legte auf.

Und das war's offenbar. Sie besprachen die organisatorischen Einzelheiten, Ange sagte, sie würde Flug und Hotel für Lexie buchen, und Theo ließ sie die Regie übernehmen, während er sich die ganze Zeit fragte: Warum? *Warum* hatte sie zugestimmt?

Er könnte nach Wien fliegen, dachte er, und bei dem Gedanken geriet sein Herz ein wenig ins Stolpern. Nach ein oder zwei Tagen konnte er Harry in Belgien allein lassen, wenn alles glatt lief. Wie damals in Frankreich würde er einfach auftauchen, und sie musste sehen, wie sie damit klarkam. Aber anders als in Frankreich wüsste er diesmal, dass sie da sein würde, und konnte sich vorbereiten. Konnte sie zwingen, mit ihm zu reden.

Ange sah ihn streng an. »Das muss sie allein machen«, wechselte sie mitten im Satz das Thema.

Er runzelte die Stirn, und sie seufzte.

»Hab etwas Vertrauen, T-Rex.«

Als er nichts sagte, lächelte Ange freundlich.

»Sie hat der Firma noch nicht endgültig den Rücken gekehrt, Theo. Sonst hätte sie nicht zugestimmt.«

»Und doch hat sie die Firma verlassen.«

Hat mich verlassen.

Ange sah ihn lange an, dann stand sie auf. »Komm, Harry. Unten warten sicher schon Kunden auf dich.«

Harry stand auf und ging zur Tür.

Ange blieb zurück und legte eine Hand auf Theos Arm. »Du hast schon einmal gegen sie gewettet.«

Bei der Erinnerung, wie gefühllos er damals gewesen war, zuckte er innerlich zusammen.

»Vielleicht solltest du diesmal an sie glauben.«

32. KAPITEL

Lexie zog ihren Wintermantel aus, als sie die Bar betrat. Im Hintergrund lief Weihnachtsmusik, und die Klänge von »I Wish It Could Be Christmas Every Day« mischten sich mit dem Stimmengewirr des überfüllten Lokals. In der Ecke blinkten die Lichter des Weihnachtsbaums, und der Duft von Glühwein stieg ihr in die Nase. Fast auf den Tag genau vor einem Jahr war sie in eben dieser Bar gewesen, als ihre Mutter sie angerufen und ihr die Nachricht vom Tod ihres Vaters überbracht hatte. Alles sah genauso aus wie damals, bis hin zum Lametta, das die Bar schmückte.

Sie ging zu ihren Freunden, darunter einige aus dem letzten Jahr, auch Mikkel, der dieses Jahr ein neues Mädchen im Arm hielt. Mikkel lächelte Lexie zu, und sie lächelte zurück, bevor sie sich neben Amelie setzte. Lexie war mit offenen Armen empfangen worden, als sie den Job bei den Skilifts bekommen hatte. An Reisen hatte Lexie immer geliebt, dass jeder einen Platz in seinem Leben für den anderen fand. Man schloss schnell Freundschaften, verbunden allein dadurch, dass man neu an einem Ort war. Sie hatte erwartet, leicht wieder in dieses Leben zurückzufinden, nachdem sie Bath verlassen hatte, aber irgendwie hatte sie das Gefühl, nicht so richtig dazuzugehören, konnte es nicht so genießen wie früher.

»Wie war Wien?«, fragte Amelie.

»Fantastisch«, antwortete Lexie ehrlich. Sie war gern hingefahren und hatte keine Fragen gestellt, als Ange sie angerufen hatte. Sie hätte wissen müssen, dass Theo wegen der Arbeit angerufen hatte, als sie seinen Namen auf ihrem Handy blinken sah. Doch sie hatte wie gelähmt auf ihr Handy gestarrt, bis es aufhörte zu klingeln. Sie war kurz davor gewesen, ihn zurückzurufen, als Ange sich meldete, und mit ihr zu reden, war sowieso einfacher. Sie hatte das Wichteln unter den Gästen organisiert und sich erinnert, dass es ursprünglich Theos Idee gewesen war, und heimlich wäre sie gern Heiligabend dabei gewesen, wenn alle ihre Geschenke auspackten, nachdem sie vom Weihnachtsmarkt zurückkamen. Aber Ange hatte ihr schon einen Flug gebucht, und Lexie hatte ihren Job erledigt und die Verantwortung in die fähigen Hände der einheimischen Reiseführerin gelegt.

Lexies Chef war alles andere als begeistert gewesen, dass sie sich freigenommen hatte, aber sie hatte mühelos jemanden gefunden, der ihre Schichten übernehmen konnte. Vielleicht war es das, was ihr zu schaffen machte. In der Firma war sie Teil von etwas gewesen, und jetzt jobbte sie wieder, ohne Perspektive, ohne Zukunft.

Sie hatte sich gefragt, ob Theo vielleicht unangemeldet auftauchen würde, nach dem Streich, den Ange ihr auf dem Zitronenfest gespielt hatte. Und dann war ihr klargeworden, dass sie sich genau das wünschte. Wien mit ihm zu teilen, mit ihm Schlittschuh zu laufen, mit ihm heiße Schokolade zu trinken, sich gegenseitig aufzuziehen, Geschichten auszutauschen und gemeinsam darüber zu lachen. Am liebsten hätte sie ihn hinterher angerufen, um ihm wenigstens davon zu erzählen.

Sie hatte sich in ihn verliebt, das wusste sie jetzt. Irgendwann war es passiert und ließ sich nicht mehr rückgängig machen, auch nicht durch die Flucht in ein österreichisches Skigebiet.

Amelie hatte sich jemand anderem zugewandt, und Lexie zückte ihr Handy.

Sie öffnete den Chat mit Theo und las die letzten Nachrichten.

Komm zurück. Bitte.

Ich kann nicht. Sorry.

Das war *Monate* her. Ein paarmal hatte sie überlegt, ihm zu schreiben – aber was? Sie hatte diese Tür geschlossen, weil es so besser war, und versucht, alles hinter sich zu lassen. Nur gelang ihr das nicht.

Sie verabschiedete sich früh und ließ ihre Freunde in der Bar zurück. Sie wohnte in einer Wohngemeinschaft etwas abseits des Geschehens, sodass sie mit dem Bus zur Arbeit fahren musste. Es war ein ganz normales Einzelzimmer mit Gemeinschaftsbad und -küche. Sie hatte schon schlechter gewohnt, aber irgendwie fand sie es für jemanden in ihrem Alter plötzlich deprimierend. Sie hatte kaum etwas ausgepackt, und ihr Zimmer war sowieso zu klein, um viel darin unterzubringen. Nur ihr Wunschglas stand wie immer auf der Kommode.

Daneben lag der Brief ihres Vaters, der Umschlag ans Glas gelehnt. Sie hatte sich nicht überwinden können, ihn zu öffnen. Sie wollte nicht lesen, wie enttäuscht er war, dass sie aufgegeben hatte. Wollte noch weniger lesen, dass er sie vielleicht *verstand*, weil er in seinem Leben auch Dinge aufgegeben hatte. Und vielleicht wollte sie ihn auch nicht öffnen, weil sie es nicht ertragen konnte, seine letzten Worte an sie zu lesen. Es war die letzte Verbindung zu dem Vater, den sie gehasst hatte, und zu dem Vater, den sie geliebt hatte.

Sie saß am Fußende des Bettes, das unter ihrem Gewicht knarrte. Sie hatte nicht einmal den Mantel ausgezogen. Stattdessen starrte sie nur auf die gefalteten Zettel im Wunschglas. Aber anders als im letzten Jahr wusste sie, was sie sich wünschte.

Sie dachte daran, dass Theo gesagt hatte, man könne sich hinter seinen Wünschen auch verstecken, statt daran zu arbeiten, dass sie sich erfüllten. Und ihr fiel auch ein, was ihr Vater damals gesagt hatte, als sie ihm ihr Wunschglas gezeigt hatte. Dass es vielleicht einige Zeit dauerte, aber die Wünsche irgendwann in Erfüllung gingen, wenn man nur fest genug daran glaubte. Er hatte damit gemeint, dass man etwas dafür tun, sich anstrengen musste, dachte sie jetzt. Vielleicht galt das nicht für jeden Wunsch. Denn so sehr sie sich auch danach gesehnt hatte, er war nicht zu ihnen zurückgekehrt. Manches hatte man aber durchaus in der Hand.

Sie hatte sich etwas vorgemacht. Sie hatte geglaubt, sie müsste gehen, um sich selbst treu zu bleiben. Dass sie sich aufgab, wenn sie für Theo in Bath blieb. Aber so war das eigentlich gar nicht. Irgendwann hatte sie sich verändert, und das war ihr klargeworden, als sie in die Berge zurückgekehrt war. Sie *wollte* die Wohnung und ihre Position in der Firma, nicht nur für ihn, sondern auch für sich selbst. Und das war okay. Vielleicht war es gar nicht so beängstigend. Vielleicht war Veränderung etwas Gutes. Und vielleicht gingen nicht alle Beziehungen in die Brüche. Ihr fiel ein, was ihre Mutter gesagt hatte. *Beziehungen bedeuten Arbeit*. Einfach, aber einprägsam. Ja, manchmal klappte es trotzdem nicht, aber man musste es wenigstens *versuchen*.

Sie holte tief Luft und holte ihr Handy wieder hervor. Doch bevor sie durch die Nummern scrollen konnte, sah sie eine Nachricht von Ange.

Lexie, du bist ein Superstar. Anna aus Wien LIEBT dich, und alle sind sehr glücklich. Danke, dass du uns gerettet hast – ich wusste, dass du immer noch zu R&L gehörst. Auch wenn mir klar ist, warum du gegangen bist. Aber falls du diesen Freitag in Bath bist: Wir veranstalten eine kleine Gedenkfeier für deinen Vater. Um uns zu verabschieden, ein Jahr später. Kein Druck, aber wir würden uns sehr freuen, wenn du kommst.

Lexie stellte sich vor, wie es wäre, mit Menschen, die ihren Vater geliebt hatten, an einem Tisch zu sitzen und Abschied zu nehmen. In diesem Jahr hatte sie etwas über das Abschiednehmen gelernt – dass es nicht immer ein einmaliges Ereignis war, sondern ein Prozess.

Sie holte tief Luft und tippte eine Antwort.

Kann ich jemanden mitbringen?
Wenn du kommst, kannst du so viele Leute mitbringen, wie du willst.

*

Lexie wartete, bis das Flugzeug in der Luft war und das Anschnallzeichen erlosch, bevor sie den Brief ihres Vaters hervorholte. Sie hatte das Gefühl, dass sie auf dem Weg nach Hause sein musste, bevor sie ihn lesen konnte. Ihre Fingerspitzen zitterten ein wenig, als sie den Umschlag öffnete. Sie war sich immer noch nicht sicher, ob sie wissen wollte, was er von ihrer Kündigung hielt. Aber nun war es an der Zeit.

Meine kleine Lexie,

ich weiß, so klein bist du gar nicht mehr. Und darüber hinaus habe ich jedes Recht verloren, dich so zu nennen, aber für mich bist du immer noch das kleine Mädchen, das mir damals so stolz sein Wunschglas präsentiert hat. Nichts bereue ich so sehr, wie dieses kleine Mädchen enttäuscht zu haben – dich enttäuscht zu haben.

Wenn du diesen Brief liest, bedeutet das, du hast die Firma verlassen.

Lexies Herz setzte einen Schlag aus, doch sie las weiter.

Und glaub mir, ich verstehe, warum. Ich weiß, dass ich dir ein schlechter Vater war. Ich weiß, dass ich nicht da war, als ich hätte da sein sollen. Ich habe keine Erklärung, keine Entschuldigung, die rechtfertigen würde, was ich getan habe. Ich habe einen Fehler gemacht. Ich habe viele Fehler gemacht – so einfach ist das. Fehler, die ich nicht wiedergutmachen kann. Ich habe mich unfreiwillig in Jody verliebt und mein Glück über deins gestellt. Ich war dumm und naiv und dachte, ich könnte alles haben – aber da habe ich mich geirrt. Rachel ist das Ergebnis dieser Ehe, deshalb kann ich es nicht wirklich bereuen – aber du hättest nicht zwischen die Fronten geraten dürfen. Es tut mir leid, dass du nicht Teil meines Lebens warst, und es tut mir leid, dass ich nicht stark genug war, um dafür zu kämpfen – denn nichts anderes hättest du verdient. Am meisten tut es mir leid, dass ich dir das Gefühl gegeben habe, ich würde dich nicht lieben, denn ich schwöre dir, Lexie, das Gegenteil ist der Fall.

Ich verstehe also wirklich, warum du gekündigt hast. Ange hat gesagt, ich hätte mit dir reden sollen, bevor ich dir die Hälfte der Firma hinterlasse. Aber ich glaube, ich hätte nie die richtigen Worte gefunden, und wenn du diesen Brief liest, wissen wir beide, dass es jetzt zu spät dafür ist. Ich weiß, dass ich dich ins kalte Wasser geschmissen habe, dass ich dir das Leben schwer gemacht habe, indem ich die Firma dir und Theo gemeinsam hinterlassen habe. Und ich weiß, dass du nicht in einer Stadt wohnen willst, die meine Stadt war.

Aber ich glaube auch, dass du stärker bist als all das. Vielleicht irre ich mich, aber während ich diese Zeilen schreibe, bin ich mir ziemlich sicher, dass du zurückkehren wirst. Ich weiß, warum du gegangen bist, aber ich glaube, dass du stärker bist als ich. Deshalb habe ich Hoffnung, Lexie, dass du nicht wirklich aufgibst. Dass du dieses Jahr durchziehst. Und ich hoffe, dass die Firma dir ein bisschen von der Freude bringt, die sie mir gebracht hat. Selbst wenn ihr sie am Ende verkauft, hoffe ich, dass du etwas darin gefunden hast. Denn es ist deine Firma, ob du dir dessen bewusst bist oder nicht. Ich habe dabei immer an dich gedacht.

Als ich Jody verließ, fühlte ich mich wie ein Versager. Ich ging aus Gründen, auf die ich nicht näher eingehen will, denn es ist nicht nur meine Geschichte. Aber trotz dieser Gründe hatte ich das Gefühl, wieder einmal versagt zu haben, weil ich meine zweite Ehe nicht retten konnte. Ich bin gegangen, um Rachel beizustehen, aber das hat mir umso deutlicher gemacht, wie wenig ich dir beigestanden habe. Deine Mutter ist eine fantastische Frau. Sie ist einer der nettesten Menschen, die ich kenne – und trotz allem, was ich ihr angetan habe, hat sie mich nie aus deinem Leben ausgeschlossen. Sie hat mir gezeigt, dass ich willkommen bin, und sie hat mich über dein Leben auf dem

Laufenden gehalten, als du noch nicht bereit dafür warst. Aber trotzdem wusste ich, dass ich versagt hatte.

Erinnerst du dich an deine erste Reise ins Ausland? Du warst erst drei Jahre alt, und wir wollten über Weihnachten wegfahren. Wir haben uns für Deutschland entschieden, weil es dort schöne Weihnachtsmärkte gibt. Ich habe dich noch nie so aufgeregt gesehen. Andere Kinder im Flugzeug weinten, aber nicht du. Mit großen Augen hast du aus dem Fenster geschaut. Deine Mutter und ich konnten kaum glauben, wie einfach es war, mit einem kleinen Kind zu reisen.

Was ich hier sehr ungeschickt auszudrücken versuche, ist, dass ich die Firma gegründet habe, weil ich die Freude, die ich in dir gesehen habe, wieder aufleben lassen wollte. Wir hatten eine Tradition, ich weiß nicht, ob du dich daran erinnerst. Jedes Jahr zu Weihnachten sind wir woanders hingefahren. Mit dir neue Orte zu entdecken, war für mich der Höhepunkt des Jahres. Etwas von dieser Freude wollte ich an andere weitergeben. Und im Laufe der Zeit ist mir klargeworden, dass es noch so viele Reisen gibt, die ich gerne mit dir gemacht hätte.

Ich weiß auch, dass du immer noch viel reist – deine Mutter hat mir von deinen Abenteuern erzählt. Ich habe mich gefragt, ob diese Liebe zum Reisen in deiner Kindheit begründet liegt, in diesem ersten Urlaub. Oder war das schon immer in dir angelegt? Jedenfalls ist die Firma auf dieser Liebe zum Reisen aufgebaut.

Es ist also deine Firma, wenn du willst. R&L – blöder Name, oder? Mike – ich bin sicher, du hast Mike inzwischen kennengelernt – wollte mich anfangs überreden, ihn zu ändern. Aber gibt es ein schöneres Vermächtnis als meine beiden Töchter? Für Rachel hätte es nicht gepasst, aber für dich, Lexie, ist es vielleicht das Richtige.

Ich weiß nicht, zu welcher Jahreszeit du das hier liest. Vielleicht hast du sofort hingeschmissen, als du es erfahren hast. In diesem Fall hoffe ich, dass es dir hilft zu verstehen, warum ich dir die Firma hinterlassen habe. Wenn das Jahr halb vorbei ist, hat Theo dich vielleicht rausgeekelt. Manchmal braucht er eine Weile, um warm zu werden. Aber ich hatte gehofft, dass ihr Freunde werdet und euch gegenseitig unterstützt. Ich werde nie erfahren, ob ich recht habe, aber ich hoffe es.

Unabhängig von der Jahreszeit möchte ich dir noch etwas geben. Ich weiß, dass ich dir normalerweise eine Weihnachtskarte mit Geld schicke. Jedes Jahr musste ich dafür deine Mutter nach deiner Adresse fragen – danke ihr dafür, ja? Ich fürchte, Geld ist etwas unpersönlich, aber ich hatte immer Angst, dass ich das Falsche kaufe oder dass du es mir zurückschickst. Außerdem nimmt Geld im Koffer keinen Platz weg. Aber dieses Weihnachten habe ich etwas Besonderes für dich.

In dem Jahr, als ich euch verlassen habe, hatten wir eigentlich vor, nach Island zu fliegen. Deine Mutter wollte gerade die Flugtickets kaufen, als ich ihr von Jody erzählte. In meiner Naivität nahm ich an, dass es noch genug Gelegenheiten geben würde, mit dir nach Island zu reisen. Du sollst wissen, dass ich diese Reise nie vergessen habe, genauso wenig wie mein Versprechen an dich. Deshalb lege ich dir zwei Flugtickets bei – für den Fall, dass du jemanden mitnehmen möchtest – und die Reservierung für eine der besten Unterkünfte Islands, zumindest nach meinen Recherchen. Leider kann ich dich nicht begleiten, aber ich hoffe, die Reise wird dir wieder dieselbe Freude ins Gesicht zaubern wie damals.

Und bitte glaube mir: Auch wenn ich nicht in deinem Leben präsent war, so warst du doch immer in meinen Gedanken. Ich kann die Vergangenheit nicht ändern, so sehr ich es auch möchte, aber vielleicht kann ich Teil deiner Zukunft sein.

Es tut mir leid – und ich hab dich lieb.

Dad

»Ist alles in Ordnung?«, fragte die Frau neben ihr im Flugzeug leise. Erst jetzt merkte Lexie, dass sie weinte. Verstohlen wischte sie sich über die Wange und nickte. Dann konzentrierte sie sich wieder auf den Brief. Er hatte gewusst, dass sie zurückkehren würde. Irgendwie hatte ihr Vater geahnt, dass sie nicht aufgeben würde – zumindest nicht endgültig. Sie schloss die Augen und versuchte tief durchzuatmen. Er erinnerte sich an Island, an das Versprechen, das er ihr gegeben hatte. Theo hatte recht gehabt: Das war der Grund, warum die Islandreise nie zustande gekommen war. Er hatte sie aufgehoben – für sie.

Sie faltete den Brief zusammen und steckte ihn zurück in den Umschlag. Es gab so viel zu verarbeiten. Dinge, für die sie Zeit brauchte. Dinge, auf die sie vielleicht selbst hätte kommen können. Dass er die Firma für sie gegründet hatte, zum Beispiel. Ange und Theo hatten es angedeutet, aber sie hatte es nicht sehen wollen. Er hatte nicht gewusst, wie er die Kluft zwischen ihnen überbrücken sollte, aber er hatte versucht, die Vergangenheit wiedergutzumachen, indem er ihr ein Vermächtnis hinterließ. Und er hatte recht – nichts davon änderte etwas an dem, was geschehen war. Doch die Zukunft lag in ihrer Hand.

33. KAPITEL

Als Lexie das Lokal betrat, strömte Wärme durch ihren Körper, und sie hörte augenblicklich auf zu bibbern. Es lag im Zentrum von Bath und war Ange zufolge Richards Lieblingspub gewesen, in dem er freitags nach der Arbeit gern mit seinen Kollegen etwas trinken gegangen war. Die Stimmung war ausgelassen festlich, und viele Gäste trugen Papierhüte und hatten beim vorweihnachtlichen Lunch Knallbonbons gezogen. Das Licht war gedämpft, Lichterketten hingen an den Fenstern, hinter denen die winterliche Dunkelheit bereits Einzug gehalten hatte. Es war noch nicht mal sechs Uhr abends, aber die Leute standen schon Schlange vor der Bar und lehnten am Holztresen.

Ihr Herz tat einen Sprung, als sie Ange im Glitzerkleid in einer Ecke entdeckte, doch dann sank es, als sie begriff, dass Theo nicht da war. Dafür sah sie Rachel – neben ihr ein großes Mädchen mit glatten schwarzen Haaren. Daneben saßen Harry, die Krawatte mit Weihnachtspuddings verziert, und ihre Mutter in dem einzigen Weihnachtspullover, den sie besaß. Als Lexie näher kam, stand ihre Mutter auf und umarmte sie, ihr honigblondes Haar kürzer als letztes Mal. Lexie atmete den blumigen Duft ihrer Mutter ein. Sie hatte ihr nicht genug gedankt, war nicht oft genug hier. Aber das konnte sie ändern. Sie konnte dafür sorgen, dass sie in dieser Hinsicht nichts zu bereuen hatte.

Lexie setzte sich neben Rachel auf die Bank, während Ange ihr über den Tisch zuwinkte und ihr zu verstehen gab, dass sie an die Bar gehen wollte, um Getränke zu holen. Wie immer trug Ange große Ohrringe, die wippten, als sie aufstand. Segelboote? Waren das dieselben Ohrringe, die sie bei der Beerdigung getragen hatte? Komisch, woran man sich so erinnerte.

»Danke, dass du da bist«, flüsterte Lexie Rachel zu.

Rachel lächelte sie an. »Natürlich. Ich habe auch jemanden mitgebracht.« Rachel nahm die Hand der Frau neben sich und atmete tief durch, als würde sie ihren ganzen Mut zusammennehmen. »Lexie, das ist Lana, meine zukünftige Verlobte. Lana, das ist meine …« Sie stockte und räusperte sich. »Das ist Lexie.«

Lana strahlte, und ein Grübchen blitzte auf. Sie hatte ein ansteckendes Lächeln und leicht schiefe Zähne, die zu ihrem Pony passten, der aussah, als hätte sie ihn selbst geschnitten. Lexie mochte sie auf Anhieb.

»Hi. Ich bin Rachels Schwester.«

Rachels Blick huschte zu Lexie, und Lexie erwiderte ihn.

»Ich meine«, fuhr Lexie fort, »ich kann nicht versprechen, dass ich eine gute Schwester bin. Aber ich bin bereit, es zu versuchen, wenn du willst.«

Tränen schimmerten in Rachels Augen. »Aber so was von«, sagte sie mit belegter Stimme.

Lexie neigte den Kopf. »Umarmen sich Schwestern? Ich glaube, sie umarmen sich.«

Rachel warf sich praktisch in Lexies Arme, die lachte und ihr auf den Rücken klopfte. Als Rachel die Umarmung löste, weinte sie richtig.

Neben ihr verdrehte Lana die Augen, obwohl sie Rachel liebevoll das Knie tätschelte. »So ist sie.«

Lexie grinste. »Ich weiß.«

Und das brachte Rachel nur noch mehr zum Weinen.

Lexie begriff, dass sie eine Schwester hatte. Eine Schwester, die sie beinahe verpasst hätte, weil sie sich nicht getraut hatte, auf sie zuzugehen.

Von ihrem Platz aus konnte Lexie die Tür zum Pub sehen. Als sie sich öffnete und nicht Theo reinkam, überkam sie erneut eine Welle der Enttäuschung. Aber es war jemand anderes, den sie kannte, und sie stand auf, um Fran zu umarmen. Statt des schicken Anwältinnen-Kostüms, in dem sie Fran kannte, trug sie einen bunten Pullover, der Lexie an Frans Teenagerjahre erinnerte.

Lexie löste die Umarmung. »Fran, ich …«

Doch Fran hob die Hand. »Das haben wir doch schon besprochen. Du brauchst dich nicht zu entschuldigen.«

Lexie blies die Wangen auf und nickte. Dann legte sie den Kopf schief und suchte nach einem leichteren Thema. »Kein Date heute Abend?«

Fran warf ihre dunklen Haare zurück. »Ich hatte kein einziges, seit du weg bist«, sagte sie unbekümmert. Als Lexie die Augenbrauen hochzog, winkte Fran ab. »Das gehört alles dazu, herauszufinden, was ich will.«

Lexie lächelte, aber Fran schaute jetzt über Lexies Schulter, und an der Art, wie ihr Blick zu ihr zurückkehrte, wusste Lexie, wen sie gesehen hatte. Fran drückte Lexie kurz den Arm, dann gesellte sie sich zu der Gruppe um den Tisch.

Lexies Herz klopfte, als sie sich umdrehte. Theo stand ein paar Meter entfernt, regungslos, und starrte sie an. Über die Menge hinweg trafen sich ihre Blicke und blieben aneinanderhängen. Ihr Atem stockte. War er schon immer so verdammt attraktiv gewesen? Hatte er sie schon immer so angesehen, als gäbe es trotz unzähliger Menschen im Raum nur sie?

Doch dann verzog er die Lippen zu einem kleinen Lächeln und nickte. Ein Hallo – aber nicht das Hallo, das sie sich erhofft hatte. Dann wandte er sich von ihr ab und ging zur Bar.

Sie schloss kurz die Augen und versuchte, das flaue Gefühl im Bauch zu unterdrücken. Sie hatte gewusst, dass so etwas passieren konnte. Sie hatte gewusst, dass er ihr vielleicht nicht verzeihen würde. *Lauf nicht weg*, hatte er gesagt. Doch genau das hatte sie getan. Sie war zurückgekommen, ja – aber was, wenn es zu spät war?

Als Lexie sich wieder zum Tisch umdrehte, sah sie, dass Ange sie beobachtete. Ihr Gesicht entspannte sich zu einem Lächeln, dann winkte sie Lexie zu sich rüber und schenkte ihr ein Glas Rotwein ein. Ange nahm einen Mantel vom Stuhl neben sich, und Lexie setzte sich.

»Willkommen zu Hause«, sagte Ange und erhob ihr Glas, um mit Lexie anzustoßen. *Zu Hause*. Vielleicht war das richtig. Vielleicht war es ihr Zuhause geworden, ohne dass sie es bemerkt hatte. Und vielleicht würde es nicht für immer ihr Zuhause bleiben – vielleicht würde sie nie das Verlangen loswerden weiterzuziehen –, aber im Moment war es genug. So wie sie akzeptiert hatte, dass Richard sich im Laufe seines Lebens verändert hatte, war es auch in Ordnung, wenn sie sich veränderte.

Lexie atmete tief durch. »Ange? Es tut mir leid, dass ich gegangen bin.«

Ange schüttelte den Kopf. »Wir alle machen Fehler. Niemand ist perfekt, erinnerst du dich? Wichtig ist nur, dass wir aus unseren Fehlern lernen. Und egal, was mit der Firma passiert, Lexie, ich bin froh, dass du ein Teil meines Lebens warst. Vielleicht hast du es nicht bemerkt, aber du hast in diesem Jahr Licht in unser Leben gebracht, ohne das wir wahrscheinlich untergegangen wären. Ich glaube, Richard wusste das«, fügte sie leise hinzu, während Lexie mit den Tränen kämpfte.

Theo kam mit einem Bier zurück, sah aber nicht zu Lexie, als er sich zwischen sie und Harry setzte – und Lexie konnte nicht sagen, ob das Absicht war oder nicht. Ein unangenehmes Gefühl breitete sich unter ihrer Haut aus. Wenn er sie nicht einmal *ansah*, wie standen dann die Chancen, dass ein Gespräch mit ihm gut verlaufen würde?

»Da jetzt alle da sind«, sagte Ange laut, und die Blicke richteten sich auf sie. Mike würde also doch nicht kommen, dachte Lexie. Hatte er die Firma für immer verlassen?

Ange lächelte, ein Hauch von Traurigkeit lag in ihren hellgrünen Augen. »Auf Richard«, sagte sie.

Alle erhoben ihr Glas und tranken. Für einen Moment wurde es still am Tisch, und das Stimmengewirr aus dem Pub füllte die Lücke. Lexie vermutete, dass alle in diesem Moment an Richard dachten – daran, was er jedem Einzelnen von ihnen bedeutete. Sie dachte an den Brief, den sie immer noch in ihrer Tasche trug. Sie dachte daran, wie er ihr das Skifahren beigebracht hatte und wie sie beim Feuerwerk auf seinen Schultern gesessen hatte. Sie dachte an das letzte Mal, als sie ihn gesehen hatte, als er versucht hatte, sich zu entschuldigen. Natürlich erinnerte sie sich auch daran, wie er damals gegangen war. Sie erinnerte sich daran, wie er sich zu ihr runtergebeugt hatte. *Es tut mir leid, Lexilein. Aber wir sehen uns ganz bald wieder, okay? Das bedeutet nicht, dass ich dich weniger lieb habe, das verspreche ich dir. Und ich verspreche dir, dass wir trotzdem eines Tages nach Island fahren.*

Lexie atmete tief durch. Sie war wegen ihres Vaters so, wie sie war. Im Guten wie im Schlechten. Dass er gegangen war, hatte sie zu der Person gemacht, die sie heute war, damit musste sie leben. Und ganz ehrlich? Sie kam damit klar. Wie ihr Vater sagte, man konnte die Vergangenheit nicht ändern. Aber sie *mochte* die Frau, die sie heute war. Na gut, sie war nicht perfekt. Aber ihr Leben war ein Abenteuer, und jetzt saß sie in einem Pub, umgeben von Menschen, die ihr wichtig waren – Menschen, die sie ohne ihn nie getroffen hätte.

»Ich weiß noch, wie ich Richard zum ersten Mal traf«, sagte Lexies Mutter leise, und alle sahen sie an. »Es war, ob ihr es glaubt oder nicht, im Kino, in der Schlange beim Kiosk. Ich stand vor ihm und spürte ihn die ganze Zeit hinter mir. Das machte mich nervös, und als ich bezahlt hatte, fiel mir das Popcorn runter.« Ihr Mund verzog sich zu einem Lächeln. »Er half mir, es aufzusammeln und kaufte mir eine neue Tüte. Und als ich zurück in den Kinosaal ging, wusste ich einfach, dieser Mann würde mein Leben verändern.«

Lexie sah ihre Mutter an. Sie hatte diese Geschichte noch nie gehört. Vielleicht hatte sie als Kind einmal gefragt, wie sie sich kennengelernt hatten, aber wenn, dann konnte sie sich nicht daran erinnern. Und nachdem Richard fort war, erschien es ihr grausam, danach zu fragen.

»Ich weiß noch, wie er mit uns in Wales zelten war«, sagte Fran. »Erinnerst du dich, Lex? Wie alt waren wir? Vierzehn?«

»Fünfzehn«, murmelte Lexie.

»Genau. Und wir waren so aufgeregt, weil es uns vorkam wie eine Auslandsreise, und dann hat es die ganze Zeit geregnet. Aber dein Vater fand diese Spielhalle und setzte uns dort mit einer Menge Kleingeld ab, und wir fühlten uns so erwachsen.«

Lexie lächelte, als sie sich daran erinnerte. Fran hatte Richard danach für den *Inbegriff* von Coolness gehalten, vor allem, als er sie anschließend in den Pub mitgenommen und sie beide von seinem Bier hatte probieren lassen. Damals hatte Lexie noch gern mit ihm angegeben.

Rachel lachte mit tränenerstickter Stimme, und Lexie sah, wie Lana ihre Hand drückte. »Ich weiß noch, als ich mir den Arm gebrochen hatte«, sagte sie, und ihr versagte die Stimme. »Ich war vierzehn, und Dad wollte mich mit in den Pub nehmen, aber Mum war dagegen, und es gab einen Riesenkrach. Ich war so wütend, dass sie mich nicht selbst entscheiden ließen. Also habe ich mein Fahrrad aus dem Schuppen geholt. Irgend so ein Idiot kam zu schnell um die Ecke. Es war ein rotes Auto, das weiß ich noch genau. Jedenfalls hat er mich nicht angefahren oder so, aber ich musste ausweichen und bin gegen den Bordstein geknallt und hingefallen. Und es tat *so* weh.« Rachel hob ihre rechte Hand, um ihren linken Arm zu streicheln, als ob sie sich an den Schmerz erinnerte. »Dad hat mich gefunden«, fuhr sie fort. »Sie haben wohl gemerkt, dass ich nicht da war und haben mich gesucht. Mum war *so* sauer.« Rachel ließ ihr Glas auf dem Kneipentisch kreisen und hinterließ wässrige Spuren. »Aber Dad blieb total gelassen. Und er hat mich auf der Fahrt ins Krankenhaus davon abgelenkt, wie sehr es wehtat.«

Rachel schaute unter ihren Wimpern zu Lexie hinauf. »Es war dein einundzwanzigster Geburtstag«, flüsterte sie so leise, dass Lexie sich anstrengen musste, um sie zu verstehen. »Er wollte kommen, er und Mum haben sich deswegen gestritten. Aber stattdessen ist er bei mir geblieben.«

Eine Entschuldigung, begriff Lexie. Rachel entschuldigte sich bei Lexie dafür, dass sie mehr von Richard bekommen hatte als Lexie. Das war also der Grund, warum ihr Vater damals nicht aufgetaucht war. Wahrscheinlich hatte er versucht, es ihr zu erklären, und sie hatte sich geweigert, mit ihm zu reden. Es änderte nichts daran, dass er all die Male zuvor nicht mit ihr geredet hatte. Dass er all die Male zuvor nicht da gewesen war. Aber es half.

Lexie rang sich ein Lächeln für ihre Schwester ab. »Ich bin froh, dass er für dich da war. Klingt, als hättest du ihn in diesem Moment mehr gebraucht.« Und das stimmte wahrscheinlich. Lexie konnte nicht behaupten, Jody sehr gut zu kennen, aber sie hatte den Eindruck, dass Rachel dringender einen Vater gebraucht hatte als Lexie.

Als Theo schließlich sprach, war Lexie froh, endlich einen Grund zu haben, ihn anzusehen.

»Ich erinnere mich an das Vorstellungsgespräch, bevor er mir den Job angeboten hat. Ich dachte, ich wäre am Arsch – sorry …« Theo sah entschuldigend zu Ange und dann zu Lexies Mutter. Er räusperte sich. »Ich hab's total vermasselt. Er hat mich gefragt, wo ich mich in fünf Jahren sehe, und ich habe nur die Schultern gezuckt. Und er hat mich angeschaut, als könnte er in mich hineinsehen.« Theo schüttelte den Kopf. »Schon merkwürdig. Das ist genau fünf Jahre her.«

Und seht mich an, war der unausgesprochene Gedanke, der mitschwang. Für einen kurzen Moment trafen sich ihre Blicke, und die Luft zwischen ihnen flimmerte, bevor er den Blick wieder abwandte.

So ging es noch eine Weile mit Geschichten über Richard. Für Lexie hatte das Erinnern etwas Kathartisches. Es machte den Schmerz nicht kleiner, aber es glättete die scharfen Kanten.

Lexie bemerkte, dass ihre Mutter den ganzen Abend mit jemandem schrieb. Ab und zu zückte sie ihr Handy und lächelte. Als Lexie sich neben sie setzte, sprach sie sie darauf an. »Mit wem schreibst du?«

Zu Lexies Überraschung errötete ihre Mutter. »Das ist mein …« Sie warf Lexie einen etwas verlegenen Blick zu. »Das ist der Mann, mit dem ich mich treffe.«

Theos Blick huschte zu Lexie, und seine Mundwinkel verzogen sich zu einem Lächeln.

Sie lachte leise. Okay, gut, er hatte recht gehabt.

»Ich freue mich für dich«, sagte Lexie, während ihre Mutter noch röter wurde. »Ich hoffe, ich lerne ihn bald mal kennen.«

»Oh«, sagte ihre Mutter etwas verlegen und strich sich über die Haare. »Ja, natürlich. Das wird ihn freuen.«

Vielleicht musste Lexie gar kein schlechtes Gewissen haben, weil sie nicht so oft da war. Aber trotzdem. »Mum? Ich bin dieses Weihnachten verplant. Aber nächstes Jahr würde ich wieder bei dir sein, wenn du Lust hast.«

Ihre Mutter strahlte. »Ich freue mich, wenn du kommst. Wir machen das ganze Programm. Ich besorge alles für ein richtiges Festessen, und …«

»Und vielleicht kannst du deinen geheimnisvollen Mann einladen.« Sie wackelte mit den Augenbrauen, und ihre Mutter winkte lachend ab.

Lexie sah zum Ende des Tisches, wo Rachel sich zu Lana beugte, sodass ihre Locken ihr Gesicht umrahmten. Sie biss sich auf die Lippe, als sie wieder zu ihrer Mutter sah. »Und ich dachte … Ich dachte, vielleicht könnten wir Rachel einladen. Wenn es dir recht ist. Wenn nicht, ist das natürlich auch in Ordnung. Ich dachte nur …«

»Lexie.« Ihre Mutter drückte ihre Hand. Lexie spürte, dass Theo sie wieder ansah, aber diesmal wagte sie nicht, seinen Blick zu erwidern. »Ich würde mich sehr freuen, wenn Rachel – und du – Weihnachten zu mir kommt. Ich werde mich das ganze Jahr darauf freuen.« Ihre Augen leuchteten.

»Weißt du, ich hatte selbst keine Geschwister und wollte eigentlich immer ein zweites Kind, damit du nicht so allein aufwachsen musst wie ich … Es ist schön zu wissen, dass du trotz allem vielleicht das bekommen hast, was ich mir für dich gewünscht habe.«

Erst gegen Ende des Abends gelang es Lexie, mit Theo unter vier Augen zu sprechen. Sie folgte ihm an die Bar, wo er mit seinem Bier stand. Durch den Geruch von verschüttetem Bier, Glühweingewürz und Pommes nahm Lexie seinen Sandelholzduft wahr. Es war erstaunlich, wie ihr Körper sich in seiner Nähe entspannte und gleichzeitig prickelte.

»Ich glaube nicht, dass wir die Firma verkaufen sollten«, sagte sie zur Begrüßung.

Er musterte ihr Gesicht, als suchte er nach einer Erklärung.

»Zumindest noch nicht«, fuhr sie etwas zu schnell fort. »Aber …« Sie schluckte. »Aber ich möchte zurückkommen. Ich möchte die Firma mit dir leiten und deine Idee umsetzen, die Gewinne in lokale Unternehmen zu investieren und … und alles«, fügte sie etwas unbeholfen hinzu.

Er sah sie schweigend an, bevor er sagte: »Ich möchte auch, dass du zurückkommst.«

»Wirklich?«

»Ja. Du bist klug, kannst gut mit Kunden umgehen und hast tolle Ideen.« Okay. Er sprach von der Firma. Nicht von sich.

»Okay.« Sie nickte mechanisch wie ein Wackeldackel. »Okay, gut. Dann ist das ja geklärt.«

Theo bezahlte die Drinks, die der Barkeeper ihm reichte. »Super«, sagte er kühl. So distanziert war er ihr gegenüber noch nie gewesen. »Können wir nach Weihnachten darüber reden?«

»Okay«, sagte Lexie wieder. »Klar.«

Er drehte sich um und wollte zum Tisch zurück. Und beinahe hätte sie ihn gehen lassen. Es wäre einfacher gewesen, als zu riskieren, verletzt zu werden. Aber sie hatte sich geschworen, es zu versuchen. Also atmete sie tief durch. »Theo?«

Er sah sie an.

»Es tut mir leid, dass ich gegangen bin. Es tut mir leid, dass ich nicht auf dich gehört habe. Und es tut mir leid, dass ich nicht früher zurückgekommen bin.«

Er erstarrte, sodass nur die Flüssigkeit in den Gläsern vor sich hin schwappte.

»Ich dachte, es wäre ein Zeichen, dass ich nicht hierhergehöre. Ich dachte …« Ihre Kehle schnürte sich zu. Gott, warum war das so schwer? »Ich dachte, ich verliere mich, und ich wollte nicht riskieren, dass es schiefgeht.«

Ich wollte nicht riskieren, verletzt zu werden. Aber jetzt riskiere ich es, wenn du mich noch willst. Sie wollte die Worte gerade aussprechen, da seufzte Theo.

»Vielleicht war es besser so.«

Lexie spürte eine erdrückende Last auf ihrer Brust.

»Ich bin nicht sicher …« Er unterbrach sich und wechselte die Position. »Ich möchte, dass wir die Firma gemeinsam führen, Lex.« Seine Stimme klang jetzt ein bisschen weniger kühl. Freundlicher. Aber es war immer noch nicht der Ton, den sie hören wollte. »Sie gehört dir genauso wie mir. Vielleicht sogar mehr. Aber … vielleicht bin ich nicht der Richtige für dich. Vielleicht hast du recht, und wir machen alles kaputt, irgendwann. Vielleicht ist es besser, wenn wir professionell bleiben.«

Noch vor wenigen Monaten hätte das ausgereicht, um ihr jede Hoffnung zu nehmen. Aber sie glaubte, die Verletzlichkeit hinter seinen Worten zu hören. Die Angst, dass *er* alles kaputtmachen würde, dass er sie enttäuschen würde, so wie seine Eltern. Sie dachte an den Brief ihres Vaters und dass er recht hatte. Man konnte die Vergangenheit nicht ändern. Aber die Zukunft hatte man in der Hand.

Er entfernte sich schon, als sie rief: »Ich fahre nach Island.« Sie lief ihm nach. An einem Tisch in der Ecke glaubte sie, bekannte Gesichter zu sehen, die in ihre Richtung blickten, aber das war ihr egal. »Ich fliege morgen und werde Weihnachten dort verbringen.« Sie griff in ihre Gesäßtasche, zog das Ticket hervor, das sie den ganzen Tag bei sich getragen hatte, und steckte es Theo in die Armbeuge.

»Mein Vater hat mir Tickets geschenkt«, erklärte sie. »Er hat mir *zwei* Tickets geschenkt, für den Fall, dass ich jemanden mitnehmen möchte.« Sie hielt seinem Blick stand. »Und ich möchte dich mitnehmen, Theo. Nicht nur diesmal, sondern immer. Aber nur, wenn du es auch willst.« Sie zögerte, dann drückte sie kurz seinen Arm und wandte sich ab. Sie brauchte keine sofortige Antwort. Sie wusste, dass er dazu noch nicht bereit war, nachdem sie ihn so überrumpelt hatte. Aber wenigstens hatte sie es versucht.

34. KAPITEL

Theo war nicht am Flughafen erschienen. Sie hatte nach ihm Ausschau gehalten, als sie in Heathrow angekommen war, und das Terminal auf dem Weg zum Check-in abgesucht. An der Sicherheitskontrolle hatte ihr Herz jedes Mal einen Sprung gemacht, wenn sie von hinten jemanden sah, dessen Statur seiner ähnelte. Sie hatte gehofft, bis das Flugzeug abhob. Vielleicht kam er zu spät, vielleicht gehörte er zu den Passagieren, die persönlich aufgerufen wurden. Aber als sie in der Luft war und der Sitz neben ihr immer noch leer, musste sie sich damit abfinden, dass er nicht kommen würde.

Im Flugzeug hatte sie sich erlaubt zu trauern. Darüber nachzudenken, was hätte sein können, wenn sie Theo nicht vor den Kopf gestoßen hätte, indem sie einfach weggelaufen war. Und dann hatte sie losgelassen. Denn auch wenn es sich anfühlte, als würde sich der Schmerz in ihrem Herzen festsetzen, auch wenn sie keine Ahnung hatte, wie sie nach Bath zurückkehren und Theo nur noch als Kollegen betrachten sollte, wusste sie doch zumindest, dass sie alles versucht hatte. Und dass sie stark genug war, mit den Konsequenzen umzugehen.

Außerdem war sie nicht wegen Theo hier. Es ging um ihren Vater. Endlich war sie in Island. Sie wünschte, sie könnte in die Vergangenheit reisen und der siebenjährigen Lexie davon erzählen. Davon, wie dunkel es hier war, mit nur vier Stunden Tageslicht, sodass sich die Zeit schon nach wenigen Tagen verzerrte.

Davon, dass sie heute, an Heiligabend, in Reykjavik gewesen war und die Hologramme der Yule Lads an den Gebäuden der Stadt gesehen hatte und die Katzenskulptur auf dem Lækjartorg. Sie stellte sich die Stimme ihres Vaters vor, als sie vor der Weihnachtskatze stand. *Sieh mal, Lexilein! Wie heißt sie wohl? Sie wird am ersten Weihnachtstag lebendig, weißt du?* Ein imaginäres Gespräch natürlich. Aber eins, das sie zum Lächeln brachte.

Es gab so viel, was sie hier unternehmen wollte. Natürlich wollte sie in eins der Thermalbäder – darauf hatte sie sich schon als kleines Mädchen am meisten gefreut. Morgen, am ersten Weihnachtstag, wollte sie ein Kirchenkonzert besuchen und am zweiten Weihnachtstag in eine der Eishöhlen gehen. Aber Heiligabend verbrachte sie gemütlich im Pyjama in der Blockhütte, die ihr Vater für sie ausgesucht hatte. Die Hütte lag auf dem Land, wo es noch dunkler war, umgeben von Bäumen, die mit weißem Raureif bedeckt waren. Als sie ankam, lag Schnee auf dem Holzdach, sodass es aussah wie im Märchen, und sie hatte sofort den Whirlpool auf der Terrasse ausprobiert. Es hatte etwas Dekadentes, im dampfenden Wasser zu sitzen, inmitten einer unberührten Schneelandschaft. Die Anlage bestand aus mehreren Hütten, dennoch war es herrlich ruhig.

Ihr Wunschglas stand auf einem Regal neben dem Holzofen. Zum ersten Mal hatte sie alle Zettel rausgenommen und sich die Wünsche durchgelesen. Manche brachten sie zum Lachen – zum Beispiel wollte sie auf keinen Fall mehr, dass ihre Haare von Natur aus lila waren. Aber es waren auch Wünsche dabei, die sie nicht gewagt hatte zu verwirklichen. Das tat weh. Und sie nahm sich vor, das zu ändern.

Auf dem kleinen Tisch neben dem Sofa lagen Stift und Papier bereit. Am liebsten wollte sie schreiben: *Ich wünschte,*

Theo wäre hier. Aber das war nichts, worauf sie Einfluss hatte. Von nun an wollte sie nur noch Wünsche aufschreiben, die sich auch verwirklichen ließen.

Sie starrte auf die Flammen, die im Holzofen loderten, als es an der Tür klopfte. Vermutlich Freyja, die die Hütten verwaltete. Gestern war sie um die gleiche Zeit mit dem Motorschlitten vorbeigekommen, um zu sehen, ob Lexie etwas brauchte. Lexie stand auf, zog ihre dicken Socken an und ging zur Tür. Doch nicht Freyja stand davor.

Es war Theo, die Hände in den Taschen seines blauen Wintermantels vergraben, sein Blick verhalten. Wie hatte er sie gefunden? Das war ihr erster Gedanke. Der zweite war, dass sie wirklich wünschte, sie würde nicht ihren Flanellpyjama tragen, ein denkbar unerotisches Kleidungsstück, dazu noch ungeschminkt nach der Dusche vorhin.

Und erst dann begriff sie, dass er da war. »*Theo?*« Es war, als müsste sie sich vergewissern, indem sie seinen Namen laut aussprach.

Er lächelte zaghaft, sein Blick immer noch verhalten und das Bernsteingelb in den Tiefen seiner Augen verborgen. »Gott sei Dank, du bist es. Ich habe schon an drei anderen Hütten geklopft, ein freundlicher alter Mann hat mich hereingebeten und ein Kind hat mich gefragt, ob ich der Weihnachtsmann bin. Ich wollte schon aufgeben, dachte, ich hätte mich verirrt.«

Er plapperte. *Theo* plapperte. Und ihr fiel nichts ein, absolut nichts.

»Du bist hier«, sagte sie. *Sehr eloquent, Lexie.* Ihr Herz hämmerte, die Finger ihrer linken Hand krampften sich um die Holztür. Als könnte sie es nicht glauben. Als würde sie den Zauber brechen, wenn sie sich bewegte oder etwas Falsches sagte.

Theo fuhr sich mit der Hand durchs Haar, dann den Nacken hinunter. »Ich … Ja. Ja, ich bin hier.«

»Du warst nicht im Flugzeug.«

»Nein. Ich habe es verpasst. Ange hat mir den Kopf gewaschen.«

Trotz ihres Schocks lachte Lexie, allerdings etwas zu schrill, und das Lachen hallte zwischen den schneebedeckten Bäumen wider. »Kann ich mir vorstellen.«

»Aber dann hat sie mir geholfen, einen neuen Flug zu buchen. Also, nun ja …« Er öffnete die Arme, statt den Satz zu beenden.

»Himmel.« Sie stieß die Tür ganz auf. Dann wusste sie nicht, was sie mit ihren Armen tun sollte, und verschränkte sie. »Du hättest mich vorwarnen können.«

Ein Lächeln umspielte seine Lippen. »Ich wollte dich überraschen.« Er machte keine Anstalten reinzukommen. Sie standen sich einfach nur gegenüber und starrten sich an.

»Warum bist du hier, Theo?«, fragte Lexie leise. Sie musste es wissen. Sie musste es von ihm hören.

»Ich …« Er schluckte, und sie sah, wie nervös er war. Vielleicht sollte sie das auch nervös machen, aber seltsamerweise beruhigte es sie irgendwie. »Ich wollte dir etwas sagen.«

Ihr Körper spannte sich erwartungsvoll an, als hielte jede Zelle den Atem an. Langsam wurde ihr kalt, die Wärme der Hütte wich der Eiseskälte draußen, aber keiner von ihnen rührte sich. Als warteten sie auf etwas.

»Wir müssen die Firma nicht behalten«, platzte Theo heraus.

Lexie rutschte das Herz in die Hose. »Oh. Verstehe.«

»Nein, ich … So meine ich das nicht. Ich wollte damit nur sagen, dass du sie nicht meinetwegen behalten musst.«

Lexie runzelte die Stirn. »Aber du liebst sie doch.«

»Ja. Aber ich will vor allem dich.« Er sah ihr in die Augen, seine Stimme ernst, ohne den amüsierten Unterton, den sie so gut kannte.

»Oh.« Aber diesmal war es ein anderes »Oh«, und sie musste lächeln, als ein Gefühl der Leichtigkeit sie überkam.

Als er ihr Lächeln sah, wurde auch Theos Blick weicher, und er machte einen vorsichtigen Schritt auf sie zu, sodass sie den Kopf zurückneigen musste, um ihn anzusehen. »Ich kann andere Jobs finden«, fuhr er fort. »Aber eine wie dich finde ich nie wieder.« Bei diesen Worten setzte ihr Herz einen Schlag aus. »Und ich will nicht, dass du sie behältst, nur weil du denkst, dass ich das will. Wir können sie verkaufen. Von dem Geld in die Karibik fahren oder so.«

Lexie lachte und machte ebenfalls einen Schritt auf ihn zu. *Endlich* legte er die Arme um sie, und jeder Teil ihres Körpers vibrierte, während sich tief in ihrem Innern etwas setzte.

»Lass uns die Firma behalten«, sagte sie und schlang ebenfalls die Arme um ihn. »Jedenfalls fürs Erste. Und wenn wir bereit sind, wenn die Zeit reif ist, verkaufen wir. Falls wir das dann noch wollen.« Es war ein bisschen beängstigend, sich darauf einzulassen – auf eine Zukunft, die bedeutete, sich auf etwas festzulegen, und noch mehr, sich auf *ihn* festzulegen. Und doch war da auch ein Funken Vorfreude. *Hoffnung.*

Sie spürte, wie sich seine Finger an ihrem Rücken in ihr Flanellpyjamaoberteil gruben. Und die Art, wie er sie ansah, wie sein Blick auf ihren Mund fiel und dann wieder zu ihren Augen zurückkehrte, gab ihr die Gewissheit, dass es nicht die geringste Rolle spielte, was sie trug.

Lexie neigte den Kopf. »Du bist den ganzen Weg hergekommen, um mir das zu sagen?«

»Nun, ich habe gehört, dass der Empfang in Island ziemlich mies sein kann, und das wollte ich nicht riskieren, also …«

Lexie lachte. Das liebte sie an ihm, seinen Humor.

Theo strich ihr eine lose Locke hinters Ohr. »Ich bin gekommen, um dir zu sagen …«

Aber Lexie hatte gerade etwas am Himmel gesehen, über Theos Kopf. »O mein Gott!« Sie riss sich von ihm los und rannte ein paar Schritte in den frischen Schnee, der unter ihren Socken knirschte. Gleich würde eisiges Wasser hindurchsickern, aber das war ihr egal. Denn dort, am klaren Nachthimmel, war das Nordlicht zu sehen. Wirbelnde Ströme aus grünem und blauem Licht tanzten vor der Dunkelheit, lebendig und hell und *wunderschön*. Lexie wusste, dass es eine wissenschaftliche Erklärung dafür gab, aber in diesem Augenblick fühlte es sich magisch an – wie etwas aus einer anderen Welt.

»Wie konnte ich das nicht sehen?«, rief Lexie und reckte den Hals, immer noch fassungslos. »Wie konntest *du* das nicht sehen?«, fragte sie Theo, ohne den Blick von den Lichtern abzuwenden.

Sie spürte, wie Theo neben sie trat. »Ich schwöre, das war vor einer Minute noch nicht da.«

»Geht das so schnell?«

»Keine Ahnung.«

»Ich auch nicht – aber wir *sollten* Ahnung haben.«

Einen Moment lang herrschte Schweigen zwischen ihnen, und in der Stille der Landschaft hörte Lexie auch jemanden aus einer der anderen Hütten rufen.

Dann: »Lex?«

Lexie sah Theo an und schlug sich mit der Hand vor die Stirn. »O Gott! O Gott, tut mir leid.« Sie nahm seine Hände, und seine Finger waren eiskalt. »Du hast gesagt …?«

Er lachte leise. Dann drückte er seine Stirn an ihre. »Ich habe gesagt, dass ich mir ziemlich sicher bin, dass ich dich liebe.«

Lexie atmete seinen Duft ein und schloss die Augen, während ihr das Herz aufging. Unwillkürlich bekam sie einen Kloß im Hals, und Tränen kündigten sich an. »Das ist gut«, flüsterte sie, »denn ich bin mir absolut sicher, dass ich dich liebe.«

»Gott sei Dank«, hauchte er. Sie sahen sich tief in die Augen, als wollten sie diesen Augenblick für immer festhalten. Dann beugte er sich vor und küsste sie – und es fühlte sich an wie Nachhausekommen.

Als sie den Kuss lösten, trat er hinter sie und schlang die Arme um sie, als könne er es nicht ertragen, sie nicht zu berühren. Sie legte ihren Kopf an seine Brust und blickte zu den Nordlichtern hoch. »Weißt du, was für ein Glück wir haben, das zu erleben?« Sie sprach leise, aus Respekt vor dem, was sie sahen.

»Ja, ich habe gerade eine Glückssträhne«, murmelte Theo und küsste ihren Nacken. »Frohe Weihnachten, Lex«, sagte er, und sein Atem streichelte ihr Ohr. Sie dachte an den Whirlpool, an die gemütliche Hütte und an den morgigen Weihnachtstag, den sie ganz allein mit Theo verbringen würde.

Sie dachte an das Wunschglas, an den Wunsch, den sie hatte aufschreiben wollen, sich aber verkniffen hatte. Das, wonach sie sich als Kind am meisten gesehnt hatte, war nicht in Erfüllung gegangen, aber dafür hatte ihr Vater ihren größten Wunsch erfüllt.

Vielleicht kann ich Teil deiner Zukunft sein.

Sie dachte an die letzten Worte ihres Vaters.

Es tut mir leid – und ich hab dich lieb.

Sie blickte wieder zu den grünen Lichtern, die am Himmel tanzten. Sie spürte, wie Theo ihre Hand nahm und sie sanft ins Haus zog – zweifellos hatte er bemerkt, dass sie zu zittern begonnen hatte. Sie hielt noch kurz inne und drückte Theos Hand, um ihm zu signalisieren, dass sie gleich kommen würde.

Leb wohl, Dad, ich hab dich auch lieb.

Und sie fragte sich, ob ihr Vater, wo auch immer er jetzt war, die Lichter ebenfalls sehen konnte. Es mochte verrückt klingen, aber das, was vor ihren Augen geschah, war unleugbar etwas Magisches. Und auch wenn sie die Worte nicht laut aussprach, wer konnte wissen, dass er sie nicht hörte?

35. KAPITEL

Ein Jahr später

»O Mist, ich habe vergessen, die Arancini aus dem Ofen zu holen.«

Theo grinste Lexie an, als sie in die Küche kam, nachdem sie kurz verschwunden war, um sich die Haare zu machen. »Ich hab sie rausgenommen.«

»Okay.« Lexie strich ihr Silvesterkleid glatt. »Meinst du, wir haben genug Prosecco kaltgestellt? Ich hab keinen Platz mehr im Kühlschrank gefunden, aber ich glaube, wir haben Eis, also …«

»Lex.« Er nahm ihre Hände. »Wir sind vorbereitet, mach dir keine Sorgen. Außerdem wird es niemanden stören, wenn die Arancini etwas angebrannt sind oder uns irgendwann der gekühlte Prosecco ausgeht.«

Lexie nickte, dachte an die verbrannten Yorkshire Puddings, die sie Weihnachten bei ihrer Mutter gegessen hatten, und lächelte. Es war Theos Idee gewesen, eine kleine Silvesterparty in ihrer neuen Wohnung zu feiern. Sie waren vor ein paar Wochen eingezogen, gerade rechtzeitig, um einen Weihnachtsbaum aufzustellen. Sie hatten *beide* ihren Namen unter den Mietvertrag gesetzt, und erstaunlicherweise hatte Lexie keine Panikattacke bekommen. Harry mietete nun die Wohnung über dem Büro – natürlich zu einem Freundschaftspreis.

Ihre Mutter und David – der Freund ihrer Mutter, obwohl ihre Mutter regelmäßig errötete und sich verlegen abwandte, wenn Lexie ihn so nannte, weil sie meinte, zu alt für einen Freund zu sein – waren die ersten, die eintrafen. Lexies Mutter brachte zur Wohnungseinweihung eine Zimmerpflanze mit. Ein Mietvertrag und eine Zimmerpflanze, um die man sich kümmern muss – erwachsener geht es wohl kaum, dachte Lexie. David begrüßte sie mit einem Kuss auf die Wange und gab Theo die Hand. Er hatte silbergraue Haare, blaue Augen, die mit Rachels um die Wette strahlten, und eine lockere Art, die ihn sofort sympathisch machte. Kennengelernt hatten sie sich in einem Buchclub, zu dem beide von einem gemeinsamen Freund eingeladen worden waren. Als Weihnachtsgeschenk hatten Lexie und Theo den beiden die Reise nach Madrid geschenkt. Die Tradition ihres gemeinsamen Tages würden sie trotzdem fortsetzen – Lexie hatte ihre Mutter überredet, dieses Jahr mit ihr Fallschirmspringen zu gehen.

Ange und Harry trafen nur wenige Minuten nacheinander ein – Harry im schwarzen Smoking mit goldenen Champagnergläsern und Ange mit ihrem charakteristischen roten Lippenstift und Cocktailglas-Ohrringen. Nach diesem erfolgreichen Jahr wollten Lexie und Theo Harry im Januar befördern, ihm mehr Verantwortung übertragen und ihn einige Reisen allein leiten lassen. Lexie hatte es ihm schon vor Weihnachten sagen wollen, aber Theo bestand darauf, dass sie erst alle Formalitäten erledigten, bevor sie es offiziell machten. Auf Drängen von Ange führte Theo die beiden durch die Wohnung, während Lexie sich zurückhalten musste, nicht vor Freude zu quietschen, als sie die Tür öffnete und Fran sah – mit ihrem Freund Chris im Schlepptau. Fran hatte sich strikt daran gehalten, ein Jahr lang nicht mit Männern auszugehen, um herauszufinden, was sie wirklich wollte – und dann hatte sie vor ein paar Monaten auf einer Party zufällig Chris kennengelernt. Sie gingen es langsam an, und es war noch ganz frisch, aber irgendwie war Fran dieses Mal anders, und Lexie gab die Hoffnung nicht auf. Vielleicht lag es auch daran, dass Fran weniger gestresst war. Sie befand sich mitten in ihrer Ausbildung zur Lehrerin, ein kompletter Berufswechsel, und während das für Lexie an sich schon ziemlich stressig klang, schien es Fran Spaß zu machen.

»Chris, Lexie, Lexie, Chris«, sagte Fran, als sie reinkam und ihren Mantel an die Garderobe hängte, die Lexie vorhin noch schnell zusammengebaut hatte. Sie wirkte ein wenig nervös und zupfte an ihrem schwarzen Kleid, also setzte Lexie ihr freundlichstes Lächeln für Chris auf.

»Freut mich, dich kennenzulernen.«

Um seine Augen bildeten sich kleine Fältchen, als er lächelte. »Ganz meinerseits. Ich habe gehört, du hast vielleicht einen Tipp, wo wir Ostern verbringen können.« Lexie entging das *wir* nicht, aber sie kommentierte es nicht.

»Oh, und *wie* ich den habe.« Sie führte sie in die Küche, um ihnen etwas zu trinken anzubieten, und hätte schwören können, dass Fran hinter ihr leise ausatmete.

Rachel und Lana kamen als Letzte und entschuldigten sich überschwänglich – Lana machte Rachel dafür verantwortlich, weil sie Ewigkeiten nach einem Schuh gesucht hatte. Lanas schwarzes Haar war inzwischen kurz geschnitten, was ihr sehr gut stand, und Rachel trug einen gewagten roten Overall.

»Sind alle da?«, fragte Ange und unterbrach ihr Gespräch mit Lexies Mutter im Wohnzimmer. Der Weihnachtsbaum stand noch, und Lexie hatte Lichterketten um das Fenster gehängt, durch das man auf die unverwechselbaren Häuser von Bath blickte, die winterliche Dunkelheit von Straßenlaternen erhellt.

»Ich finde, wir sollten auf ein erfolgreiches Jahr anstoßen«, sagte Ange und hob ihr Glas. »Wir sind vielleicht ein kleineres Team als früher, aber wir haben bewiesen, dass wir stark sind. Auf R&L, auf Lexie und Theo.« Alle stimmten ein und prosteten sich zu, während Lexie spürte, wie ein Lächeln ihre Wangen straffte, trotz der leichten Verlegenheit. Aber es war tatsächlich ihr erfolgreichstes Jahr gewesen. Sie hatten zwei neue Reisen ins Programm aufgenommen und Theos Investitionsprojekt in die Tat umgesetzt. Zum ersten Mal in ihrem Leben hatte Lexie das Gefühl, ihre Bestimmung gefunden zu haben – und etwas zu tun, worauf sie stolz sein konnte.

Theo trat neben sie, um mit ihr anzustoßen, und sein Sandelholzduft hüllte sie ein. »Auf ein weiteres Jahr wie dieses«, sagte er leise, damit die anderen ihn nicht hören konnten.

Sie sah ihm in die Augen und wunderte sich, dass sein Blick sie auch nach einem Jahr noch so berauschte. »Na ja, ich weiß nicht. Eventuell gibt es im kommenden mehr Diskussionen darüber, wer den Abwasch macht, jetzt, wo wir zusammenwohnen.«

Er lachte noch, als Rachel und Lana dazukamen. Theo entschuldigte sich, um eine Flasche Prosecco zu holen und allen nachzuschenken.

Rachel atmete tief durch. »Also, bevor ich zu viel trinke, wollte ich dich fragen, was du am 27. September vorhast?«

Lexie zog die Augenbrauen hoch. »Okay, das ist sehr spezifisch. Warum, was hast du …?« Sie blickte zwischen Rachel und Lana hin und her, die sie beide strahlend ansahen. »O mein Gott! Ihr habt einen Termin?«

Rachel lächelte, und ihre blauen Augen leuchteten. »Wir haben einen Termin.«

»Na ja, ich weiß nicht, kann schon sein, dass ich an dem Tag schon was vorhabe …«

Rachel knuffte sie, Lexie lachte und umarmte sie dann.

Theo kam mit dem Prosecco, schenkte Rachel und Lana nach und legte dann seinen Arm um Lexies Schultern. »Was ist hier los? Ich hab das Gefühl, was zu verpassen.«

»Sie heiraten!«, rief Lexie und zeigte auf Rachel und Lana.

»Wow! Herzlichen Glückwunsch. Ich meine, ich dachte, ihr seid schon verlobt, aber …«

Lexie stieß ihn mit dem Ellenbogen in die Rippen. »Sie haben ein Datum festgelegt. Den 27. September. Nimm dir den Tag frei, du kannst mich begleiten.«

Er zog eine Augenbraue hoch. »Du sagst das, als wäre ich sonst nicht eingeladen.« Er drehte sich um und umarmte erst Rachel, dann Lana. »Ich freue mich so für euch.«

»Wir uns auch«, sagte Rachel lächelnd, während Lana den Arm um sie legte. »Und eigentlich, Lexie, wollte ich dich etwas fragen …« Sie biss sich auf die Lippe und sah zu Lana, bevor sie fortfuhr. »Willst du meine Brautjungfer sein? Ich meine, meine Schulfreundin wird die Trauzeugin sein. Das steht schon fest, seit ich Lana kenne, aber ich würde mich so freuen, wenn du … Ich meine, du musst natürlich nicht, es ist nur …«

»Rachel. Es wäre mir eine *Ehre*, deine Brautjungfer zu sein.« Lexie spürte tatsächlich einen Kloß im Hals, und ihre Augen brannten, sodass sie blinzelte, um es zu verbergen. Theo bemerkte es offensichtlich, denn er drückte ihr sanft die Schulter.

»Versprich mir nur, dass du keine schreckliche Kleiderfarbe aussuchst, okay?« Der Versuch, einen Scherz zu machen, scheiterte an ihrer tränenerstickten Stimme, aber Rachel nickte mit gespielter Ernsthaftigkeit.

»Versprochen.«

Rachel zögerte, dann fügte sie hinzu: »Meine Mutter kommt auch.«

Lexie fiel nichts Besseres ein als ein »Oh«. Dann räusperte sie sich. »Ich meine, das ist toll!« Ihre Stimme klang ein wenig zu schrill.

»Wir haben uns in letzter Zeit ein paarmal auf einen Kaffee getroffen und ... Na ja, sie hat sich entschuldigt und versucht, mir ein paar Dinge zu erklären.«

Lana presste die Lippen zusammen, als wäre sie nicht so leicht bereit zu vergeben und zu vergessen, aber sie sagte nichts. Lexie zwang sich zu einem Lächeln für ihre Schwester – denn wenn irgendjemand verstehen konnte, dass man eine Brücke bauen und versuchen wollte, die Fehler der Vergangenheit hinter sich zu lassen, dann sie.

Sie streckte die Hand aus und drückte Rachels Arm. »Das ist toll, Rach.«

Der Rest des Abends verging wie im Flug. Irgendwann ging ihnen der kalte Prosecco aus, aber Theo hatte recht gehabt, denn es schien niemanden zu stören. Und während Lexie alle beobachtete und sich immer wieder kneifen musste, um sich zu vergewissern, dass sie wirklich alle *hier* waren, in ihrer Wohnung – einer Wohnung, die sie mit einem Mann mietete, den sie liebte, mit dem sie in einer Beziehung war, die ihr keine Angst machte –, überkam sie das seltene Gefühl absoluter Zufriedenheit. Und als der Countdown bis Mitternacht begann, wusste sie, dass sie, selbst wenn sie und Theo die Firma irgendwann verkauften, selbst wenn sie aus Bath wegzogen, niemals verlieren würde, was sie hier gefunden hatte. Denn dank ihres Vaters waren diese Menschen ihr Zuhause. Und etwas Besseres konnte es doch gar nicht geben, oder?